Knaur

Von Michael Crichton
sind außerdem erschienen:

Andromeda (Band 3258)
Nippon Connection (Band 60223, Band 60673 und Band 60997)
Schwarze Nebel (Band 60289)
Congo (Band 60290)
Der große Eisenbahnraub (Band 60291)
Fünf Patienten (Band 60469)
Enthüllung (Band 60380 und Band 62007)
The Lost World – Vergessene Welt (Band 60684)

Über den Autor:

Michael Crichton wurde am 23. Oktober 1942 in Chicago geboren. Er absolvierte das Harvard College und die Harvard Medical School. Neben mehreren Filmen und Sachbüchern haben ihm vor allem seine Romane weltweiten Ruhm eingebracht, darunter *Nippon Connection* und *Enthüllung*, die auch als Filme international Furore machten. *Jurassic Park* wurde von Steven Spielberg in Szene gesetzt und gilt heute als der größte Kinoerfolg aller Zeiten.

Michael Crichton

als Jeffery Hudson

Die Intrige

Roman

Aus dem Amerikanischen
von Helmut Degner

Knaur

Die amerikanische Originalausgabe erschien unter dem Titel
»A Case of Need« bei NAL / Dutton, New York

Mit einem Vorwort versehene vollständige Taschenbuchausgabe Juli 1998
Droemersche Verlagsanstalt Th. Knaur Nachf., München
Dieses Buch ist auch unter den Bandnummern 60288 und 62019 erschienen.

Der Titel ist bereits 1981 im Moewig Verlag erschienen.
Umschlaggestaltung: Agentur Zero, München
Druck und Bindung: Ebner Ulm
Printed in Germany
ISBN 3-426-71129-X

2 4 5 3 1

VORWORT

1967 war ich Medizinstudent. Ich ging im zweiten Jahr auf die Harvard Medical School und finanzierte meine Ausbildung mit Taschenbuch-Thrillern, die ich unter einem Pseudonym schrieb. Meine Methode dabei war, einfach alle Schulden bis zu den nächsten Ferien auflaufen zu lassen. Dann setzte ich mich hin, schob die Lehrbücher beiseite und schrieb wie besessen täglich achtzehn Stunden. Normalerweise hatte ich einen Ausstoß von fünfundzwanzig getippten Seiten pro Tag. Am Ferienende schickte ich das fertige Manuskript an meinen Verleger in New York – in der Hoffnung, er werde es sofort kaufen, ohne um eine Überarbeitung zu bitten. Es war sogar unbedingt notwendig, daß er es auf der Stelle kaufte, weil jedesmal meine Studiengebühren fällig waren; und es war notwendig, daß er es ohne Überarbeitungswünsche annahm, weil ich am nächsten Tag wieder Vorlesungen und keine Zeit mehr für Änderungen hatte.

Es war eine hektische, ziemlich schreckliche Arbeitsweise. Doch im nachhinein war ich immer noch froh, daß meine Karriere auf diese Weise begann, denn das befreite mich von allen Bürden, die normalerweise auf jungen Autoren lastete.

Ich quälte mich nicht damit herum, ob ich meine eigene Ausdruckskraft besaß; ich kümmerte mich nicht um große Kunst; ich schrieb unter Pseudonym, in sehr hohem Tempo.

Und die üblichen Sorgen wegen Qualität oder Originalität der eigenen Schaffenskraft waren gegenstandslos, da es mein erklärtes Ziel war, ganz und gar unoriginell zu sein – etwas so maßgerecht auf den Taschenbuchmarkt Zugeschnittenes zu schreiben, daß meine Verleger meine Arbeit ohne Zögern kaufen würden. Mit Hochdruck unterzog ich mich einem Übungsprogramm, dessen Ziel völlige Unoriginalität war.

Meine ersten Taschenbücher waren die üblichen Abwandlungen von Spionagegeschichten aus dem Kalten Krieg der sechziger Jahre, wie sie durch Ian Fleming populär wurden. In meinen Romanen waren alle Frauen schön, alle Männer fuhren Ferrari, und nahezu jeder trug eine Schußwaffe. Diese Bücher machten mir großen Spaß, zum Teil, weil sie nicht das Geringste mit meinem Alltag als Medizinstudent zu tun hatten. Ich vermute, der Druck, möglichst schnell neue Geschichten zu verfassen, hätte unvermeidlich dazu geführt, daß ich einen Roman im medizinischen Umfeld schrieb. Die Vorteile lagen auf der Hand – Recherchen waren nicht erforderlich, und ich konnte auf allerhand Erfahrungen zurückgreifen. Einige dieser Erfahrungen machten mir schwer zu schaffen; in meiner Studentenzeit ließ ich mich häufig zu höchster moralischer Entrüstung hinreißen, was ja bei jungen Menschen um die Zwanzig nicht selten vorkommt.

Tatsache ist aber auch, daß sich die damalige amerikanische Medizin sehr von der heutigen unterschied. Es war die Zeit, bevor Ärzte durch die Krankenversicherung reich und aufgrund von »Kunstfehlern« verdächtig wurden, bevor sie durch Polikliniken austauschbar und aufgrund der sich verbreitenden Labortests zu puren Technokraten wurden. Damals wurde Medizin noch als Berufung verstanden. Ärzte waren angesehen. Für die Allgemeinheit rangierten Mediziner knapp hinter Richtern am obersten Gerichtshof.

Daher überrascht es vermutlich kaum, daß die Medizin in den sechziger Jahren ein ausgesprochen selbstgefälliger Berufszweig war. Strittigkeiten und Mißbräuche wurden nicht ernsthaft zur Sprache gebracht. Und nur in ersten schwachen Ansätzen deuteten sich die ethischen Fragen an, die später eine so herausragende Rolle spielen sollten.

Eine dieser während meine Studentenzeit von der Medizin ausgeklammerten Fragen betraf das Problem der Abtreibung, die damals in den Vereinigten Staaten weitestgehend illegal war. Eine Million Amerikanerinnen flog jedes Jahr außer Landes, um sich freiwillig einer Abtreibung zu unterziehen. Diejenigen, die sich den Flug nicht leisten konnten, tauchten häufig in der Notaufnahme auf, septisch und blutend. In jeder Stadt gab es Engelmacher, die in Hinterzimmern praktizierten, und bei Bedarf wurden verschüchterten Frauen die Adressen zugeflüstert – ein schäbiges, gefährliches Gewerbe, bei dem die gesamte Ärzteschaft so tat, als existiere es nicht.

Ich weiß noch, wie ich einmal einen Oberarzt fragte, warum die Ärzteschaft nicht die Unzulänglichkeiten und Gefahren der derzeitigen Situation zur Sprache bringe.

»Abtreibung ist illegal«, erwiderte er.

»Ich weiß«, sagte ich. »Trotzdem ist es vom medizinischen Standpunkt aus gefährlich und untragbar.«

»Aber es ist illegal«, sagte er, und mehr gab es dazu nicht zu sagen.

Ich hatte das Gefühl, daß es dazu durchaus mehr zu sagen gab, und so ersann ich eine Geschichte, die meiner Betroffenheit Ausdruck verleihen sollte. Ich schrieb *Die Intrige* innerhalb von zehn Tagen während der Frühjahrssemesterferien. Ich schickte das Manuskript an meinen Verleger und erhielt im Gegenzug den Anruf, vor dem ich mich so lange gefürchtet hatte.

»Es gefällt uns«, sagte mein Lektor, »aber wir möchten ein paar Änderungen.«
»O nein«, stöhnte ich.
»Sie mißverstehen mich offenbar«, sagte er. »Das sind gute Neuigkeiten. Wir möchten das Buch im Hardcover veröffentlichen. Aber wir meinen, daß es zunächst etwas überarbeitet werden muß.«
»Nein«, sagte ich. »Veröffentlichen Sie's einfach als Taschenbuch, so wie immer.«
Er schwieg zunächst verblüfft. »Normalerweise möchten Autoren, daß ihre Bücher als Hardcover veröffentlicht werden«, sagte er.
»Ich nicht«, sagte ich. »Und ich möchte es auch nicht überarbeiten. Ich bin auf der Uni, ich habe keine Zeit.«
Letzten Endes aber überredete er mich dazu, den Roman im Sommer umzuschreiben, und ein Jahr darauf, 1968, wurde *Die Intrige* veröffentlicht. Auf dem Einband war kein Foto des Autors abgedruckt, eines gewissen Jefferey Hudson, von dem es lediglich hieß, es handle sich um »das Pseudonym eines amerikanischen Wissenschaftlers, der in Boston studierte und derzeit in London lebt«. (Ich hielt es für klüger, den Autor möglichst außer Reichweite möglicher Interviewer anzusiedeln.)
Das Buch sorgte für einen kleinen Aufruhr in den Medizinerkreisen von Boston. Sämtliche Studenten lasen es und fragten: »Wer ist dieser Hudson, der sich so gut in der medizinischen Fakultät auskennt?«
Ich schaltete mich in die Unterhaltungen ein. »Ja«, sagte ich damals. »Ich frage mich auch, wer das wohl ist.«
Aber ich wollte nicht, daß irgend jemand Bescheid wußte. Die Medizin war ein ernstes Geschäft, und ein Student, der Spannungsromane schrieb, war offensichtlich nicht mit dem gebührenden Ernst bei der Sache.

Daher geriet ich in helle Panik, als ich einige Monate später erfuhr, daß das Buch von den *Mystery Writers of America,* dem amerikanischen Kriminalschriftstellerverband, als bester Kriminalroman des Jahres für den Edgar Allan Poe Award vorgeschlagen worden war. Lynn Nesbit, meine Agentin, rief an und sagte, ich müsse zum Festbankett nach New York fahren und, falls ich gewinnen sollte, den Preis entgegennehmen. Die Aussicht war entsetzlich, denn dadurch würde meine Identität enthüllt werden. Ich tröstete mich mit der Hoffnung, daß ich nicht gewinnen würde.
Wie es das Schicksal wollte, gewann ich. Am späten Freitagnachmittag stahl ich mich aus der Klinik davon, flog nach New York und nahm meinen Preis entgegen. Ich freute mich, daß ich den Edgar hatte, aber meine Verleihungsansprache fiel sehr hastig aus. Ich wollte nicht fotografiert werden; jedes Blitzlicht erfüllte mich mit Grauen. Die nächsten paar Wochen lebte ich in steter Panik, die Kunde von der Ehrung könne irgendwie meinen Professoren in Boston zu Ohren kommen.
Doch das geschah nie. Selbst als das Buch nach Hollywood verkauft wurde, schaffte ich es irgendwie, meine Identität geheimzuhalten. Gleichzeitig fiel es mir immer schwerer, zu kaschieren, was mit mir geschah – und wie ich mehr und mehr empfand. Nun, da ich als Schriftsteller erfolgreich war, stellte ich fest, daß ich ernsthaft daran dachte, mich von der Medizin zu verabschieden, sobald ich meinen Doktor in der Tasche hatte. Genau das ist schließlich geschehen.
Daher empfinde ich im nachhinein eine ganze Menge für dieses kleine Buch, trotz aller nur zu offensichtlichen Unzulänglichkeiten. Es handelt sich hierbei um das Werk eines jungen, noch nicht einmal fünfundzwanzigjährigen Mannes,

das voller Hingabe, aber auch in beträchtlicher Eile geschrieben wurde. Nun, da *die Intrige* wiederveröffentlicht wird, kann ich den Leser nur um Nachsicht mit einem jungen Mann und seinen ein Vierteljahrhundert alten Ergüssen bitten.

Michael Crichton
Los Angeles
12. Oktober 1993

übersetzt von
Georg Schmidt

Montag, 10. Oktober

1

Alle Herzchirurgen sind Spinner, und Conway ist keine Ausnahme. Noch im grünen Operationsmantel, die Mütze auf dem Kopf, stürzte er am Morgen um halb neun außer sich vor Wut ins Pathologische Labor. Wenn Conway wütend ist, spricht er stoßweise mit zusammengebissenen Zähnen. Sein Gesicht läuft rot an, und an den Schläfen zeichnen sich purpurne Flecken ab.

»Alles Idioten«, zischte er, »gottverdammte Idioten.« Er hämmerte mit der Faust an die Wand, daß die Flaschen in den Schränken klirrten.

Wir alle wußten, was los war. Conway macht täglich zwei Operationen am offenen Herzen; mit der ersten fängt er um halb sieben an. Wenn er zwei Stunden später im Pathologischen Labor auftaucht, gibt es dafür nur einen Grund.

»Diese blöden Pfuscher«, sagte Conway. Er trat mit dem Fuß nach dem Abfalleimer. Klappernd rollte er über den Boden.

»Den Schädel schlag ich ihm ein, seinen gottverdammten Schädel«, sagte Conway, mit verzerrtem Gesicht zur Decke hochstarrend, als rufe er Gott an. Gott kannte das alles, genau wie wir. Die Wut, die zusammengebissenen Zähne, das Gehämmer und Gefluche. Es war jedesmal das gleiche. Manchmal richtete sich seine Wut gegen den Thoraxspezialisten, manchmal gegen die Schwestern, manchmal gegen die Techniker. Merkwürdigerweise nie gegen Conway.

»Und wenn ich hundert Jahre alt werde«, stieß er hervor,

»nie werde ich einen ordentlichen Anästhesisten finden. Nie. Es gibt einfach keinen. Alles vertrottelte Scheißkerle – alle miteinander.«
Wir sahen uns verstohlen an; diesmal war es Herbie. Etwa viermal im Jahr war Herbie dran. Die übrige Zeit waren er und Conway die besten Freunde, und Conway hob ihn in den Himmel und nannte ihn den besten Anästhesisten im ganzen Land, besser als Lewis in der Mayo-Klinik, besser als irgend jemand.
Doch viermal im Jahr war Herbert Landsman schuld daran, wenn jemand auf dem Operationstisch starb. In der Herzchirurgie war die Quote ziemlich hoch: fünfzehn Prozent bei den meisten Chirurgen, acht Prozent bei Conway.
Und weil Frank Conway so gut war, ein Mann mit begnadeten Händen, ein Genie, deshalb fanden sich alle mit seinen Launen und Wutanfällen ab. Einmal hatte er ein Mikroskop auf den Boden geschmissen, ein Schaden von hundert Dollar. Doch weil Conway ein Achtprozenter war, hatte niemand auch nur mit der Wimper gezuckt.
Natürlich gab es in Boston alles mögliche Gerede darüber, wie er seinen Prozentsatz so niedrig hielt. Man behauptete, Conway lehne komplizierte Fälle ab, er operiere keine alten Leute, er probiere nie irgendwelche neuen und gefährlichen Methoden aus. Das alles stimmte natürlich nicht. Conway hatte eine so niedrige Sterblichkeitsquote, weil er ein ausgezeichneter Chirurg war. Einfach deshalb.
Daß er ansonsten ein Widerling war, nahm man nicht so wichtig. Wütend blickte er sich im Labor um. »Wer hat heute Dienst?«
»Ich«, sagte ich. Ich war an diesem Tag in der Pathologischen Abteilung der diensthabende Oberarzt. Wenn er irgend etwas wollte, mußte er sich an mich wenden. »Brauchen Sie einen Tisch?«

»Ja, verdammte Scheiße.«
»Wann?«
»Heute abend.«
Das war eine Gewohnheit von Conway. Er machte seine Obduktionen immer am Abend, oft bis spät in die Nacht hinein. Es war, als ob er sich selbst bestrafen wollte. Nie durfte ihm jemand zusehen, nicht einmal seine Assistenten. Manche behaupteten, er weine dabei. Andere, er kichere. Doch niemand wußte das genau. Außer Conway.
»Ich sag im Büro Bescheid, daß sie Ihnen einen reservieren sollen.«
»Ja, verdammt noch mal.« Er schlug auf den Tisch. »Eine Mutter von vier Kindern!«
»Ich sag ihnen, sie sollen alles vorbereiten.«
»Stillstand – noch bevor wir das Herz aufgemacht hatten. Aus. Wir haben fünfunddreißig Minuten massiert. Zwecklos. Nichts.«
»Wie ist der Name?« fragte ich. Im Büro brauchten sie den Namen.
»McPherson«, sagte Conway. »Mrs. McPherson.«
Er ging zur Tür und blieb davor stehen. Er schien zu schwanken; sein Körper sackte zusammen, seine Schultern fielen nach vorn.
»Mein Gott«, sagte er. »Eine Mutter von vier Kindern. Wie, zum Teufel, soll ich das dem Mann beibringen?«
Er hob die Hände, hielt sie vors Gesicht und starrte vorwurfsvoll seine Finger an, als hätten sie ihn verraten. Und gewissermaßen hatten sie das ja.
»Mein Gott«, sagte er. »Warum bin ich nicht Dermatologe geworden? Einem Dermatologen stirbt nie jemand.«
Dann stieß er die Tür auf und ging hinaus.

Als wir allein waren, sagte einer der Assistenten: »Ist er immer so?« Er war sehr blaß.
»Ja«, sagte ich. »Immer.«
Ich trat ans Fenster und blickte hinaus auf den dichten Morgenverkehr, der sich langsam durch den Nieselregen schob. Es wäre mir leichter gefallen, Mitgefühl für Conway zu empfinden, wenn ich nicht gewußt hätte, daß er sich selbst was vorspielte, eine Art Ritual zu seiner eigenen Abreaktion, das er jedesmal aufführte, wenn ihm ein Patient starb. Sicherlich brauchte er das, doch den meisten von uns wäre es lieber gewesen, er hätte zu diesem Zweck Kreuzworträtsel gelöst.
Conway störte uns und hielt uns bei der Arbeit auf. Am Morgen war das besonders schlimm, weil wir die Gewebeschnitte untersuchen mußten und damit ohnedies meist im Rückstand waren.
Ich wandte mich vom Fenster ab und nahm mir den nächsten Schnitt vor. Wir arbeiten in unserem Labor nach einer zeitsparenden Methode: Die Pathologen stehen an hüfthohen Arbeitstischen und untersuchen die Exzisionen. Vor jedem hängt ein Mikrofon an der Decke, das mit einem Fußpedal ein- und ausgeschaltet werden kann. Auf diese Weise sind die Hände frei. Wenn man etwas zu sagen hat, tritt man auf das Pedal und spricht ins Mikrofon. Die Befunde werden auf Band aufgenommen und später von den Sekretärinnen abgeschrieben.
Ich bemühte mich seit einer Woche, mir das Rauchen abzugewöhnen, und dieses Präparat erleichterte mir das: es war ein in ein Stück Lungengewebe eingebetteter weißer Knoten. Auf dem beigefügten rosa Etikett stand der Name des Patienten; er lag in diesem Moment mit aufgeschnittener Brust unten im OP. Erst wenn die Chirurgen den pathologischen Befund hatten, konnten sie die Operation fortsetzen.

War es ein gutartiger Tumor, so würden sie nur einen Lungenlappen entfernen; war es ein bösartiger, die ganze Lunge und sämtliche Lymphknoten.

Ich trat auf das Pedal.

»Patient AO-vier-fünf-zwei-drei-drei-sechs Joseph Magnuson. Präparat ist ein Schnitt aus der rechten Lunge, Oberlappen, Größe« – ich nahm den Fuß vom Pedal und maß es – »fünf mal sieben Komma fünf Zentimeter. Das Gewebe ist blaßrosa, mit Luft gefüllt und knistert bei Berührung. Die Pleuraoberfläche ist glatt und glänzend, keine Anzeichen für Fibrose oder Verwachsungen. Einige Blutungen vorhanden. Im Parenchym ein unregelmäßiger weißer Knoten, Größe« – ich maß den Knoten – »etwa zwei Zentimeter im Durchmesser. Die Schnittfläche ist weißlich und hart. Keine erkennbare Bindegewebskapsel. Das umgebende Gewebe ist leicht verwachsen. Makroskopischer Eindruck: Lungenkrebs, bösartig. Metastase Fragezeichen. Absatz. Unterschrift John Berry.«

Ich nahm ein Stück von dem weißen Klumpen heraus und fertigte einen Gefrierschnitt an. Es gab nur eine Möglichkeit, mit Sicherheit festzustellen, ob er gutartig oder bösartig war: eine mikroskopische Untersuchung, und die geht mit dem Gefrierschnitt am schnellsten. Normalerweise mußte man, um ein mikroskopisches Präparat herzustellen, das Gewebe in sechs oder sieben Bäder tauchen, und das dauerte mindestens sechs Stunden, manchmal Tage. So lange konnten die Chirurgen nicht warten.

Als das Gewebe hartgefroren war, schnitt ich einen Teil mit dem Mikrotom heraus, färbte ihn und ging damit zum Mikroskop. Ich brauchte gar nicht die stärkste Einstellung; schon bei schwacher Vergrößerung sah ich deutlich das spitzenartige Netzwerk des Lungengewebes mit den zarten Alveolbläschen, in denen der Austausch von Gas zwischen

Blut und Luft stattfindet. Und klar hob sich davon die weiße Masse ab.
Ich trat mit dem Fuß auf das Pedal.
»Mikroskopische Untersuchung des Gefrierschnitts. Die weißliche Masse scheint aus undifferenzierten Parenchymzellen zu bestehen, die das normale umgebende Gewebe infiltriert haben. In den Zellen zahlreiche unregelmäßige hypochromatische Kerne und eine große Anzahl von Kernteilungen. Einige mehrkernige Riesenzellen. Eine klar abgegrenzte Kapsel ist nicht zu erkennen. Diagnose: Primäres Lungenkarzinom (bösartig). Ausgeprägte Anthrakose im umgebenden Gewebe.«
Anthrakose ist eine Ansammlung von Kohlenstoff in der Lunge. Ganz gleich, in welcher Form man Kohlenstoff in sich aufnimmt, ob durch Einatmen von Zigarettenrauch oder Großstadtstaub – der Körper wird ihn nie mehr los. Er lagert sich in den Lungen ab.
Das Telefon klingelte. Das war bestimmt Scanlon unten im OP, der es nicht erwarten konnte, den Befund zu kriegen. Wie alle Chirurgen ist Scanlon todunglücklich, wenn er nicht schneiden kann. Es ist unerträglich für ihn, wenn er vor dem großen Loch, das er in den Patienten hineingeschnitten hat, stehen und auf den Befund warten muß. Er denkt überhaupt nicht daran, daß ein Bote die Gewebsprobe zuerst von der Chirurgischen Abteilung zum ziemlich weit entfernten Pathologischen Labor bringen muß, bevor wir sie uns ansehen können. Und ihm kommt auch nie der Gedanke, daß es noch elf andere Operationssäle im Krankenhaus gibt, in denen jeden Vormittag zwischen sieben und elf Hochbetrieb herrscht. Obwohl während dieser Zeit bei uns vier Assistenten und Pathologen die Untersuchungen vornehmen, kommen wir mit der Arbeit nie nach.
Auf dem Weg zum Telefon streife ich meinen einen Gum-

mihandschuh ab. Meine Hand war schweißnaß; ich wischte sie am Hosenboden ab und nahm den Hörer. Zur Sicherheit wird unser Telefon jeden Abend mit Alkohol und Formalin desinfiziert.

»Hier Berry.«

»Was ist denn bei euch wieder mal los, Berry?«

Am liebsten wäre ich ihm über den Mund gefahren, doch ich nahm mich zusammen und sagte bloß: »Es ist ein Karzinom.«

»Hab ich mir gedacht«, sagte Scanlon, als sei meine ganze Untersuchung überflüssig gewesen.

»Ja«, sagte ich und legte auf.

Ich hatte schreckliche Lust auf eine Zigarette. Nach dem Frühstück hatte ich nur eine geraucht, und im allgemeinen rauche ich zwei.

Als ich an meinen Tisch trat, sah ich, daß drei Präparate warteten: eine Niere, eine Gallenblase und ein Blinddarm. Während ich meinen Handschuh wieder überstreifte, klickte die Sprechanlage.

»Dr. Berry?«

»Ja?«

Die Sprechanlage hat ein sehr starkes Mikrofon, so daß man von jeder Stelle des Labors in normalem Ton mit der Sekretärin sprechen kann. Es hängt hoch oben an der Decke, weil die neuen Assistenten meistens hinstürzen und hineinschreien, ohne daran zu denken, wie empfindlich es ist. Und dann platzt dem Mädchen am anderen Ende fast das Trommelfell.

»Dr. Berry, Ihre Frau möchte Sie sprechen.«

Ich schwieg einen Moment. Judith und ich haben eine Abmachung: am Vormittag keinerlei Anrufe. Von sieben bis elf ist bei mir Hochbetrieb, sechs Tage in der Woche, und manchmal, wenn einer von uns krank ist, auch sieben.

Normalerweise hält sie sich strikt daran. Sie rief mich nicht einmal an, als Johnny mit seinem Dreirad gegen einen Lastwagen fuhr und an der Stirn genäht werden mußte.

»Okay«, sagte ich, »stellen Sie durch.« Ich blickte auf meine Hand. Der Handschuh war halb übergestreift. Ich zog ihn herunter und ging wieder ans Telefon.

»Hallo?«

»John?« Ihre Stimme zitterte. Seit Jahren hatte sie nicht so geklungen – nicht mehr seit dem Tod ihres Vaters.

»Was gibt's denn?«

»John, Arthur Lee hat eben angerufen.«

Art Lee war ein mit uns befreundeter Gynäkologe; bei unserer Hochzeit war er Brautführer gewesen.

»Was ist denn passiert?«

»Er rief eben an und wollte dich sprechen. Er ist in einer Klemme.«

»In was für einer Klemme?« Während ich sprach, winkte ich einem Assistenten und deutete auf meinen Tisch. Die Präparate mußten schnellstens untersucht werden.

»Ich weiß nicht«, sagte Judith. »Er ist verhaftet worden.«

Mein erster Gedanke war: Das kann nur ein Irrtum sein.

»Bist du ganz sicher?«

»Ja, ich sag dir doch, er hat gerade eben angerufen. John, ist es wegen –«

»Keine Ahnung«, sagte ich. »Ich weiß nicht mehr als du.« Ich klemmte den Hörer zwischen Ohr und Schulter, streifte meinen andern Handschuh ab und warf beide in einen mit Plastiktuch ausgeschlagenen Kübel. »Ich fahre gleich hin«, sagte ich. »Reg dich nicht auf. Wahrscheinlich ist es nur irgendeine Kleinigkeit. Vielleicht war er wieder mal betrunken. Ich ruf dich so schnell wie möglich an.«

Ich legte auf, nahm meine Schürze ab und hängte sie an den Haken neben der Tür. Dann ging ich den Korridor hinunter zu Sandersons Büro. Sanderson war der Chef des Pathologischen Labors, ein Mann von mehr würdevollem Aussehen. Er war achtundvierzig und das Haar an seinen Schläfen erst leicht grau meliert. Sein Gesicht war düster und nachdenklich. Er hatte genausoviel zu befürchten wie ich.

»Art ist verhaftet worden«, sagte ich.

Er studierte gerade einen Obduktionsbefund. »Warum?« fragte er und klappte die Akte zu.

»Ich weiß nicht. Ich würde gern hinfahren.«

»Soll ich mitkommen?«

»Nein«, sagte ich. »Besser, ich spreche allein mit ihm.«

»Rufen Sie mich an, sobald Sie Bescheid wissen«, sagte Sanderson und starrte mich über seine Halbbrille hinweg an.

»Okay.«

Er nickte. Als ich zur Tür hinausging, hatte er die Akte bereits wieder aufgeschlagen und las weiter. Falls ihn die Sache beunruhigte, so ließ er es sich nicht anmerken. Aber das tat Sanderson nie.

Als ich unten in der Halle in die Tasche griff und die Wagenschlüssel hervorholen wollte, fiel mir ein, daß ich ja keine Ahnung hatte, wo sie Art hingebracht hatten, und so ging ich zum Empfangspult, um Judith anzurufen und sie danach zu fragen. Hinter dem Pult saß Sally Planck, eine gutmütige Blondine, deren Name den Assistenzärzten Stoff zu endlosen Witzeleien gab. Ich rief Judith an und fragte sie, wo Art sei, doch sie wußte es nicht. Sie hatte ganz vergessen, ihn danach zu fragen. Also rief ich Betty an, Arthurs Frau, ein hübsches, tüchtiges Mädchen, das in Stanford seinen Doktor in Biochemie gemacht hatte. Bis sie vor ein paar Jahren ihr drittes Kind bekam, hatte sie in Harvard in einem Forschungsinstitut gearbeitet. Normalerweise ist sie die Ruhe selbst. Nur einmal hatte ich sie aufgeregt gesehen – als George Kovacs im Suff ihren ganzen Patio vollpinkelte.

Betty schien wie gelähmt von dem Schock. Sie sagte, sie hätten Arthur in die Charles Street gebracht. Er sei am Morgen verhaftet worden, als er gerade in die Praxis fahren wollte. Die Kinder wären völlig verstört; sie hätte sie nicht zur Schule geschickt, sondern daheim behalten. Was, um Himmels willen, solle sie ihnen sagen?
Daß das Ganze ein Irrtum wäre, sagte ich und legte auf.

Ich ging zum Ärzteparkplatz, stieg in meinen Volkswagen und fuhr los, vorbei an all den glänzenden Cadillacs. Die großen Wagen gehören alle Ärzten mit eigener Praxis; Pathologen werden vom Krankenhaus bezahlt und können sich solche schimmernden Rösser nicht leisten.
Es war Viertel vor neun, die Zeit des stärksten Stoßverkehrs, in Boston eine Sache auf Leben und Tod. Boston hat die höchste Unfallquote der Vereinigten Staaten, noch höher als Los Angeles, was jeder Unfallchirurg bestätigen kann. Oder jeder Pathologe; wir bekommen eine Menge Verkehrstote zur Obduktion. Sie fahren wie die Irren; wenn man auf der Unfallstation sieht, wie die Leichen reinkommen, denkt man, es sei Krieg. Judith sagt immer, das käme davon, daß sie unterdrückt sind. Art meint, der Grund sei, daß sie katholisch sind und glauben, Gott werde schon auf sie aufpassen, wenn sie falsch überholen, doch Art ist ein Zyniker. Einmal, bei einer Ärzteparty, erzählte ein Chirurg, daß an vielen Augenverletzungen die Plastikfiguren am Armaturenbrett schuld sind. Die Leute würden bei einem Zusammenstoß nach vorn geschleudert und stächen sich an der Madonna, die sie da vorn befestigt haben, die Augen aus. Art fand das schrecklich komisch.
Er lachte, bis ihm die Tränen kamen. »Geblendet durch Religion«, sagte er und bog sich vor Lachen. »Geblendet durch Religion.«

Die meisten Leute bei der Party verstanden nicht, warum er darüber so lachte; sie fanden es albern und geschmacklos. Ich glaube, ich war von allen der einzige, der begriff, warum Art das so komisch fand. Ich war auch der einzige, der wußte, unter welchem Druck er ständig bei seiner Arbeit stand.

Ich bin schon ziemlich lange mit Art befreundet – seit wir zusammen studiert haben. Er ist ein intelligenter Kerl und ein guter Arzt, und er glaubt an das, was er tut. Wie die meisten Ärzte mit eigener Praxis ist er ein wenig zu selbstherrlich, ein wenig zu autokratisch, und er glaubt immer ganz genau zu wissen, was das beste ist, doch das kann man einfach nicht in jedem Fall. Er erfüllt eine wichtige Funktion. Irgendwer muß ja schließlich in unserer Stadt die Abtreibungen machen.

Ich weiß nicht genau, wann er damit anfing; vermutlich kurz nach seiner Assistentenzeit auf der Gynäkologischen Station. Es ist keine besonders schwierige Operation – jede gutausgebildete Schwester kann sie machen. Die Sache hat nur einen kleinen Haken. Sie ist gesetzlich verboten.

Ich weiß noch sehr gut, wie ich dahinterkam. Einige Assistenten im Pathologischen Labor machten dumme Bemerkungen über Arthur Lee; sie bekamen eine Menge Ausschabungsproben auf den Tisch, die positiv waren. Die Ausschabungen waren aus verschiedenen Gründen angeordnet worden – unregelmäßige Menstruation, Unterleibsschmerzen, Zwischenblutungen –, und bei einigen deutete das Material auf das Bestehen einer Schwangerschaft hin. Mich beunruhigte dieses Gerede, denn die Assistenten waren jung und hatten ein loses Mundwerk. Ich sagte ihnen, sie sollten mit diesem Unsinn aufhören; durch derartige Witze könnte der Ruf eines Arztes leicht ruiniert werden. Dann machte ich mich auf die Suche nach Arthur. Ich fand ihn in der Krankenhauskantine.

»Art«, sagte ich, »da ist eine Sache, über die ich mit dir reden muß.«

Er biß von seinem Krapfen ab und trank einen Schluck Kaffee; anscheinend war er bester Stimmung. »Hoffentlich nichts Gynäkologisches«, sagte er lachend.

»Nicht direkt. Ich habe nur gehört, wie einige der Assistenten darüber redeten, daß du im letzten Monat ein halbes Dutzend Schwangerschafts-positive Abrasionen hattest. Bist du davon verständigt worden?«

Seine gute Laune schien plötzlich verflogen. »Ja«, sagte er, »natürlich.«

»Ich wollte dich bloß darauf aufmerksam machen. Wenn das rauskommt, könntest du Schwierigkeiten mit der Ärztekammer kriegen, und –«

Er schüttelte den Kopf. »Wie kommst du denn auf die Idee?«

»Na ja, du weißt doch, wie das aussieht.«

»Ja«, sagte er. »Es sieht so aus, als ob ich Abtreibungen mache.«

Er sagte es ganz leise, fast flüsternd, und sah mir dabei direkt in die Augen. Ein unbehagliches Gefühl stieg in mir auf.

»Du hast recht, wir müssen darüber reden«, sagte er. »Hast du heute abend gegen sechs Zeit für einen Drink?«

»Ich glaube schon.«

»Dann treffen wir uns auf dem Parkplatz. Und vielleicht könntest du dir bis dahin eine Krankengeschichte von mir ansehen?«

»Okay«, sagte ich stirnrunzelnd.

»Der Name ist Suzanne Black. Die Nummer AO-zwei-zwei-eins-drei-sechs-fünf.«

Ein wenig verwundert, daß er die Nummer auswendig wußte, kritzelte ich sie auf eine Serviette. Ein Arzt merkt sich alles mögliche von seinen Patienten, aber kaum die Krankennummer.

»Sieh dir den Fall gut an«, sagte Art, »aber sag bitte niemandem etwas darüber, bevor wir miteinander gesprochen haben.«
Verwirrt ging ich ins Labor zurück. Ich hatte eine Obduktion zu machen, und als ich damit gegen vier Uhr fertig war, ging ich in die Registratur und suchte mir Suzanne Blacks Krankengeschichte heraus. Ich las sie gleich dort – sie war nicht sehr lang. Suzanne Black studierte an einem Bostoner College. Mit zwanzig Jahren war sie zum erstenmal zu Dr. Lee gekommen, wegen Menstruationsstörungen. Nach ihren Angaben hatte sie einige Zeit zuvor die Röteln gehabt und danach unter ständiger Müdigkeit gelitten. Ihr Collegearzt hatte sie auf eine vermutete Mononukleosis hin untersucht. Seit etwa zwei Monaten hatte sie alle sieben bis zehn Tage leichte Blutungen und keine richtige Menstruation. Sie war immer noch ständig müde und lethargisch.
Der körperliche Befund war im großen und ganzen normal, nur die Temperatur etwas erhöht. Auch das Blutbild war in Ordnung, abgesehen von einem leichten Hämoglobinmangel.
Dr. Lee hatte zur Regulierung ihrer Menstruationsstörungen eine Ausschabung vorgenommen. Das Ganze war 1956 gewesen, vor Einführung der Östrogentherapie. Das Abrasionsmaterial war normal; keine Anzeichen für einen Tumor oder eine Schwangerschaft. Das Mädchen schien gut darauf anzusprechen. Sie blieb drei Monate unter Kontrolle und hatte regelmäßige Perioden.
Der Fall schien völlig klar. Krankheit oder seelische Belastung können bei einer Frau die biologische Uhr aus dem Takt bringen; mit einer Ausschabung kann man diese Uhr wieder richtig einstellen. Ich verstand nicht, warum Art mich gebeten hatte, mir den Fall anzusehen. Ich warf einen Blick auf den pathologischen Befund. Dr. Sanderson hatte das

Abrasionsmaterial untersucht. Die Diagnose war kurz und eindeutig: makroskopischer Eindruck normal, mikroskopischer Befund normal.

Ich legte die Krankengeschichte in den Schrank zurück und ging ins Labor. Als ich dort ankam, war mir immer noch nicht klar, was an der Sache Besonderes sein sollte. Ich ging im Labor herum und tat dies und jenes, und schließlich setzte ich mich hin und schrieb den Bericht über die Obduktion.

Ich weiß nicht, was mich auf die Idee brachte, mir das mikroskopische Präparat anzusehen.

Wie in den meisten Krankenhäusern werden auch bei uns im Lincoln sämtliche Präparate aufgehoben, denn auf diese Weise ist es möglich, einen Fall zwanzig oder dreißig Jahre zurückzuverfolgen. Sie sind in langen Kästen eingeordnet, wie Karteikarten in einer Bibliothek. Wir hatten einen ganzen Raum voll solcher Kästen.

Ich ging zu dem betreffenden Kasten und suchte mir Präparat 1365 heraus. Auf dem Etikett standen die Nummer der Krankengeschichte und Dr. Sandersons Initialen und darunter in Druckbuchstaben: »Abrasio.«

Ich ging mit dem Präparat in den Mikroraum, wo in einer langen Reihe zehn Mikroskope stehen. Eins davon war frei; ich schob das Präparat hinein und schaute es mir an.

Ich sah es auf den ersten Blick.

Der Schnitt stammte von einer Uterusausschabung und zeigte eine normale Gebärmutterschleimhaut in der Wachstumsphase. Doch was mich stutzig machte, war die Färbung. Das Präparat war mit Zenker-Formalin gefärbt, so daß das Ganze strahlend blau und grün aussah. Es war eine ziemlich ungewöhnliche Färbungsmethode, die man nur zu speziellen diagnostischen Zwecken anwandte. Normalerweise verwendet man Hematoxylin-Eosin, das eine rosa und purpurne

Färbung ergibt. Fast alle Gewebeproben sind mit H & E gefärbt, und wenn dies nicht der Fall ist, so sind die Gründe dafür im pathologischen Befund angegeben.

In Dr. Sandersons Befund stand jedoch nicht, daß das Präparat mit Zenker-Formalin gefärbt sei.

Es schien dafür nur eine Erklärung zu geben: Das Präparat war vertauscht worden. Ich sah mir die Schrift auf dem Etikett an. Kein Zweifel, es war Sandersons Schrift. Was konnte da passiert sein?

Im selben Moment fiel mir ein, daß es noch andere Möglichkeiten gab. Vielleicht hatte Sanderson vergessen, die ungewöhnliche Färbungsmethode in seinem Befund zu vermerken. Oder er hatte zwei Schnitte angefertigt, den einen mit H & E, den anderen mit Zenker-Formalin gefärbt und nur den Zenker aufgehoben. Oder die Präparate waren vertauscht worden.

Keine dieser Möglichkeiten war besonders überzeugend. Ich dachte die ganze Zeit darüber nach und wartete ungeduldig, bis es sechs Uhr war und ich mich mit Art auf dem Parkplatz traf und in seinen Wagen stieg. Er schlug vor, irgendwo anders hinzufahren. Als er losfuhr, sagte er: »Hast du die Krankengeschichte gelesen?«

»Ja«, sagte ich. »Sehr interessant.«

»Und hast du dir auch das Präparat angesehen?«

»Ja. Ist es das Original?«

»Du meinst, ob das Präparat von Suzanne Blacks Ausschabung stammt? Nein.«

»Du hättest besser aufpassen sollen. Die Färbung stimmt nicht. Mit so was kannst du dich schön in die Nesseln setzen. Wo ist das Präparat her?«

Art lächelte leise. »Aus einem Fachgeschäft für biologisches Lehrmaterial. ›Schnitt eines normalen Endometriums‹.«

»Und wer hat es vertauscht?«

»Sanderson. Wir hatten damals noch nicht viel Erfahrung auf dem Gebiet. Es war seine Idee, ein falsches Präparat in den Kasten zu tun und es im Befund als normal zu bezeichnen. Inzwischen machen wir das natürlich viel raffinierter. Jedesmal, wenn Sanderson normales Abrasionsmaterial kriegt, macht er davon ein paar zusätzliche Schnitte und hebt sie auf.«

»Ich verstehe nicht ganz«, sagte ich. »Soll das heißen, daß Sanderson mit dir unter einer Decke steckt?«

»Ja«, sagte Art. »Seit mehreren Jahren.«

Sanderson war ein überaus kluger, überaus liebenswürdiger und überaus korrekter Mann. »Du mußt wissen«, sagte Art, »diese ganze Krankengeschichte ist falsch. Das Mädchen war zwanzig, das stimmt. Und sie hatte die Röteln. Und sie hatte eine Menstruationsstörung, doch der Grund war, daß sie schwanger war. Ein Junge, der sie angeblich liebte und heiraten wollte, hatte ihr das Kind bei einem Wochenendausflug angehängt, doch sie wollte zuerst das College fertig machen, und dabei konnte sie kein Baby brauchen. Außerdem hatte sie während des ersten Trimesters die Röteln gehabt. Sie war nicht besonders intelligent, aber was das bei einer Schwangeren für Folgen haben kann, wußte sie. Sie war völlig durcheinander, als sie zum erstenmal zu mir kam. Sie druckste eine Weile herum, und dann platzte sie mit dem Ganzen heraus und fragte, ob ich ihr das Kind nicht wegmachen könnte.

Ich war ziemlich entsetzt. Ich hatte damals eben erst meine Praxis aufgemacht und noch etwas von meinem Idealismus gerettet. Sie war völlig mit den Nerven herunter und tat, als sei die ganze Welt für sie zusammengebrochen. Und in gewisser Weise stimmte das wohl auch. Sie sah sich nur aus dem College fliegen und als ledige Mutter eines mißgebildeten Kindes. Sie war ein nettes Mädchen, und sie tat mir ehrlich leid, doch ich sagte nein. Ich sagte ihr, daß ich so etwas unmöglich machen könne.

Daraufhin fragte sie mich, ob eine Abtreibung eine gefährliche Operation sei. Zuerst dachte ich, sie hätte die Absicht, es selber zu versuchen, und so sagte ich ja. Dann erzählte sie mir, daß sie von einem Mann im Norden der Stadt wüßte, der es für zweihundert Dollar machen würde. Er sei mal Sanitäter bei der Marine gewesen oder so etwas. Wenn ich es nicht machen würde, dann würde sie zu diesem Mann gehen, sagte sie, stand auf und ging.«

Er schüttelte den Kopf und seufzte.

»Die Sache ging mir den ganzen Abend nicht aus dem Kopf, und ich fühlte mich schrecklich. Ich haßte sie – weil sie in meine neue Praxis eingedrungen war, in mein klar vorgezeichnetes Leben, weil sie mich vor so ein Problem stellte. Ich konnte nicht schlafen; ich dachte die ganze Nacht daran. Ich malte mir aus, wie sie in irgendein stinkiges Hinterhaus ging, zu einem schmierigen kleinen Kerl, der sie womöglich umbringen würde. Ich dachte an meine Frau und unser einjähriges Baby und daran, wie schön das alles sein kann. Ich dachte an die verpfuschten Abtreibungen, die ich als Assistent gesehen hatte, an die Mädchen, die um drei Uhr morgens eingeliefert worden waren, blutend und schweißüberströmt. Und natürlich fiel mir auch ein, was ich selbst durchgemacht hatte, als ich noch aufs College ging. Einmal hatten Betty und ich sechs volle Wochen darauf gewartet, daß ihre Periode kam. Ich wußte nur zu gut, wie leicht so was passieren kann ...«

Ich zog an meiner Zigarette und sagte nichts.

»Mitten in der Nacht stand ich auf und machte mir Kaffee. Ich trank sechs Tassen und saß da und starrte auf die Wand. Bis zum Morgen rang ich mich zu der Überzeugung durch, daß das Gesetz nicht richtig sei. Ich war zu dem Schluß gekommen, daß ein Arzt eine Menge Möglichkeiten hat, Gott zu spielen und dabei Mist zu machen, daß dies aber eine gute Tat gewesen wäre. Eine Patientin war mit ihren Schwierigkeiten zu mir gekommen, und ich hatte mich geweigert, ihr zu helfen, obwohl das in meiner Macht gestanden hätte. Und das ließ mir keine Ruhe – ich hatte es abgelehnt, sie zu behandeln. Es war genauso schlimm, als wenn ich einem Kranken Penicillin verweigert hätte, genauso grausam und genauso idiotisch. Am nächsten Morgen ging ich zu Sanderson. Ich wußte, daß er im allgemeinen sehr liberale Ansichten hatte. Ich schilderte ihm die Sache und sagte ihm, daß ich die Absicht hätte, eine Ausschabung zu machen. Er sagte, er würde die pathologische Untersuchung selbst vornehmen, und das hat er dann auch getan. So fing das Ganze an.«

»Und seither hast du ständig Abtreibungen gemacht?«

»Ja«, sagte Art. »In Fällen, wo ich es für gerechtfertigt hielt.«

Wir gingen in eine Kneipe im nördlichen Teil der Stadt, ein einfaches Lokal voller italienischer und deutscher Arbeiter. Art war überaus gesprächig; es schien fast, als sei er froh, sich das alles von der Seele reden zu können.

»Die Moral muß doch mit der Wissenschaft Schritt halten«, fing er wieder an. »Wenn jemand vor der Wahl steht, moralisch zu sein und zu sterben oder unmoralisch zu sein und am Leben zu bleiben, dann wird er auf jeden Fall das Leben wählen. Die Menschen wissen, daß eine Abtreibung heutzutage keine schwere, gefährliche Operation mehr ist. Sie wissen, es ist eine einfache Sache, und sie fordern ihr persönliches Glück, das sie sich damit verschaffen können. Und wenn sie eine Abtreibung wollen, dann kriegen sie sie auch. Wenn sie reich sind, fliegen sie nach Japan oder Puerto Rico; wenn sie arm sind, gehen sie zu dem Marinesanitäter. Aber kriegen tun sie sie, so oder so.«

»Art«, sagte ich. »Es ist gegen das Gesetz.«
Er lächelte. »Ich wußte gar nicht, daß du so viel Respekt vor dem Gesetz hast.«
Das war eine Anspielung auf meine Vergangenheit. Nach dem College hatte ich eineinhalb Jahre Jura studiert. Dann hatte ich die Nase davon voll und sattelte auf Medizin um. Dazwischen spielte ich eine Zeitlang Soldat.
»Das hat doch damit nichts zu tun«, sagte ich. »Wenn sie dich erwischen, stecken sie dich ins Kittchen und nehmen dir die Approbation. Das weißt du doch.«
»Ich tu, was ich tun muß, und ich bin überzeugt, daß ich richtig handle.«
Ich sah ihm an, daß er es ernst meinte. Und im Lauf der Zeit kamen mir selbst verschiedene Fälle unter, in denen eine Abtreibung die einzig mögliche humane Lösung war. Art übernahm sie, und ich half Dr. Sanderson, sie in der Pathologischen Abteilung zu vertuschen. Wir machten das so raffiniert, daß das Gewebekomitee nie dahinterkam. Das Gewebekomitee des Lincoln-Krankenhauses bestand aus den Chefärzten sämtlicher Abteilungen sowie sechs weiteren Ärzten, die ständig wechselten. Das Durchschnittsalter seiner Mitglieder war einundsechzig, und mindestens ein Drittel davon waren jeweils Katholiken.
Natürlich ließ es sich nicht völlig geheimhalten. Viele der jüngeren Ärzte wußten, was Art tat, und hießen es gut, weil er bei der Auswahl der Fälle strenge Maßstäbe anlegte. Die meisten von ihnen hätten selbst Abtreibungen gemacht; sie trauten sich nur nicht.
Ein paar waren gegen Art und hätten ihn gerne hochgehen lassen, wenn sie den Mut dazu gehabt hätten: Arschlöcher wie Whipple und Gluck, deren engstirnige Moral Mitleid und gesunden Menschenverstand ausschlossen.
Lange Zeit hatte ich die Whipples und Glucks gefürchtet.

Später ignorierte ich sie und achtete nicht mehr auf ihre schiefen, vorwurfsvollen Blicke und verkniffenen Gesichter. Vielleicht war das ein Fehler.
Denn jetzt hatte man Art geschnappt, und wenn sein Kopf rollte, dann waren auch Sanderson und ich dran.

Vor dem Polizeirevier gab es keine Möglichkeit, den Wagen abzustellen. Schließlich fand ich ein paar Straßen weiter einen Parkplatz und ging rasch zurück, um herauszufinden, warum Arthur Lee verhaftet worden war.

2

Als ich vor ein paar Jahren bei der Army war, machte ich in Tokio Dienst bei der Militärpolizei, und in dieser Zeit habe ich viel gelernt. Die Militärpolizei war damals, kurz vor Ende der Besatzungsära, allseits äußerst unbeliebt. Die Japaner erinnerten wir mit unseren weißen Helmen und Uniformen an die verhaßte Militärherrschaft. Und für die Amerikaner, die sich auf der Ginza mit Sake oder, wenn sie es sich leisten konnten, mit Whisky vollaufen ließen, symbolisierten wir die ganze Unfreiheit und Beengtheit des Soldatenlebens. Wir waren deshalb für alle, die uns sahen, ein rotes Tuch, und mehr als einer meiner Freunde bekam das zu spüren. Einem wurde mit einem Messer das Auge ausgestochen. Ein anderer wurde umgebracht.
Natürlich waren wir bewaffnet. Ich weiß noch, wie ein abgebrühter Captain, nachdem die Pistolen an uns ausgegeben worden waren, sagte: »Jetzt, wo ihr eure Waffen habt, gebe ich euch einen guten Rat: benützt die Kanone nie. Stellt euch vor, ihr knallt einen besoffenen Rowdy ab – meinetwegen sogar in Notwehr –, und dann stellt sich heraus, sein

Onkel ist Kongreßabgeordneter oder General. Tragt das Schießeisen so, daß man es sehen kann, aber laßt es im Halfter. Kapiert?«
Praktisch lief das darauf hinaus, daß wir ständig bluffen mußten. Wir entwickelten in dieser Hinsicht beachtliche Fähigkeiten – wie übrigens alle Polizisten.
Daran mußte ich denken, als ich im Revier Charles Street dem unfreundlichen Polizeisergeant gegenüberstand. Er sah mich an, als würde er mir am liebsten den Schädel einschlagen.
»Ja? Was gibt's?«
»Ich möchte Dr. Lee sprechen«, sagte ich.
Er grinste. »Meinen Sie das kleine Chinesenschwein?«
»Ich möchte ihn sprechen«, wiederholte ich.
»Geht nicht.«
Er wandte sich ab und kramte zwischen den Papieren auf seinem Schreibtisch herum.
»Warum nicht? Wären Sie bitte so freundlich, mir das zu erklären?«
»Nein«, sagte er. »Ich bin nicht so freundlich.« Ich holte meine Füllfeder und mein Notizbuch hervor. »Geben Sie mir bitte Ihre Dienstnummer.«
»Soll das ein Witz sein? Verschwinden Sie. Sie können ihn nicht sprechen.«
»Sie sind gesetzlich verpflichtet, auf Verlangen Ihre Dienstnummer anzugeben.«
»Was Sie nicht sagen.«
Ich warf einen Blick auf seine Schulter und tat, als ob ich mir die Nummer aufschrieb. Dann ging ich zur Tür.
»Wo wollen Sie denn hin?« murmelte er.
»Zur nächsten Telefonzelle«, sagte ich. »Wirklich ein Jammer. Ihre Frau hat bestimmt Stunden gebraucht, um Ihnen diese Schulterstreifen anzunähen. Unten sind sie in zehn

Sekunden. Sie machen das mit einer Rasierklinge. Hinterläßt keinerlei Spuren.«
Langsam erhob er sich hinter seinem Schreibtisch. »Also, was wollen Sie?«
»Dr. Lee sprechen.«
Er sah mich nachdenklich an.
»Sind Sie sein Anwalt?«
Ich nickte.
»Herrgott noch mal, warum haben Sie das nicht gleich gesagt.« Er nahm einen Schlüsselbund aus der Schreibtischschublade. »Kommen Sie mit.« Er lächelte mich an, doch sein Blick war immer noch feindselig.
Wir gingen durch einen Korridor in den hinteren Teil des Gebäudes. Er sagte nichts, sondern brummte nur ein paarmal. Schließlich wandte er sich halb zu mir um und sagte: »Sie werden verstehen, daß ich mich an meine Vorschriften halten muß. Noch dazu, wo's um Mord geht.«
»Schon gut«, sagte ich. Die Zelle, in der Art saß, war freundlich und sauber und die Luft darin erträglich. Tatsächlich gehören die Zellen in Boston zu den besten von Amerika. Kein Wunder: Eine Menge bekannter Leute haben schon in diesen Zellen gesessen. Bürgermeister, hohe Beamte und so. Schließlich kann man keine ordentliche Kampagne für seine Wiederwahl führen, wenn man in einer miesen und dreckigen Zelle sitzt. Das würde sich schlecht machen.
Art hockte auf seinem Bett und starrte auf die Zigarette in seiner Hand. Der Zementboden war voller Stummel und Asche. Als wir den Gang herunterkamen, blickte er auf.
»John!«
»Sie können zehn Minuten mit ihm reden«, sagte der Sergeant.
Ich trat ein. Der Sergeant sperrte die Tür hinter mir zu und blieb, an das Gitter gelehnt, stehen.

»Vielen Dank«, sagte ich. »Sie können jetzt gehen.«
Er sah mich wütend an und schlenderte mit den Schlüsseln klappernd davon.
Als er weg war, sagte ich zu Art: »Na, alter Junge.«
Er schwieg.
Art ist ein kleiner, stets sehr penibel gekleideter Mann. Er stammt aus San Francisco, aus einer großen Familie von Ärzten und Anwälten. Vermutlich war seine Mutter Amerikanerin: er sieht nicht sehr chinesisch aus. Seine Haut ist eher olivfarben als gelb, seine Augen sind kaum geschlitzt, und er hat hellbraunes Haar. Er ist sehr nervös und fuchtelt beim Reden dauernd mit den Händen herum. Im Ganzen wirkt er eigentlich mehr wie ein Romane.
Jetzt war er sehr blaß und bedrückt. Er stand auf und begann ruhelos und mit fahrigen Bewegungen in der Zelle auf und ab zu gehen.
»Gut, daß du gekommen bist.«
»Falls jemand danach fragen sollte – dein Anwalt hat mich geschickt.« Ich holte mein Notizbuch hervor. »Hast du deinen Anwalt verständigt?«
»Nein, noch nicht.«
»Warum nicht?«
»Ich weiß nicht.« Er rieb sich die Augen. »Ich kann keinen klaren Gedanken fassen. Ich versteh das alles nicht ...«
»Wer ist dein Anwalt?«
Er sagte mir den Namen, und ich schrieb ihn in mein Notizbuch. Es war ein guter Anwalt, und den würde er wahrscheinlich auch brauchen.
»Okay«, sagte ich. »Ich rufe ihn dann gleich an. Also, was ist los?«
»Ich bin verhaftet worden«, sagte Art. »Wegen Mord.«
»Das hab ich gehört. Warum wolltest du mich sprechen?«
»Weil du doch von solchen Dingen was verstehst.«

»Von Mord? Wieso denn das?«
»Du hast doch Jura studiert.«
»Nur ein Jahr lang«, sagte ich. »Und das ist zehn Jahre her. Ich kann mich kaum noch an irgend etwas erinnern.«
»John«, sagte er, »es geht um ein medizinisches und juristisches Problem. Du mußt mir helfen.«
»Wie wär's, wenn du mir das Ganze erst mal erzählen würdest?«
»John, ich hab's nicht getan. Ich schwöre dir, ich hab's nicht getan. Ich hab das Mädchen nicht angerührt.«
Er ging immer noch nervös auf und ab. Ich packte ihn am Arm. »Komm, setz dich«, sagte ich, »und erzähl mir das Ganze. Von Anfang an und schön langsam.«
Er schüttelte den Kopf, drückte seine Zigarette aus und zündete sich sofort eine neue an. Dann sagte er: »Heute morgen, gegen sieben, haben sie mich von zu Hause abgeholt. Sie haben mich hierhergebracht und angefangen, mich zu verhören. Zuerst sagten sie, es wäre nur eine Routinesache. Dann wurden sie immer unangenehmer.«
»Wie viele waren es?«
»Zwei. Manchmal drei.«
»Sind sie grob geworden? Haben sie dich geschlagen? Angeleuchtet?«
Er schüttelte den Kopf.
»Haben sie dir gesagt, daß du deinen Anwalt anrufen kannst?«
»Ja. Aber erst später. Als sie mich über meine verfassungsmäßigen Rechte belehrten.« Er setzte sein trauriges, zynisches Lächeln auf. »Ich hab dir ja gesagt – zuerst haben sie das Ganze als eine Routinesache hingestellt, und deshalb bin ich gar nicht auf die Idee gekommen, meinen Anwalt anzurufen. Sie haben eine ganze Stunde auf mir rumgehackt, bevor sie das Mädchen zum erstenmal erwähnten.«

»Welches Mädchen?«
»Karen Randall.«
»Doch nicht etwa –«
Er nickte. »J. D. Randalls Tochter.«
»Du lieber Himmel.«
»Sie fragten mich, ob ich sie kenne und ob sie eine Patientin von mir sei. Ich sagte ja, sie sei vor einer Woche bei mir in der Praxis gewesen. Wegen einer Amenorrhöe.«
»Seit wann hatte sie keine Menstruation?«
»Seit vier Monaten.«
»Hast du ihnen das gesagt?«
»Nein, danach haben sie nicht gefragt.«
»Und dann?« fragte ich.
»Sie wollten alle möglichen Einzelheiten über ihren Besuch wissen. Ob sie noch irgendwelche anderen Beschwerden hatte und wie sie sich benommen hat. Ich habe es abgelehnt, darüber Auskunft zu geben. Ich sagte, ich könnte meine Schweigepflicht nicht verletzen. Da wechselten sie plötzlich das Thema und wollten wissen, wo ich gestern abend gewesen bin. Ich sagte, ich hätte meine Abendvisite im Spital gemacht und sei dann ein bißchen im Park spazierengegangen. Sie fragten, ob ich noch einmal in meiner Praxis gewesen bin. Ich sagte nein. Darauf fragten sie, ob mich jemand im Park gesehen hat. Ich sagte, das wüßte ich nicht; ich könnte mich nicht erinnern, jemand Bekanntem begegnet zu sein.«
Art zog gierig an seiner Zigarette. Seine Hand zitterte. »Dann haben sie mich in die Zange genommen. Ob ich ganz bestimmt nicht noch einmal in der Praxis gewesen sei? Ob ich wirklich nach der Visite im Park spazierengegangen sei? Ob ich Karen seit der vergangenen Woche nicht noch mal gesehen hätte? Ich hatte keine Ahnung, worauf sie hinauswollten.«

»Und worum geht es?«
»Karen Randall wurde heute morgen um vier von ihrer Mutter ins Memorial-Krankenhaus gebracht. Sie blutete stark und war bei ihrer Einlieferung in einem hämorrhagischen Schockzustand. Ich weiß nicht, wie sie sie behandelt haben – jedenfalls ist sie gestorben. Die Polizei glaubt, ich habe ihr gestern abend eine Abtreibung gemacht.«
Ich runzelte die Stirn. Das Ganze war mir reichlich unklar. »Wie kommen sie auf die Idee? Und wie können sie so fest davon überzeugt sein?«
»Das hab ich sie immer wieder gefragt, aber sie haben es mir nicht gesagt. Vielleicht hat das Mädchen phantasiert und im Krankenhaus meinen Namen genannt. Keine Ahnung.«
Ich schüttelte den Kopf. »Art, Polizisten fürchten eine ungerechtfertigte Verhaftung wie die Pest. Wenn sie dich verhaftet haben, ohne dir wirklich was nachweisen zu können, werden eine Menge Leute ihren Job verlieren. Schließlich bist du ein angesehener Arzt und nicht irgendein besoffener Strolch ohne Geld und ohne Freunde. Sie wissen, daß du dir einen erstklassigen Anwalt leisten kannst. Sie hätten nie gewagt, dich zu verhaften, wenn sie keine handfesten Beweise hätten.«
Art winkte ab. »Ich kann nur sagen, ich weiß es nicht.«
»Du mußt es wissen.«
»Nein, verdammt noch mal«, sagte er und blieb stehen. »Ich habe nicht die leiseste Vermutung.«
Ich sah ihn einen Moment schweigend an und überlegte, wann ich ihm die Frage stellen sollte; daß ich es früher oder später tun mußte, war mir klar. Er bemerkte meinen Blick.
»Nein«, sagte er.
»Was, nein?«
»Ich hab's nicht getan. Hör auf, mich so anzusehen.« Er

setzte sich und begann mit den Fingern aufs Bett zu trommeln. »Herrgott noch mal, ich –«
»Erzähl mir von Karens Besuch«, sagte ich.
»Da gibt's nicht viel zu erzählen. Sie hat mich um eine Abtreibung gebeten, aber ich habe abgelehnt, weil sie schon im vierten Monat war. Ich hab ihr erklärt, warum ich es nicht machen kann, daß es schon zu spät ist und daß in diesem Stadium ein Bauchschnitt nötig wäre.«
»Und sie hat sich damit abgefunden?«
»Ich hatte den Eindruck.«
»Was hast du in das Krankenblatt eingetragen?«
»Nichts. Ich hab gar keins angelegt.«
Ich seufzte. »Das könnte man dir ankreiden. Warum nicht?«
»Weil ich doch gar nicht die Absicht hatte, sie zu behandeln. Ich wußte, daß sie nicht mehr wiederkommen würde. Wozu sollte ich da ein Krankenblatt anlegen?«
»Wie willst du das der Polizei erklären?«
»Mein Gott, wenn ich gewußt hätte, daß sie mich verhaften werden, dann hätte ich verschiedenes anders gemacht.«
Ich zündete mir eine Zigarette an und lehnte mich zurück, so daß ich die kalte Wand an meinem Hinterkopf spürte. Eins stand für mich bereits fest – das war eine verdammt lausige Sache. Und die kleinsten Dinge, die in einem anderen Zusammenhang völlig unwichtig gewesen wären, konnten sich jetzt als überaus wichtig und bedeutungsvoll erweisen.
»Wer hat sie zu dir geschickt?«
»Karen? Ich nehme an, Peter.«
»Peter Randall?«
»Ja. Er war ihr Hausarzt.«
»Du hast sie gar nicht danach gefragt?« Im allgemeinen war Art in solchen Dingen sehr genau.
»Nein. Sie kam ziemlich spät am Abend, und ich war müde.

Außerdem kam sie sofort zur Sache; sie war sehr direkt und hat nicht lange herumgeredet. Als sie mir das Ganze erzählte, nahm ich an, Peter hätte sie zu mir geschickt, damit ich sie über die Situation aufkläre. Denn daß es zu spät war, um einen Abortus einzuleiten, war ja sonnenklar.«

»Wieso hast du das angenommen?«

Er zuckte die Achseln. »Keine Ahnung.«

Ich sah immer noch nicht klar. Ich war überzeugt, daß er mir nicht alles gesagt hatte. »Sind auch schon andere Mitglieder der Familie Randall an dich überwiesen worden?«

»Wie meinst du das?«

»So wie ich's gesagt habe.«

»Ich glaube nicht, daß das von Bedeutung ist«, sagte er.

»Vielleicht doch.«

»Ganz bestimmt nicht«, sagte er. »Das kannst du mir glauben.« Ich zog seufzend an meiner Zigarette. Ich wußte, wie dickköpfig Art sein konnte. »Okay«, sagte ich. »Dann erzähl mir noch ein bißchen was über das Mädchen.«

»Was möchtest du wissen?«

»Hast du sie schon vorher irgendwann mal gesehen?«

»Nein.«

»Hast du mal eine Freundin oder Bekannte von ihr behandelt?«

»Nein.«

»Woher weißt du das so genau?«

»Zum Teufel, genau weiß ich's nicht«, sagte er, »aber ich glaube kaum. Sie war doch erst achtzehn.«

»Okay«, sagte ich. Vermutlich stimmte es. Ich wußte, daß Art im allgemeinen nur Abtreibungen bei verheirateten Frauen machte, die meistens schon Ende zwanzig oder älter waren. Er hatte mir oft gesagt, daß er es bei Jüngeren nur sehr ungern und selten täte. Bei älteren und verheirateten Frauen war die Gefahr, daß es herauskam, wesentlich gerin-

ger; sie waren vernünftiger, und bei ihnen konnte man sich eher darauf verlassen, daß sie den Mund hielten. Doch ich wußte auch, daß er in letzter Zeit öfter bei jungen Mädchen Schwangerschaftsunterbrechungen vorgenommen hatte. Einmal hatte er, halb im Scherz, gesagt, er empfinde es als ungerechte Begünstigung, sich nur auf verheiratete Frauen zu beschränken.
»Wie war sie, als sie in deine Praxis kam?« sagte ich. »Was für einen Eindruck hattest du von ihr?«
»Ein sehr nettes Mädchen«, sagte Art. »Hübsch und intelligent und selbstsicher. Sehr direkt, wie ich schon sagte. Sie kam herein, setzte sich, faltete die Hände auf dem Schoß und rückte sofort mit dem Ganzen heraus. Sie verwendete verschiedene medizinische Ausdrücke, zum Beispiel Amenorrhöe. Doch das fand ich nicht weiter erstaunlich, denn sie stammte ja aus einer Arztfamilie.«
»War sie nervös?«
»Ja«, sagte er, »aber das sind sie alle. Deshalb ist ja in manchen Fällen die Diagnose so schwierig.«
Bei Amenorrhöe muß man, vor allem, wenn es sich um ein junges Mädchen handelt, immer Nervosität als mögliche Ursache in Betracht ziehen. Die Verzögerung oder das Ausbleiben der Menstruation hat häufig psychische Gründe.
»Aber vier Monate?«
»Eben. Ich hielt's ja auch für höchst unwahrscheinlich, daß das der Grund sein könnte. Außerdem hatte sie zugenommen.«
»Wieviel?«
»Fünfzehn Pfund.«
»Kein Beweis.«
»Nein«, sagte er, »aber ein Hinweis.«
»Hast du sie untersucht?«
»Nein. Ich wollte, aber sie hat abgelehnt. Sie wollte nichts

weiter als eine Abtreibung, und als ich nein sagte, ging sie wieder.«

»Sagte sie, was sie vorhatte?«

»Ja«, sagte Art. »Sie zuckte die Achseln und sagte: ›Dann bleibt mir wohl nichts anderes übrig, als es ihnen zu sagen und das Kind zu kriegen.‹«

»Du glaubst also, sie hatte nicht die Absicht, es sich von jemand anders wegmachen zu lassen?«

Er schüttelte den Kopf. »Sie schien sehr verständig, und was ich ihr sagte, schien ihr einzuleuchten. Ich bemühe mich ja in solchen Fällen immer, den Frauen klarzumachen, weshalb eine gefahrlose Abtreibung nicht möglich ist und daß sie sich damit abfinden müssen, das Kind zu kriegen.«

»Offenbar hat sie sich aber doch anders entschlossen.«

»Offenbar.«

»Warum wohl?«

Er lachte. »Kennst du ihre Eltern?«

»Nein«, sagte ich, und im selben Moment erkannte ich meine Chance und fügte rasch hinzu: »Du?«

Doch Art reagierte schnell. Sein Mund verzog sich zu einem leisen anerkennenden Grinsen, und dann sagte er: »Nein. Aber ich habe von ihnen gehört.«

»Was?« fragte ich.

In diesem Augenblick kam der Sergeant zurück und steckte geräuschvoll den Schlüssel ins Schloß.

»Die Zeit ist um«, sagte er.

»Noch fünf Minuten«, sagte ich.

»Die Zeit ist um.«

Art sagte: »Hast du mit Betty gesprochen?«

»Ja«, sagte ich. »Es geht ihr gut. Ich werde sie gleich anrufen und ihr sagen, daß das Ganze nicht so schlimm ist.«

»Sie macht sich sicher schreckliche Sorgen«, sagte Art.

»Judith wird sich um sie kümmern.«
Art lächelte verlegen. »Tut mir leid, daß ich euch allen solche Unannehmlichkeiten bereite.«
»Nicht so schlimm.« Ich warf einen Blick auf den Sergeant, der in der offenen Tür stand und wartete. »Sie können dich nicht hierbehalten. Bis zum Nachmittag bist du sicher frei.«
Der Sergeant spuckte auf den Boden.
Ich gab Art die Hand. »Wo ist eigentlich die Leiche?« fragte ich.
»Vielleicht im Memorial. Aber wahrscheinlich haben sie sie schon ins City gebracht.«
»Ich werde mich erkundigen«, sagte ich. »Keine Sorge, Art, es wird sich alles aufklären.« Ich verließ die Zelle, und der Sergeant sperrte hinter mir zu. Schweigend führte er mich den Gang hinunter, und erst, als wir in die Halle traten, sagte er: »Der Captain möchte Sie sprechen.«
»Okay.«
»Der Captain brennt darauf, Ihnen ein paar Fragen zu stellen.«
»Na los«, sagte ich. »Bringen Sie mich zu ihm.«

3

Auf dem Schild an der Tür mit der abblätternden grünen Farbe stand »Morddezernat« und darunter, auf einer Visitenkarte, »Captain Peterson«. Der Captain war ein kräftiger, untersetzter Mann mit kurzgeschorenem grauen Haar. Als er um den Schreibtisch herumkam, um mir die Hand zu geben, sah ich, daß er mit dem rechten Bein hinkte. Er bemühte sich nicht, es zu verbergen; im Gegenteil, er schien es ein wenig zu übertreiben und ließ seine Schuhspitze laut über den Boden scharren. Manche Polizisten sind, wie Sol-

daten, auf ihre Verwundungen stolz. Man merkte, daß bei Peterson kein Autounfall die Ursache war.
Ich überlegte, wie Peterson sich das wohl zugezogen hatte, und war eben zu dem Schluß gekommen, daß es wahrscheinlich eine Schußverletzung war – denn nur selten bekommt man einen Messerstich ins Bein –, als er seine Hand ausstreckte und sagte: »Ich bin Captain Peterson.«
»John Berry.«
Sein Händedruck war warm und herzlich, doch seine Augen waren kalt und sein Blick durchdringend. Er deutete auf einen Sessel.
»Der Sergeant sagt, er hätte Sie noch nie gesehen, und deshalb wollte ich Sie gern kennenlernen. Merkwürdig, die meisten Bostoner Anwälte kennen wir.«
»Sie meinen sicher, die Strafverteidiger.«
»Ja, natürlich«, sagte er freundlich. »Die Strafverteidiger.«
Er sah mich erwartungsvoll an.
Ich schwieg. Nach einer Weile sagte Peterson: »Bei welcher Firma sind Sie?«
»Bei welcher Firma?«
»Ja.«
»Ich bin kein Anwalt«, sagte ich. »Ich weiß nicht, wieso Sie mich für einen halten.«
Er tat erstaunt. »Der Sergeant war der Meinung.«
»So?«
»Ja. Sie haben ihm doch gesagt, Sie sind Anwalt.«
»Ich?«
»Ja«, sagte Peterson und legte seine Hände auf den Schreibtisch.
»Wer sagt das?«
»Der Sergeant.«
»Da muß er sich irren.«
Peterson lehnte sich in seinem Sessel zurück und lächelte

mich an. Es war ein freundliches Lächeln, als wollte er sagen: »Bitte, nur keine Aufregung.«
»Wenn wir gewußt hätten, daß Sie kein Anwalt sind, dann würden wir Ihnen nicht erlaubt haben, mit Lee zu sprechen.«
»Nein? Ich bin aber gar nicht nach meinem Namen und meinem Beruf gefragt worden. Und man hat auch nicht verlangt, daß ich eine Sprecherlaubnis beantrage.«
»Anscheinend war der Sergeant ein bißchen durcheinander.«
»Den Eindruck hatte ich allerdings auch«, sagte ich.
Peterson lächelte ausdruckslos. Ich kannte diesen Typ: er war ein guter, begabter Polizist, einer, der wußte, wann es besser war, einen Schlag einzustecken, und wann er zuschlagen mußte. Ein sehr diplomatischer und höflicher Polizist – bis er die Oberhand gewonnen hatte.
»Also?« sagte er schließlich.
»Ich bin ein Kollege von Dr. Lee.«
Falls er überrascht war, so ließ er es sich nicht anmerken.
»Arzt?«
»Genau.«
»Mein Lieber, ihr Ärzte haltet zusammen wie Pech und Schwefel«, sagte er, immer noch lächelnd. Wahrscheinlich hatte er in den letzten zwei Minuten mehr gelächelt als in den letzten zwei Jahren.
»So? Glauben Sie?«
Langsam verschwand das Lächeln; vermutlich aus Überanstrengung der dafür untrainierten Muskeln. »Wenn Sie Arzt sind«, sagte er, »dann rate ich Ihnen, sich aus der Sache lieber rauszuhalten. Der Skandal könnte Ihre Praxis ruinieren.«
»Was für ein Skandal?«
»Der über den Prozeß.«
»Wird's denn einen Prozeß geben?«

»Ja«, sagte Peterson. »Und was damit verbunden ist, könnte Ihre Praxis ruinieren.«
»Ich habe keine Praxis«, sagte ich.
»Arbeiten Sie in einem Forschungsinstitut?«
»Nein«, sagte ich. »Ich bin Pathologe.«
Das schien ihn etwas aus der Fassung zu bringen. Er beugte sich vor, nahm sich zusammen und lehnte sich wieder zurück. »Pathologe«, wiederholte er.
»Ja. Ich arbeite in einem Krankenhaus und mache Autopsien.«
Peterson schwieg einen Moment. Er kratzte sich den Handrücken und blickte stirnrunzelnd auf den Schreibtisch. Schließlich sagte er: »Ich weiß nicht, was Sie vorhaben, Doktor. Aber wir brauchen Ihre Hilfe nicht, und Lee werden Sie kaum helfen können.«
»Warten wir's ab.«
Peterson schüttelte den Kopf. »Darüber sind Sie sich doch im klaren.«
»An Ihrer Stelle wäre ich mir nicht so sicher.«
»Wissen Sie«, fragte Peterson, »wieviel ein Arzt in einer Schadenersatzklage wegen ungerechtfertigter Verhaftung verlangen könnte?«
»Eine Million Dollar«, sagte ich.
»Na ja, sagen wir fünfhunderttausend. Aber darauf kommt's nicht so genau an. Wir haben keine Angst davor.«
»Sie glauben, Sie haben ausreichende Beweise?«
»Worauf Sie sich verlassen können.« Peterson lächelte wieder. »Oh, ich weiß, Dr. Lee kann Sie als Zeugen benennen. Das ist uns klar. Und Sie können eine große Rede schwingen und versuchen, die Geschworenen mit Ihren umwerfenden wissenschaftlichen Argumenten aufs Kreuz zu legen. Aber an einer Tatsache, an der wesentlichen, kommen Sie nicht vorbei.«

»Und was für eine Tatsache ist das?«
»Daß ein junges Mädchen heute morgen im Memorial-Krankenhaus verblutet ist, infolge einer ungesetzlichen Abtreibung. Daran gibt's nichts zu deuteln.«
»Und Sie sind überzeugt, daß Dr. Lee die Abtreibung gemacht hat?«
»Ich sage Ihnen doch, wir haben Beweise dafür«, sagte Peterson freundlich.
»Hoffentlich hieb- und stichfeste«, sagte ich, »denn Dr. Lee ist ein bekannter, angesehener –«
»Hören Sie mal«, sagte Peterson und zeigte zum erstenmal Ungeduld, »wofür halten Sie eigentlich dieses Mädchen – für ein Zehndollarflittchen? Sie war ein nettes Mädchen, ein verdammt nettes Mädchen, aus einer guten Familie. Und so ein junges hübsches Mädchen ist abgeschlachtet worden. Obwohl sie nicht zu irgendeiner Hebamme oder irgendeinem Quacksalber gegangen ist. Dazu war sie zu intelligent und hatte zuviel Geld.«
»Und wieso glauben Sie, daß Dr. Lee es war?«
»Das geht Sie nichts an.«
Ich zuckte die Achseln. »Dr. Lees Anwalt wird die gleiche Frage stellen, und dem können Sie das nicht sagen. Wenn Sie darauf keine bessere Antwort wissen –«
»Das lassen Sie nur unsere Sorge sein.«
Ich wartete. Irgendwie interessierte es mich, wie gut, wie diplomatisch Peterson wirklich war. Er brauchte mir nicht das mindeste zu verraten; er brauchte kein einziges Wort mehr zu sagen. Wenn er noch irgend etwas sagte, dann war das ein Fehler.
Peterson sagte: »Wir haben eine Zeugin, die gehört hat, wie das Mädchen Dr. Lee beschuldigte.«
»Das Mädchen befand sich bei seiner Einlieferung ins Krankenhaus in einem schweren Schockzustand. Sie war im

Delirium und halb bewußtlos. Was sie gesagt hat, dürfte als Beweis kaum ausreichen.«

»Zu der Zeit, als sie es sagte, war sie in keinem Schockzustand. Sie hat es viel früher gesagt.«

»Zu wem?«

»Zu ihrer Mutter«, sagte Peterson befriedigt grinsend. »Sie hat ihrer Mutter gesagt, daß Lee es war. Als sie von zu Hause wegfuhren. Und ihre Mutter wird das beschwören.«

4

Ich bemühte mich, mir nichts anmerken zu lassen. Ich bemühte mich, gleichgültig dreinzublicken. Zum Glück hat man als Arzt darin einige Übung; es fällt einem nicht schwer, äußerlich gelassen zu bleiben, wenn ein Patient einem erzählt, daß er in einer Nacht zehnmal mit seiner Frau schläft, im Traum seine Kinder ersticht oder täglich zwei Liter Wodka trinkt. Es gehört zum Nimbus eines Arztes, sich durch nichts aus der Fassung bringen zu lassen.

»So?« sagte ich.

Peterson nickte. »Eine zuverlässige Zeugin«, sagte er. »Eine reife Frau, ruhig und besonnen. Und äußerst attraktiv. Sie wird einen ausgezeichneten Eindruck auf die Geschworenen machen.«

»Kann sein.«

»Sie sehen, ich bin ganz offen zu Ihnen«, sagte Peterson. »Wie wär's, wenn Sie mir jetzt sagen würden, warum Sie sich derart für Dr. Lee interessieren?«

»Aus einem ganz einfachen Grund. Ich bin mit ihm befreundet.«

»Er hat Sie als ersten angerufen – vor seinem Anwalt.«

»Er darf doch zwei Telefongespräche führen.«

»Sicher«, sagte Peterson, »aber die meisten rufen ihren Anwalt und ihre Frau an.«
»Er wollte eben mich sprechen.«
»Ja«, sagte er. »Aber warum?«
»Ich bin nicht nur Arzt«, sagte ich. »Ich hab auch mal Jura studiert.«
»Sie sind fertig ausgebildeter Jurist?«
»Nein«, sagte ich.
Peterson strich mit der Hand über die Schreibtischkante. »Ich fürchte, dann verstehe ich nicht ganz, wieso –«
»Ich glaube nicht, daß das irgendwie von Wichtigkeit ist«, sagte ich.
»Möglicherweise sind Sie in die Sache verwickelt?«
»Möglich ist alles«, sagte ich.
»Soll das ja heißen?«
»Das soll heißen, daß alles möglich ist.«
Er sah mich einen Moment nachdenklich an. »Wenn Sie alles für möglich halten, wieso sind Sie dann so überzeugt, daß Dr. Lee es nicht war?«
»Ich bin nicht sein Verteidiger.«
»Jeder kann mal einen Fehler machen, meinen Sie nicht?« sagte Peterson. »Sogar ein Arzt.«

Als ich hinaus in den Regen trat, kam ich zu dem Schluß, daß es Unsinn war, sich gerade jetzt das Rauchen abgewöhnen zu wollen. Peterson hatte mich ziemlich nervös gemacht; ich rauchte zwei Zigaretten hintereinander und nahm mir vor, im nächsten Drugstore eine neue Schachtel zu kaufen. Ich hatte ihn anfangs für borniert und unfähig gehalten. Das war er durchaus nicht. Wenn er die Wahrheit gesagt hatte, dann hatte er einen Beweis, der Arts Verhaftung rechtfertigte. Vielleicht würde er nicht ausreichen, um Art zu überführen, doch Petersons Vorgehen war dadurch gedeckt.

Peterson hatte vor einem Dilemma gestanden. Einerseits war es gefährlich, Dr. Lee zu verhaften; andererseits war es gefährlich, ihn nicht zu verhaften, wenn ausreichende Indizien vorzuliegen schienen. Peterson hatte eine Entscheidung treffen müssen, und er hatte sie getroffen. Jetzt mußte er, solange es ging, dazu stehen. Dabei stand ihm jederzeit ein Ausweg offen: Wenn es schiefging, konnte er die Schuld auf Mrs. Randall schieben und sich darauf berufen, nur seine Pflicht getan zu haben. Denn wenn ausreichende Indizien vorlagen, dann mußte man handeln und durfte sich nicht darum kümmern, ob man recht hatte oder nicht – die Indizien berechtigten einen dazu.

Ich ging in den Drugstore und kaufte zwei Schachteln Zigaretten. Von der Telefonzelle aus rief ich im Labor an und sagte Bescheid, daß ich heute nicht mehr kommen würde. Dann rief ich Judith an und bat sie, zu Betty zu gehen und sich um sie zu kümmern. Sie fragte, ob ich Art gesehen hätte und wie es ihm ginge, und ich sagte, alles sei in Ordnung und sie würden ihn sicher in ein paar Stunden entlassen.

Im allgemeinen verschweige ich Judith nichts. Nur manchmal diese oder jene Kleinigkeit, zum Beispiel, wie sich Cameron Jackson vor ein paar Jahren beim Chirurgenkongreß aufführte. Ich wußte, Camerons Frau würde ihr leidtun, wie es bei der Scheidung der beiden im letzten Frühjahr dann der Fall war. Es war eine typische Medizinerscheidung, wie wir das in Kollegenkreisen zu nennen pflegen. Cameron, ein vielbeschäftigter, tüchtiger Orthopäde, kam immer seltener zu den Mahlzeiten heim und verbrachte sein ganzes Leben im Krankenhaus. Seine Frau ertrug das nicht lange. Zuerst richtete sich ihr Groll auf die Orthopädie und schließlich gegen Cameron. Sie bekam die Kinder und dreihundert Dollar wöchentlich zugesprochen, doch glücklich ist

sie nicht. Viel lieber möchte sie Cameron – ohne Orthopädie.
Auch Cameron ist nicht glücklich. Als ich ihn vor einer Woche traf, deutete er an, daß er die Absicht hätte, eine Krankenschwester zu heiraten, mit der er befreundet ist. Die Leute würden sich darüber natürlich den Mund zerreißen, doch die würde wenigstens Verständnis für ihn haben.
Ich muß oft an Cameron Jackson und all die anderen Kollegen denken, denen es so geht wie ihm. Meistens dann, wenn ich noch spätabends im Labor sitze und den ganzen Tag soviel zu tun gehabt habe, daß ich einfach nicht dazugekommen bin, zu Hause anzurufen und zu sagen, daß ich später komme.
Art Lees Ehe ist von einer geradezu starren Festigkeit. Vielleicht liegt das daran, daß er Chinese ist, aber das kann nicht der einzige Grund sein. Sowohl Art als auch seine Frau sind sehr gebildet und emanzipiert, doch ganz scheint es ihnen nicht gelungen zu sein, alle Traditionen abzustreifen. Art hat ständig ein schlechtes Gewissen, weil er sich seiner Familie so wenig widmet, und er überhäuft seine drei Kinder mit Geschenken; sie sind schrecklich verzogen. Er ist ganz vernarrt in sie, und wenn er von ihnen zu erzählen anfängt, findet er kein Ende. Seine Einstellung zu Betty ist komplizierter und unklarer. Manchmal scheint er zu wollen, daß sie wie ein treuer Hund um ihn herumstreicht, und häufig tut sie das auch. Gelegentlich jedoch lehnt sie sich gegen ihn auf.
Betty Lee ist eine der schönsten Frauen, die ich kenne. Sie ist schlank und anmutig und hat eine sanfte Stimme; neben ihr wirkt Judith derb und laut, fast maskulin.
Judith und ich sind seit acht Jahren verheiratet; wir lernten uns kennen, als ich Assistent war und sie auf dem Smith

College ihr letztes Semester machte. Judith ist auf einer Farm in Vermont aufgewachsen und für ein hübsches Mädchen bemerkenswert praktisch und nüchtern.

Ich sagte: »Kümmere dich um Betty.«

»Ja, natürlich.«

»Versuch sie zu beruhigen.«

»Okay.«

»Und halt ihr die Reporter vom Hals.«

»Glaubst du denn, daß welche kommen werden?«

»Ich weiß nicht. Wenn ja, laß sie nicht zu ihr.«

Sie versprach es, und ich legte auf und rief George Bradford an, Arts Anwalt. Bradford war ein ausgezeichneter Anwalt und ein Mann mit den richtigen Beziehungen; er war Hauptinhaber der Firma Bradford, Stone und Whitlaw. Man sagte mir, daß er nicht da sei, und so hinterließ ich eine Nachricht.

Als letzten rief ich Lewis Carr an, Professor der medizinischen Klinik am Memorial-Krankenhaus. Es dauerte eine Weile, bis die Zentrale ihn aufgetrieben hatte; dann meldete er sich wie immer in munterem Ton: »Hier Carr.«

»Ich bin's, Lew – John Berry.«

»Hallo, John. Was haben Sie auf dem Herzen.«

Das war typisch. Die meisten Ärzte befolgen, wenn sie von Kollegen angerufen werden, eine Art Ritual: Zuerst fragen sie, wie es einem geht, dann erkundigen sie sich, wie es mit der Arbeit steht und dann nach der Familie. Doch Carr hielt sich nicht an Rituale.

Ich sagte: »Ich rufe wegen Karen Randall an.«

»Und was wollen Sie wissen?« fragte er zurückhaltend. Anscheinend war die Angelegenheit im Memorial ein heißes Eisen.

»Was Sie mir sagen können. Was Sie gehört haben.«

»Hören Sie, John«, sagte er, »ihr Vater ist ein großer Mann

bei uns. Vielleicht ist's besser, ich habe nichts gehört. Wer interessiert sich denn dafür?«
»Ich.«
»Und warum?«
»Ich bin mit Art Lee befreundet.«
»Sie haben ihn verhaftet, nicht? Ich hab's kaum glauben können. Ich dachte immer, Lee ist viel zu gerissen –«
»Lew, was ist letzte Nacht passiert?«
Carr seufzte. »Mein Gott, eine fürchterliche Sache. Ein entsetzliches Schlamassel. Sie ist morgens um drei eingeliefert worden.«
»Und?«
»Ich möchte am Telefon nicht darüber sprechen«, sagte Carr. »Am besten, Sie kommen her.«
»Okay«, sagte ich. »Nur noch eins: Ist die Leiche noch bei euch?«
»Nein, sie haben sie ins City gebracht.«
»Ist sie schon obduziert worden?«
»Keine Ahnung.«
»Schön«, sagte ich, »ich schau später vorbei. Ob ich mir das Krankenblatt ansehen kann?«
»Kaum«, sagte Carr. »Es ist beim Alten.«
»Können Sie's ihm nicht entreißen?«
»Ich fürchte, nein«, sagte er.
»Also dann bis später«, sagte ich.
Ich legte auf, warf noch eine Münze ein und rief das Leichenschauhaus des City-Krankenhauses an. Alice, die Sekretärin, bestätigte, daß die Leiche zu ihnen gebracht worden war.
Alice litt an einer Unterfunktion der Schilddrüse und hatte eine Stimme wie eine Baßgeige.
»Ist sie schon obduziert?«
»Sie fangen gerade damit an.«

»Ob sie nicht noch ein bißchen warten können? Ich würde gern dabeisein.«
»Ich glaube kaum, daß sich das machen läßt«, brummte Alice. »Irgend so ein eifriger Bursche vom Memorial ist da.« Sie riet mir, mich zu beeilen. Ich sagte, ich würde sofort kommen.

5

In Boston galten die Randalls als alteingesessene Familie; das hieß, daß sich unter ihren Ahnen mindestens ein Pilgervater befunden haben mußte, der mit der Mayflower ins Land gekommen war.
Die Randalls waren seit vielen Generationen Ärzte, und in der jüngeren Vergangenheit hatten sie eine Reihe bedeutender Mediziner hervorgebracht. Joshua Randall war zu Anfang des Jahrhunderts ein berühmter Gehirnchirurg gewesen, der für die Entwicklung der Neurochirurgie in Amerika mindestens ebensoviel getan hatte wie Cushing. Er war ein strenger, despotischer Mann, über den man sich heute noch in Ärztekreisen eine legendäre Geschichte erzählt.
Wie viele Chirurgen seiner Zeit hatte Joshua Randall seinen Assistenten strikt untersagt, zu heiraten. Einer seiner Assistenten hielt sich nicht an dieses Gebot, und als Randall ein paar Monate später dahinterkam, befahl er seine sämtlichen Assistenten zu sich. Nachdem sie sich in einer Reihe aufgebaut hatten, sagte er: »Dr. Jones, treten Sie bitte einen Schritt vor.«
Zitternd gehorchte der Missetäter.
»Stimmt es, daß Sie sich verehelicht haben?« fragte Randall. Es klang, als diagnostiziere er eine abstoßende Krankheit.

»Jawohl, Sir.«
»Haben Sie noch etwas zu Ihrer Verteidigung zu sagen, bevor ich Sie aus meinem Stab entlasse?«
Der junge Arzt überlegte einen Moment; dann sagte er: »Jawohl, Sir. Ich verspreche, daß ich es nie wieder tun werde.«
Randall soll sich über diese Antwort so amüsiert haben, daß er den Assistenten behielt.
Auf Joshua Randall folgte Winthrop Randall, der Thoraxchirurg. J. D. Randall, Karens Vater, war Herzchirurg und hatte sich auf Klappenfehler spezialisiert. Ich hatte ihn nie kennengelernt, aber ein- oder zweimal gesehen – einen grimmigen, patriarchalisch wirkenden Mann mit vollem weißen Haar und gebieterischem Gebaren. Er war der Schrekken seiner Assistenten; trotzdem drängte sich alles darum, von ihm ausgebildet zu werden.
Sein Bruder Peter war Internist und hatte eine sehr elegante, sehr exklusive Praxis. Angeblich war er ein tüchtiger Arzt, doch Genaueres wußte ich nicht darüber.
J. D. hatte einen Sohn, Karens Bruder, der in Harvard Medizin studierte. Vor einem Jahr war das Gerücht umgegangen, daß er bei einem Examen durchgefallen sei; seither hatte ich nichts über ihn gehört.
In einer anderen Stadt und in einer anderen Zeit hätte man es vielleicht unbegreiflich gefunden, daß ein Junge das Wagnis auf sich nahm, eine so berühmte Familientradition fortsetzen zu wollen. Doch nicht in Boston: Für die reichen alten Bostoner Familien gab es schon seit langem nur zwei standesgemäße Tätigkeitsbereiche. Der eine war die Medizin, der andere die Jurisprudenz; außerdem kam höchstens noch die philosophische Fakultät in Frage, aber in diesem Fall mußte man mindestens Professor in Harvard werden.
Doch die Randalls waren keine Philosophen- oder Juristen-

familie. Sie waren eine Ärztefamilie, und jeder Randall strebte danach, sein Medizinstudium hinter sich zu bringen und eine Assistentenstelle im Memorial zu kriegen. Sowohl auf der Universität wie im Memorial hatte man seit jeher bei weniger begabten Randalls beide Augen zugedrückt, doch auf die Länge gesehen hatte die Familie die in sie gesetzten Erwartungen immer wieder mehr als erfüllt. Auf dem Gebiet der Medizin konnte man auf den Namen Randall setzen.

Das war so ziemlich alles, was ich über die Randalls wußte; außerdem noch, daß sie sehr reich, überzeugte Anhänger der Episkopalkirche, bekannt für ihren Gemeinsinn, allseits angesehen und sehr mächtig waren.

Jetzt ging es darum, mehr über sie herauszufinden.

In Boston herrscht die weitverbreitete Meinung, nirgends auf der Welt gebe es eine bessere ärztliche Versorgung als hier. Die Bürger der Stadt sind so fest davon überzeugt, daß es darüber so gut wie keine Diskussionen gibt.

Heiße und leidenschaftliche Diskussionen hingegen gibt es über die Frage, welches das beste Krankenhaus von Boston ist. Über eins sind sich dabei alle einig: ganz unten auf der Rangliste steht das City-Krankenhaus. Es liegt nicht weit vom Bordellviertel am Rand der Negerslums.

Während ich durch ein Schlagloch nach dem anderen rumpelte, fühlte ich mich sehr weit entfernt vom Memorial, der Wirkungsstätte der Randalls.

Drei Blocks vor dem Krankenhaus kam ich am »Schlachtfeld« vorbei. Bei Nacht wimmelte es dort von Huren, Zuhältern und Rauschgiftsüchtigen; der Name stammt von den Ärzten des City-Krankenhauses, die aus dieser Gegend so viele Einlieferungen mit Stich- und Schußverletzungen bekommen, daß sie oft das Gefühl haben, in einem Frontlazarett zu arbeiten.

Das City ist ein riesiger, drei Straßenblocks umfassender Gebäudekomplex. Es hat über 1350 Betten, die zum größten Teil mit Alkoholikern und Asozialen belegt sind. Das ärztliche Establishment von Boston rümpft über das City die Nase, doch für Assistenten und Praktikanten ist es eine gute Ausbildungsstätte, denn man bekommt dort mehr medizinische Probleme zu sehen als in einem vornehmeren Krankenhaus. Ein gutes Beispiel dafür ist Skorbut. Nur sehr wenige Menschen im heutigen Amerika leiden an Skorbut. Man kriegt ihn nur, wenn man allgemein unterernährt ist und monatelang kein Obst ist. Das kommt so selten vor, daß man in den meisten Krankenhäusern nur alle drei Jahre einen Fall sieht; im City sind es ein halbes Dutzend Fälle im Jahr, vor allem im Frühling, der »Skorbutsaison.«
Andere Beispiele sind schwere Tuberkulose, tertiäre Syphilis, Schuß- und Stichverletzungen, Unfälle und menschliches Elend. Mit alldem hat das City mehr zu tun als alle anderen Bostoner Krankenhäuser.

Das Innere des City ist ein von einem Irren erdachtes Labyrinth. Endlose Korridore, über und unter der Erde, verbinden das Dutzend einzelner Spitalsgebäude. An jeder Ecke gibt es große grüne Wegweiser, doch die helfen nicht viel; das Ganze bleibt hoffnungslos verwirrend.
Während ich durch die Korridore und Gebäude ging, mußte ich an meine Assistentenzeit in den verschiedenen Abteilungen des City denken. Allerlei kleine Einzelheiten fielen mir ein. Die Seife: eine seltsame, billige, widerlich riechende Seife, die überall verwendet wurde. Die Papiersäcke, die neben jedem Waschbecken hingen, der eine für die Papierhandtücher, der andere für die Rektalhandschuhe. Aus Sparsamkeit hob man benutzte Handschuhe auf, reinigte sie und benutzte sie wieder. Die kleinen Namensschilder aus

Plastik in Schwarz, Blau oder Rot, je nach Abteilung. Ich hatte ein Jahr in diesem Krankenhaus verbracht, und in dieser Zeit hatte ich mehrere offizielle Obduktionen gemacht.

Es gibt vier Fälle, in denen eine Obduktion gesetzlich vorgeschrieben ist. Jeder Pathologe kann die Liste im Schlaf aufsagen:

Wenn der Patient infolge einer Gewalttat oder unter ungewöhnlichen Umständen stirbt.

Wenn der Patient tot ins Krankenhaus eingeliefert wird.

Wenn er innerhalb von vierundzwanzig Stunden nach der Einlieferung stirbt.

Wenn ein Patient außerhalb des Krankenhauses ohne ärztliche Versorgung stirbt.

In allen diesen Fällen wird im City eine Obduktion vorgenommen. Wie viele Städte hat Boston kein eigenes gerichtsmedizinisches Institut, sondern das Büro des Coroners befindet sich im zweiten Stock des Mallory Building, der Pathologischen Abteilung des City. In Routinefällen führen meistens Assistenten des Krankenhauses, in denen der Patient gestorben ist, die Obduktion durch. Für einen unerfahrenen Assistenten ist solch eine vom Coroner angeordnete Obduktion eine sehr aufregende Angelegenheit.

Man hat zum Beispiel noch nie einen Vergifteten oder durch Strom Getöteten gesehen und fürchtet nun, irgend etwas Wichtiges zu übersehen. Die einzige, von Assistent zu Assistent überlieferte Lösung besteht darin, mit peinlichster Genauigkeit vorzugehen, ständig Fotos oder Notizen zu machen und »alles aufzuheben«, das heißt, Gewebeteile von allen wichtigen Organen für den Fall aufzubewahren, daß das Gericht eine Überprüfung des Obduktionsergebnisses verfügt. Das ist natürlich eine kostspielige Sache, da man dazu eine Menge Gefäße, Konservierungsmittel und Platz

in den Kühlschränken braucht. In Fällen, für die sich die Polizei interessiert, ist es jedoch eine Selbstverständlichkeit. Doch trotz aller Vorkehrungen hat man während der ganzen Obduktion ständig diese Angst, verläßt einen der schreckliche Gedanke nicht, der Staatsanwalt oder der Verteidiger könnte irgendein Gutachten oder irgend welches entscheidendes Beweismaterial verlangen, das man nicht liefern kann, weil man nicht alle Möglichkeiten bedacht hat.
Aus irgendeinem Grund – kein Mensch weiß heute mehr, warum – stehen gleich hinter dem Eingang des Mallory zwei kleine steinerne Sphinxe. Jedesmal, wenn ich sie sehe, ärgere ich mich; vielleicht, weil einen Sphinxe in einer Pathologischen Abteilung an ägyptische Einbalsamierungskammern erinnern.
Ich stieg in den zweiten Stock hinauf, um mit Alice zu reden. Sie war schlecht gelaunt und mürrisch; aus irgendeinem Grund hätten sie mit der Obduktion noch nicht angefangen; es ginge zu wie in einem Irrenhaus, und sie wüßte nicht mehr, wo ihr der Kopf stünde; ob ich schon gehört hätte, daß eine Grippeepidemie im Anzug sei?
Ich nickte und fragte: »Wer macht denn die Obduktion bei Karen Randall?«
Alice runzelte mißbilligend die Stirn. »Sie haben irgendwen vom Memorial rübergeschickt. Ich glaube, er heißt Hendricks.«
Das überraschte mich. Ich hatte gedacht, man würde irgendeine Kapazität damit beauftragen.
»Ist er drinnen?« fragte ich und deutete mit dem Kopf auf die andere Seite der Halle.
»Hmm«, brummte Alice.
Vorbei an den Kühlschränken, in denen die Leichen aufbewahrt wurden, und an dem Schild mit der Aufschrift UNBEFUGTEN ZUTRITT VERBOTEN ging ich auf die zwei Schwing-

türen zu. Die Türen waren aus Holz und hatten keine Fenster; auf der einen stand EINGANG, auf der anderen AUSGANG. Ich stieß die eine auf und trat in den Obduktionsraum. Hinten in einer Ecke standen zwei Männer und unterhielten sich.

Es war ein ziemlich großer Raum mit dunkelgrün gestrichenen Wänden. Der Boden war aus Zement, und über die niedrige Decke liefen Leitungsrohre; auf die Inneneinrichtung legte man hier nicht viel Wert. Hintereinander standen fünf Tische aus rostfreiem Stahl in dem Raum, jeder zwei Meter lang. Sie waren leicht abgeschrägt und hatten einen erhöhten Rand. Über die Tische rann ein dünner Schleier Wasser und floß am unteren Ende in ein Abzugsloch. Das Wasser lief während der ganzen Obduktion und spülte Blut und Gewebeteile weg. Auch der riesige, in ein Milchglasfenster eingebaute Ventilator und das kleine chemische Luftverbesserungsgerät, das einen falschen Fichtennadelduft in den Raum blies, waren eingeschaltet.

Auf der einen Seite war ein Umkleideraum, in dem die Pathologen ihre Straßenanzüge auszogen und Operationsmäntel und eine Gummischürze anlegten. An der Wand befanden sich vier Waschbecken. Über dem letzten hing ein Schild mit der Aufschrift: DIESES BECKEN NUR ZUM HÄNDEWASCHEN. In den übrigen wurden die Instrumente und die entnommenen Präparate gereinigt. An einer anderen Wand stand eine Reihe einfacher Schränke, die Handschuhe, Behälter für die Aufbewahrung von Präparaten, Konservierungsmittel, Reagenzien und eine Kamera enthielten. Ungewöhnliche Untersuchungsstücke wurden vor der Entfernung fotografiert.

Als ich eintrat, wandten sich die beiden Männer zu mir um. Sie hatten über einen Fall diskutiert, eine Leiche, die auf dem letzten Tisch lag. Den einen kannte ich flüchtig; es war

Gaffen, ein Assistenzarzt. Den anderen hatte ich noch nie gesehen; ich nahm an, daß es Hendricks war.
»Hallo, John«, sagte Gaffen. »Was führt Sie denn hierher?«
»Karen Randalls Obduktion.«
»Sie werden gleich anfangen. Wollen Sie sich nicht umziehen?«
»Nein, nicht nötig«, sagte ich. »Ich möchte nur zusehen.«
In Wirklichkeit hätte ich mich gern umgezogen, doch das wäre nicht gut gewesen. Wenn ich meine Rolle als unbeteiligter Beobachter beibehalten wollte, mußte ich meinen Straßenanzug anlassen. Auf keinen Fall durfte ich den Eindruck erwecken, daß ich an der Obduktion aktiv teilnahm und das Ergebnis irgendwie beeinflußte.
Ich sagte zu Hendricks: »Ich glaube, wir kennen uns nicht. Ich bin John Berry.«
»Jack Hendricks.« Er lächelte, gab mir aber nicht die Hand. Er trug Handschuhe und hatte offenbar die Leiche damit berührt.
»Ich habe Hendricks eben etwas Interessantes gezeigt«, sagte Gaffen und deutete mit dem Kopf auf die Leiche. Er trat zurück, damit ich sie sehen konnte. Es war eine junge Schwarze. Sie war ein hübsches Mädchen gewesen, bevor ihr jemand drei runde Löcher in die Brust und in den Bauch geschossen hatte.
»Hendricks hat bisher nur im Memorial gearbeitet«, sagte Gaffen. »Deshalb ist so was ziemlich neu für ihn. Ich hab ihn eben gefragt, woher wohl diese kleinen Wunden stammen.«
Gaffen deutete auf mehrere Risse an den Armen und Beinen.
Hendricks sagte: »Ich dachte, vielleicht sind es Kratzer von einem Stacheldraht.«
Gaffen lächelte traurig. »Stacheldraht«, wiederholte er.

Ich sagte nichts. Ich wußte, was das war, doch ich wußte auch, daß es jemand mit wenig Erfahrung nie erraten würde.
»Wann ist sie eingeliefert worden?« fragte ich.
Gaffen sah Hendricks an. Dann sagte er: »Um fünf Uhr morgens. Aber der Tod muß schon gegen Mitternacht eingetreten sein.« Er wandte sich wieder zu Hendricks: »Sagt Ihnen das nichts?«
Hendricks schüttelte den Kopf und biß sich in die Unterlippe. Es gefiel mir nicht, wie Gaffen ihn behandelte, doch dieser arrogante Ton war jüngeren Kollegen gegenüber üblich.
»Was glauben Sie«, sagte Gaffen, »wo sie diese fünf Stunden nach ihrem Tod gelegen hat?«
»Ich weiß nicht«, sagte Hendricks bedrückt.
»Raten Sie.«
»Im Bett?«
»Ausgeschlossen. Sie hat nicht flach gelegen. Sie ist halb gesessen, halb auf die Seite gerollt.«
Hendricks warf einen Blick auf die Leiche; dann schüttelte er wieder den Kopf.
»Sie haben sie im Rinnstein gefunden«, sagte Gaffen. »In der Charleston Street, zwei Blocks vom ›Schlachtfeld‹. Im Rinnstein.«
»Oh.«
»Können Sie sich jetzt denken, was das für Wunden sind?«
Hendricks schüttelte den Kopf. Ich wußte, das würde ewig so weitergehen; Gaffen würde es bis zum letzten auskosten.
Ich räusperte mich und sagte: »Das sind Rattenbisse, Hendricks. Ganz typisch: eine Punktur und darunter ein keilförmiger Riß.«
»Rattenbisse«, sagte er leise.
»Sie müssen noch viel lernen«, sagte Gaffen. Er schaute auf seine Uhr. »Tja, ich hab noch eine Menge zu tun. War nett,

Sie mal wieder zu sehen, John.« Er streifte seine Handschuhe ab und wusch sich die Hände; dann trat er wieder zu Hendricks.
Hendricks starrte noch immer auf die Schußwunden und Bisse.
»Sie hat im Rinnstein gelegen?«
»Ja.«
»Hat sie denn die Polizei nicht gefunden?«
»Doch. Aber erst nach fünf Stunden.«
»Wer hat sie umgebracht?«
»Meine Sorge«, sagte Gaffen verächtlich. »Sie war schon sechsmal bei uns. Einmal wegen einem syphilitischen Primäraffekt am Mund und fünfmal wegen Eileiterentzündung.«
»Tripper?« fragte ich.
Gaffen nickte. »Als sie sie fanden«, sagte er, »hatte sie vierzig Dollar in ihrem Büstenhalter.«
Er sah Hendricks kopfschüttelnd an und ging hinaus. Als wir allein waren, sagte Hendricks: »Ich verstehe noch immer nicht. Soll das heißen, sie war eine Prostituierte?«
»Ja«, sagte ich. »Sie wurde erschossen und lag fünf Stunden im Rinnstein und wurde von Kanalratten angeknabbert.« Er starrte mich mit weit aufgerissenen Augen an.
»So was gibt's«, sagte ich. »Und gar nicht so selten.«
Die Schwingtür ging auf, und ein Mann rollte eine Leiche herein, die mit einem weißen Tuch zugedeckt war. Er sah uns an und sagte: »Randall?«
»Ja«, sagte Hendricks.
»Welchen Tisch nehmen Sie?«
»Den mittleren.«
»Okay.« Er schob den Wagen hin und hob die Leiche drauf. Sie war schon ganz steif. Dann zog er das Tuch rasch weg, faltete es zusammen und legte es auf den Wagen.

»Ihre Unterschrift bitte«, sagte er zu Hendricks und hielt ihm ein Formular hin.
Hendricks kritzelte seine Unterschrift drauf.
»Ich verstehe nicht viel von Obduktionen«, sagte Hendricks zu mir. »Ich hab erst eine gemacht, und das war ein Arbeitsunfall. Ein Mann mit einer Kopfverletzung. Aber so was noch nie ...«
Ich sagte: »Warum hat man gerade Sie damit beauftragt?«
»Vermutlich reiner Zufall«, sagte er. »Ich hab gehört, Weston wollte sie machen, aber anscheinend ...«
»Leland Weston?«
»Ja.«
Weston war der Chefpathologe des City, ein großer alter Mann und wahrscheinlich der beste Pathologe von Boston.
»Na, dann können wir ja anfangen«, sagte Hendricks.
Er ging zum Waschbecken und schrubbte sich lange und umständlich die Hände. Ein Pathologe, der sich vor einer Obduktion die Hände schrubbt, ist ein widerlicher Anblick. Er wirkt grotesk – wie das Zerrbild eines Chirurgen: ein Mann in Operationskleidung – ausgebeulte Hosen, am Hals ausgeschnittene, kurzärmelige Bluse –, der sich die Hände säubert, um einen Patienten zu operieren, dem es scheißegal sein kann, ob die Sterilitätsvorschriften eingehalten werden oder nicht.
Doch Hendricks Sorgfalt hatte einen anderen Grund; ich wußte, er versuchte nur das Ganze hinauszuschieben.

Eine Obduktion ist nie eine angenehme Sache. Doch besonders scheußlich ist sie, wenn die Tote so jung und hübsch ist wie Karen Randall. Sie lag nackt auf dem Rücken, und über ihr ausgebreitetes blondes Haar floß das Wasser. Ihre klaren blauen Augen starrten zur Decke hinauf. Während Hendricks sich immer noch die Hände wusch, sah ich mir die

Leiche an und berührte die Haut. Sie war kalt und glatt, die Farbe grauweiß; die Haut eines Mädchens, das verblutet war. Hendricks sah nach, ob ein Film in der Kamera war; dann bat er mich, zurückzutreten, und machte drei Aufnahmen von verschiedenen Seiten.

Ich sagte: »Haben Sie ihre Krankenkarte?«

»Nein. Die hat der Alte. Ich hab nur den Entlassungsbefund der Notaufnahmestation.«

»Und wie lautet der?«

»Klinische Diagnose: Tod infolge Vaginalblutung, kompliziert durch anaphylaktischen Schock.«

»Anaphylaktischer Schock? Wieso?«

»Keine Ahnung«, sagte Hendricks. »Irgendwas ist in der Notaufnahme passiert. Was, hab ich nicht rausgekriegt.«

»Interessant«, sagte ich.

Als Hendricks mit den Fotos fertig war, ging er zur Schiefertafel. In den meisten Obduktionsräumen gibt es eine Schiefertafel, auf die der Pathologe der Reihe nach seine Befunde schreiben kann – oberflächliche Verletzungen der Leiche, Gewicht und Aussehen von Organen und so weiter. Er ging zu der Tafel und schrieb darauf »Karen Randall« und die Fallnummer.

Im selben Moment trat ein Mann ein. Ich erkannte ihn sofort an seiner Glatze und seiner leicht vornübergebeugten Haltung. Es war Leland Weston. Obwohl Weston schon über sechzig war und vor der Pensionierung stand, strotzte er vor Energie und Betriebsamkeit. Er drückte mir kräftig die Hand.

Weston übernahm selbst die Obduktion. Er begann wie immer damit, daß er ein halbes dutzendmal um die Leiche herumging und sie, leise vor sich hin murmelnd, aufmerksam ansah. Schließlich blieb er stehen und wandte sich zu mir.

»Haben Sie sie angeschaut, John?«

»Ja.«
»Und was ist Ihr Eindruck?«
»Sie muß in letzter Zeit ziemlich zugenommen haben«, sagte ich. »An den Hüften und Brüsten sind Streifenbildungen. Sie hat auch leichtes Übergewicht.«
»Gut«, sagte Weston. »Sonst noch was?«
»Ja«, sagte ich. »Sie ist blond, doch auf ihrer Oberlippe ist ein dünner Strich dunkles Haar, und auch auf den Unterarmen hat sie dunkle Haare. Sie sehen zart und flaumig aus, wie neu.«
»Sehr schön«, sagte Weston nickend. Er lächelte leise und ein wenig spöttisch – ein Lächeln, das ich gut kannte, denn er war mein Lehrer gewesen. Weston hatte die meisten Pathologen in Boston ausgebildet. »Aber das Wichtigste haben Sie übersehen«, sagte er.
Er deutete auf die Schamgegend, die sauber rasiert war. »Das«, sage er.
»Aber es ist doch eine Schwangerschaftsunterbrechung bei ihr gemacht worden«, sagte Hendricks. »Das wissen wir doch.«
»Bevor wir sie obduziert haben, wissen wir gar nichts«, sagte Weston streng. »Wir dürfen uns keine Vordiagnose erlauben.« Er lächelte. »Das ist ein Vorrecht der Kliniker.« Er zog ein Paar Handschuhe an und sagte: »Das muß der beste und genaueste Obduktionsbericht werden, den wir je gemacht haben. Denn J. D. Randall wird ihn bis ins letzte zerpflücken. Fangen wir an.« Er betrachtete aufmerksam die Schamgegend. »Schwer zu sagen, warum sie rasiert ist. Es könnte auf eine Operation hindeuten, doch manche Frauen tun das selbst, aus rein persönlichen Gründen. In diesem Fall fällt auf, daß es sehr sorgfältig gemacht wurde – man sieht nicht den leisesten Kratzer. Das scheint ein wichtiger Hinweis zu sein: Es gibt keine Krankenschwester, die an

einer so fleischigen Stelle eine präoperative Rasur machen kann, ohne auch nur einmal auszurutschen. Schwestern haben es immer sehr eilig, und auf einen kleinen Kratzer kommt's ihnen nicht an. Also ...«

»Hat sie sich selbst rasiert«, sagte Hendricks.

»Vermutlich«, sagte Weston. »Doch auszuschließen ist eine Operation natürlich nicht.«

Flink und geschickt machte er weiter. Zuerst maß und wog er das Mädchen. Sie war 1,62 m groß und wog hundertvierzig Pfund. Wenn man bedachte, wieviel Blut sie verloren hatte, war das ein ziemliches Gewicht. Weston schrieb es an die Tafel und machte den ersten Schnitt.

Der übliche Obduktionsschnitt wird in Form eines Ypsilon von beiden Schultern zur Mitte des Körpers unterhalb des Brustkastens und dann weiter zum Schambein geführt. Dann klappt man Haut und Muskeln an drei Stellen zurück, zertrennt die Rippen, um Lungen und Herz freizulegen, und öffnet den Bauch. Die Halsschlagader und der Dickdarm werden abgebunden und durchtrennt, Luftröhre und Kehlkopf entfernt und mit einem Griff die gesamten Eingeweide – Herz, Lungen, Magen, Leber, Milz, Nieren und Därme – herausgenommen.

Darauf wird die Leiche zugenäht. Nun kann man die einzelnen Organe in Ruhe untersuchen und Teile für die mikroskopische Untersuchung entnehmen. Während der Pathologe damit beschäftigt ist, schneidet der Labordiener die Kopfhaut auf, öffnet die Schädeldecke und entfernt das Gehirn.

Erst jetzt wurde mir bewußt, daß kein Labordiener da war. Ich fragte Weston danach.

»Stimmt«, sagte er. »Wir machen das allein. Alles.«

Ich sah Weston zu, wie er seinen Schnitt machte. Seine Hände zitterten leicht, doch er führte das Skalpell erstaunlich schnell und sicher. Als er den Bauch öffnete, quoll Blut hervor.

»Absaugen«, sagte er. »Rasch.«

Hendricks holte eine Flasche mit einem Gummischlauch. Die Abdominalflüssigkeit – dunkelrotes, fast schwarzes Blut – wurde entfernt und gemessen. Es waren beinahe drei Liter.

»Zu dumm, daß wir die Krankenkarte nicht haben«, sagte Weston. »Ich wüßte gern, wie viele Einheiten sie ihr in der Notaufnahme gegeben haben.«

Ich nickte. Die normale Blutmenge bei einem Menschen von durchschnittlicher Größe beträgt nur ungefähr fünf Liter. Diese große Menge in der Bauchhöhle ließ auf irgendeine Perforation schließen.

Als die Flüssigkeit abgesaugt war, fuhr Weston mit der Sektion fort. Er entfernte die inneren Organe und legte sie in eine Stahlschüssel. Dann trug er sie zu einem der Becken, wusch sie und untersuchte sie nacheinander, wobei er mit dem obersten, der Schilddrüse, begann.

»Merkwürdig«, sagte er und wog sie in der Hand. »Bestimmt nicht mehr als fünfzehn Gramm schwer.«

Normalerweise wiegt eine Schilddrüse zwischen zwanzig und dreißig Gramm.

»Wahrscheinlich eine normale Abweichung«, sagte Weston. Er schnitt sie auf und betrachtete die Schnittfläche. Es war nichts Ungewöhnliches daran.

Dann zertrennte er die Luftröhre bis zur Abzweigung zu den Lungen, die nicht dunkelrot, sondern weißlich und erweitert waren.

»Anaphylaktischer Schock«, sagte Weston. »Wissen Sie, wogegen sie allergisch war?«

»Nein«, sagte ich.

Hendricks machte sich Notizen. Weston schnitt die in die

Lungen führenden Stammbronchien auf und öffnete die Pulmonalarterien und -venen. Dann legte er mit zwei kreisförmigen Schnitten die vier Herzkammern frei. »Völlig normal«, sagte er. Auch die Koronararterien waren normal, abgesehen von einer leichten Sklerose.

Alles war normal, bis wir zum Uterus kamen. Er war dunkelrot von einem Bluterguß und nicht sehr groß, etwa wie eine Glühbirne, und auch so geformt. Als Weston ihn in seinen Händen drehte, sahen wir den Schnitt durch Schleimhaut und Muskel. Daher also das Blut in der Bauchhöhle.

Was mich erstaunte, war die geringe Größe. Er sah überhaupt nicht aus wie der Uterus einer Schwangeren, und schon gar nicht wie der eines Mädchens, das im vierten Monat schwanger ist. Nach vier Monaten ist der Fetus etwa fünfzehn Zentimeter lang, sein Herz schlägt, Gesicht und Augen und Knochen entwickeln sich, und der Uterus ist merklich vergrößert.

Weston schien das gleiche zu denken. »Wahrscheinlich haben sie ihr was zur Stillung der Blutung und zum Zusammenziehen gegeben, aber trotzdem – das ist doch verdammt merkwürdig.«

Er durchschnitt die Uteruswand und klappte sie auf. Die Innenseite war sorgfältig abgeschabt; zu der Perforation mußte es erst später gekommen sein. Das Innere des Uterus war voll Blut und zahlreicher gelber Gerinnsel.

Weston entfernte das Blut und die Gerinnsel und betrachtete die abgeschabte Uterusschleimhaut.

»Das hat kein völliger Laie gemacht«, sagte Weston. »Es muß jemand gewesen sein, der zumindest die Grundprinzipien einer Curettage kennt.«

»Abgesehen von der Perforation.«

»Ja«, sagte er. »Abgesehen davon.«

»Na ja«, fügte er hinzu, »eins wissen wir jetzt wenigstens. Sie hat's nicht selbst gemacht.«
Das war sehr wesentlich. Sehr häufig sind Vaginalblutungen die Folge von Abtreibungsversuchen, die die Frauen selbst vornehmen – mit Medikamenten, Salz- oder Seifenlösung, Stricknadeln und anderen Instrumenten. Doch eine derartige Ausschabung konnte das Mädchen nicht selbst gemacht haben. Sie erforderte eine Vollnarkose.
Ich sagte: »Finden Sie, daß das aussieht wie der Uterus einer Schwangeren?«
»Zweifelhaft«, sagte Weston. »Sehr zweifelhaft. Sehen wir uns mal die Ovarien an.«
Weston öffnete die Eierstöcke und suchte nach dem Corpus luteum, dem Gelbkörper, der nach Ausstoßung des Eis zurückbleibt. Er fand keinen. Doch das allein bewies nichts; der Corpus luteum beginnt nach drei Monaten zu verkümmern, und dieses Mädchen war angeblich im vierten Monat.
Der Labordiener kam herein und sagte zu Weston: »Kann ich schon aufräumen?«
»Ja«, sagte Weston. »Meinetwegen.«
Der Labordiener vernähte den Schnitt und breitete ein sauberes Tuch über die Leiche. Ich wandte mich zu Weston. »Untersuchen Sie das Gehirn nicht?«
»Keine Erlaubnis«, sagte Weston.
Der Coroner bestand bei Sektionen im allgemeinen nur dann auf einer Gehirnuntersuchung, wenn Anzeichen für eine Neuropathie vorlagen.
»Man sollte doch meinen, daß eine Ärztefamilie wie die Randalls ...«
»Oh, J. D. hätte nichts dagegen. Es ist Mrs. Randall. Sie will einfach nicht, daß das Gehirn entfernt wird. Kennen Sie sie?«
Ich schüttelte den Kopf.

»Das ist vielleicht eine Frau«, sagte Weston trocken.
Er beugte sich wieder über die Organe und untersuchte den Magen-Darm-Trakt von der Speiseröhre bis zum Anus. Es war alles völlig normal. Ich ging, bevor er ganz fertig war; was ich sehen wollte, hatte ich gesehen, und ich wußte, daß der Bericht unklar sein würde. Zumindest auf Grund der makroskopischen Untersuchung ließ sich nicht eindeutig sagen, ob Karen Randall schwanger gewesen war.
Eine merkwürdige Sache.

6

Es ist mir so gut wie unmöglich, eine Lebensversicherung abzuschließen. So geht es den meisten Pathologen: ein Blick genügt für die Versicherungen, und sie kriegen eine Gänsehaut – die ständige Gefahr, sich eine Tuberkulose, bösartige oder tödliche Infektionen zuzuziehen, bildet ein unzumutbares Risiko. Ich kenne nur einen Menschen, für den es noch schwieriger ist, sich versichern zu lassen, und das ist ein Biochemiker namens Jim Murphy.
Als Murphy noch jünger war, spielte er als Läufer in der Yale-Mannschaft, und einmal wurde er von der Presse zum »Läufer des Jahres« gewählt. Das ist an sich schon eine beachtliche Leistung, aber noch erstaunlicher scheint es, wenn man Murphy kennt und seine Augen sieht. Murphy ist nämlich fast blind. Er trägt eine zolldicke Brille und geht mit gesenktem Kopf, als ob ihn das Gewicht der Brille herunterziehe. Seine Sehkraft ist schon unter normalen Umständen kaum ausreichend, doch wenn er aufgeregt oder nervös ist, dann rennt er in alles hinein, was ihm im Weg steht.
Bei oberflächlicher Betrachtung scheint es rätselhaft, wie

Murphy es schaffte, Sportler zu werden. Um das zu begreifen, muß man sehen, wie er sich bewegt. Er ist unwahrscheinlich flink, und dabei kenne ich niemanden, der einen solchen Gleichgewichtssinn hat wie Murphy.
Sein Leben lang hatte Murphy eine Vorliebe für ausgefallene Sportarten. Mit dreißig verfiel er aufs Bergsteigen. Er war ganz begeistert davon, fand aber keine Versicherung, die ihn aufnahm. Also schaltete er auf Sportwagenrennen um und war darin ganz erfolgreich, bis er mit einem Lotus von der Piste abkam, sich viermal überschlug und mehrmals beide Schlüsselbeine brach. Daraufhin kam er zu dem Schluß, daß es besser sei, versichert zu sein, als aktiv Sport zu treiben, und gab alles auf.
Murphy ist so flink, daß er sogar in einer Art Kurzschrift spricht, als sei es ihm zu dumm, sich mit Artikeln und Pronomen aufzuhalten. Er macht seine Sekretärinnen und Laborantinnen verrückt, nicht nur mit seiner Redeweise, sondern auch mit seinem Fenstertick. Murphy besteht darauf, daß die Fenster ständig weit offenstehen, auch im Winter, denn er hat eine unüberwindbare Abneigung gegen »schlechte Luft«.
Als ich in sein Labor trat, das in einem Anbau der Bostoner Frauenklinik untergebracht ist, sah ich überall Äpfel. Sie lagen auf den Kühlschränken, auf den Arbeitstischen und als Briefbeschwerer auf den Schreibtischen. Seine beiden Laborantinnen, die unter ihren weißen Mänteln dicke Pullover trugen, kauten beide an einem Apfel.
»Von meiner Frau«, sagte Murphy, als er mir die Hand gab. »Eine ihrer Spezialitäten. Möchtest du einen?«
»Nein, vielen Dank«, sagte ich.
Er rieb den Apfel, den er in der Hand hielt, am Ärmel ab und biß hinein. »Wirklich prima.«
»Ich hab nicht viel Zeit«, sagte ich.

»Immer diese Hast, Herrgott noch mal«, sagte Murphy. »Seit Monaten hab ich dich und Judith nicht gesehen. Wo steckt ihr die ganze Zeit? Terry spielt in der ersten Belmont-Elf. Als Torwart.«
Er nahm ein Foto von seinem Schreibtisch und hielt es mir unter die Nase. Es zeigte seinen Sohn im Fußballdreß, mürrisch in die Kamera starrend. Er sah genauso aus wie Murphy: klein, aber zäh.
»Wir müssen uns bald mal sehen und Familienneuigkeiten austauschen«, sagte ich.
»Hmm.« Mit erstaunlicher Geschwindigkeit verschlang Murphy den Apfel. »Müssen wir. Was macht das Bridge? Wir haben das ganze letzte Wochenende gespielt. Mit den –«
»Murphy«, sagte ich, »ich habe da ein Problem.«
»Wahrscheinlich ein Magengeschwür«, sagte Murphy und nahm einen weiteren Apfel von seinem Schreibtisch. »Kein Wunder bei deiner Nervosität.«
»Es ist eine Sache, die auf deiner Linie liegt«, sagte ich.
Er grinste plötzlich interessiert. »Steroide? Vermutlich das erstemal, daß sich ein Pathologe für Hormone der Nebennierenrinde interessiert.« Er setzte sich hinter den Schreibtisch und legte die Füße darauf. »Schieß los.«
Murphy befaßt sich mit der Erforschung der Steroidproduktion bei schwangeren Frauen und Embryos. Daß sein Labor in der Frauenklinik untergebracht war, hatte einen praktischen, wenn auch etwas makabren Grund: Er saß auf diese Weise dicht an der Quelle, und das waren in diesem Fall Schwangere und Totgeburten, die man ihm gelegentlich überließ, begehrte Fälle in der Frauenklinik, über die sich oft wilde Streitereien entspannen.
»Kannst du bei einer Obduzierten einen Hormontest auf Schwangerschaft machen?« fragte ich.
Er kratzte sich nachdenklich am Kopf. »Ich glaube schon.

Aber wozu? Konntest du nicht bei der Obduktion feststellen, ob die Frau schwanger war?«
»In diesem Fall leider nicht. Eine sehr merkwürdige Sache.«
»Hm. Einen anerkannten Test gibt's da nicht, aber ich denke, es wird sich machen lassen. In welchem Monat war die Frau?«
»Vermutlich im vierten.«
»Im vierten? Und da läßt sich's nicht am Uterus feststellen?«
»Murphy –«
»Ja, ja, schon gut. Wenn sie im vierten Monat war, dann wird's wohl gehen«, sagte er.
»Kannst du's machen?«
»Genau das ist unser Job hier«, sagte er. »Steroidanalysen. Was hast du?«
Ich verstand ihn nicht und sah ihn fragend an.
»Blut oder Urin?«
»Ach so. Blut.« Ich griff in die Tasche und zog ein Reagenzrohr mit Blut hervor, das ich bei der Obduktion abgezapft hatte. Ich hatte Weston um Erlaubnis gebeten, und er hat nichts dagegen gehabt.
Murphy nahm das Röhrchen, hielt es gegen das Licht und knipste mit dem Finger dran. »Ich brauche zwei Kubik«, sagte er. »Das dürfte genügen.«
»Wann kannst du mir Bescheid sagen?«
»In zwei Tagen. Ich brauche achtundvierzig Stunden für den Test. Ist das Totenblut?«
»Ja. Besteht da nicht die Möglichkeit, daß die Hormone denaturiert sind?«
Murphy seufzte. »Du solltest öfter mal ein bißchen in deinen alten Lehrbüchern schmökern. Denaturieren können nur Proteine, und Steroide sind ja keine Proteine, oder? Ich glaub nicht, daß das Ganze ein Problem ist. Der normale Kaninchentest ist der Nachweis von Choriongonatropin im

Urin. Doch in unserem Labor können wir das Choriongonatropin oder das Progesteron oder die Beta-hydroxylierten Verbindungen im Blut messen. In der Schwangerschaft steigt der Progesteronspiegel um das Zehnfache, der Estriolspiegel um das Tausendfache. So ein Anstieg läßt sich natürlich mühelos bestimmen.«

Er warf einen Blick auf das Röhrchen. »Wirklich kein Problem. Wir tun es einfach in eine Fraktionierröhre und lassen es durchlaufen«, sagte er. »Vielleicht machen wir's zur Sicherheit zweimal, für den Fall, daß eine Bestimmung nicht klappt. Von wem ist es?«

»Was?«

Er fuchtelte mit dem Röhrchen herum. »Na, das Blut?«

»Ach, von irgendeiner Patientin«, sagte ich achselzuckend.

»Sie soll im vierten Monat schwanger gewesen sein, und du kannst das nicht feststellen? Mensch, John, da stimmt doch irgendwas nicht. Willst du's mir nicht verraten – deinem alten Kumpel, deinem alten Bridgepartner?«

»Vielleicht ist es besser, ich sag dir das erst nachher.«

»Okay, okay, ich will nicht bohren. Aber du sagst es mir bestimmt?«

»Ich versprech dir's.«

»Dein Wort in Gottes Ohr«, sagte er und stand auf.

7

Nach letzten Zählungen gibt es 25 000 menschliche Krankheiten und für 5 000 davon Behandlungsmethoden. Trotzdem träumt jeder junge Arzt davon, eine neue Krankheit zu entdecken. Dies ist die schnellste und sicherste Möglichkeit, sich in der Medizin einen Namen zu machen. Praktisch gesehen, ist es viel besser, eine neue Krankheit zu entdecken

als eine Behandlungsmethode für eine bereits bekannte; die neue Behandlungsmethode wird jahrelang getestet und diskutiert, während man eine neue Krankheit ohne langes Hin und Her akzeptiert.
Lewis Carr zog das große Los, als er noch Praktikant war: Er entdeckte eine neue Krankheit. Es war etwas ziemlich Seltenes – eine erbliche Dysgammaglobulinämie in der Beta-Fraktion bei einer vierköpfigen Familie –, doch das war nicht so wichtig. Das wesentliche war, daß Lewis sie entdeckte und im *New England Journal of Medicine* einen Artikel darüber veröffentlichte.
Sechs Jahre danach wurde er Professor an der medizinischen Klinik im Memorial. Es gab nie einen Zweifel, daß er das werden würde; er brauchte bloß zu warten, bis irgendwer in Pension ging und ein Posten und ein Büro freiwurden.
Carrs Büro war eng und noch dazu vollgestopft mit Stapeln von Fachzeitschriften, Befunden und Berichten. Es war schmutzig und alt und befand sich in einem düsteren Winkel des Calder Building, in der Nähe der Nierenabteilung. Und inmitten des Drecks und Durcheinanders thronte eine umwerfend hübsche Sekretärin, die äußerst sexy und tüchtig und völlig unnahbar wirkte; eine unfunktionelle Schönheit im Gegensatz zu der funktionellen Häßlichkeit des Büros.
»Dr. Carr macht gerade Visite«, sagte sie, ohne zu lächeln. »Sie möchten bitte warten.«
Ich ging in sein Zimmer, nahm einen Stapel alter Nummern des *American Journal of Experimental Biology* von einem Sessel und setzte mich. Gleich darauf kam Carr. Er trug einen weißen Arztmantel (ein Klinikprofessor knöpft seinen Mantel nie zu) und um den Hals ein Stethoskop. Sein Hemdkragen war zerfranst (Klinikprofessoren werden schlecht bezahlt), doch seine schwarzen Schuhe glänzten

(Klinikprofessoren sind in Dingen, auf die es wirklich ankommt, penibel). Wie immer gab er sich sehr kühl, sehr distanziert, sehr gewandt.
Leute, die Carr nicht mochten, behaupteten, er sei mehr als gewandt, er krieche seinen Vorgesetzten schamlos in den Hintern. Doch viele Leute neideten Carr seine rasche Karriere und seine Selbstsicherheit. Carr hatte ein rundliches, kindliches Gesicht; seine Wangen waren glatt und rot. Er hatte ein einnehmendes jungenhaftes Grinsen, das auf weibliche Patienten unwiderstehlich wirkte. Dieses Grinsen richtete er jetzt auf mich.
»Hallo, John.« Er schloß die Tür zu seinem Vorzimmer und setzte sich hinter seinen Schreibtisch. Ich konnte ihn hinter den Zeitschriftenstapeln kaum sehen. Er nahm das Stethoskop von seinem Hals, legte es zusammen und steckte es in die Tasche. Dann sah er mich an.
Vermutlich ist das unvermeidlich – jeder Arzt, der hinter seinem Schreibtisch sitzt und einen ansieht, setzt eine bestimmte Miene auf und betrachtet einen mit einem nachdenklichen, bohrenden, prüfenden Blick, der einen ganz nervös macht, auch wenn man genau weiß, daß einem gar nichts fehlt. So sah Lewis Carr mich jetzt an.
»Sie interessieren sich für Karen Randall«, sagte er, als verrate er mir eine wichtige Entdeckung.
Ich nickte.
»Aus persönlichen Gründen.«
Ich nickte.
»Was ich Ihnen sage, bleibt unter uns?«
Ich nickte.
»Okay«, sagte er. »Eine scheußliche Sache. Ich war zwar nicht dabei, aber ich habe mich genau informiert.«
Davon war ich überzeugt. Lewis Carr war immer genau über alles informiert, was im Memorial passierte; er wußte mehr

Klatsch als irgendeine Schwester. Er informierte sich rein reflektorisch, so wie andere Menschen atmen.

»Das Mädchen wurde heute morgen um vier eingeliefert. Sie war bei ihrer Ankunft moribund; als man sie aus dem Auto auf eine Tragbahre lud, befand sie sich im Delirium. Ihre Temperatur war 38,8, die Haut trocken mit verringertem Flüssigkeitsdruck in den Geweben. Sie hatte Atemnot, jagenden Puls, niedrigen Blutdruck und klagte über Durst.« Carr holte tief Luft. »Der diensthabende Praktikant untersuchte sie und ordnete einen Kreuzungstest an, damit sie eine Transfusion machen konnten. Er nahm ihr Blut zur Bestimmung der Leukos und des Hämotokrits ab und injizierte schnell einen Liter D 5 (fünfprozentige Traubenzuckerlösung, um die verlorene Flüssigkeit zu ersetzen). Er versuchte, die Blutungsquelle festzustellen, was ihm jedoch nicht gelang. Also gab er ihr Oxytocin zur Kontraktion des Uterus und zur Stillung der Blutung und tamponierte vorläufig die Vagina.

Dann erfuhr er von der Mutter, wer das Mädchen war, und drehte völlig durch. Er holte den Assistenten und begann mit der Bluttransfusion. Und dann gab er ihr zur Sicherheit eine ordentliche Dosis Penicillin. Leider, ohne vorher auf ihrem Krankenblatt nachzusehen oder ihre Mutter zu fragen, ob sie dagegen allergisch ist, was bei 9 bis 10 Prozent aller Patienten der Fall ist.«

»Und das war sie.«

»Und wie«, sagte Carr. »Zehn Minuten, nachdem er es ihr intramuskulär gespritzt hatte, bekam sie einen Erstickungsanfall und kriegte trotz offener Atemwege keine Luft. Inzwischen hatten sie aus der Registratur das Krankenblatt holen lassen, und dem Praktikanten wurde klar, was er angerichtet hatte. Er gab ihr sofort ein Milligramm Epinephrin intramuskulär. Als sie darauf nicht reagierte, spritzte er ihr langsam intravenös Benadryl, Cortison und Aminophyllin, und sie machten ihr eine Sauerstoffüberdruckbeatmung. Doch sie wurde zyanotisch, bekam Krämpfe und starb innerhalb zwanzig Minuten.«

Ich zündete mir eine Zigarette an. In der Haut dieses Praktikanten hätte ich nicht stecken mögen.

»Wahrscheinlich«, sagte Carr, »wäre das Mädchen auf jeden Fall gestorben. Genau wissen wir's nicht, aber wir haben Grund zu der Annahme, daß ihr Blutverlust bei der Einlieferung bereits an die fünfzig Prozent betrug. Das dürfte die äußerste Grenze sein – Sie wissen ja, ein Schock ist in so einem Fall fast unvermeidlich. Vermutlich hätten wir sie also ohnedies nicht retten können. Aber das ändert natürlich nichts.«

Ich fragte: »Warum hat ihr der Praktikant eigentlich Penicillin gegeben?«

»Das tun wir bei bestimmten Symptomen routinemäßig«, sagte Carr. »Wenn bei uns ein Mädchen mit einer Vaginalblutung und hohem Fieber eingeliefert wird, so daß Verdacht auf eine Infektion besteht, machen wir eine Curettage, stecken sie ins Bett und spritzen ihr eine ordentliche Dosis Penicillin. Am nächsten Tag schicken wir sie meistens wieder nach Hause. Und aufs Krankenblatt schreiben wir Abortus.«

»Das wurde bei Karen Randall auch als Diagnose eingetragen? Abortus?«

Carr nickte. »Spontanabortus. Das machen wir immer so, um keine Scherereien mit der Polizei zu kriegen. Wir haben hier ziemlich viel mit Abtreibungen zu tun, mit selbstgemachten und Fremdabtreibungen. Manche Mädchen haben soviel Seife in der Vagina, daß sie schäumen wie überladene Geschirrspülautomaten. Andere werden mit schweren Blutungen eingeliefert. Und alle sind hysterisch und erzählen uns die phantastischsten Lügengeschichten. Wir behandeln

sie stillschweigend und schicken sie so bald wie möglich wieder weg.«
»Und meldet nie der Polizei etwas?«
»Wir sind Ärzte und keine Gehilfen des Staatsanwalts. Zu uns kommen im Jahr etwa hundert solche Mädchen. Wenn wir jede anzeigen würden, müßten wir die ganze Zeit als Zeugen vor Gericht stehen und könnten keine Kranken behandeln.«
»Aber gibt es denn nicht eine gesetzliche Vorschrift –«
»Natürlich«, sagte Carr rasch. »Wir sind gesetzlich verpflichtet, es zu melden. Wir sind auch gesetzlich verpflichtet, Körperverletzungen zu melden, aber wenn wir jeden Betrunkenen, der sich mit jemandem geprügelt hat, melden würden, hätten wir viel zu tun. Kein Krankenhaus meldet alles.«
»Aber wenn es sich um Abtreibungen handelt –«
»Sie müssen folgendes bedenken«, sagte Carr. »Ein großer Teil dieser Fälle sind normale Fehlgeburten. Ein großer Teil sind Abtreibungen, aber selbst wenn einem das klar ist, hätte es keinen Sinn, etwas zu unternehmen. Angenommen, Sie kommen dahinter, daß das Mädchen bei irgendeinem Pfuscher gewesen ist, und Sie verständigen die Polizei. Wenn sie am nächsten Tag erscheinen, erzählt ihnen das Mädchen, daß es ein Spontanabortus war. Oder daß sie versucht hat, es selbst zu machen. Oder sie sagt überhaupt nichts. Und dann ist die Polizei böse. Vor allem auf den Arzt, weil der sie geholt hat.«
»Das ist tatsächlich schon passiert?«
»Ja«, sagte Carr, »ich hab's selbst zweimal erlebt. Das eine Mädchen war halb verrückt vor Angst, als sie eingeliefert wurde, sie müßte sterben. Sie wollte den Kerl, der es gemacht hatte, anzeigen und bestand darauf, daß wir die Polizei verständigen. Am nächsten Morgen, nachdem wir ihr eine ordentliche Ausschabung gemacht hatten, fühlte sie

sich ausgezeichnet, und jetzt, nachdem alles gutgegangen war, wollte sie nichts mit der Polizei zu tun haben. Als sie kam, sagte sie, es sei alles ein dummer Irrtum gewesen.«

»Ihr begnügt euch also damit, den Pfuschern den Dreck wegzuräumen?«

»Wir bemühen uns, Leute gesund zu machen. Weiter nichts. Ein Arzt hat keine Urteile zu fällen. Wir bringen ja auch in Ordnung, was schlechte Autofahrer und Besoffene angerichtet haben. Aber es ist nicht unsere Sache, uns jemanden vorzuknöpfen und ihm eine Lektion über Autofahren oder Saufen zu erteilen. Wir haben die Leute nur wieder auf die Beine zu bringen.«

Ich hatte keine Lust, mit ihm zu streiten; ich wußte, das hätte keinen Sinn gehabt. Also wechselte ich das Thema.

»Und was ist mit den Beschuldigungen gegen Lee? Wie war das?«

»Als das Mädchen starb«, sagte Carr, »bekam Mrs. Randall einen hysterischen Anfall. Sie fing an zu schreien, und so gaben wir ihr ein Beruhigungsmittel. Darauf nahm sie sich etwas zusammen, behauptete aber weiter, ihre Tochter hätte gesagt, daß Lee die Abtreibung gemacht hat. Sie bestand darauf, die Polizei zu verständigen.«

»Mrs. Randall hat sie selbst angerufen?«

»Ja.«

»Und wie lautet die Krankenhausdiagnose?«

»Abortus. Das ist der zutreffende medizinische Ausdruck. Ob es ein künstlicher, ungesetzlicher Abortus war, haben wir nicht zu entscheiden. Das wird die Obduktion beweisen.«

»Das hat sie bereits bewiesen«, sagte ich. »Und zwar war der Eingriff gar nicht schlecht gemacht, abgesehen von einer einzigen Verletzung der Gebärmutterschleimhaut. Er muß von jemandem durchgeführt worden sein, der etwas davon versteht – nur leider nicht genug.«

»Haben Sie mit Lee gesprochen?«
»Ja, heute morgen«, sagte ich. »Er sagt, er war es nicht. Und auf Grund des Obduktionsergebnisses glaube ich ihm.«
»Vielleicht ein Kunstfehler –«
»Bestimmt nicht. Dazu hat Art zu viel Erfahrung.«
Carr nahm das Stethoskop aus der Tasche und drehte es, düster vor sich hin starrend, zwischen den Fingern. »Wirklich eine scheußliche Sache«, sagte er.
»Sie muß aufgeklärt werden«, sagte ich. »Wir können nicht den Kopf in den Sand stecken und Art im Stich lassen.«
»Nein, natürlich nicht«, sagte Carr. »Aber J. D. schäumt vor Wut.«
»Das kann ich mir denken.«
»Er hat den armen Praktikanten fast umgebracht, als er dahinterkam, was er mit dem Mädchen gemacht hat. Ich war dabei. Ich dachte, er erwürgt ihn mit bloßen Händen.«
»Wie heißt dieser Praktikant?«
»Roger Whiting. Ein netter Junge.«
»Wo ist er jetzt?«
»Wahrscheinlich zu Hause. Er ist um acht Uhr früh heimgegangen.« Stirnrunzelnd zupfte Carr an seinem Stethoskop. »John«, sagte er, »warum sind Sie eigentlich so scharf darauf, sich in die Angelegenheit einzumischen? Wär's nicht besser, Sie würden die Finger davon lassen?«
»Ich bin gar nicht scharf darauf«, sagte ich. »Ich würde viel lieber in meinem Labor sitzen. Aber mir bleibt keine Wahl.«
»Ich fürchte«, sagte Carr langsam, »das Ganze ist so verkorkst, daß sich leider nicht viel machen lassen wird. J. D. ist außer sich vor Wut.«
»Das haben Sie schon gesagt.«
»Ich möchte ja nur, daß Sie die Situation richtig verstehen.« Carr senkte den Kopf und blickte auf seinen Schreibtisch. »Die Sache ist doch in den besten Händen. Und soviel ich

weiß, hat Lee einen sehr guten Anwalt. Alles ist bestimmt in besten Händen«, wiederholte er.
»Wen meinen Sie damit? Die Randalls? Die Trottel, die ich auf der Polizeistation gesehen habe?«
»Die Bostoner Polizei hat einen ausgezeichneten Ruf.«
»Auf den scheiß ich.«
Er seufzte leise und sagte: »Was wollen Sie eigentlich beweisen?«
»Daß Lee es nicht gewesen ist.«
Carr schüttelte den Kopf. »Darum geht's doch gar nicht.«
»Ich finde, genau darum geht's.«
»Nein«, sagte Carr. »Es geht darum, daß J. D. Randalls Tochter infolge einer Abtreibung umgekommen ist und daß jemand dafür büßen muß. Lee macht Abtreibungen – es wird nicht schwer sein, das vor Gericht zu beweisen. Und bei einem Bostoner Gericht wird bestimmt mehr als die Hälfte der Geschworenen katholisch sein. Sie werden ihn schon aus Prinzip verurteilen.«
»Aus Prinzip?«
»Sie müssen genau wissen, was ich meine«, sagte Carr und rutschte nervös auf seinem Sessel hin und her.
»Daß sie Lee zum Sündenbock machen werden.«
»Genau.«
»Und was halten Sie davon?«
»Ein Mann, der Abtreibungen macht, begibt sich in Gefahr. Er verstößt gegen das Gesetz. Und wenn er bei der Tochter eines bekannten Bostoner Arztes eine –«
»Aber Lee sagt doch, er hat es nicht getan.«
Carr lächelte traurig. »Na und? Was ändert das?«

8

Wenn man das College hinter sich hat, dauert es dreizehn Jahre, bis man Herzchirurg ist. Man muß vier Jahre Medizinstudium, ein Jahr Praktikum, drei Jahre allgemeine Chirurgie, zwei Jahre Thoraxchirurgie und zwei Jahre Herzchirurgie absolvieren. Und irgendwann dazwischen muß man auch noch zwei Jahre Soldat spielen.
Es gehört schon was dazu, diese Last auf sich zu nehmen, seinen Blick auf ein so fernes Ziel zu richten. Bis man es geschafft hat, ist man ein ganz anderer geworden und den übrigen Menschen durch seine Erfahrungen und durch die völlige Hingabe, die dieser Beruf verlangt, entfremdet. Chirurgen sind sehr einsame Menschen.
Daran dachte ich, als ich durch die Glaswand der Zuschauerkabine hinunter in OP 9 blickte. Die Kabine war in die Decke eingebaut und bot einen guten Blick über den ganzen Raum. Studenten und Assistenten saßen oft hier oben und sahen bei den Operationen zu. Im OP war ein Mikrofon, so daß man alles hören konnte – das Klirren der Instrumente, das rhythmische Zischen des Atemapparats, die gedämpften Stimmen –, und wenn man auf einen Knopf drückte, dann konnte man mit den Leuten dort unten sprechen.
Bevor ich hierherkam, war ich in J. D. Randalls Büro gewesen. Ich hatte darum gebeten, mir Karen Randalls Krankenkarte ansehen zu dürfen, doch Randalls Sekretärin sagte mir, sie hätte sie nicht. J. D. hätte sie, und J. D. operiere gerade. Das hatte mich ein wenig überrascht. Ich war überzeugt gewesen, er hatte sich wegen der Angelegenheit den Tag freigenommen. Doch anscheinend war er gar nicht auf die Idee gekommen.
Die Sekretärin hatte gesagt, er sei vermutlich mit der Ope-

ration gleich fertig, doch ein Blick durch die Glasscheibe sagte mir, daß es noch eine ganze Weile dauern würde. Brust und Herz des Patienten waren noch offen; sie hatten noch nicht einmal mit dem Zunähen begonnen. Ich mußte also später wiederkommen und Randall um die Karte bitten.

Einen Moment blieb ich und sah zu. Eine Operation am offenen Herzen ist etwas unglaublich Fesselndes, eine Mischung aus Traum und Alptraum, phantastisch und bizarr. In dem Raum unter mir zählte ich sechzehn Menschen, darunter vier Chirurgen. Alle waren in Bewegung, und ihre Bewegungen waren geschmeidig und genau aufeinander abgestimmt wie bei einem surrealistischen Ballett. Der Patient, in grüne Tücher gehüllt, wirkte zwergenhaft klein neben der Herz-Lungenmaschine, einem riesigen Ding aus glänzendem Stahl in der Größe eines Autos, mit auf und nieder gleitenden Zylindern und rotierenden Rädern.

Am Kopf des Patienten saß, umgeben von Apparaten, der Anästhesist. Zwei Techniker überwachten die Skalen und Meßinstrumente der Maschine, und um den Patienten drängten sich Schwestern, Assistenten und Chirurgen. Es gelang mir nicht, herauszufinden, welcher Randall war; mit ihren Mänteln und Masken sahen sie alle gleich aus, unpersönlich und verwechselbar. Das waren sie natürlich nicht. Einer dieser vier Männer trug die Verantwortung für alles, was die sechzehn taten. Und die Verantwortung für den siebzehnten, den Menschen, dessen Herz stillstand.

In einer Ecke sah man auf einem Fernsehschirm das Elektrokardiogramm. Das normale EKG ist eine munter auf und ab hüpfende Linie; jede Zacke zeigt einen Herzschlag an, eine Welle der elektrischen Energie, die den Herzmuskel in Bewegung hält. Diese Linie war flach; ein gerader Strich. Das bedeutete, nach einem der Hauptprinzipien der Medizin war der Patient tot. Ich blickte auf die rosa Lungen in

der offenen Brust; sie bewegten sich nicht. Der Patient atmete nicht.
Das alles tat die Maschine für ihn. Sie pumpte sein Blut, reicherte es mit Sauerstoff an, reinigte es von Kohlensäure. In der gegenwärtigen Form gab es die Maschine seit etwa zehn Jahren.
Die Leute unter mir schienen keinerlei Ehrfurcht vor der Maschine oder der Operation zu empfinden. Sie taten nüchtern und sachlich ihre Arbeit. Vielleicht war das einer der Gründe, warum das Ganze so phantastisch wirkte.
Ich sah fünf Minuten lang zu, ohne zu merken, wie die Zeit verstrich. Dann ging ich. Draußen auf dem Korridor standen an eine Tür gelehnt zwei Praktikanten, die Mützen auf dem Kopf, die Masken locker um den Hals. Sie aßen Krapfen und tranken Kaffee und unterhielten sich lachend.

9

Roger Whiting wohnte in der Nähe des Memorial im dritten Stock eines Mietshauses. Seine Frau öffnete mir; ein reizloses Mädchen, etwa im siebenten Monat schwanger.
»Was möchten Sie?« fragte sie gereizt.
»Ich würde gern Ihren Mann sprechen. Mein Name ist Berry. Ich bin Pathologe im Lincoln.«
Sie sah mich unfreundlich und mißtrauisch an. »Mein Mann hat sich gerade hingelegt. Er hatte zwei Tage Dienst und ist müde.«
»Es ist etwas sehr Wichtiges.«
Ein schmächtiger junger Mann in einer weißen Hose tauchte hinter ihr auf. Er sah mehr als müde aus, völlig erschöpft und ängstlich. »Was gibt's denn?« fragte er.
»Ich würde gern mit Ihnen über Karen Randall sprechen.«

»Das hab ich heute schon ein dutzendmal getan«, sagte er. »Am besten, Sie wenden sich an Dr. Carr.«

»Bei dem war ich schon.«

Whiting fuhr sich mit den Händen durchs Haar. Dann sagte er zu seiner Frau: »Okay, Liebling. Mach mir bitte ein bißchen Kaffee, ja?« Er wandte sich zu mir. »Möchten Sie auch eine Tasse?«

»Bitte«, sagte ich.

Wir setzten uns ins Wohnzimmer. Die Wohnung war klein, die Einrichtung billig und schäbig. Doch ich fühlte mich gleich wie daheim; meine eigene Praktikantenzeit lag erst wenige Jahre zurück. Ich kannte das alles nur zu gut: die Geldsorgen, den anstrengenden Dienst, die ganze Drecksarbeit, die sie einem aufhalsen. Ich wußte, wie es war, wenn einen mitten in der Nacht die Schwester weckte und fragte, ob sie Patient Jones ein Aspirin geben dürfe; wenn man schlaftrunken durch einen öden, endlosen Korridor wankte, um sich einen Patienten anzusehen. Ich wußte, wie leicht man in den frühen Morgenstunden einen Fehler machen konnte; ich hatte als Praktikant einen herzkranken alten Mann fast umgebracht.

»Ich kann mir vorstellen, wie fertig Sie sind«, sagte ich. »Ich werd's möglichst kurz machen.«

»Nein, nein«, sagte er ernst. »Wenn ich Ihnen irgendwie helfen kann ...«

Die Frau brachte zwei Tassen Kaffee. Sie sah mich böse an. Der Kaffee war schwach.

»Es würde mich interessieren, wie das war, als das Mädchen eingeliefert wurde. Waren Sie in der Notaufnahme?«

»Nein. Ich hatte mich einen Moment hingelegt. Sie haben mich geholt.«

»Wie spät war es?«

»Ein paar Minuten vor vier.«

»Wie war das Ganze? Erzählen Sie.«
»Ich hatte mich angezogen hingelegt, in dem kleinen Raum neben der Notaufnahme. Vorher hatte ich einer Frau, der die Infusionsnadel herausgerutscht war, eine neue Nadel eingeführt. Ich war eben eingeschlafen, als sie mich weckten.« Er seufzte: »Ich war ganz benommen, und so ging ich zur Wasserleitung und hielt meinen Kopf drunter. Als ich mich abgetrocknet hatte und in die Aufnahme ging, brachten sie gerade das Mädchen auf einer Trage herein.«
»War sie bei Bewußtsein?«
»Ja, aber völlig desorientiert. Sie hatte eine Menge Blut verloren und war fiebrig und delirierte. Wir konnten ihr nicht richtig die Temperatur messen, weil sie die Zähne zusammenbiß. Unter der Achsel hatte sie 38,8. Ich nahm ihr Blut für den Kreuzungstest ab.«
»Und dann?«
»Die Schwestern deckten sie zu und legten ihr die Füße hoch. Dann habe ich sie untersucht. Es handelte sich eindeutig um eine Vaginalblutung infolge eines Abortus.«
»Waren in dem Blut irgendwelche Gewebeteile? Vielleicht Plazenta?«
Er schüttelte den Kopf »Nein. Aber sie blutete ja schon ziemlich lange. Ihre Kleider ...« Er starrte vor sich hin, als ob er das Ganze im Geist vor sich sah. »Ihre Kleider waren ganz von Blut durchtränkt. Die Schwestern hatten größte Mühe, sie auszuziehen.«
»Hat sie währenddessen irgendwas Verständliches gesagt?«
»Eigentlich nicht. Hin und wieder hat sie was gemurmelt. Irgend etwas über einen alten Mann, glaube ich. Wen sie damit gemeint hat, weiß ich nicht. Wir achteten nicht darauf.«
»Sonst hat sie nichts gesagt?«
Er schüttelte den Kopf. »Nur als sie ihr die Kleider auf-

schnitten. Da hat sie versucht, die Schwestern wegzustoßen, und einmal sagte sie: ›Nein, nein – nicht.‹ Und eine Weile später sagte sie: ›Wo bin ich?‹ Aber das war nur wirres Gerede. Sie war nicht richtig bei sich.«

»Was haben Sie gegen die Blutung getan?«

»Zuerst hab ich versucht, sie zu lokalisieren. Das war nicht möglich, weil die Blutung so stark war. Außerdem konnten wir die Lampe nicht weit genug herunterziehen. Schließlich hab ich die Vagina mit Gaze tamponiert und eine Transfusion gemacht.«

»Wo war Mrs. Randall inzwischen?«

»Sie stand an der Tür. Sie war ganz ruhig, bis wir ihr sagten, was mit ihrer Tochter los sei. Da hat sie durchgedreht. Völlig durchgedreht.«

»Was war mit Karens Krankengeschichte? War sie schon mal im Krankenhaus gewesen?«

»Ich hab ihre Karte nicht gesehen«, sagte er, »das heißt – erst später. Sie mußte aus der Registratur geholt werden. Ja, sie war schon ein paarmal bei uns – alle zwei Jahre seit ihrem fünfzehnten Lebensjahr zur Untersuchung. Die üblichen Bluttests und so weiter. Ihr Vater hat natürlich dafür gesorgt, daß das alles regelmäßig gemacht wurde.«

»Stand irgendwas Besonderes in ihrer Krankengeschichte? Außer der Allergie, meine ich?«

Er lächelte traurig. »Genügt das nicht?«

Einen Moment lang war ich wütend auf ihn. Nicht daß er Angst hatte, nahm ich ihm übel, sondern daß er sich selbst so schrecklich leid tat. Am liebsten hätte ich ihm gesagt, er müsse sich daran gewöhnen, daß Menschen unter seinen Händen starben, eine Menge Menschen. Und daran, daß ihm Fehler passierten, denn die passieren jedem. Wenn er Mrs. Randall gefragt hätte, ob bei Karen irgendeine Allergie bestünde, und Mrs. Randall nein gesagt hätte, dann wäre

Whiting aus dem Schneider gewesen. Das Mädchen wäre natürlich trotzdem gestorben, doch Whiting hätte man keinen Vorwurf machen können. Sein Fehler war nicht, daß er Karen Randall umgebracht hatte, sondern daß er nicht vorher um Erlaubnis gefragt hatte.
Am liebsten hätte ich ihm das gesagt, doch ich ließ es bleiben.
»War auf der Karte irgendwas, das auf psychische Probleme schließen läßt?«
»Nein.«
»Überhaupt nichts Auffälliges?«
»Nein.« Plötzlich runzelte er die Stirn. »Moment – doch. Jetzt fällt mir etwas Merkwürdiges ein. Vor etwa sechs Monaten wurde eine komplette Schädeldurchleuchtung angeordnet.«
»Haben Sie die Aufnahmen gesehen?«
»Nein. Aber ich hab den Befund des Röntgenologen gelesen.«
»Und wie lautete der?«
»O.B. Nichts Krankhaftes festzustellen.«
»Warum wurden die Aufnahmen gemacht?«
»Das stand nicht drin.«
»Hatte sie irgendeinen Unfall? Vielleicht mit dem Auto?«
»Keine Ahnung.«
»Wer hat die Aufnahmen angeordnet?«
»Wahrscheinlich Dr. Randall. Peter Randall, meine ich. Er war ihr Arzt.«
»In dem Befund stand nicht, warum die Aufnahmen gemacht wurden?«
»Nein.«
»Das muß doch einen besonderen Grund gehabt haben«, sagte ich.
»Sicher«, sagte er, doch es schien ihn nicht sehr zu interes-

sieren. Er starrte düster in seinen Kaffee; dann trank er einen Schluck. Schließlich sagte er: »Den Kerl, der die Abtreibung gemacht hat, sollten sie aufhängen. Am liebsten würde ich's selber tun.«

Ich stand auf. Der Junge war völlig fertig und den Tränen nahe. Er sah nur eins: seine verpfuschte Karriere; verpfuscht, weil er bei der Tochter eines berühmten Arztes einen Fehler begangen hatte. In seiner Wut und Verzweiflung suchte auch er nach einem Sündenbock. Und es gab niemanden, der so dringend einen brauchte wie er.

»Haben Sie die Absicht, sich in Boston niederzulassen?« fragte ich.

»Ich hatte«, sagte er und schlug die Augen nieder.

Ich ging in die nächste Telefonzelle und rief Dr. Carr an. Ich mußte unbedingt Karen Randalls Krankenkarte sehen. Ich mußte herauskriegen, was mit dieser Durchleuchtung gewesen war.

»Lew«, sagte ich. »Ich muß Sie noch mal um Ihre Hilfe bitten.«

»Wieso? Was ist denn?« Er schien zutiefst erschrocken.

»Ich brauche unbedingt ihre Krankenkarte.«

»Ich habe Ihnen doch schon gesagt, daß das nicht geht.«

»Ja, aber es ist etwas Neues aufgetaucht. Die Sache wird immer rätselhafter. Warum wurde diese Schädeldurchleuchtung –«

»Tut mir leid«, sagte Carr. »Ich kann Ihnen nicht helfen.«

»Lew, Randall kann doch die Karte nicht einfach –«

»Tut mir leid, John. Ich stecke bis über den Kopf in Arbeit. Ich hab einfach keine Zeit.«

Man merkte, daß er sich genau überlegte, was er sagte, daß er sich jeden Satz durch den Kopf gehen ließ, bevor er ihn aussprach.

»Lew, was soll das? War Randall bei Ihnen und hat Ihnen den Mund gestopft?«

»Ich finde«, sagte Carr, »mit dieser Sache sollen sich die Stellen befassen, die dafür zuständig sind. Ich denke nicht daran, mich da einzumischen, und auch Sie sollten das lieber bleibenlassen.«

»Schön, wenn das Ihre Ansicht ist«, sagte ich und legte auf. Eigentlich überraschte mich Carrs Verhalten nicht. Er hielt sich immer strikt an die Regeln, wie ein Musterknabe. Es hätte mich überrascht, wenn er es in diesem Fall nicht getan hätte.

10

Auf der Fahrt zur Medizinischen Akademie kam ich am Lincoln-Krankenhaus vorbei. Davor, neben dem Taxiplatz, stand Frank Conway und starrte, leicht vorgebeugt, die Hände in den Taschen, die Straße hinunter. Irgendwie drückte seine Haltung tiefe Resignation aus, eine ungeheure, überwältigende Müdigkeit. Ich fuhr an den Straßenrand und hielt an.

»Taxi gefällig?«

»Ich muß zur Kinderklinik«, sagte er. Er schien erstaunt, daß ich angehalten hatte. Conway und ich sind nicht besonders befreundet. Er ist ein guter Arzt, doch kein sehr angenehmer Mensch. Seine beiden ersten Frauen haben sich von ihm scheiden lassen, die zweite schon nach sechs Monaten.

»Die liegt auf meinem Weg«, sagte ich.

Das stimmte zwar nicht, doch ich mußte mit ihm reden. Er stieg ein, und ich fuhr los.

»Was wollen Sie denn in der Kinderklinik?« fragte ich.

»Ich muß zu einer Konferenz. Wir haben jede Woche ein Kollegium über kongenitale Erkrankungen. Und wo wollen Sie hin?«

»Einen Freund abholen«, sagte ich. »Wir wollen zusammen essen gehen.«
Er nickte und lehnte sich zurück. Conway war noch ziemlich jung, erst fünfunddreißig. Er hatte in seiner Assistentenzeit unter den größten Kapazitäten des Landes gearbeitet, und jetzt war er selber eine – zumindest hatte er den Ruf. Ob er wirklich so gut war, ließ sich schwer sagen; Conway war einer der wenigen Ärzte, die so schnell so berühmt werden, daß sie sich wie Politiker oder Filmstars blind ergebene Anhänger und ebenso blinde unversöhnliche Feinde erwerben; entweder man liebt sie, oder man haßt sie. Äußerlich war Conway eine eindrucksvolle Erscheinung, ein kräftiger, untersetzter Mann mit graumeliertem Haar und klaren blauen Augen.
»Ich muß mich wegen heute morgen entschuldigen«, sagte Conway. »Ich hätte mich nicht so aufführen dürfen.«
»Schon gut«, sagte ich.
»Ich muß mich auch bei Herbie entschuldigen. Ich hab da ein paar Dinge gesagt ...«
»Er trägt es Ihnen bestimmt nicht nach.«
»Es ist mir wirklich furchtbar unangenehm«, sagte Conway. »Aber wenn einem ein Patient so unter den Händen kollabiert, und man steht da und kann nichts tun ... Sie haben ja keine Ahnung, wie das ist.«
Ich nickte, und wir schwiegen eine Weile. Dann sagte ich: »Würden Sie mir einen Gefallen tun?«
»Gern. Was denn?«
»Erzählen Sie mir ein bißchen was über J. D. Randall.«
Er wandte den Kopf und sah mich an. »Warum? Wegen dieser Sache?«
Ich nickte.
»Sie haben Lee verhaftet, nicht?«
»Ja.«

»Hat er's getan?«
»Nein.«
»Sind Sie sicher?«
»Ich glaube, was er mir sagt.«
Conway seufzte. »Na und?« sagte er. »Angenommen, man würde versuchen, Ihnen so was anzuhängen? Würden Sie's nicht auch abstreiten?«
»Darum geht es nicht.«
»Aber das ist doch ganz klar. Jeder würde das abstreiten.«
»Und wieso halten Sie nicht für möglich, daß Art es wirklich nicht getan hat?«
»Das halte ich nicht nur für möglich, sondern für sehr wahrscheinlich.«
»Und?«
Conway schüttelte den Kopf. »Ich fürchte, Sie sehen die Sache nicht ganz richtig. J. D. ist ein großer Mann. J. D. hat seine Tochter verloren. Und bequemerweise gibt es da einen Chinesen, von dem man weiß, daß er so was macht. Das ist doch ein gefundenes Fressen.«
»So was Ähnliches hab ich schon mal gehört. Das kann ich einfach nicht glauben.«
»Dann kennen Sie J. D. Randall nicht.«
»Da haben Sie recht.«
»J. D. Randall«, sagte Conway, »J. D. Randall ist das größte Arschloch des Universums. Er ist reich und mächtig und angesehen. Kein Problem für ihn, einen kleinen Chinesen fertigzumachen.«
»Aber was für ein Interesse kann er daran haben?«
Conway lachte. »Mensch, sind Sie wirklich so naiv?«
Ich muß ein ziemlich dummes Gesicht gemacht haben.
»Wissen die denn nicht ...« Als er merkte, daß ich keine Ahnung hatte, brach er ab, verschränkte die Arme über der Brust und starrte schweigend auf die Straße.

»Was?«
»Fragen Sie lieber Art.«
»Warum wollen Sie's mir nicht sagen?«
»Fragen Sie Lew Carr«, sagte Conway. »Vielleicht sagt der's Ihnen. Aus mir kriegen Sie nichts raus.«
»Schön«, sagte ich, »dann erzählen Sie mir wenigstens ein bißchen von Randall.«
»Was wollen Sie wissen? Was für ein Chirurg er ist?«
Ich nickte.
»Als Chirurg«, sagte Conway, »ist er der letzte Dreck. Ein Nichtskönner. Ihm sterben Leute unterm Messer, die nicht zu sterben brauchten. Junge Leute, kräftige Leute.«
Ich schwieg.
»Außerdem ist er hundsgemein, ein richtiges Ekel. Er schikaniert seine Assistenten bis aufs Blut, nützt sie aus, wo er nur kann. Er kann sich das leisten, weil sich alle darum reißen, unter ihm zu arbeiten. Ich kenne ihn durch und durch; ich hab selbst zwei Jahre Thoraxchirurgie bei ihm gemacht, bevor ich nach Houston ging und dort Herzchirurgie machte. Ich war neunundzwanzig, als ich Randall kennenlernte, und er neunundvierzig. Anfangs wirkte er sehr imposant mit seiner Wichtigtuerei und seinen Bond-Street-Anzügen und seinen Freunden mit ihren Schlössern in Frankreich. Das alles macht ihn natürlich noch nicht zu einem guten Chirurgen, aber es beeindruckt die Leute. Es umgibt ihn mit einem Nimbus.«
Ich sagte nichts. Conway steigerte sich in das Thema hinein, sprach mit zunehmender Erregung, gestikulierte mit den Händen. Ich hütete mich, ihn zu unterbrechen.
»J. D. ist noch einer von der alten Garde«, sagte Conway. »Er hat in den vierziger und fünfziger Jahren angefangen. Chirurgie war damals ganz was anderes als heute; die Hauptsache war manuelle Geschicklichkeit, wissenschaftli-

che Kenntnisse hielt man nicht für so wichtig. Kein Mensch hatte eine Ahnung von Elektrolyse und Chemie, und Randall hat sich auch nie dafür interessiert. Die heutigen jungen Ärzte aber sind vollgestopft mit Kenntnissen über Enzyme und Serumnatrium. Für Randall sind das spanische Dörfer.«

»Aber er hat doch einen guten Ruf«, sagte ich.

»Den hatte John Wilkes Booth auch«, sagte Conway. »Eine Zeitlang.«

»Ist da nicht ein bißchen berufliche Eifersucht im Spiel?«

»Bestimmt nicht. Mit Randall nehm ich's jederzeit auf«, sagte er. »Den lasse ich am ausgestreckten Arm verhungern.«

Ich lächelte.

»Wie ist er denn persönlich?«

»Das hab ich doch schon gesagt. Ein Arschloch. Ein Riesenarschloch. Wissen Sie, was seine Assistenten von ihm sagen? Daß er mit einem Hammer und einem Dutzend Nägel in der Tasche rumläuft – für den Fall, daß er auf irgendwen stößt, den er kreuzigen kann. Und noch was anderes sagen seine Assistenten. Daß J. D. Randall so gerne Herzen zerschneidet, weil er selber nie eins gehabt hat.«

11

Diese Engländer, die damals im Jahr 1630 nach Boston gingen, können nicht ganz bei Verstand gewesen sein. Eine so weite Seereise nach einer feindseligen Wildnis erforderte mehr als Mut, mehr als Verwegenheit – so etwas kann man nur aus Verzweiflung und Fanatismus tun. Und aus einem tiefen, unversöhnlichen Haß auf die englische Gesellschaft. Zum Glück beurteilt die Geschichte Menschen nach ihren

Handlungen, nicht nach ihren Motiven. Aus diesem Grund können die Bostoner es sich erlauben, in ihren Ahnen Kämpfer für Demokratie und Freiheit zu sehen, Revolutionshelden, liberale Künstler und Dichter.

Doch Boston hat noch ein anderes Gesicht, ein dunkles Gesicht – es ist auch die Stadt des Prangers, der Spießrute, der Daumenschraube und der Hexenjagden. Kaum jemandem ist heute klar, was diese Folterwerkzeuge wirklich waren: Zeugnisse der Verblendung, der Neurose, des Sadismus; Merkmale einer Gesellschaft, die besessen war von Angst vor Sünde, Verdammnis, Fegefeuer, Krankheit und Indianern – ungefähr in dieser Reihenfolge. Kurz, einer Gesellschaft reaktionärer religiöser Fanatiker.

Hinzu kommt ein geographischer Faktor: Boston war einst ein Sumpf. Manche behaupten, daher kämen das ständige schlechte Wetter und das feuchte Klima; andere meinen, das sei Unsinn.

Die Bostoner neigen dazu, vieles aus der Vergangenheit ihrer Stadt zu übersehen und zu vergessen, doch sosehr sie sich auch bemühen, es gelingt ihnen nicht, den Puritanismus gänzlich abzustreifen.

Wir alle sind der Vergangenheit verhaftet, einzeln und als Gesamtheit. Die Vergangenheit zeigt sich in unserem Knochenbau, in unserer Behaarung, in unserer Hautfarbe und auch in der Art, wie wir gehen, stehen, essen – und denken.

Das waren meine Gedanken, als ich zu stud. med. William Harvey Shattuck Randall fuhr.

William Harvey Shattuck Randall war ein kräftiger blonder Junge mit einem offenen, nicht unsympathischen Gesicht und einer footballhaften Frische und Natürlichkeit, die in einem seltsamen und ein bißchen komischen Kontrast zur Einrichtung seines Zimmers stand.

Er wohnte im ersten Stock von Sheraton Hall, dem Studen-

tenheim der Mediziner. Wie die meisten hatte er ein Einzelzimmer, doch ein besonders großes. Auf jeden Fall war es größer als die winzige Bude im vierten Stock, in der ich als Student gewohnt hatte. Die Zimmer im obersten Stock sind billiger. Die Wände hatten eine andere Farbe als damals. Zu meiner Zeit waren sie grau wie Dinosauriereier gewesen, jetzt waren sie kotzgrün. Doch sonst hatte sich nichts geändert – es waren die gleichen öden Korridore, die gleichen dreckigen Treppen, der gleiche muffige Geruch nach verschwitzten Socken, Lehrbüchern und Chlor.
Randalls Zimmer war hübsch eingerichtet; die Möbel sahen aus wie bei einer Auktion in Versailles gekauft – zerschlissener roter Samt und abgeblättertes Gold, die dem Raum die wehmütige Atmosphäre verblaßten Prunks gaben.
Randall trat von der Tür zurück. »Bitte, kommen Sie rein«, sagte er. Er fragte nicht, wer ich war. Er hatte auf den ersten Blick erkannt, daß ich Arzt war. Wenn man lange mit Ärzten zu tun hat, entwickelt man ein Gespür dafür.
Ich trat ein und setzte mich.
»Ist es wegen Karen?« Er schien eher geistesabwesend als traurig, als hätte er über irgendein schwieriges Problem nachgedacht und müßte sich erst davon losreißen.
»Ja«, sagte ich. »Sicherlich komme ich ungelegen, aber ...«
»Nein, nein, durchaus nicht. Worum geht's?«
Ich zündete mir eine Zigarette an und warf das Streichholz in einen vergoldeten Aschenbecher aus venezianischem Glas.
»Ich hätte Sie gern einiges über sie gefragt.«
»Bitte.«
Anscheinend interessierte es ihn überhaupt nicht, wer ich war. Er setzte sich mir gegenüber in einen Sessel, schlug die Beine übereinander und sagte: »Was möchten Sie wissen?«
»Wann haben Sie sie zum letztenmal gesehen?«

»Am Samstag. Sie kam mit dem Bus von Northampton, und ich hab sie nach dem Mittagessen abgeholt und nach Hause gefahren.«
»Was für einen Eindruck hat sie gemacht?«
Er zuckte die Achseln. »Sie schien völlig in Ordnung und bester Laune. Sie erzählte allen möglichen Collegeklatsch – Sie wissen ja sicher, sie war auf dem Smith College in Northampton – und von ihrer Zimmerkollegin und redete über Kleider und dergleichen.«
»War sie deprimiert? Oder nervös?«
»Nein. Überhaupt nicht. Sie war genau wie immer. Vielleicht ein bißchen aufgeregt, weil sie längere Zeit nicht daheim gewesen war. Ich glaube, sie hat sich ein bißchen Sorgen wegen dem College gemacht. Meine Eltern behandelten sie immer wie ein kleines Kind, und sie dachte, sie trauten ihr nicht zu, daß sie's schaffen würde. Und deshalb war sie vielleicht ein bißchen bockig.«
»Wann hatten Sie sie davor zuletzt gesehen?«
»Ich weiß nicht genau. Ende August, glaube ich.«
»Dann haben Sie sich sicher gefreut, sie wiederzusehen?«
»Ja, natürlich«, sagte er. »Wir haben uns immer sehr gut vertragen. Sie war sehr lebhaft, ein richtiger Quirl. Und eine prima Schauspielerin. Sie konnte großartig ihre Professoren nachmachen oder irgendwelche Freunde und Bekannten. Deshalb hat sie auch den Wagen gekriegt.«
»Den Wagen?«
»Ja, am Samstag abend«, sagte er. »Wir haben zusammen gegessen. Karen, ich, Ev und Onkel Peter.«
»Ev?«
»Meine Stiefmutter«, sagte er. »Wir nennen sie alle Ev.«
»Sie waren also zu fünft?«
»Nein, zu viert.«
»Und Ihr Vater?«

»Der hatte im Krankenhaus zu tun.«
Er sagte es, als sei daran nichts Besonderes, und ich hakte nicht weiter nach.
»Karen wollte für das Wochenende einen Wagen«, fuhr er fort, »aber Ev wollte ihr keinen geben, damit sie nicht die ganze Nacht wegbleibt. Da hat Karen Onkel Peter gefragt, ob sie seinen Wagen haben kann. Als sie merkte, daß er nicht recht wollte, hat sie gedroht, ihn nachzumachen, und da war er sofort einverstanden und hat ihr den Wagen geborgt.«
»Und wie ist Onkel Peter nach Hause gekommen?«
»Ich habe ihn mitgenommen, als ich heimfuhr, und bei sich zu Hause abgesetzt.«
»Sie waren also am Samstag ziemlich lange mit Karen zusammen.«
»Ja. Etwa von ein Uhr mittags bis neun oder zehn Uhr abends.«
»Sie sind mit Ihrem Onkel weggefahren?«
»Ja.«
»Und Karen?«
»Sie ist bei Ev geblieben.«
»Ist sie an dem Abend noch ausgegangen?«
»Vermutlich. Deshalb wollte sie ja den Wagen.«
»Hat sie gesagt, was sie vorhatte?«
»Sie wollte nach Harvard fahren. Sie hat dort im College ein paar Freundinnen.«
»Haben Sie sie am Sonntag auch gesehen?«
»Nein. Nur am Samstag.«
»Als Sie mit ihr zusammen waren – ist sie Ihnen da irgendwie verändert vorgekommen?«
Er schüttelte den Kopf. »Nein. Überhaupt nicht. Außer, daß sie ein bißchen zugenommen hatte, aber das tun wohl alle Mädchen, wenn sie aufs College kommen. Im Sommer hatte sie viel Tennis gespielt und war oft schwimmen. Als sie auf

die Schule kam, hat sie damit aufgehört, und darum hat sie wahrscheinlich ein paar Pfund angesetzt.« Er lächelte leise. »Ich habe sie deshalb aufgezogen. Sie hat über das schlechte Essen geschimpft, und da hab ich zu ihr gesagt: ›Wenn du trotzdem so zugenommen hast, dann mußt du aber ziemlich verfressen gewesen sein.‹«
»Neigte sie schon immer dazu, leicht zuzunehmen?«
»Karen? Nein. Die war immer ein mageres kleines Ding, eine richtige Range. Erst in letzter Zeit ist sie so auseinandergegangen.«
»Es war also das erste Mal, daß sie Übergewicht hatte?«
Er zuckte die Achseln. »Keine Ahnung. Ehrlich gesagt, ich habe nie weiter darauf geachtet.«
»Haben Sie sonst noch irgendwas bemerkt?«
»Nein, nicht daß ich wüßte.«
Ich sah mich im Zimmer um. Auf dem Schreibtisch, neben einigen Lehrbüchern, stand ein Foto von ihm und Karen. Sie sahen beide braun und gesund aus. Er bemerkte meinen Blick und sagte: »Das war letztes Frühjahr auf den Bahamas. Das erste Mal, daß wir alle zusammen eine Woche Urlaub machten – die ganze Familie. Es war herrlich.«
Ich stand auf und sah mir das Foto näher an. Es war eine ausgezeichnete Aufnahme von ihr. Ihre Haut war dunkelbraun, und das paßte gut zu ihren blauen Augen und ihrem blonden Haar.
»Ich hätte eine etwas merkwürdige Frage«, sagte ich. »Hatte Ihre Schwester schon immer dunkles Haar auf der Oberlippe und den Armen?«
»Komisch«, sagte er leise, »das fällt mir erst jetzt ein, wo Sie danach fragen. Ja, sie hatte einen leichten Flaum, und Peter sagte ihr am Samstag, sie solle ihn doch bleichen oder mit Wachs wegmachen. Zuerst war sie eingeschnappt, doch dann hat sie gelacht.«

»Er war also neu?«
»Ja, ich glaube. Kann aber auch sein, daß sie ihn schon immer hatte, und ich habe ihn nicht bemerkt. Warum?«
»Nur so«, sagte ich.
Er stand auf und sah das Bild an. »Sie war überhaupt nicht der Typ für eine Abtreibung«, sagte er. »Sie war ein richtig nettes Mädchen, immer lustig und gut gelaunt und voller Lebensfreude. Alle haben sie gern gehabt.«
»Wo war sie den Sommer über?«
Er schüttelte den Kopf. »Keine Ahnung.«
»Das wissen Sie nicht?«
»Na ja, nicht genau. Offiziell war sie auf Cape Cod und hat in einer Kunstgalerie in Provincetown gearbeitet.« Er schwieg einen Moment. »Aber ich glaube, die meiste Zeit war sie am Beacon Hill. Sie hatte dort irgendwelche Freunde. Karen hatte eine Schwäche für so komische Typen.«
»Freunde oder Freundinnen?«
»Beides.« Er zuckte die Achseln. »Aber Genaues weiß ich darüber nicht. Sie hat's nur ein- oder zweimal nebenbei erwähnt. Wenn ich sie danach fragte, hat sie gelacht und das Thema gewechselt. Darin war sie ganz groß; wenn sie über irgendwas nicht reden wollte, dann war es unmöglich, sie dazu zu bringen.«
»Hat sie irgendwelche Namen genannt?«
»Möglich. Aber ich kann mich an keinen erinnern. Das war so eine Angewohnheit von ihr, die einen auf die Palme bringen konnte: Sie hat oft von allen möglichen Leuten geredet und sie beim Vornamen genannt, als ob man sie gut kennen würde. Es hatte gar keinen Zweck, sie darauf aufmerksam zu machen, daß man keine Ahnung hat, wer Herbie und Susu und Allie ist.« Er lachte.
»Aber an genaue Namen können Sie sich nicht erinnern?«
Er schüttelte den Kopf. »Leider nein.«

»Schön«, sagte ich. »Sie sind sicher ziemlich fertig. Was machen Sie zur Zeit?«
»Chirurgie. Vorher hab ich meinen Gynäkologie-Turnus gemacht.«
»Gefällt's Ihnen?«
»Ganz gut.«
Nachdem ich mich verabschiedet hatte, fragte ich: »Wo haben Sie Gynäkologie gemacht?«
»In der Frauenklinik.« Er sah mich einen Moment stirnrunzelnd an. »Ich kann mir denken, worauf Sie hinaus wollen. Ich habe öfter bei Ausschabungen assistiert. Ich weiß, wie's gemacht wird. Aber ich hatte am Sonntag Nachtdienst im Krankenhaus. Daran gibt's nichts zu rütteln.«
»Vielen Dank für Ihre Auskünfte«, sagte ich.
»Gern geschehen«, sagte er.
Als ich das Heim verließ, kam mir ein großer, magerer Mann mit silbernem Haar entgegen. Ich erkannte ihn schon von weitem.
Eins zumindest konnte man J. D. Randall nicht absprechen: Er war eine unverwechselbare Persönlichkeit.

12

Die Sonne stand schon tief am Himmel, und es herrschte ein seltsames goldgelbes Licht. Ich zündete mir eine Zigarette an und ging auf Randall zu. Er sah mich einen Moment mit großen Augen an; dann lächelte er.
»Ach, Dr. Berry.«
Überaus freundlich. Er streckte seine Hand aus. Ich nahm sie: sie war trocken und sauber; zehn Minuten lang bis fünfzehn Zentimeter über den Ellbogen geschrubbt. Eine Chirurgenhand.

»Tag, Dr. Randall.«
Er sagte: »Sie wollten mich sprechen?«
Ich runzelte die Stirn.
»Meine Sekretärin sagte mir, daß Sie da waren. Wegen dem Krankenblatt.«
»Ach ja, stimmt«, sagte ich.
»Kommen Sie mit.«
Es sollte sicher nicht wie ein Befehl klingen, doch es hörte sich so an. Mir fiel ein, daß die Chirurgen in unserem Gesellschaftssystem die letzten Autokraten sind, die letzten, denen man unumschränkte Befehlsgewalt zugesteht. Ein Chirurg trägt die Verantwortung für das Wohlergehen des Patienten, für das, was seine Mitarbeiter tun, für alles.
Wir gingen zurück zum Parkplatz. Ich hatte das Gefühl, daß er nur hierhergekommen war, um mich zu sehen. Mir war zwar unerklärlich, woher er wußte, daß ich hier war, doch das Gefühl war sehr stark. Beim Gehen schwangen seine Arme locker vor und zurück. Ich sah seine Hände; sie waren im Vergleich zum Körper unverhältnismäßig groß – riesige Hände, kräftig und haarig und rot. Die Nägel hatten die bei Chirurgen übliche Länge von einem Millimeter. Sein Haar war kurzgeschnitten, und er hatte kühle graue Augen.
»Ihren Namen habe ich heute schon von verschiedenen Leuten gehört«, sagte er.
»So?«
»Ja.«
Auf dem Parkplatz blieb er neben einem silbernen Porsche stehen und lehnte sich an den blankpolierten Kotflügel. Irgendwas an seiner Miene hielt mich davon ab, das gleiche zu tun. Er sah mich einen Moment schweigend an; dann sagte er: »Alle haben sich sehr anerkennend über Sie geäußert.«
»Das freut mich.«

»Sie sollen sehr tüchtig und verantwortungsbewußt sein.«
Ich zuckte die Achseln. Er lächelte leise. »Viel zu tun gehabt heute?«
»Ziemlich.«
»Sie sind im Lincoln, nicht?«
»Ja.«
»Man scheint dort viel von Ihnen zu halten.«
»Ich gebe mir alle Mühe.«
»Wirklich, man schätzt Sie sehr.«
»Vielen Dank.« Ich hatte keine Ahnung, worauf er zusteuerte. Ich brauchte nicht lange zu warten.
»Haben Sie schon mal dran gedacht, an ein anderes Krankenhaus zu gehen?«
»Wie meinen Sie das?«
»Na ja, falls sich eine Möglichkeit ergibt. Vielleicht wird mal irgendwo eine interessante Stelle frei.«
Ich sah ihn fragend an.
»Was halten Sie davon?«
»Ich fühle mich ganz wohl im Lincoln.«
»Solange sich nichts Besseres bietet«, sagte er.
»Natürlich.«
»Kennen Sie William Sewall?«
William Sewall war der Chefpathologe des Memorial. Er war einundsechzig und stand vor seiner Pensionierung. Ich war ein wenig enttäuscht von J. D. Randall. Das letzte, was ich von ihm erwartet hatte, war diese Unumwundenheit.
»Ja«, sagte ich. »Flüchtig.«
»Er wird bald in Pension gehen –«
»Timothy Stone ist doch dort der zweite Mann. Er soll ausgezeichnet sein.«
»Ja, sicher«, sagte Randall. Er blickte zum Himmel auf. »Sicher. Aber einige von uns sind nicht so ganz zufrieden mit ihm.«

»Das höre ich zum erstenmal.«
Er lächelte kaum merklich. »Es hat sich wohl noch nicht herumgesprochen.«
»Und Sie meinen, daß man mit mir zufriedener wäre?«
»Einige der Kollegen«, sagte Randall langsam, »sind dafür, sich nach jemand anders umzusehen. Vielleicht nach jemand ganz Neuem, der ein bißchen frischen Wind in das Ganze hineinbringt.«
»So?«
»Ja, einige meinen, das wäre das beste.«
»Ich bin mit Timothy Stone gut befreundet.«
»Ich verstehe nicht, inwiefern das von Bedeutung ist.«
»Insofern«, sagte ich, »als ich ihn nicht hintergehen möchte.«
»Das würde ich Ihnen doch nie zumuten.«
»Ach nein?«
»Natürlich nicht«, sagte Randall.
»Dann habe ich Sie offenbar falsch verstanden«, sagte ich.
Er setzte wieder sein freundliches Lächeln auf. »Anscheinend. Vielleicht habe ich mich nicht deutlich genug ausgedrückt.«
Ich wartete.
Er kratzte sich nachdenklich hinterm Ohr. Vermutlich war ihm klargeworden, daß das nicht die richtige Taktik war, und er überlegte, wie er am besten an die Sache herangehen sollte. Er runzelte die Stirn.
»Ich bin kein Pathologe, Dr. Berry«, sagte er, »aber ich bin mit verschiedenen Pathologen befreundet.«
»Tim Stone scheint nicht dazuzugehören.«
»Manchmal habe ich den Eindruck, Pathologen arbeiten schwerer als Chirurgen, schwerer als alle anderen Ärzte. Sie sind alle schrecklich überlastet.«
»Wem sagen Sie das?«

»Sie scheinen erstaunlich viel Zeit für andere Dinge zu haben«, sagte er.
»Mein Gott, Sie wissen ja, wie das an manchen Tagen so ist«, sagte ich. Allmählich wurde ich wütend. Zuerst der Bestechungsversuch, dann die Drohung. Wenn ich schon nicht zu kaufen war, vielleicht ließ ich mich einschüchtern. Doch zugleich mit meiner Wut stieg eine merkwürdige Neugier in mir auf: Randall war kein Trottel, und ich wußte, er würde nicht so mit mir reden, wenn er nicht vor irgendwas Angst hätte. Ich fragte mich gerade, ob er vielleicht die Abtreibung selber gemacht hatte, da fragte er: »Haben Sie Familie?«
»Ja«, sagte ich.
»Sind Sie schon lange in Boston?«
»Ich kann jederzeit von hier weggehen«, sagte ich, »falls mich die pathologischen Präparate zu sehr anwidern.«
Er steckte das ein, ohne mit der Wimper zu zucken. Er sah mich nur mit seinen grauen Augen an und sagte: »Aha.«
»Wie wär's, wenn Sie mir ganz offen sagen würden, was Sie auf dem Herzen haben?«
»Das ist ganz einfach«, sagte er. »Ich begreife Ihre Motive nicht. Ich weiß, daß Sie mit Dr. Lee befreundet sind, und ich weiß auch, wie blind einen persönliche Zuneigung machen kann. Ich habe alles Verständnis dafür, daß Sie ihm helfen wollen, und ich bewundere Ihre Loyalität gegenüber Dr. Lee, doch ich finde, Sie gehen darin entschieden zu weit. Warum tun Sie das alles, Dr. Berry?«
»Aus Neugier, Dr. Randall. Aus purer Neugier. Ich möchte wissen, warum alle derart darauf aus sind, Dr. Lee diese Sache anzuhängen. Ich möchte wissen, warum Leute, zu deren Beruf es gehört, objektiv und sachlich zu sein, in diesem Fall so voreingenommen und unsachlich sind.«
Er griff in seine Jackentasche und holte eine Zigarren-

schachtel hervor. Er öffnete sie, nahm eine dünne Zigarre heraus, biß das eine Ende ab und zündete sie an.
»Eins würde ich gern klarstellen«, sagte er. »Dr. Lee macht Abtreibungen am laufenden Band. Das bestreiten Sie doch nicht, oder?«
»Nur weiter, bitte«, sagte ich, »sprechen Sie sich ruhig aus.«
»Abtreibungen sind gesetzlich verboten. Außerdem bilden sie, wie jeder chirurgische Eingriff, ein gewisses Risiko für den Patienten – selbst wenn sie von einem fähigen Arzt vorgenommen werden, und nicht von einem versoffenen –«
»Ausländer?« schlug ich vor.
Er lächelte. »Dr. Lee«, sagte er, »ist bekannt dafür, daß er ungesetzliche Abtreibungen macht und daß er höchst zweifelhafte private Neigungen hat. Seine ärztliche Ethik ist ebenfalls überaus zweifelhaft. Und was seine Haltung als Bürger dieses Landes betrifft, so begeht er laufend strafbare Handlungen. Das ist es, worum es mir geht, Dr. Berry. Ich möchte wissen, was diese Schnüffelei soll. Sie belästigen Mitglieder meiner Familie –«
»Das scheint mir nicht der richtige Ausdruck zu sein.«
»– und stecken Ihre Nase in eine Angelegenheit, die Sie überhaupt nichts angeht. Man sollte meinen, Sie haben Wichtigeres zu tun – Dinge, für die das Lincoln-Krankenhaus ein Gehalt zahlt. Wie jeder Arzt haben Sie Pflichten und Verantwortlichkeiten. Diese Pflichten erfüllen Sie nicht. Statt dessen mischen Sie sich in fremde Familienangelegenheiten, stiften Unruhe und Verwirrung und bemühen sich, ein kriminelles Individuum der gerechten Strafe zu entziehen, einen Menschen, der gegen sämtliche Gesetze der Medizin und gegen das Strafgesetz verstoßen hat –«
»Eine Frage, Dr. Randall«, sagte ich. »Wenn Sie das schon als eine reine Familienangelegenheit betrachten: Was hätten Sie getan, wenn Ihre Tochter zu Ihnen gekommen wäre und

Ihnen gesagt hätte, daß sie schwanger ist? Wenn sie Sie und nicht Dr. Lee konsultiert hätte? Was hätten Sie getan?«
»Das sind doch völlig sinnlose Spekulationen«, sagte er.
»Weichen Sie bitte nicht aus.«
Er lief dunkelrot an. Über seinem gestärkten Hemdkragen traten die Adern hervor. Einen Moment preßte er die Lippen zusammen, dann sagte er: »Das verbitte ich mir. Offenbar schrecken Sie nicht einmal davor zurück, meine Familie in den Dreck zu ziehen, nur um Ihrem sauberen Freund zu helfen.«
Ich zuckte die Achseln. »Ich finde, das ist eine durchaus berechtigte Frage«, sagte ich. »Sie hätten allerlei Möglichkeiten gehabt.« Ich zählte sie an den Fingern auf. »Sie hätten sie nach Tokio schicken können, in die Schweiz, nach Los Angeles, nach San Juan. Oder vielleicht haben Sie einen guten Freund in New York oder Washington. Das wäre natürlich am bequemsten gewesen. Und am billigsten.«
Er kehrte mir den Rücken zu und sperrte die Wagentür auf.
»Denken Sie mal drüber nach«, sagte ich. »Fragen Sie sich ganz offen, was Sie für den Ruf Ihrer Familie alles getan hätten.«
Er warf mir einen wütenden Blick zu und ließ den Motor an.
»Und wenn Sie schon dabei sind«, sagte ich, »fragen Sie sich doch auch, warum sie nicht Sie gebeten hat, ihr zu helfen.«
»Meine Tochter«, sagte er mit zornbebender Stimme, »meine Tochter ist ein anständiges – ein hochanständiges Mädchen. Sie ist zu keinerlei Unsauberkeit imstande. Wie können Sie es wagen, sie so –«
»Wenn sie so süß und unschuldsvoll war«, sagte ich, »wie ist sie dann schwanger geworden?«
Er knallte die Tür zu, legte den Gang ein und brauste, in eine stinkende blaue Abgaswolke gehüllt, davon.

13

Als ich heimkam, war alles finster und kein Mensch da. In der Küche lag ein Zettel; Judith war immer noch drüben bei den Lees und kümmerte sich um die Kinder. Ich schaute in den Eisschrank; ich war hungrig, aber zu nervös, um mich hinzusetzen und mir ein Sandwich zu machen. Schließlich schenkte ich mir ein Glas Milch ein und aß den Rest Krautsalat, doch die tiefe Stille war deprimierend. Als ich fertig war, ging ich hinüber zu den Lees; sie wohnten nur ein paar Häuser weiter.

Das Haus der Lees sieht aus wie alle in dieser Straße, ein massiver Ziegelbau im New-England-Stil, ziemlich alt. Es unterscheidet sich nicht im mindesten von den anderen. Ich hatte mich immer über das Haus gewundert; irgendwie schien es nicht zu Art zu passen.

Die Stimmung drinnen war bedrückend. Betty saß mit einem starren Lächeln im Gesicht in der Küche und fütterte das ein Jahr alte Baby. Sie sah müde und schlampig aus; sonst war sie immer tipptopp und machte den Eindruck, nichts könne sie unterkriegen. Judith war bei ihr, und Jane, unsere Jüngste, klammerte sich an Judiths Rock; eine Gewohnheit, die sie seit ein paar Wochen hatte.

Im Wohnzimmer hörte ich die Jungen; sie spielten Räuber und Polizist und knallten mit Kapselrevolvern. Bei jedem Knall zuckte Betty zusammen. »Wenn sie doch bloß aufhören würden«, sagte sie, »aber ich hab einfach nicht das Herz …«

Ich ging ins Wohnzimmer. Sämtliche Möbel waren umgekippt. Hinter einem Sessel guckte Johnny, unser Vierjähriger, hervor; er winkte mir zu und schoß. Auf der anderen Seite des Zimmers kauerten die beiden Lee-Jungen hinter der Couch. Es stank nach Pulver, und der Fußboden war mit

Zündkapseln übersät. Johnny schoß und schrie: »Ich habe dich getroffen.«
»Nein, nicht«, rief Andy Lee. Er war sechs.
»Doch. Du bist tot.«
»Ich bin nicht tot«, sagte Andy und drückte ab. Es war keine Kapsel mehr drin, und der Revolver klickte nur leise. Er duckte sich und sagte zu Henry Lee: »Ich muß neu laden. Gib mir Feuerschutz.«
»Okay, Kumpel.«
Andy lud seinen Revolver, zielte und drückte ab, doch irgendwas klemmte. »Verdammt«, sagte er, legte wieder an und rief: »Bum! Bum!«
»Du schummelst«, rief Johnny hinter seinem Sessel. »Du bist tot.«
»Du auch«, sagte Henry. »Ich hab dich eben umgelegt.«
»Nein«, sagte Johnny und schoß dreimal. »Bloß gestreift.«
»Bum!« rief Henry. »Aber jetzt!«
Ich ging in die Küche zurück, wo Judith neben Betty stand.
»Sie streiten sich, wer wen umgelegt hat«, sagte ich lächelnd.
»Wie sieht's aus?« fragte Betty. »Was hast du rausgekriegt?«
Ich sagte: »Keine Sorge. Es wird alles in Ordnung kommen.«
Sie lächelte spöttisch; genauso wie Art.
»Wirklich. Ich bin ganz sicher.«
»Hoffentlich hast du recht«, sagte sie und schmierte dem Baby einen Löffel Apfelmus in den Mund. Es lief übers Kinn, und Betty kratzte es mit dem Löffel weg.
»Bradford hat angerufen«, sagte Judith. »Arts Anwalt. Er kann den Fall nicht übernehmen.«
»Bradford?«
»Ja«, sagte Betty. »Vor einer halben Stunde.«
»Was hat er gesagt?«
»Nichts weiter. Bloß, daß es ihm nicht möglich ist, den Fall zu übernehmen.«

Ich zündete mir eine Zigarette an und versuchte, mich zusammenzureißen. »Ich ruf ihn gleich mal an.«
Judith schaute auf die Uhr. »Es ist schon halb sechs. Wahrscheinlich wird er nicht mehr –«
»Versuchen kann ich's ja«, sagte ich. Ich ging in Arts Arbeitszimmer. Judith kam mit.
»Wie sieht's aus?« sagte sie.
Ich schüttelte den Kopf.
»Schlimm?«
»Das läßt sich noch nicht sagen«, sagte ich. Ich setzte mich hinter Arts Schreibtisch und griff nach dem Telefon.
»Hast du keinen Hunger?«
»Ich hab daheim eine Kleinigkeit gegessen«, sagte ich.
»Du siehst müde aus.«
»Nicht so schlimm.« Sie beugte sich über den Schreibtisch, und ich küßte sie auf die Wange.
»Ach ja, Fritz Werner hat angerufen«, sagte sie. »Er wollte dich sprechen.«
Das hätte ich mir denken können. Wenn man irgendwas wissen wollte, brauchte man sich bloß an Fritz zu wenden. Aber vielleicht war es wirklich etwas Wichtiges; möglicherweise konnte er mir weiterhelfen. »Ich rufe ihn später an.«
»Und damit ich's nicht vergesse«, sagte sie. »Morgen ist diese Party bei George Morris.«
»Ach du lieber Himmel.« Daran hatte ich überhaupt nicht gedacht.
»Wir müssen unbedingt hingehen«, sagte sie. »Du weißt doch, wie George –«
»Also schön«, sagte ich. »Wann?«
»Um sechs. Wir brauchen ja nicht lange zu bleiben.«
»Okay«, sagte ich.
Sie ging in die Küche zurück, und ich wählte Bradfords Nummer.

Die Sekretärin meldete sich: »Bradford, Wilson und Sturges.«
»Kann ich bitte Mr. Bradford sprechen?«
»Tut mir leid«, sagte die Sekretärin. »Mr. Bradford ist nicht mehr da.«
»Wo kann ich ihn erreichen?«
»Morgen ab neun Uhr früh wieder im Büro.«
»So lange kann ich nicht warten.«
»Tut mir leid, Sir.«
»Das nützt mir nichts«, sagte ich. »Ich muß ihn unbedingt sprechen. Hier Dr. Berry.« Ich konnte nur hoffen, daß ihr der Name etwas sagte.
Sie war plötzlich wie verwandelt. »Würden Sie bitte einen Moment warten, Herr Doktor.«
Ein paar Sekunden summte es tonlos in der Leitung, dann meldete sie sich wieder. »Mr. Bradford wollte gerade gehen. Einen Moment, ich verbinde.«
»Danke.«
Es blickte.
»George Bradford.«
»Mr. Bradford, hier John Berry.«
»Abend, Dr. Berry. Was kann ich für Sie tun?«
»Ich hätte Sie gern wegen Art Lee gesprochen.«
»Ich wollte gerade gehen, Dr. Berry –«
»Ich weiß, Ihre Sekretärin hat es mir gesagt. Vielleicht können wir uns irgendwo treffen.«
Er zögerte einen Augenblick, und ich hörte, wie er seufzte. Es klang wie das Zischen einer Schlange. »Das hätte, glaube ich, wenig Sinn. Ich fürchte, meine Entscheidung steht fest.«
»Nur für ein paar Minuten.«
Wieder zögerte er. »Also gut. Kommen Sie in zwanzig Minuten in meinen Klub. Den Trafalgar. Bis gleich.«
Ich legte auf. Der Bastard – sein Klub war in der Innenstadt.

Ich mußte mich schrecklich beeilen, um in zwanzig Minuten dort zu sein. Ich richtete meine Krawatte und rannte zu meinem Wagen hinaus.

Der Trafalgar-Klub befindet sich in einem kleinen, schäbigen Haus in der Beacon Street, gleich unterhalb des Beacon Hill. Er ist so exklusiv, daß ihn nur wenige Bostoner kennen. Ich war noch nie dort gewesen, doch sah alles genauso aus, wie ich es mir vorgestellt hatte. Die Räume mit Mahagoni getäfelt, die Decken hoch und staubig, die Ledersessel wuchtig, bequem und runzlig, und überall Orientteppiche. Die Atmosphäre entsprach den Mitgliedern: steif und alt und maskulin. Als ich meinen Mantel auszog, fiel mein Blick auf ein Schild mit der lakonischen Aufschrift WEIBLICHE GÄSTE NUR DONNERSTAGS VON 16–17.30 UHR ZUGELASSEN. Bradford erwartete mich in der Halle.
Er war ein kleiner, untersetzter Mann, makellos gekleidet. Sein schwarzer, dezent gestreifter Anzug war nach dem langen Arbeitstag unzerdrückt, seine Schuhe glänzten, und seine Manschetten ragten genau das vorgeschriebene Stück unter den Jackettärmeln vor. Er trug eine Taschenuhr an einer silbernen Kette, und auf dem dunklen Stoff der Weste funkelte sein Phi-Beta-Kappa-Schlüssel. Ich brauchte nicht im *Who's Who* nachzuschlagen; man sah ihm auf den ersten Blick an, daß er irgendwo in Beverly Farms wohnte, daß er das Harvard College und die Harvard Law School besucht hatte, daß seine Frau in Vassar gewesen war und heute noch plissierte Röcke, Kaschmirpullover und Perlen trug und daß seine Kinder in Groton oder Concord waren. Bradford strahlte das alles aus, dezent und unaufdringlich.
»Wie wär's mit einem Drink«, sagte er, als er mir die Hand gab.
»Gern.«

Die Bar war im ersten Stock, ein großer Raum mit hohen Fenstern, in dem es leicht nach Zigarrenrauch roch. In kleinen Gruppen saßen Männer beisammen und sprachen in gedämpftem Ton. Der Barmixer wußte von jedem, was er trank; nur mich mußte er fragen. Wir setzten uns in zwei bequeme Sessel am Fenster, und ich bestellte einen Wodka Gibson. Bradford nickte dem Mixer nur zu. Während wir auf die Drinks warteten, sagte er: »Sie sind sicher sehr enttäuscht über meinen Entschluß, aber offen gesagt –«
»Ich nicht«, sagte ich. »Ich stehe ja nicht vor Gericht.«
Bradford griff in die Tasche, warf einen Blick auf seine Uhr und steckte sie wieder ein.
»Vorläufig steht noch niemand vor Gericht«, sagte er.
»Sehr viele Leute scheinen aber darauf aus zu sein, ihn vor Gericht zu bringen.«
Er trommelte ungeduldig mit den Fingern auf den Tisch und blickte mit düsterer Miene zum Barmixer hinüber. Die Psychiater nennen das Übertragung.
»Wie«, sagte er, »soll ich das verstehen?«
»Alle behandeln Art Lee, als ob er die Beulenpest hätte.«
»Heißt das, Sie wittern eine finstere Verschwörung?«
»Nein«, sagte ich. »Ich wundere mich nur.«
»Ein Freund von mir behauptet immer, alle Ärzte seien im Grund schrecklich naiv. Sie kommen mir gar nicht naiv vor.«
»Soll das ein Kompliment sein?«
»Nein, nur eine Feststellung.« Er schwieg einen Moment. »Wirklich, es steckt nichts Geheimnisvolles dahinter, keinerlei Verschwörung. Sie müssen bedenken, ich habe viele Klienten. Mr. Lee ist nur einer davon.«
»Dr. Lee.«
»Ganz recht. Dr. Lee. Er ist nur einer meiner Klienten, und ich habe gegenüber allen Verpflichtungen, die ich so gut wie möglich zu erfüllen trachte. Zufällig habe ich heute nach-

mittag mit der Staatsanwaltschaft telefoniert und bei der Gelegenheit gleich gefragt, wann die Verhandlung gegen Dr. Lee stattfinden wird. Leider habe ich zur gleichen Zeit einen Termin in einer anderen Sache, die ich schon vorher übernommen hatte. Ich kann nicht bei zwei Verhandlungen zugleich sein. Ich habe das Dr. Lee erklärt.«

Die Drinks kamen. Bradford hob sein Glas. »Cheers.«

»Cheers.«

Er trank einen Schluck und starrte auf das Glas. »Dr. Lee hat das völlig eingesehen. Ich habe ihm gesagt, daß ich alles daransetzen werde, ihm einen ausgezeichneten Rechtsbeistand zu beschaffen. Wir haben in unserer Firma vier erfahrene Anwälte, und höchstwahrscheinlich wird es einem davon möglich sein –«

»Sicher ist es nicht?«

Er zuckte die Achseln. »Was ist auf dieser Welt schon sicher?«

Ich nippte an meinem Drink. Er schmeckte fad; der größte Teil war Wermut, nur eine Spur Wodka.

»Sind Sie mit den Randalls befreundet?« fragte ich.

»Ich kenne sie, ja.«

»Hängt Ihr Entschluß damit zusammen?«

»Natürlich nicht.« Er richtete sich auf. »Ein Anwalt lernt sehr früh, Klienten und Freunde auseinanderzuhalten. Das ist einfach notwendig.«

»Vor allem in einer kleinen Stadt.«

Er lächelte. »Einspruch, Euer Gnaden.«

Er trank einen Schluck. »Unter uns gesagt, Dr. Berry – Lee hat mein volles Mitgefühl. Wir sind uns darüber einig, daß Abtreibung eine Gegebenheit ist, mit der man sich abfinden muß; etwas ganz Alltägliches. Nach den letzten Statistiken werden in Amerika eine Million Abtreibungen im Jahr gemacht. Unsere Gesetze sind in dieser Hinsicht heuchlerisch, unklar und absurd streng. Doch vergessen Sie bitte nicht, daß die Ärzte noch viel strenger sind als das Gesetz. Die Komitees, die in den Krankenhäusern über Schwangerschaftsunterbrechungen zu entscheiden haben, sind überängstlich. Sie lehnen Abtreibungen sogar in Fällen ab, in denen gesetzlich überhaupt nichts einzuwenden wäre. Meiner Meinung nach müßte sich erst einmal die vorherrschende Einstellung der Ärzte ändern, bevor man die Abtreibungsgesetze ändern kann.«

Ich sagte nichts. Das Abschieben der Verantwortung auf andere ist eine alte, ehrwürdige Zeremonie, die Schweigen erheischt. Bradford sah mich an und fragte: »Finden Sie nicht auch?«

»Doch, sicher«, sagte ich. »Ich fürchte nur, es wird Dr. Lee nicht viel nützen, wenn er das zu seiner Verteidigung vorbringt.«

»Ich meine ja auch nicht, daß er das tun soll.«

»Dann habe ich Sie wohl mißverstanden.«

»Offenbar«, sagte er trocken.

»Ehrlich gesagt, ich weiß nicht recht, worauf Sie hinauswollen«, sagte ich. »Ich dachte immer, Anwälte haben einen scharfen Blick für das Wesentliche.«

»Ich versuche, Ihnen meine Einstellung klarzumachen.«

»Ihre Einstellung ist völlig klar«, sagte ich. »Mir geht es um Dr. Lee.«

»Schön. Sprechen wir über Dr. Lee. Er ist nach einem siebzig Jahre alten Gesetz des Staates Massachusetts angeklagt, nach dem Abtreibung ein Verbrechen darstellt, das mit Geldbuße und Haft bis zu fünf Jahren zu ahnden ist. Bei einer Abtreibung mit Todesfolge kann auf eine Haftstrafe zwischen sieben und zwanzig Jahren erkannt werden.«

»Ist es Totschlag oder fahrlässige Tötung?«

»Weder noch. Juristisch gesehen –«

»Eine Freilassung gegen Kaution ist also möglich?«
»In diesem Fall kaum, denn der Staatsanwalt beabsichtigt, gemäß dem Common Law, nach dem jeder durch ein Verbrechen verursachte Todesfall Mord darstellt, Anklage wegen Mordes zu erheben.«
»Hm.«
»Ich bin überzeugt, es wird der Staatsanwaltschaft nicht schwerfallen zu beweisen, daß Dr. Lee laufend Abtreibungen vorgenommen hat. Sie wird beweisen, daß Karen Randall Dr. Lee vor einiger Zeit konsultiert hat und daß er unbegreiflicherweise ihren Besuch nicht in seine Kartei eingetragen hat. Sie wird beweisen, daß er für die entscheidenden Stunden am Sonntag abend kein überzeugendes Alibi hat. Und sie wird Mrs. Randall als Zeugin aussagen lassen, daß das Mädchen ihr gesagt hat, Lee hätte die Abtreibung gemacht.
Letzten Endes wird es darauf hinauslaufen, wen man für glaubwürdiger hält. Dr. Lee, ein Arzt, der erwiesenermaßen laufend Abtreibungen vornimmt, wird sagen, er hat es nicht gemacht; Mrs. Randall wird sagen, er hat es gemacht. Wem würden Sie glauben, wenn Sie Geschworener wären?«
»Es gibt keinen Beweis dafür, daß Dr. Lee es in diesem Fall getan hat. Die Anklage kann sich nur auf Indizien stützen.«
»Der Prozeß wird in Boston stattfinden.«
»Dann muß er eben woanders stattfinden«, sagte ich.
»Mit welchem Argument soll man eine Verlegung beantragen? Daß das moralische Klima hier ungünstig ist?«
»Das sind juristische Einzelheiten. Es geht darum, einen Menschen zu retten.«
»Aus lauter solchen juristischen Einzelheiten besteht das Gesetz. In ihnen liegt seine Stärke.«
»Und seine Schwäche.«
Er sah mich nachdenklich an. »Die einzige Möglichkeit, Dr.

Lee zu ›retten‹, wie Sie sagen, besteht darin, zu beweisen, daß er den Eingriff nicht vorgenommen hat. Das heißt, man muß denjenigen finden, der die Abtreibung gemacht hat. Das dürfte ziemlich aussichtslos sein.«
»Warum?«
»Weil ich, als ich heute mit Lee sprach, den Eindruck hatte, daß er lügt. Ich glaube, daß er es war, Berry. Ich glaube, daß er sie umgebracht hat.«

14

Als ich heimkam, waren Judith und die Kinder immer noch bei Betty. Ich machte mir einen Drink – diesmal einen starken – und setzte mich ins Wohnzimmer. Obwohl ich todmüde war, gelang es mir nicht, mich zu entspannen.
Ich neige dazu, leicht die Beherrschung zu verlieren. Ich weiß das, und ich gebe mir alle Mühe, mich zusammenzunehmen; trotzdem stoße ich dauernd irgendwelche Leuten vor den Kopf. Ich glaube, ich mag die Menschen nicht besonders; vielleicht ist das einer der Gründe, warum ich Pathologe geworden bin. Als ich mir jetzt noch einmal alles durch den Kopf gehen ließ, wurde mir bewußt, daß ich an diesem Tag viel zu oft die Beherrschung verloren hatte. Das war dumm; es brachte nichts ein, half einem nicht weiter, hatte möglicherweise nur geschadet.
Das Telefon schrillte. Es war Sanderson, mein Chef. Er sagte als erstes: »Ich rufe vom Labor aus an.«
»Verstehe«, sagte ich.
Im Labor gab es mindestens sechs Anschlüsse, und man konnte nie wissen, ob jemand mithörte.
»Was gibt's Neues?« sagte Sanderson.
»Allerlei«, sagte ich. »Und bei Ihnen?«

»Auch«, sagte er.
Das konnte ich mir denken. Ganz klar, daß alle, denen ich ein Dorn im Auge war, Sanderson gegenüber alle möglichen Bemerkungen fallenließen. Die einen machten Witze: »Nanu, wo ist denn Ihre rechte Hand?« Andere erkundigten sich besorgt: »Ich habe gehört, Berry ist krank? Nein? Aber er war doch heute nicht da, oder?« Dann irgendeiner der Chefärzte: »Kein Wunder, Sanderson, daß wir so lange auf die Befunde warten müssen, wenn Sie Ihren Leuten dauernd freigeben.« Und schließlich jemand von der Verwaltung: »Ein Krankenhaus ist wie ein Schiff; jeder hat auf seinem Posten zu sein. Drückeberger können wir bei uns an Bord nicht brauchen.«
»Sagen Sie ihnen, ich habe die Syphilis im dritten Stadium«, sagte ich. »Das wird ihnen das Maul stopfen.«
Sanderson lachte. »So schlimm ist's auch wieder nicht«, sagte er. »Ich habe einen ziemlich dicken Schädel. Eine Weile halte ich's schon noch durch.«
Er schwieg einen Moment, dann sagte er: »Was glauben Sie, wie lange Sie noch brauchen werden?«
»Keine Ahnung«, sagte ich. »Die Sache ist ziemlich verfahren.«
»Schauen Sie morgen mal vorbei«, sagte er. »Ich würde gern mit Ihnen drüber reden.«
»Mach ich«, sagte ich. »Vielleicht weiß ich morgen auch schon mehr. Im Moment sieht's so ähnlich aus wie der Peru-Fall.«
»Ziemlich schlimm also«, sagte Sanderson. »Dann bis morgen.«
»Okay.«
Ich legte auf. Mit meiner Anspielung hatte ich einen Fall gemeint, den wir vor drei Monaten gehabt haben, eine seltene Krankheit namens Agranulozytose, die auf einem

völligen Fehlen der weißen Blutkörperchen beruht. Es ist eine sehr gefährliche Sache, denn ohne weiße Blutkörperchen kann der Körper keine Infektion abwehren. Die meisten Menschen tragen ständig irgendwelche Krankheitskeime in sich – Staphylo- oder Streptokokken und häufig auch Diphtheriebazillen oder Pneumokokken –, und wenn die Abwehrkräfte des Körpers zusammenbrechen, dann wird er von diesen Erregern überschwemmt.
Der Patient war ein amerikanischer Arzt gewesen, der beim Staatlichen Gesundheitsdienst in Peru arbeitete. Er hatte ein peruanisches Medikament gegen Asthma genommen und war eines Tages krank geworden. Er hatte entzündete Stellen im Mund, erhöhte Temperatur und fühlte sich müde und zerschlagen. Ein Arzt in Lima, den er konsultierte, machte eine Blutuntersuchung und stellte fest, daß die Zahl der weißen Blutkörperchen bedrohlich abgesunken war. Er flog mit dem nächsten Flugzeug nach Boston und legte sich zur Untersuchung in unser Krankenhaus.
Man machte eine Knochenmarkspunktion; das heißt, man führte eine Kanüle in sein Brustbein ein und saugte etwas Mark ab, das ich mikroskopisch untersuchte. Zu meiner Überraschung entdeckte ich darin eine Menge unreifer Zellen der Granulozytenreihe, was zwar abnormal, aber nicht allzu schlimm war. Ich dachte »Verdammt noch mal, da stimmt doch irgendwas nicht« und ging zu dem Doktor, der ihn behandelte.
Der Doktor hatte inzwischen festgestellt, daß das peruanische Medikament, das der Patient nahm, eine Substanz enthielt, die 1942 in Amerika aus dem Handel gezogen worden war, weil sie die Bildung der weißen Blutkörperchen hemmte. Der Doktor glaubte zu wissen, was dem Mann fehlte – er hatte sich infolge der Verminderung der weißen Blutkörperchen infiziert. Er meinte, man brauche nichts

weiter zu tun, als das Medikament abzusetzen und darauf zu warten, daß sich das Blut normalisierte.
Ich sagte ihm, daß das Mark unterm Mikroskop gar nicht so schlecht aussah. Wir schauten uns den Patienten an; es ging ihm immer noch ziemlich schlecht. Er hatte Geschwüre im Mund und Staphylokokkeninfektionen an den Beinen und am Rücken. Er hatte hohes Fieber und war lethargisch und kaum ansprechbar.
Es war uns unbegreiflich, wieso er bei dem im Grunde normalen Knochenmarksbefund in so schlechtem Zustand war; wir diskutierten fast den ganzen Nachmittag darüber. Schließlich, so gegen vier, fragte ich den Kollegen, ob an der Stelle, wo sie ihn punktiert hatten, vielleicht eine Infektion gewesen war. Er sagte, er hätte nicht darauf geachtet, und so gingen wir zu dem Patienten und untersuchten seine Brust.
Große Überraschung: er war gar nicht punktiert worden. Das Knochenmark, das ich untersucht hatte, stammte nicht von diesem Patienten. Eine Schwester oder ein Praktikant hatte die Proben falsch etikettiert, und das von mir untersuchte Mark stammte von einem Mann mit Leukämieverdacht. Wir machten bei unserem Patienten sofort eine Punktion, und es stellte sich heraus, daß die weißen Blutkörperchen bei ihm tatsächlich stark vermindert waren.
Der Patient wurde gesund, doch das Kopfzerbrechen, das uns dieser Fall bereitete, werde ich nie vergessen.

Das gleiche Gefühl hatte ich jetzt – irgendwas stimmte nicht, irgendwie war in dieser Sache der Wurm drin. Es kam mir so vor, als ob ich dauernd gegen eine Mauer anrannte, als ob all die Leute, mit denen ich gesprochen hatte, einfach nicht begreifen wollten, worum es ging. Meine eigene Einstellung war völlig klar: Art war unschuldig, solange man

seine Schuld nicht bewiesen hatte, und das hatte man bis jetzt nicht.
Doch allen anderen schien es ganz egal zu sein, ob Art schuldig war oder nicht. Was mir das wichtigste war, war den anderen völlig gleichgültig.
Ich mußte herausfinden, warum.

Dienstag, 11. Oktober

1

Als ich aufwachte, schien es ein Tag zu sein wie alle anderen. Ich war zerschlagen, und draußen regnete es; es war kalt, grau und bedrückend. Ich zog meinen Pyjama aus und nahm eine heiße Dusche. Während ich mich rasierte, kam Judith herein und gab mir einen Kuß; dann ging sie in die Küche und machte das Frühstück. Ich grinste mich im Spiegel an und überlegte, was für Operationen heute auf dem Programm standen.

Dann fiel es mir ein: Ich ging ja heute gar nicht ins Krankenhaus. Die ganze Sache brach wieder über mich herein. Es war kein Tag wie alle anderen.

Ich trat ans Fenster und starrte auf die Tropfen an der Scheibe. Zum erstenmal fragte ich mich, ob ich nicht das Ganze hinschmeißen und zur Arbeit gehen sollte. Der Gedanke, zum Krankenhaus zu fahren, den Wagen auf dem Parkplatz abzustellen, meinen Mantel an den Haken zu hängen, meine Schürze umzubinden und meine Handschuhe anzuziehen – all die gewohnten, vertrauten Dinge zu tun –, war plötzlich überaus verlockend, fast unwiderstehlich. Das war mein Job; ich tat ihn gern; ihn hatte ich gelernt. Wie kam ich dazu, statt dessen Detektiv zu spielen? In dem kalten Morgenlicht schien der Gedanke fast absurd.

Dann erinnerte ich mich wieder an die Gesichter, die ich gesehen hatte. Arts Gesicht, J. D. Randalls Gesicht, Brad-

fords gekünstelte Zuversicht. Und mir wurde klar, daß niemand Art helfen würde, wenn ich's nicht tat.
Dies war ein schrecklicher, ja fast entsetzlicher Gedanke.

Judith setzte sich zu mir an den Frühstückstisch. Die Kinder schliefen noch; wir waren allein.
»Was hast du heute vor?« fragte sie.
»Ich weiß noch nicht genau.«
Ich hatte mich schon selbst gefragt, was ich unternehmen sollte. Ich mußte mehr herausfinden, wesentlich mehr. Über Karen, und vor allem über Mrs. Randall. Ich wußte über beide noch viel zuwenig.
»Am besten, ich fang mit dem Mädchen an«, sagte ich.
»Warum?«
»Nach allem, was ich über sie gehört habe, war sie ein prächtiges Mädchen, süß und hübsch und reizend. Alle haben sie geliebt.«
»Vielleicht war sie das wirklich.«
»Kann sein«, sagte ich, »aber vielleicht wäre es ganz gut, außer ihrem Bruder und ihrem Vater auch noch jemand anders danach zu fragen.«
»Und wen?«
»Am besten höre ich mich mal im Smith College um«, sagte ich.

Das Smith College, das der exklusiven Erziehung von 2200 Mädchen dient, befindet sich in Northampton, einem gottverlassenen Nest im Westen von Massachusetts. Ich fuhr zwei Stunden auf der Autobahn bis zur Ausfahrt Holyoke und noch eineinhalb Stunden auf Nebenstraßen, bis ich dort war. Ich habe Northampton nie gemocht. Für eine Collegestadt hat es eine merkwürdig muffige Atmosphäre; Gereiztheit und Frustration sind fast zu riechen – die Frustration von 2200 hübschen Mädchen, die verurteilt sind, vier Jahre in dieser öden Gegend zu verbringen, und die Gereiztheit der Einheimischen, die mit ihnen fertigwerden müssen.

Der Campus ist wunderschön, vor allem im Herbst, wenn die Blätter sich rot und gelb färben. Sogar bei Regen ist er schön. Ich ging ins Verwaltungsbüro und suchte mir Karen Randall aus dem Verzeichnis heraus. Ich ließ mir eine Campuskarte geben und machte mich auf den Weg zu ihrem Heim, der Henley Hall.

Es war ein weißes Fachwerkhaus in der Wilbur Street, in dem vierzig Mädchen wohnten. Der Tagesraum im Parterre mit seinen hellen geblümten Möbeln wirkte auf irgendwie läppische Weise feminin. Es wimmelte von Mädchen mit Blue jeans und langem, glattem Haar. Neben der Tür war ein Empfangspult.

»Ich möchte zu Karen Randall«, sagte ich zu dem Mädchen.

Sie sah mich erschrocken an, als halte sie mich für einen alten Lüstling.

»Ich bin ihr Onkel«, sagte ich. »Dr. Berry.«

»Ich war übers Wochenende nicht da«, sagte sie. »Ich habe Karen noch gar nicht gesehen, seit ich zurück bin. Sie ist am Samstag nach Boston gefahren.«

Ich hatte Glück: Dieses Mädchen schien nichts zu wissen. Ich fragte mich, ob es die anderen Mädchen wohl schon wußten. Die Hausmutter wußte es wahrscheinlich; ihr mußte ich aus dem Weg gehen.

»Moment«, sagte das Mädchen hinter dem Pult. »Da ist Ginnie. Ihre Zimmerkollegin.«

Ein dunkelhaariges Mädchen ging eben zur Tür hinaus. Sie trug enge Blue jeans und einen engen Pullover, wirkte aber insgesamt merkwürdig steif und züchtig. Es war, als ob sich ihr Gesicht von ihrem übrigen Körper distanzierte.

Das Mädchen hinter dem Pult winkte Ginnie herbei und sagte: »Das ist Dr. Berry. Er möchte zu Karen.«
Ginnie starrte mich an. Sie wußte Bescheid. Ich nahm sie rasch am Arm, führte sie zu einem Sessel und drückte sie hinein.
»Aber Karen ist –«
»Ich weiß«, sagte ich. »Eben deshalb möchte ich mit Ihnen reden.«
»Ich weiß nicht, ob das Miss Peters recht ist. Ich möchte sie erst fragen«, sagte Ginnie. Sie wollte aufstehen. Ich drückte sie sanft zurück.
»Ginnie«, sagte ich, »ich war bei Karens Obduktion dabei.«
Sie legte die Hand auf den Mund.
»Entschuldigen Sie meine Unumwundenheit, aber es gibt einige wichtige Fragen, die nur Sie beantworten können. Was Miss Peters sagen würde, ist wohl klar.«
»Sie würde mir verbieten, mit Ihnen zu sprechen«, sagte Ginnie. Sie sah mich mißtrauisch an, doch ich merkte, daß ich ihre Neugier gereizt hatte.
»Können wir nicht irgendwohin gehen, wo wir allein sind?« fragte ich.
»Ich weiß nicht …«
»Nur für ein paar Minuten.«
Sie stand auf und deutete mit dem Kopf den Gang hinunter.
»Eigentlich dürfen keine Männer in unsere Zimmer«, sagte sie, »aber Sie sind ja ein Verwandter, nicht?«
»Ja«, sagte ich.
Ginnies und Karens Zimmer war im Parterre, auf der Rückseite des Hauses. Es war klein und eng und mit allerlei Kram vollgestopft – Fotos von Jungens, Briefen, Scherzpostkarten, Stundenplänen, Parfumflaschen, Stofftieren. Ginnie bot mir einen Stuhl an und setzte sich auf das eine Bett.
»Miss Peters hat mir gestern abend gesagt«, sagte sie, »daß

Karen … daß sie einen tödlichen Unfall hatte. Sie hat mich gebeten, es vorläufig niemandem zu erzählen. Es ist ganz merkwürdig – es war das erste Mal, daß jemand, den ich kenne, gestorben ist – ich meine, jemand in meinem Alter und so. Komisch, ich hab fast gar nichts empfunden, es hat mich überhaupt nicht aufgeregt. Irgendwie kann ich's noch gar nicht richtig glauben.«

»Kannten Sie Karen schon von früher her?«

»Nein. Wir haben uns erst auf dem College kennengelernt.«

»Haben Sie sich gut verstanden?«

Sie zuckte die Achseln. Ihre Gesten wirkten alle irgendwie gekünstelt, wie vor dem Spiegel eingeübt.

»Doch, recht gut. Karen hat sich immer ein bißchen abgesondert. Ihr lag nichts an dem ganzen Betrieb hier, und sie hat immer davon gesprochen, wie sehr sie das College haßt. Das sagen wir natürlich alle hin und wieder – aber ich glaube, sie hat es wirklich gehaßt.«

»Woraus schließen Sie das?«

»Aus ihrem ganzen Verhalten. Daraus, daß sie kaum Vorlesungen besuchte und so oft wie möglich wegfuhr. Wenn sie sich übers Wochenende abmeldete, sagte sie immer, sie fahre zu ihren Eltern. Doch sie fuhr nie zu ihren Eltern; das hat sie mir erzählt. Sie hat sie gehaßt.«

Ginnie stand auf und öffnete eine Schranktür. An die Innenseite war mit Reißzwecken ein großes glänzendes Foto von J. D. Randall geheftet. Es war mit winzigen Löchern übersät.

»Wissen Sie, was sie immer gemacht hat? Abends vor dem Schlafengehen hat sie immer Pfeile auf dieses Bild geworfen. Das ist ihr Vater; er ist Chirurg oder irgend so was.«

Ginnie machte die Schranktür zu.

»Und wie stand sie zu ihrer Mutter?«

»Oh, die hat sie sehr gern gehabt. Das heißt, ihre richtige

Mutter, die schon lange tot ist. Sie hatte ja eine Stiefmutter. Die scheint sie nicht sehr gemocht zu haben.«
»Worüber hat Karen sonst noch geredet?«
»Über Jungens«, sagte Ginnie und setzte sich wieder aufs Bett. »Das ist bei uns Thema eins. Karen war hier irgendwo in der Nähe auf einer Privatschule und kannte von dort eine Menge Jungens. Einige, die jetzt in Yale studieren, haben sie oft besucht.«
»Hatte sie einen festen Freund?«
»Das glaube ich nicht. Aber haufenweise Verehrer.« Sie rümpfte die Nase. »Ich möchte ihr nicht gern was Schlechtes nachsagen, und ich habe auch keinen Grund, anzunehmen, daß es wahr ist. Vielleicht ist es bloß ein Märchen.«
»Was?«
»Na ja, sie hat manchmal solche Andeutungen gemacht. Sie hat immer so getan, als ob sie wer weiß wie toll ist und als ob sie ganz tolle Freunde hätte.
Dabei hat sie nie richtig was erzählt, sondern nur hin und wieder irgendwelche Bemerkungen fallengelassen. Über ihre Abtreibungen und so.«
»Ihre Abtreibungen?«
»Sie sagte, sie hätte sich schon, bevor sie aufs College kam, zwei machen lassen. Stellen Sie sich das vor – wo sie doch erst siebzehn war! Als ich ihr sagte, daß ich das nicht glaube, hat sie mir genau erklärt, wie es gemacht wurde. Da kamen mir dann doch Zweifel, ob es nicht tatsächlich stimmte.«
Ein Mädchen aus einer Ärztefamilie konnte natürlich leicht erfahren haben, wie eine Abtreibung gemacht wird. Das bewies nicht, daß bei ihr selbst eine vorgenommen worden war.
»Hat sie Ihnen gesagt, wer sie gemacht hat?«
»Nein, nur wie sie gemacht wurden. Sie hat ständig solche Dinge gesagt. Sie konnte ziemlich ordinär sein, und mir war

natürlich klar, daß sie mich damit schockieren wollte. Ich weiß noch, am ersten Wochenende, als wir hier waren – nein, am zweiten –, ging sie Samstag abend aus und kam erst spät nachts heim. Sie kroch im Finstern ins Bett und sagte: ›Herrgott, schwarzes Fleisch ist was Herrliches.‹ Ich wußte nicht, was ich sagen sollte – schließlich habe ich sie doch damals erst ganz kurz gekannt –, und so hab ich gar nichts gesagt. Aber ich war doch ziemlich entsetzt.«

»Was hat sie sonst noch gesagt?«

Ginnie zuckte die Achseln. »So genau weiß ich das nicht mehr. Es waren immer solche kleinen Bemerkungen. Eines Abends, bevor sie übers Wochenende wegfuhr, stand sie pfeifend vor dem Spiegel und frisierte sich, und plötzlich sagte sie: ›Dieses Wochenende laß ich mich mal wieder richtig drannehmen.‹«

»Und was haben Sie gesagt?«

»Ich sagte ›Viel Spaß‹. Was soll man denn schon sagen, wenn man aus dem Badezimmer kommt und jemand sagt so was zu einem? Sie meinte nur: ›Worauf du dich verlassen kannst.‹«

»Haben Sie ihr geglaubt?«

»Zuerst nicht, aber nach ein paar Monaten begann ich zu schwanken und dachte: Vielleicht stimmt's wirklich.«

»Hatten Sie den Eindruck, daß sie schwanger war?«

»Solange sie hier auf dem College war? Nein.«

»Sind Sie ganz sicher?«

»Sie hat nie irgendwas gesagt. Außerdem hat sie die Pille genommen.«

»Wissen Sie das bestimmt?«

»Ja, natürlich. Sie hat jeden Morgen ein großes Theater damit gemacht. Die Pillen sind ja auch noch da.« Sie deutete auf den Schreibtisch. »Dort, in der kleinen Flasche.«

Ich stand auf, ging zum Schreibtisch und nahm die kleine

Plastikflasche. Das Etikett war von einer Apotheke in Boston. Ich holte mein Notizbuch hervor und schrieb mir die Rezeptnummer und den Namen des Arztes auf. Dann öffnete ich die Flasche und schüttelte eine Pille heraus. Es waren noch vier Stück drin.

»Hat sie sie jeden Tag genommen?«

Ginnie nickte.

Ich war kein Gynäkologe und kein Pharmazeut, doch einiges wußte ich über die Antibabypille. Erstens, daß die meisten in einer Kalenderpackung verkauft wurden, und zweitens, daß man von einer anfänglichen Hormondosis von zehn Milligramm inzwischen auf zwei Milligramm heruntergegangen war und daß deshalb die Pillen ziemlich klein waren. Diese jedoch waren verhältnismäßig groß. Sie trugen kein Markenzeichen, waren kalkweiß und fühlten sich krümelig an. Ich steckte eine in die Tasche und machte die Flasche wieder zur. Mir war ziemlich klar, was das für Pillen waren.

»Haben Sie mal einen von Karens Freunden kennengelernt?« fragte ich.

Ginnie schüttelte den Kopf.

»Hat Ihnen Karen von ihnen erzählt?«

»Kaum. Nichts Persönliches jedenfalls. Sie hat erzählt, wie sie im Bett waren, und dabei hat sie kein Blatt vor den Mund genommen. Wie gesagt, es war fast, als ob sie's darauf anlegte, einen zu schockieren. Moment.«

Sie stand auf und ging zu Karens Toilettentisch. Hinter dem Rahmen des Spiegels steckten ein paar Fotos. Sie nahm zwei heraus und gab sie mir.

»Das war einer, von dem sie öfter gesprochen hat, aber ich glaube, sie hat ihn in letzter Zeit nicht mehr gesehen. Soviel ich weiß, hatte sie in den Sommerferien was mit ihm. Er ist in Harvard.«

Der Junge auf dem Foto trug einen Footballdreß mit der Nummer 71. Er stand vorgebeugt, die Hände auf den Knien, und starrte mürrisch in die Kamera.
»Wie heißt er?«
»Keine Ahnung.«
Ich nahm ein Sportprogramm der Harvard-Universität vom Schreibtisch und sah in der Spielerliste nach. Nummer 71 war ein Rechtsaußen und hieß Alan Zenner. Ich notierte mir den Namen und gab Ginnie das Foto zurück.
»Dieser hier«, sagte sie und reichte mir das zweite Foto, »war eine Neuerwerbung von ihr. Ich glaube, sie hat sich öfter mit ihm getroffen. Ein paarmal ist sie nachts heimgekommen und hat sein Foto geküßt, bevor sie zu Bett ging. Er heißt Ralph, glaube ich. Ralph oder Roger.«
Das Foto zeigte einen jungen Schwarzen in einem engen, glänzenden Anzug mit einer elektrischen Gitarre in der Hand. Er lächelte etwas gezwungen.
»Sie hat sich öfter mit ihm getroffen?«
»Ja, ich glaube, er spielt in Boston in einer Band.«
»Und er heißt Ralph?«
»Ja, oder so ähnlich.«
»Wissen Sie, wie die Band heißt?«
Ginnie runzelte die Stirn. »Sie hat's mir mal gesagt, aber ich kann mich nicht erinnern. Was Karens Bekannte betraf, so hat sie immer ziemlich geheimnisvoll getan. Sie hat nie so wie andere Mädchen ihre Freunde in allen Einzelheiten geschildert, sondern immer bloß Andeutungen gemacht.«
»Und Sie glauben, mit diesem Jungen hat sie sich getroffen, wenn sie an den Wochenenden wegfuhr?«
Ginnie nickte.
»Wohin ist sie denn immer übers Wochenende gefahren? Nach Boston?«
»Vermutlich. Nach Boston oder New Haven.«

Ich drehte das Bild um. Auf der Rückseite stand: »Foto Curzin, Washington Street.«
»Kann ich das Foto haben?«
»Bitte«, sagte sie. »Meinetwegen.«
Ich steckte es ein und setzte mich wieder.
»Haben Sie mal irgendwelche Bekannten von ihr kennengelernt?«
»Nein, nie. Moment – doch. Ein Mädchen.«
»Ein Mädchen?«
»Ja. Eines Tages sagte mir Karen, daß eine gute Freundin sie besuchen würde. Sie schwärmte richtig von ihr und erzählte mir, was für ein tolles Mädchen sie sei. Ich war richtig gespannt auf sie. Als sie dann kam …«
»Ja?«
»Es war ganz komisch«, sagte Ginnie. »Sie war sehr groß und hatte unheimlich lange Beine, und sie saß die ganze Zeit da und redete nichts. Sie war recht hübsch, aber ganz merkwürdig – als ob sie nicht ganz bei sich wäre. Vielleicht hatte sie irgendwas eingenommen; ich weiß nicht. Nachdem sie eine Stunde so dagesessen hatte, fast als ob sie schlafen würde, fing sie plötzlich an zu reden – so komisches Zeug.«
»Was?«
»Ich weiß nicht, wie ich das sagen soll. Ganz komisches Zeug. ›In Rom bedrohen Roboter die rote Rose.‹ Und irgendwas von Leuten, die auf Spaghettibäumen sitzen. So eine Art Gedicht, aber völlig ohne Sinn.«
»Wie hieß dieses Mädchen?«
»Ich weiß nicht mehr. Angie, glaube ich.«
»War sie auf einem College?«
»Nein. Soviel ich mich erinnere, sagte Karen, sie sei Krankenschwester.«
»Denken Sie bitte mal nach. Vielleicht fällt Ihnen ihr Name doch noch ein«, sagte ich.

Ginnie starrte stirnrunzelnd auf den Fußboden; dann schüttelte sie den Kopf. »Nein, ich weiß ihn wirklich nicht mehr.«

Ich drängte sie nicht weiter, denn es war schon ziemlich spät.

»Was können Sie mir sonst noch über Karen sagen?« fragte ich. »War sie nervös? Gereizt?«

»Nein. Sie war immer sehr ruhig. Die Mädchen hier sind alle ziemlich nervös, vor allem vor den Examen, aber Karen ließ sich durch nichts aus der Ruhe bringen.«

»War sie irgendwie aufgekratzt und redselig?«

»Karen? Soll das ein Witz sein? Karen war immer bloß halb da. Nur wenn sie eine Verabredung hatte, da wurde sie munter – aber sonst war sie ständig müde und jammerte dauernd über ihre Müdigkeit.«

»Hat sie viel geschlafen?«

»Ja. Die meisten Vorlesungen hat sie verschlafen.«

»Hat sie viel gegessen?«

»Nicht besonders viel. Sie hat auch die meisten Mahlzeiten verschlafen.«

»Dann muß sie ja ziemlich abgenommen haben.«

»Im Gegenteil, sie hat zugenommen«, sagte Ginnie. »Nicht stark, aber doch so viel, daß ihr nach sechs Wochen ihre meisten Kleider nicht mehr paßten. Sie mußte sich ein paar neue kaufen.«

»Haben Sie sonst irgendwelche Veränderungen an ihr bemerkt?«

»Hm – ich weiß nicht, ob das irgendwie von Bedeutung ist, aber sie bildete sich ein, überall Haare zu kriegen. An den Armen und an den Beinen und über dem Mund. Sie war ganz verzweifelt darüber und hat sich dauernd die Beine rasiert.«

Ich schaute auf die Uhr. Es war kurz vor zwölf. »Schön, ich will Sie nicht länger aufhalten. Sie wollen sicher zu einer Vorlesung.«

»Nicht so wichtig«, sagte Ginnie. »Das hier ist interessanter.«
»Wie meinen Sie das?«
»Na ja, wie Sie das alles so aus einem herausholen. Werden Sie mich vorladen lassen?«
»Vorladen?«
»Na, vor Gericht. Als Zeugin.«
Es war, als setzte sie wieder eine Miene auf, die sie vor dem Spiegel eingeübt hatte. Sie lächelte spöttisch, mit leicht zusammengekniffenen Augen, wie eine Filmheldin.
»Sie müssen mich für ziemlich dumm halten, was?« sagte sie.
»Ich fürchte, ich verstehe nicht ganz ...«
»Mir gegenüber können Sie doch ruhig zugeben, daß Sie Rechtsanwalt sind.«
»Wie kommen Sie denn darauf?«
»Ich hab's schon nach zehn Minuten gemerkt – als Sie die Pillen vom Schreibtisch nahmen. Ein Arzt hätte sie sich nie so genau angesehen, wie Sie das getan haben. Offen gesagt, ich glaube, Sie wären ein schrecklich schlechter Arzt.«
»Da haben Sie vermutlich recht«, sagte ich.
»Viel Glück für Ihren Prozeß«, sagte sie, als ich ging, und dabei zwinkerte sie mir zu.

2

Die Tür des Röntgenraums im zweiten Stock des Memorial trug die merkwürdige Aufschrift RADIOLOGISCHE DIAGNOSE, doch im Innern sah es aus wie in jedem anderen Röntgenraum. Die Wände bestanden aus weißen Milchglasscheiben mit kleinen Klammern zur Befestigung der Filme. Der Raum war ziemlich groß, so daß ein halbes Dutzend Röntgenologen zugleich darin arbeiten konnten.

Ich ging mit Hughes hinein. Er war Röntgenologe im Memorial, und ich kannte ihn schon seit vielen Jahren; er und seine Frau spielten manchmal mit Judith und mir Bridge. Sie waren gute Spieler mit einer richtigen Leidenschaft für Bridge, für die ich alles Verständnis hatte, denn hin und wieder überkam sie auch mich.

Lewis Carr hatte ich nicht angerufen, weil ich wußte, daß er mir nicht helfen würde. Hughes hingegen stand auf der Hierarchieleiter so weit unten, daß es ihm egal war, ob ich mir die Aufnahmen von Karen Randall oder vom Aga Khan ansehen wollte, der sich vor ein paar Jahren hier eine Nierenoperation hatte machen lassen. Hughes ging sofort mit mir zum Röntgenraum.

Unterwegs fragte ich: »Wie steht's mit deinem Sexleben?«

Das ist eine Sache, mit der Röntgenologen dauernd aufgezogen werden. Jeder weiß, daß sie von allen Fachärzten die geringste Lebenserwartung haben. Warum, ist nicht genau bekannt, doch vermutlich liegt es daran, daß sie ständig den Röntgenstrahlen ausgesetzt sind. Früher standen die Röntgenologen, wenn Aufnahmen gemacht wurden, im selben Raum wie der Patient, und auf diese Weise bekamen sie so viele Gammastrahlen ab, daß sie nach wenigen Jahren fertig waren. Außerdem waren früher die Filme weniger empfindlich, und so brauchte man eine riesige Strahlendosis, um ein genügend scharfes Bild zu kriegen.

Trotz der inzwischen weiterentwickelten Technik und der größeren Kenntnisse, über die man heute auf diesem Gebiet verfügt, hat sich die Tradition, Röntgenologen wegen ihrer bleigefütterten Suspensorien und geschrumpften Hoden zu frotzeln, erhalten. Diese Witze sind für sie wie die Strahlen ein Berufsrisiko. Hughes trug es mit Fassung.

»Sexuell«, sagte er, »bin ich wesentlich besser in Form als beim Bridge.«

In dem Raum waren drei oder vier Röntgenologen an der Arbeit. Jeder hatte ein Kuvert voller Aufnahmen und ein Tonbandgerät vor sich; sie nahmen eine Aufnahme nach der anderen heraus, diktierten den Namen und die Nummer des Patienten und die Art der Aufnahme, und dann klemmten sie sie an die Milchglasscheibe und sprachen die Diagnose ins Mikrofon.

Eine Wand des Raums war für die Aufnahmen der Schwerkranken bestimmt; sie steckten nicht in Kuverts, sondern hingen an drehbaren Ständern, so daß man schnell an sie herankonnte.

Das Archiv lag neben dem Röntgenraum. Hughes ging hinein und holte Karen Randalls Aufnahmen. Wir setzten uns vor eine der Glasscheiben, und Hughes klammerte das erste Bild daran.

»Eine seitliche Schädelaufnahme«, sagte er. »Weißt du, warum sie gemacht worden ist?«

»Nein«, sagte ich.

Ich betrachtete das Bild, konnte aber wenig damit anfangen. Die Auswertung von Schädelaufnahmen ist eine sehr schwierige Sache. Hughes studierte es eine Weile und zog mit seiner zugeschraubten Füllfeder verschiedene Linien nach.

»Anscheinend ohne Befund«, sagte er schließlich. »Keine Fraktur, keine Verkalkung, keine Anzeichen für Luft oder für Hämatom. Sehen wir uns mal die anderen Bilder an.«

Er nahm die Seitenaufnahme von der Scheibe und befestigte die Frontalaufnahme. »Sieht auch normal aus«, sagte er. »Warum die Aufnahmen wohl gemacht worden sind? Hatte sie einen Autounfall?«

»Nicht, daß ich wüßte.«

Er kramte in dem Kuvert herum. »Nein, anscheinend nicht«, sagte er. »Sie haben keine Gesichtsaufnahmen gemacht. Nur Schädelaufnahmen.«

Hughes studierte eine Weile die Frontalaufnahme; dann hängte er noch einmal die Seitenaufnahme an die Scheibe. Er konnte nichts Abnormales entdecken.
»Nun gut«, sagte ich und stand auf. »Vielen Dank für deine Hilfe.«
Als ich hinausging, fragte ich mich, ob mich diese Aufnahmen weitergebracht oder das Ganze nur noch mehr kompliziert hatten.

3

Ich trat in die Telefonzelle vor dem Krankenhaus, holte mein Notizbuch hervor und suchte die Nummer der Apotheke und die Rezeptnummer heraus. Dann nahm ich die Pille aus meiner Jackentasche.
Ich kratzte ein Stückchen mit dem Daumennagel ab und zerdrückte es auf der Handfläche. Ich war ziemlich sicher, worum es sich handelte, doch um mich genau zu überzeugen, tat ich ein wenig von dem weißen Pulver auf die Zungenspitze.
Der Geschmack war unverkennbar. Zerdrücktes Aspirin schmeckt scheußlich.
Ich rief die Apotheke an.
»Beacon-Apotheke.«
»Hier Dr. Berry, Lincoln-Krankenhaus. Ich hätte gern eine Auskunft über folgendes Medikament –«
»Einen Moment. Ich hole nur schnell einen Bleistift.«
Kurze Pause.
»So, bitte.«
»Das Rezept lautet auf den Namen Karen Randall. Die Nummer ist eins-vier-sieben-sechs-sechs-sieben-drei. Ausgestellt von Dr. Peter Randall.«

»Ich seh mal nach.«
Der Hörer wurde hingelegt. Ich hörte leises Pfeifen und das Rascheln von Papier, und dann sagte der Apotheker: »Ja, hier. Darvon, zwanzig Kapseln, 75 Milligramm. Verordnung: ›Bei Schmerzen alle vier Stunden eine Kapsel.‹ Das Rezept wurde zweimal eingelöst. Möchten Sie die Daten?«
»Nein«, sagte ich. »Das genügt.«
»Sonst noch was?«
»Nein. Vielen Dank für Ihre Mühe.«
»Gern geschehen.«
Ich legte langsam den Hörer auf. Die Sache wurde immer rätselhafter. Warum tat ein Mädchen so, als nehme es Antibabypillen, und nahm in Wirklichkeit Aspirin, das es in einer Flasche aufbewahrte, in der ursprünglich ein Medikament gegen Menstruationsschmerzen gewesen war?

4

Abtreibung ist eine relativ seltene Todesursache. Dieses Faktum wird von der Gegenpropaganda und von den Statistiken verschleiert. Die Statistiken wie die Gegenpropaganda sind emotional und ungenau. Die Schätzungen schwanken stark, doch man ist sich ziemlich einig, daß in Amerika jährlich eine Million ungesetzlicher Abtreibungen vorgenommen werden und daß etwa 5000 Frauen daran sterben. Die Sterblichkeitsrate beträgt also fünfhundert zu hunderttausend.
Dies ist eine sehr hohe Ziffer, vor allem im Vergleich zur Sterblichkeit bei den in Krankenhäusern vorgenommenen Schwangerschaftsunterbrechungen. Sie beträgt null bis achtzehn zu hunderttausend, und somit ist eine Krankenhausabtreibung schlimmstenfalls so gefährlich wie eine Mandeloperation.

Die Zahl der ungesetzlichen Abtreibungen mit Todesfolge ist also etwa fünfundzwanzigmal höher, als sie es sein müßte. Die meisten Leute sind darüber entsetzt. Doch Art, der über diese Dinge sehr genau nachgedacht hat, ist anderer Ansicht. Er meint, einer der Gründe, weshalb Abtreibungen verboten blieben, sei ihre Ungefährlichkeit.

»Man muß sich klarmachen, welches Ausmaß das Ganze hat«, sagte er einmal zu mir. »Eine Million Frauen – darunter kann man sich nicht viel vorstellen. Aber umgerechnet bedeutet das, daß alle dreißig Sekunden eine ungesetzliche Abtreibung gemacht wird, Tag für Tag, Jahr für Jahr. Es handelt sich also um eine ganz alltägliche und verhältnismäßig ungefährliche Operation.«

Um zu verdeutlichen, was er meinte, sprach er von der Todesschwelle. So nannte er in seiner zynischen Art die Anzahl von Menschen, die jedes Jahr infolge unnötiger, vermeidbarer Unfälle sterben müssen, damit sich überhaupt irgendwer aufregt. Die Todesschwelle liegt bei etwa dreißigtausend pro Jahr – sie entspricht der Zahl von Amerikanern, die durch Autounfälle ums Leben kommen.

»Auf unseren Straßen kommen im Durchschnitt täglich achtzig Menschen um«, sagte Art. »Und das betrachtet man als unabänderliche Tatsache. Was sind dagegen die vierzehn Frauen, die täglich infolge von Abtreibungen sterben?«

Seiner Schätzung nach müßte die Zahl der Abtreibungen mit Todesfolge mindestens 50000 im Jahr erreichen, um Ärzte und Juristen zum Handeln zu zwingen. Das entspräche bei der gegenwärtigen Sterblichkeitsrate zehn Millionen Abtreibungen im Jahr.

»Genau betrachtet«, sagte er, »erweise ich der Gesellschaft einen schlechten Dienst. Mir ist noch keine Patientin nach einer Abtreibung gestorben; also tue ich das meine, die Sterblichkeitsziffer niedrig zu halten. Für meine Patientinnen ist das gut, für die Gesellschaft als Ganzes aber schlecht. Die Gesellschaft bringt nur Angst oder ein unerträgliches Schuldgefühl zum Handeln. Wir sind große Zahlen gewohnt; kleine beeindrucken uns nicht.«

Dadurch, daß bei seinen Abtreibungen nichts passiere, meinte er, trage er dazu bei, den Status quo aufrechtzuerhalten und zu verhindern, daß die Gesetze geändert würden. Und dann sagte er noch etwas.

»Das Schlimme in unserem Land ist«, sagte er, »daß die Frauen so wenig Mumm haben. Statt die Gesetze zu ändern, schleichen sie lieber zu irgendeinem Quacksalber und lassen sich einen gefährlichen ungesetzlichen Eingriff machen. Die Gesetzgeber sind alle Männer, und Männer kriegen keine Kinder; sie können es sich leisten, moralisch zu sein. Genauso ist es bei den Pfarrern: du solltest mal sehen, wie schnell die Kirchen ihre Einstellung ändern würden, wenn es weibliche Pfarrer gäbe. Doch in der Politik und in den Kirchen herrschen Männer, und die Frauen trauen sich nicht aufzumucken. Wenn jedes Jahr eine Million Frauen an ihre Angeordneten schreiben würden, dann würde sich vielleicht was tun. Aber die Frauen denken gar nicht daran.«

Ich glaube, dieser Gedanke deprimierte ihn am allermeisten. Das fiel mir ein, während ich zu einer Frau fuhr, die, nach allem, was mir zu Ohren gekommen war, genügend Mumm hatte: Mrs. Randall.

Nördlich von Cohasset, etwa eine halbe Stunde von der Bostoner Innenstadt, liegt an einem felsigen Küstenstreifen ein exklusives Wohnviertel: alte, von gepflegten Rasenflächen umgebene Häuser mit Blick aufs Meer.

Das Haus der Randalls, ein riesiger, dreistöckiger, neugotischer weißer Fachwerkbau mit Türmchen und verschnörkelten Balkonen, lag an einem zum Wasser abfallenden gras-

bewachsenen Hang; das Grundstück war mindestens fünf Morgen groß. Ich fuhr die lange kiesbedeckte Zufahrt hinauf und parkte auf dem Wendeplatz neben zwei Porsches, einem schwarzen und einem kanariengelben. Anscheinend fuhr die ganze Familie Porsche. An die linke Seite des Hauses war eine Garage angebaut, in der ein grauer Mercedes stand. Wahrscheinlich gehörte er den Dienstboten.
Ich stieg aus und fragte mich, wie ich wohl an dem Butler vorbeikommen würde, als eine Frau aus der Haustür trat und die Vortreppe herunterkam. Sie streifte sich im Gehen ihre Handschuhe über und schien es sehr eilig zu haben. Als sie mich sah, blieb sie stehen.
»Mrs. Randall?«
»Ja«, sagte sie.
Ich weiß nicht, wie ich sie mir vorgestellt hatte, aber so bestimmt nicht. Sie war groß und schlank und trug ein beiges Chanelkostüm. Sie hatte pechschwarzes, glänzendes Haar, lange Beine und sehr große dunkle Augen und war höchstens dreißig. Auf ihren Backenknochen hätte man Eiswürfel zerschlagen können; so hart sahen sie aus.
Ich starrte sie einen Moment schweigend an und kam mir dabei reichlich idiotisch vor, doch ich wußte einfach nicht, was ich sagen sollte. Sie runzelte die Stirn. »Was wollen Sie?« fragte sie. »Los, reden Sie doch.«
Ihre Lippen waren sinnlich und ihre Stimme heiser. Sie sprach hastig, mit leicht englischem Akzent.
»Ich hätte gern mit Ihnen gesprochen«, sagte ich. »Über Ihre Tochter.«
»Meine Stieftochter«, sagte sie rasch und ging an mir vorbei zu dem schwarzen Porsche.
»Ja, Ihre Stieftochter.«
»Ich habe bereits alles der Polizei erzählt«, sagte sie. »Außerdem muß ich jetzt zu einer Verabredung und bin schon

ziemlich spät dran ...« Sie schloß die Wagentür auf und öffnete sie.
Ich sagte: »Mein Name ist –«
»Ich weiß, wer Sie sind«, sagte sie. »Joshua hat mir gestern abend von Ihnen erzählt. Er meinte, Sie würden bestimmt hier auftauchen.«
»Und?«
»Er hat gesagt, ich soll Sie zum Teufel jagen, Dr. Berry.«
Sie gab sich alle Mühe, so zu tun, als ob sie wütend sei, doch ich merkte, daß sie es nicht war. Ihr Gesicht verriet etwas anderes – ich war mir nicht ganz sicher, ob Neugier oder Angst.
Sie ließ den Motor an. »Guten Tag, Doktor.«
Ich beugte mich vor. »Tun Sie immer, was Ihr Mann sagt?«
»Meistens.«
»Ich weiß nicht, ob das in diesem Fall gut ist«, sagte ich. Sie wollte den Gang einlegen, doch dann wartete sie, die Hand auf dem Hebel. »Wie soll ich das verstehen?« fragte sie.
»Ich fürchte, Ihr Mann sieht die Sache nicht ganz richtig.«
»Wieso?«
»Sie wissen ganz genau, was ich meine, Mrs. Randall«, sagte ich.
Sie stellte den Motor ab und sah mich an. »Wenn Sie in dreißig Sekunden nicht von diesem Grundstück verschwunden sind«, sagte sie, »rufe ich die Polizei.« Doch ihre Stimme zitterte, und ihr Gesicht war blaß.
»Die Polizei? Ich glaube, das wäre nicht sehr klug.«
Sie zögerte einen Moment und sah mich unsicher an.
»Was wollen Sie?«
»Daß Sie mir erzählen, was in der Nacht, als Sie Karen ins Krankenhaus brachten, passiert ist. Sonntag nacht.«
»Wenn Sie das wissen wollen, brauchen Sie sich bloß den Wagen anzusehen.« Sie deutete auf den gelben Porsche.

Ich ging hin und schaute hinein.
Es war entsetzlich.
Die Polsterung war einmal hellbraun gewesen; jetzt war sie rot: der Fahrersitz und der Sitz daneben und die Knöpfe am Armaturenbrett. Auf dem Lenkrad waren rote Flecken und auf dem Bodenteppich eine rote Kruste.
Sie mußte massenhaft Blut verloren haben.
»Machen Sie die Tür auf«, sagte Mrs. Randall. »Greifen Sie den Sitz an.«
Ich strich mit der Hand darüber. Der Sitz war feucht.
»Zwei Tage ist es jetzt her«, sagte sie. »Und die Sitze sind noch immer nicht trocken. Soviel Blut hat Karen verloren. So hat er sie zugerichtet.«
Ich machte die Tür zu. »Ist das ihr Wagen?«
»Nein. Karen hatte keinen Wagen. Joshua wollte nicht, daß sie einen fährt, bevor sie einundzwanzig ist.«
»Wem gehört er?«
»Mir«, sagte Mrs. Randall.
Ich deutete auf den schwarzen Wagen, in dem sie saß. »Und der?«
»Der ist neu. Wir haben ihn gestern gekauft.«
»Wir?«
»Ich. Joshua war einverstanden.«
»Und der gelbe?«
»Die Polizei meinte, wir sollen ihn vorläufig behalten, falls er als Beweisstück gebraucht wird.«
Ich fragte: »Was ist Sonntag nacht passiert?«
»Ich bin nicht verpflichtet, Ihnen irgendwelche Auskünfte zu geben«, sagte sie und preßte die Lippen zusammen.
»Nein, verpflichtet nicht.« Ich lächelte höflich. Ich wußte, ich hatte sie soweit; in ihren Augen war jetzt deutlich Angst. Sie wandte den Kopf ab und starrte durch die Windschutzscheibe. »Ich war allein zu Hause«, sagte sie. »Joshua war

wegen eines dringenden Falls im Krankenhaus, und William hatte Nachtdienst. Karen war ausgegangen. Gegen halb vier hörte ich die Hupe plärren. Ich stand auf, zog einen Bademantel an und lief hinunter. Vor dem Haus stand mein Wagen. Der Motor lief, und die Scheinwerfer brannten, und die Hupe plärrte noch immer. Ich rannte hin ... und da sah ich sie. Sie war ohnmächtig und lag über dem Lenkrad. Überall war Blut.«

Sie holte tief Luft und kramte in ihrer Handtasche nach Zigaretten. Sie zog eine Schachtel französische hervor. Ich gab ihr Feuer.

»Und?«

»Ich habe sie auf den anderen Sitz geschoben und bin zum Krankenhaus gefahren.« Sie zog gierig an der Zigarette. »Unterwegs hab ich versucht herauszukriegen, was passiert war. Wo sie blutete, war mir klar, denn ihr Rock war ganz durchtränkt. Und sie sagte: ›Lee war's.‹ Dreimal hat sie es gesagt. Nie werde ich das vergessen. Diese rührende, leise, schwache Stimme ...«

»War sie denn bei Bewußtsein?«

»Ja«, sagte Mrs. Randall. »Aber als wir vor dem Krankenhaus vorfuhren, wurde sie wieder ohnmächtig.«

»Woher wissen Sie, daß es eine Abtreibung war und keine Fehlgeburt?«

»Weil ich Karens Scheckheft in ihrer Handtasche fand«, sagte sie. »Sie hatte am selben Tag – am Sonntag – einen Scheck über dreihundert Dollar ausgestellt. Daher weiß ich, daß es eine Abtreibung war.«

»Ist der Scheck eingelöst worden? Haben Sie sich erkundigt?«

»Natürlich ist er nicht eingelöst worden«, sagte sie. »Der Mann, der ihn hat, sitzt ja im Gefängnis.«

Ich sah sie stumm an.

»So«, sagte sie. »Wenn Sie mich jetzt bitte entschuldigen würden.« Sie stieg aus und lief die Vortreppe hinauf.
»Ich dachte, Sie hätten eine Verabredung«, sagte ich.
Sie blieb stehen und drehte sich um. »Ach, gehn Sie doch zum Teufel«, sagte sie und knallte die Tür hinter sich zu.
Nachdenklich ging ich zu meinem Wagen. Sie hatte ihre Rolle sehr gut gespielt, und was sie gesagt hatte, klang durchaus überzeugend. Es gab nur zwei schwache Punkte. Erstens das Blut in dem gelben Wagen. Merkwürdig, daß auf dem Beifahrersitz mehr Blut war als auf dem Fahrersitz. Und außerdem wußte Mrs. Randall anscheinend nicht, daß Art für eine Abtreibung nur 25 Dollar nahm – gerade soviel, daß seine Unkosten gedeckt waren. Mehr verlangte Art nie. Er hatte sich das zum Grundsatz gemacht, um sich ein reines Gewissen zu bewahren.

5

FOTO CURZIN stand auf dem schäbigen, verbeulten Schild, und darunter in kleiner, vergilbter Schrift: »Fotos für alle Zwecke. Paßbilder, Reklame, Familienfotos. Entwickeln in einer Stunde.«
Es war ein Eckladen am nördlichen Ende der Washington Street, ziemlich weit weg von den hellbeleuchteten Kinos und Kaufhäusern. Ein kleiner alter Mann und eine kleine alte Frau standen hinter dem Ladentisch.
»Ja?« sagte der Mann leise und sah mich fast furchtsam an.
»Ich hätte eine etwas ausgefallene Bitte«, sagte ich.
»Paßbilder? Kein Problem. Die können Sie in einer Stunde haben. Wenn nötig, noch schneller.«
»Ja«, sagte die Frau und nickte ernst. »Wenn's sein muß, noch schneller.«

»Nein«, sagte ich. »Es geht um etwas anderes. Meine Tochter wird nächste Woche sechzehn, und –«
»Wir machen keine Partyfotos«, sagte der Mann. »Tut mir leid.«
»Nein, leider nicht«, sagte die Frau.
»Es geht nicht um Partyfotos, sondern meine Tochter –«
»Wir kommen nicht ins Haus«, sagte der Mann. »Ausgeschlossen.«
»Früher mal haben wir Partyfotos gemacht«, fügte die Frau hinzu. »Aber in unserem Alter –«
Ich holte tief Luft. »Ich möchte Sie nur um eine Auskunft bitten«, sagte ich. »Meine Tochter ist ganz vernarrt in eine Rock-'n'-Roll-Band, und Sie haben diese Band mal fotografiert. Es soll eine Überraschung für meine Tochter sein, und ich dachte, Sie könnten mir vielleicht –«
»Sechzehn ist Ihre Tochter?« sagte er mißtrauisch.
»Ja. Nächste Woche hat sie Geburtstag.«
»Und wir sollen eine Band fotografiert haben?«
»Ja«, sagte ich und gab ihm das Foto.
Er starrte es lange an.
»Aber das ist doch keine Band, das ist doch bloß ein Mann«, sagte er schließlich.
»Ja, natürlich, aber er gehört zu einer Band.«
»Das ist bloß ein Mann.«
»Ich dachte, Sie könnten mir vielleicht, weil Sie doch das Foto gemacht haben –«
Er drehte das Bild um.
»Ja, das haben wir gemacht«, sagte er. »Sehen Sie, da ist unser Stempel. Foto Curzin, das sind wir. Wir haben den Laden seit 1931. Vorher hatte ihn mein Vater, Gott hab ihn selig.«
»Ja«, sagte die Frau.
»Eine Band soll das sein?« sagte der Mann und hielt mir das Bild unter die Nase.

»Ein Mitglied einer Band.«
»So?« sagte er. Er gab das Foto seiner Frau. »Haben wir mal eine Band aufgenommen?«
»Kann schon sein«, sagte sie. »Ich merke mir das nicht so.«
»Wahrscheinlich ist es ein Reklamefoto«, sagte ich.
»Wie heißt denn die Band?«
»Ich weiß nicht. Eben deshalb bin ich ja hier. Auf dem Bild ist Ihr Stempel, und –«
»Das sehe ich, ich bin ja nicht blind«, fuhr er mich an. Er bückte sich und schaute unter den Ladentisch. »Ich kann ja mal nachsehen«, sagte er. »Wir heben nämlich Abzüge von sämtlichen Bildern auf.«
Er legte Stöße von Fotos auf den Tisch. Ich staunte; er hatte Dutzende von Bands aufgenommen.
Rasch blätterte er sie durch. »Mein Frau kann sich die Namen nie merken«, sagte er. »Aber mir fallen sie alle wieder ein, wenn ich sie sehe. Das da sind die Do-Dahs.«
Er blätterte weiter. »Die Warblers. Die Coffins. Die Cliques. Die Skunks. Komisch, die Namen gehen einem nicht aus dem Kopf. Die Lice. Die Switchblades. Willy und die Willies. Die Jaguars.«
Er blätterte so schnell, daß ich die Gesichter kaum erkennen konnte.
»Moment«, sagte ich und deutete auf ein Foto. »Ich glaube, das sind sie.«
Er runzelte die Stirn. »Die Zephyrs«, sagte er in abfälligem Ton. »Ja, das sind die Zephyrs.«
Ich sah mir das Foto an. Es waren fünf Schwarze, alle in dem gleichen glänzenden Anzug wie der Mann auf dem anderen Bild. Alle fünf lächelten nervös, als sei es ihnen unangenehm, fotografiert zu werden.
»Wissen Sie, wie sie heißen?« sagte ich.
Er drehte das Bild um. Auf die Rückseite waren die Namen

gekritzelt. »Zeke, Zach, Roman, George und Happy. Ja, das sind die Zephyrs.«
»Okay«, sagte ich. Ich holte mein Notizbuch hervor und schrieb mir die Namen auf. »Wissen Sie, wie ich sie erreichen kann?«
»Sie möchten sie wirklich für die Geburtstagsparty Ihrer Tochter?«
»Warum nicht?«
Er zuckte die Achseln. »Das sind ziemlich rauhe Burschen.«
»Na, einen Abend lang wird's schon gehen.«
»An Ihrer Stelle würde ich mir das gut überlegen«, sagte er.
»Wissen Sie, wo ich sie finden kann?«
»Klar«, sagte er und deutete mit dem Daumen die Straße hinunter. »Sie spielen abends im ›Electric Grape‹. In dieser Kneipe, wo die ganzen Nigger rumhängen.«
»Danke«, sagte ich und ging zur Tür.
»Sehn Sie sich bloß vor«, sagte die Frau, und der Mann murmelte: »Hoffentlich klappt's mit der Party.«
Ich nickte und machte die Tür hinter mir zu.

Alan Zenner war ein riesenhafter Kerl; ich schätzte ihn auf einsneunzig und zweihundert Pfund.
Ich fing ihn vor dem Dillon-Sportplatz ab, als er vom Training kam. Es war spät am Nachmittag; die Sonne stand tief am Himmel und tauchte das Stadion und die umliegenden Gebäude – das Vereinshaus, die Hockeyhalle und die Tennishallen – in goldenes Licht.
Zenner hatte sich eben geduscht; er rieb sein kurzgeschnittenes feuchtes Haar, als denke er an die Ermahnung des Trainers, nicht mit nassem Haar rauszugehen.
Er sagte, er hätte es eilig, weil er nach dem Abendessen noch lernen müsse, und so sprachen wir, während wir über die Lars-Anderson-Brücke zu den Harvard-Gebäuden gingen.

Eine Weile unterhielten wir uns über nebensächliche Dinge. Er wohnte im Leverett-Haus, und sein Hauptfach war Geschichte. Das Thema seiner Abschlußarbeit gefiel ihm nicht. Er machte sich Sorgen, ob man ihn in die Juristische Fakultät von Harvard aufnehmen würde, denn dort machte man es Sportlern nicht leichter, sondern schaute nur auf die Noten. Vielleicht würde es besser sein, wenn er nach Yale ging.

Wir nahmen die Abkürzung durchs Winthrop-Haus und gingen hinauf zum Varsity Club, wo Alan mittags und abends aß; das Essen sei gut, sagte er.

Schließlich lenkte ich das Gespräch auf Karen.

»Was? Sie auch?«

»Wie meinen Sie das?«

»Sie sind heute schon der zweite. Foggy war auch schon bei mir.«

»Foggy?«

»Ihr Alter. Sie hat ihn immer so genannt.«

»Warum?«

»Keine Ahnung. Sie hatte alle möglichen Namen für ihn.«

»Was wollte er?«

»Mit mir reden.«

»Und?«

Er zuckte die Achseln. »Ich hab ihm gesagt, er soll mich in Ruhe lassen.«

»Warum?«

Wir kamen zur Massachusetts Avenue, wo ziemlich starker Verkehr herrschte. »Weil ich mit der Sache nichts zu tun haben will.« Er ging über die Straße und zwängte sich geschickt zwischen den Autos durch.

Ich fragte: »Was wissen Sie darüber?«

»Hören Sie«, sagte er. »Ich weiß mehr darüber als irgendwer anders. Mehr als ihre Eltern oder sonstwer.«

»Und Sie wollen nichts damit zu tun haben?«

»Genau.«
»Es ist eine sehr ernste Angelegenheit«, sagte ich. »Ein Mann wird beschuldigt, sie ermordet zu haben. Sie müssen mir sagen, was Sie wissen.«
»Schauen Sie«, sagte er. »Sie war ein nettes Mädchen, aber sie hatte Probleme. Wir hatten was miteinander, und eine Weile ging's gut, aber dann wurden die Probleme zu groß, und wir haben Schluß gemacht. Das war alles. Weiter kann ich Ihnen nichts sagen.«
Ich zuckte die Achseln. »Die Verteidigung wird Sie zu dem Prozeß vorladen lassen. Dann müssen Sie unter Eid aussagen.«
»Ich denke gar nicht daran.«
»Es wird Ihnen nichts anderes übrigbleiben«, sagte ich. »Aber vielleicht kommt's gar nicht zu einem Prozeß. Eben deshalb möchte ich ja mit Ihnen reden – um den Prozeß abzubiegen.«
Wir gingen die Massachusetts Avenue hinunter bis zu einer schäbigen kleinen Kneipe mit einem Farbfernseher über der Theke. Wir bestellten zwei Bier und sahen uns, während wir darauf warteten, den Wetterbericht an. Der Sprecher war ein dicker, kleiner Kerl, der grinsend für morgen und übermorgen Regen vorhersagte.
Zenner sagte: »Wieso interessieren Sie sich so für die Sache?«
»Weil ich Lee für unschuldig halte.«
Er lachte. »Da sind Sie aber der einzige.«
Das Bier kam, und ich zahlte. Er trank einen Schluck und leckte sich den Schaum von der Lippe.
»Okay«, sagte er und lehnte sich in der Nische zurück. »Ich will Ihnen erzählen, wie das Ganze war. Ich lernte sie letztes Frühjahr bei einer Party kennen – ich glaube, im April. Wir verstanden uns gleich prima, und ich war ganz hin von ihr.

Ich hatte keine Ahnung, wer sie ist, und ich hab sie auch nicht danach gefragt. Daß sie noch reichlich jung war, ist mir natürlich klargewesen, aber als sie mir am nächsten Morgen sagte, daß sie erst sechzehn sei, war ich doch ziemlich von den Socken ... Sie hat mir aber wirklich gefallen. Sie war kein billiges Ding.«

Er trank mit einem Zug das halbe Glas aus.

»Danach haben wir uns öfter gesehen, und so nach und nach hat sie mir verschiedenes über sich erzählt. Sie hatte so eine komische Art, bruchstückweise mit allem rauszurücken. Es war so ähnlich wie bei einem Illustriertenroman – Fortsetzung nächsten Samstag. Darin war sie ganz groß.«

»Wann haben Sie mit ihr Schluß gemacht?«

»Im Juni, Anfang Juli. Ich schlug ihr vor, zu ihrer Abschlußfeier nach Concord zu kommen, doch sie wollte das nicht, und als ich sie nach dem Grund fragte, da sagte sie, es wäre ihr nicht recht, wenn ihre Eltern mich zu Gesicht bekämen. Sie müssen wissen«, sagte er, »mein richtiger Name ist nämlich Zemnick, und ich bin in Brooklyn aufgewachsen. Sie können sich denken, wie sauer ich war, als sie das sagte, und ich hab natürlich sofort Schluß mit ihr gemacht. Das war damals ein ziemlicher Schlag. Inzwischen bin ich drüber weg.«

»Sie haben sie nie mehr gesehen?«

»Doch, einmal. Es muß Ende Juli gewesen sein. Ich hatte in den Ferien einen Job in Cape Cod, und eine Menge Freunde von mir waren auch dort. Da hab ich verschiedenes über sie gehört – Dinge, von denen sie mir nie erzählt hatte. Wie sie mit ihren Eltern über Kreuz ist und wie sie ihren alten Herrn haßt. Und daß sie sich mit allen möglichen schrägen Typen rumtreibt. Da wurde mir verschiedenes klar, was ich vorher nicht begriffen hatte. Und irgendwer hat mir erzählt, daß sie sich ein Kind hat wegmachen lassen und überall rumerzählt, daß es von mir gewesen sei.«

Er trank sein Bier aus und winkte dem Kellner. Ich bestellte mir auch noch eins.

»Eines Tages hab ich sie zufällig getroffen. Ich hielt an einer Tankstelle, und da stand sie mit ihrem Wagen und tankte Benzin. Ich hab sie gefragt, ob das mit der Abtreibung stimmt, und sie sagte ja. Und als ich sie fragte, ob das Kind von mir war, da sagte sie ganz offen heraus, daß sie nicht wüßte, von wem es gewesen sei. Ich hab mich umgedreht und bin weggegangen, und da rennt sie mir nach und sagt, das Ganze täte ihr schrecklich leid und ob wir uns nicht wieder vertragen könnten. Und wie ich nein sage, da fängt sie an zu heulen. Na ja, Sie können sich ja denken, wie das ist, wenn man mit einem heulenden Mädchen an einer Tankstelle steht, und so hab ich mich für den Abend mit ihr verabredet.«

»Und waren Sie abends mit ihr zusammen?«

»Ja. Es war furchtbar. Alan, tu dies; Alan, tu das; schneller, Alan, jetzt langsamer, Alan, du schwitzt ja so. Nicht einen Moment hat sie den Mund gehalten.«

»War sie auch den Sommer über in Cape Cod?«

»Soviel ich weiß, ja. Sie hat in einer Kunstgalerie gearbeitet oder so was. Aber die meiste Zeit war sie, glaube ich, am Beacon Hill. Sie hatte dort irgendwelche Freunde.«

»Was waren das für Leute?«

»Keine Ahnung. Ich weiß bloß, daß es ziemlich komische Typen gewesen sein sollen.«

»Haben Sie mal einen davon kennengelernt?«

»Ja, einmal, bei einer Party auf dem Cape. Irgendwer hat mich mit einem Mädchen bekannt gemacht, das angeblich mit Karen befreundet war. Sie hieß Angela – Angela Harly oder Hardy oder so ähnlich. Eine verdammt hübsche Puppe, aber ganz komisch.«

»Wieso?«

»Na ja, völlig beduselt. Anscheinend hatte sie irgendwas eingenommen. Dauernd quatschte sie so komisches Zeug wie ›Am Morgen opfert Gott im Norden oft sein Ohr‹. Sie war überhaupt nicht ansprechbar; man konnte kein Wort mit ihr reden. Ein Jammer, sie war wirklich verdammt hübsch.«
»Haben Sie Karens Eltern mal gesehen?«
»Ja«, sagte er. »Einmal. Und das hat mir genügt. Ein widerliches Paar. Stinkarrogant und scheißfreundlich ... Kein Wunder, daß sie sie gehaßt hat.«
»Woher wissen Sie, daß sie sie gehaßt hat?«
»Sie hat doch von nichts anderem geredet. Ununterbrochen. Stundenlang. Vor allem über Foggy. Mein Gott, hat sie den gehaßt! Und ihre Stiefmutter auch – Sie würden nicht glauben, was sie der für Namen gegeben hat. Das Komische ist, daß sie an ihrer richtigen Mutter sehr gehangen hat. Die ist gestorben, als Karen vierzehn oder fünfzehn war. Ich glaube, damals hat das Ganze angefangen.«
»Was?«
»Na, die Tablettenschluckerei und die ganze Schau, die sie abgezogen hat, um die Leute zu schockieren. Es war, als ob sie dauernd allen beweisen wollte, was für ein tolles Ding sie sei. Ständig hat sie irgendwelches Zeug geschluckt, und zwar so, daß es jeder sehen konnte. Einige haben behauptet, sie sei rauschgiftsüchtig – ob das wirklich stimmte, weiß ich nicht. Die Leute haben sich ziemlich den Mund über sie zerrissen – sie sagten, es gibt nichts, was Karen Randall nicht nehmen würde, und kein Mann, mit dem sie nicht schlafen würde.« Er schnitt eine Grimasse, während er das sagte.
»Sie haben sie aber anscheinend sehr gern gehabt«, sagte ich.
»Ja«, sagte er. »Eine Zeitlang.«
»Damals auf dem Cape haben Sie sie zum letztenmal gesehen?«

Er nickte.
Der Kellner brachte das Bier. Er starrte auf sein Glas und drehte es zwischen den Fingern.
»Nein«, sagte er, »es war nicht das letzte Mal.«
»Sie haben sie noch mal gesehen?«
Er zögerte einen Moment. »Ja.«
»Wann?«
»Am Sonntag«, sagte er. »Am letzten Sonntag.«

6

»Ich bin erst gegen Mittag aufgestanden«, sagte Zenner. »Ich hatte am Abend zuvor, bei der Party nach dem Spiel, ein bißchen zuviel getrunken und hatte einen fürchterlichen Kater. Ich fühlte mich entsetzlich. Außerdem war ich deprimiert, weil ich bei dem Spiel am Samstag saumäßig schlecht gewesen war und eine Menge Fehler gemacht hatte.
Ich stand also auf und zog mich an. Die Krawatte mußte ich dreimal binden, weil ich den Knoten einfach nicht hinkriegte. Wie gesagt, ich war völlig down, und außerdem hatte ich schreckliche Kopfschmerzen. Ich bin gerade fertig, da geht die Tür auf, und sie kommt rein. Einfach so, als ob überhaupt nichts gewesen wäre.«
»Haben Sie sich gefreut?«
»Gefreut? Sie war die allerletzte, die ich hätte sehen wollen, noch dazu an diesem Tag – das können Sie mir glauben. Ich war endlich über die ganze Sache weg; es war mir schwer genug gefallen, sie mir aus dem Kopf zu schlagen. Und da taucht sie plötzlich auf – und hübscher denn je. Sie hatte ein bißchen zugenommen, und das stand ihr. Meine Zimmerkollegen waren alle beim Mittagessen, und so war ich allein. Sie fragte, ob ich nicht mit ihr essen gehen möchte.«

»Und was haben Sie gesagt?«
»Natürlich nein.«
»Warum?«
»Weil ich nicht mit ihr zusammensein wollte. Ich wußte, das würde einen Rückfall bei mir geben. Sie war wie die Pest, und ich hatte keine Lust, mich wieder anzustecken. Ich habe sie gebeten zu gehen, aber sie ging nicht. Sie setzte sich und steckte sich eine Zigarette an und sagte, ihr sei klar, daß es zwischen uns aus sei, aber sie müsse mit irgendwem reden. Na ja, das kannte ich gut genug, und ich hatte die Nase voll davon. Aber sie ging einfach nicht. Sie blieb auf der Couch sitzen und sagte, ich wäre der einzige Mensch, mit dem sie reden könnte.
Schließlich habe ich mich rumkriegen lassen. Ich hab mich hingesetzt und gesagt: ›Okay – was ist los?‹ Dabei war mir völlig klar, daß das idiotisch von mir war und daß es mir leid tun würde, genau wie letztes Mal.«
»Worüber haben Sie gesprochen?«
»Über sie natürlich. Worüber sonst? Über sie, über ihre Eltern, ihren Bruder –«
»Hat sie sich mit ihrem Bruder verstanden?«
»Ja, ich glaube ganz gut. Obwohl der genauso ein Widerling ist wie ihr Vater – so ein eingebildeter Streber. Er studiert übrigens auch Medizin. Deshalb hat Karen sich gehütet, ihm verschiedene Dinge zu erzählen. Daß sie alle möglichen Tabletten nimmt und so.«
»Und was war dann?«
»Ich saß da und ließ sie reden. Zuerst redete sie eine Weile von der Schule, und dann erzählte sie mir von irgendwelchen komischen Meditationsübungen, die sie seit kurzem jeden Tag zweimal eine halbe Stunde machte. Sie sagte, es wäre eine Art Seelenwäsche oder so was. Sie war ganz begeistert davon.«

»Was für einen Eindruck hat sie gemacht?«
»Sie war ziemlich nervös«, sagte Zenner. »Sie rauchte eine Zigarette nach der anderen und spielte dauernd mit ihrem Ring herum. Sie zog ihn vom Finger, steckte ihn wieder drauf, drehte dran, zog ihn wieder runter ... Die ganze Zeit.«
»Hat sie erzählt, warum sie übers Wochenende nach Boston gekommen war?«
»Erst als ich sie danach fragte«, sagte Zenner. »Da hat sie's mir gesagt.«
»Was?«
»Daß sie sich eine Abtreibung machen lassen will.«
Ich lehnte mich zurück und zündete mir eine Zigarette an. »Und?«
Er schüttelte den Kopf. »Ich hab's ihr nicht geglaubt.« Er schwieg einen Moment und trank einen Schluck Bier. »Ich hab ihr überhaupt nichts mehr geglaubt. Ich hab einfach abgeschaltet – es war mir egal, was sie sagte. Ich wußte, ich darf mich nicht darauf einlassen. Sie hatte immer noch so eine ... so eine Macht über mich.«
»Hat sie das gemerkt?«
»Sie hat alles gemerkt«, sagte er. »Ihr ist nie irgendwas entgangen. Sie war wie eine Katze; sie verließ sich völlig auf ihren Instinkt, und der war immer richtig. Wenn sie in ein Zimmer trat, wußte sie auf den ersten Blick über jeden Bescheid. Sie hatte ein unheimliches Gespür für solche Dinge.«
»Haben Sie mit ihr über die Abtreibung gesprochen?«
»Nein. Weil ich's ihr ja nicht geglaubt habe. Ich bin gar nicht darauf eingegangen. Doch nach einer Stunde hat sie wieder davon angefangen. Sie sagte, sie hätte Angst, und ob sie nicht bei mir bleiben könnte. Immer wieder hat sie gesagt, sie hätte Angst.«

»Haben Sie ihr das geglaubt?«
»Ich wußte nicht, was ich glauben sollte. Nein. Nein, ich hab's ihr nicht geglaubt.« Er trank sein Bier aus und stellte das Glas hin. »Verdammt noch mal, was hätte ich denn tun sollen? Das Mädchen war doch völlig übergeschnappt. Das wußte doch jeder. Verrückt war sie.«
»Wie lange war sie bei Ihnen?«
»Ungefähr eineinhalb Stunden. Dann bat ich sie zu gehen; ich sagte, ich müßte essen gehen und danach lernen. Und da ging sie.«
»Wissen Sie, wohin?«
»Nein. Ich hab sie gefragt, aber sie lachte bloß. Sie wüßte nie, wohin sie geht, sagte sie.«

7

Es war schon ziemlich spät, als ich mich von Zenner verabschiedete, doch ich rief noch in Peter Randalls Praxis an. Er war nicht da. Ich sagte, es sei dringend, und seine Sprechstundenhilfe meinte, ich solle es doch mal in seinem Labor versuchen. Dienstag und Donnerstag abends arbeitete er oft bis spätabends im Labor.
Ich rief nicht an, sondern fuhr hin.
Peter Randall war das einzige Mitglied der Familie Randall, das ich bereits kannte. Ich war ihm ein- oder zweimal bei Ärztepartys begegnet. Er war unmöglich zu übersehen – erstens wegen seiner äußeren Erscheinung und zweitens, weil er Partys liebte und an jeder, von der er erfuhr, teilnahm.
Er war ein ungeheuer dicker, pausbäckiger, jovialer Mann mit dröhnendem Lachen und rotem Gesicht. Er rauchte ununterbrochen, trank riesige Mengen, steckte voller amü-

santer Geschichten – ein richtiger Gesellschaftslöwe, der jede Party zu einem Erfolg machte. Peter Randall war eine Stimmungskanone – gesellig, extrovertiert, stets guter Laune. Und weil er allgemein so beliebt war, durfte er sich viel herausnehmen.
Er konnte zum Beispiel die ordinärsten und schmutzigsten Witze erzählen, und alle lachten. Innerlich sagte man sich: »Das ist aber reichlich ordinär«, aber man mußte trotzdem lachen, und auch sämtliche Frauen lachten. Ganz egal, was er tat – ob er mit einer Frau flirtete, sein Glas umstieß, die Gastgeberin beleidigte –, niemand nahm ihm irgendwas übel, kein Mensch runzelte die Stirn.
Ich war gespannt, was er mir über Karen erzählen würde.
Sein Labor war im fünften Stock des biochemischen Trakts der Medizinischen Akademie. Als ich den Korridor hinunterging, stieg mir der typische Laborgeruch in die Nase – eine Mischung aus Azeton, Bunsenbrennergas, Seife und Reagenzien. Ein scharfer, sauberer Geruch. Sein Büro war klein. Hinter dem Schreibtisch saß ein Mädchen in einem weißen Mantel und tippte einen Brief. Sie war bildhübsch; etwas, das mich nicht im mindesten überraschte.
»Was kann ich für Sie tun?« Sie hatte einen leichten ausländischen Akzent.
»Ich möchte zu Dr. Randall.«
»Erwartet er Sie?«
»Ich habe vorhin in seiner Praxis angerufen«, sagte ich. »Ich weiß nicht, ob's ihm die Sprechstundenhilfe ausgerichtet hat.«
Sie sah mich an und kam zu dem Schluß, daß ich ein Kliniker war. Sie setzte diese etwas geringschätzige Miene auf, mit der Leute, die medizinische Forschungsarbeiten betreiben, uns Kliniker zu betrachten pflegen. Kliniker brauchen nämlich keinen Verstand bei ihrer Arbeit. Sie geben sich mit so

lächerlichen, unwissenschaftlichen Dingen wie Patienten ab. Forscher hingegen bewegen sich in einer Welt reinen, klaren Intellekts.

»Kommen Sie bitte mit«, sagte sie. Sie stand auf und ging den Korridor hinunter. Sie trug Holzsandalen ohne Absätze. Ich schaute auf ihren Popo, während ich hinter ihr her ging, und versuchte mir ihren Labormantel wegzudenken.

»Er bereitet gerade eine neue Inkubationsreihe vor«, sagte sie über ihre Schulter hinweg. »Er ist sehr beschäftigt.«

»Ich kann warten.«

Wir traten ins Labor. Es war ein kahler, unfreundlicher Raum an einer Ecke des Anbaus. Die Fenster gingen auf den Parkplatz hinaus, auf dem zu dieser Zeit nur wenige Wagen standen.

Randall stand an einem langen Tisch, über eine weiße Ratte gebeugt. Als das Mädchen die Tür aufmachte, sagte er: »Ah, Brigit. Sie kommen gerade im rechten Moment.« Dann sah er mich. »Nanu, wer ist dann das?«

»Mein Name ist Berry«, sagte ich. »Ich –«

»Ich weiß, ich weiß. Wir kennen uns doch.« Er ließ die Ratte los und gab mir die Hand. Die Ratte flitzte über den Tisch. Am Rand blieb sie hocken und glotzte schnuppernd auf den Fußboden hinunter.

»Natürlich, wir haben uns schon öfter gesehen«, sagte Randall. Er holte die Ratte, klemmte sie unter den Arm und lachte leise. »Offen gesagt, mein Bruder hat mich eben Ihretwegen angerufen. Er war ziemlich außer sich. Wie hat er Sie genannt? Ach ja – einen widerlichen, unverschämten Schnüffler.«

Er schien das überaus amüsant zu finden. Er lachte laut und sagte: »Kein Wunder, wenn Sie seiner geliebten Gattin so auf die Pelle rücken. Anscheinend haben Sie sie ziemlich fertiggemacht.«

»Das tut mir leid.«
»Aber wieso denn?« sagte er grinsend. Er wandte sich zu Brigit: »Würden Sie bitte die andern holen? Wir müssen endlich anfangen.«
Brigit rümpfte die Nase, und Randall zwinkerte ihr zu. Als sie draußen war, sagte er: »Ein anbetungswürdiges Geschöpf. Sie hält mich in Form.«
»In Form?«
»Klar«, sagte er und klopfte sich auf den Bauch. »Eine der verhängnisvollsten Folgen des heutigen bequemen Lebens ist die Erschlaffung der Augenmuskeln. Die Hauptschuld trägt das Fernsehen; man sitzt einfach da und bewegt die Augen nicht. Davon werden sie schlapp und kraftlos – eine wahre Tragödie. Daß das bei mir nicht so ist, verdanke ich Brigit. Präventivmedizin im wahrsten Sinn des Wortes.« Er seufzte genießerisch. »Aber was führt Sie zu mir? Ich kann mir nicht vorstellen, was ich für Sie tun könnte. Brigit ja, aber ich?«
»Sie waren Karens behandelnder Arzt«, sagte ich.
»Stimmt, das war ich.«
Er setzte die Ratte in einen kleinen Käfig. Dann ging er zu einer Reihe größerer Käfige und sah sich nach einer anderen um.
»Diese verdammten Weiber. Dauernd sage ich ihnen, wie spottbillig Farbe ist, aber nie nehmen sie genug. Da!« Er fuhr mit der Hand in einen Käfig und holte eine Ratte heraus. »Die mit dem Farbfleck am Schwanz sind heute dran«, erklärte er mir. Er hielt die Ratte so, daß ich den dunkelroten Punkt sehen konnte. »Wir haben ihnen gestern morgen Parathyroid-Hormon gespritzt. Nun werden sie bald ihrem Schöpfer gegenübertreten. Wissen Sie, wie man Ratten umbringt?«
»So ungefähr.«

»Sie möchten mir das nicht vielleicht abnehmen? Ich tu's schrecklich ungern.«
»Nein, vielen Dank.«
Er seufzte. »Das habe ich mir gedacht. Tja, um auf Karen zurückzukommen – stimmt, ich war ihr behandelnder Arzt. Was möchten Sie wissen?«
»Hatte sie im Sommer irgendeinen Unfall?«
»Einen Unfall? Nein.«
Die Mädchen kamen herein – Brigit und zwei andere. Sie waren alle sehr hübsch, und ob durch Zufall oder Absicht – eine war blond, eine brünett und eine rothaarig. Sie bauten sich in einer Reihe vor ihm auf, und Randall lächelte sie nacheinander freundlich an, als hätte er für jede ein hübsches Geschenk.
»Sechs Stück sind's heute«, sagte er, »dann können wir heimgehen. Haben Sie das Sezierbesteck bereitgelegt?«
»Ja«, sagte Brigit und deutete auf einen langen Tisch, vor dem drei Stühle standen. Vor jedem Stuhl lagen eine Korkplatte, ein paar Nadeln, eine Pinzette, ein Skalpell und eine Schüssel mit Eiswürfeln.
»Was ist mit dem Schüttelbad? Fertig?«
»Ja«, sagte eins der beiden anderen Mädchen.
»Schön. Dann können wir ja anfangen.«
Die Mädchen setzten sich an den Tisch. Randall wandte sich zu mir um und sagte: »Tja, dann muß ich wohl. Es ist jedes Mal furchtbar für mich. Die kleinen Biester tun mir immer schrecklich leid ...«
»Womit machen Sie's?«
»Ach, das ist eine lange Geschichte.« Er grinste. »Sie müssen wissen, ich bin einer der größten Spezialisten im Töten von Ratten. Ich habe schon alles ausprobiert – Chloroform, den Hals brechen, Erwürgen. Sogar eine von diesen kleinen Guillotinen, die die Engländer so gern verwenden. Ein

Freund hat mir mal eine aus London geschickt – er schwört darauf –, aber sie war ständig mit Haaren verstopft. Die einfachste Methode ist immer noch die beste«, sagte er. Er hob eine Ratte hoch und sah sie nachdenklich an. »Ich mach's mit dem Hackmesser.«

»Das ist doch nicht Ihr Ernst?«

»Mein Gott, ich weiß, es klingt schrecklich. Und es sieht auch schrecklich aus, aber es ist wirklich die beste Methode. Vor allem, weil es bei den Versuchen, die wir machen, mit der Sektion schnell gehen muß.«

Er trug die Ratte zu einem Becken, neben dem ein großer Holzblock stand. Er setzte die Ratte darauf und legte einen Wachstuchbeutel in das Becken. Dann ging er zu einem Schrank und nahm ein Hackmesser heraus, ein kurzes, schweres Ding mit einem Holzgriff.

»Die Dinger kriegt man in Laborbedarfsgeschäften«, sagte er. »Aber sie sind zu fein und werden schnell stumpf. Das da hab ich einem Fleischer abgekauft. Es ist ausgezeichnet.«

Er schliff die Klinge an einem Stein und probierte sie aus. Im selben Moment klingelte das Telefon, und Brigit sprang auf, lief hin und nahm ab. Die beiden anderen Mädchen lehnten sich auf ihren Stühlen zurück; anscheinend waren sie froh über die Verzögerung. Auch Randall schien erleichtert.

Brigit sprach einen Moment, dann sagte sie: »Der Autoverleih. Sie schicken Ihnen den Wagen.«

»Endlich«, sagte Randall. »Sagen Sie, sie sollen ihn auf den Parkplatz stellen und die Schlüssel hinter die Sonnenblende klemmen.«

Während Brigit das ausrichtete, sagte Randall zu mir: »Blöde Sache. Mein Wagen ist gestohlen worden.«

»Gestohlen?«

»Ja, gestern.«

»Was für einen Wagen haben Sie?«
»Einen kleinen Mercedes. Schon ziemlich klapprig, aber irgendwie hänge ich dran. Wenn's nach mir ginge«, sagte er grinsend, »müßten die Diebe wegen Kidnapping verhaftet werden, nicht wegen Autodiebstahls.«
»Haben Sie Anzeige erstattet?«
»Ja.« Er zuckte die Achseln. »Obwohl's bestimmt zwecklos ist.«
Brigit legte auf und setzte sich wieder auf ihren Platz. Randall nahm seufzend das Hackmesser. »Also«, sagte er, »bringen wir's hinter uns.«
Er packte die Ratte am Schwanz. Sie versuchte sich loszureißen und stemmte sich mit allen vier Beinen gegen den Block. Randall hob das Messer über den Kopf und ließ es niedersausen. Mit einem dumpfen Krach schlug die Klinge auf den Block. Die Mädchen drehten die Köpfe weg. Ich wandte mich um und sah, wie Randall den geköpften, zappelnden Körper über das Becken hielt. Er wartete einen Moment, bis das Blut herausgeflossen war; dann trug er ihn zu Brigit und legte ihn auf die Korkplatte.
»Nummer eins«, sagte er. Er ging zu dem Block zurück, tat den Kopf in den Wachstuchbeutel und holte sich die nächste Ratte.
Brigit drehte den Körper auf den Rücken und befestigte ihn mit den Nadeln an der Korkplatte. Mit raschen, geübten Bewegungen trennte sie die Beine auf und löste das Fleisch und die Muskeln von den Knochen. Dann schnitt sie die Knochen vom Körper und legte sie in die Schüssel mit den Eiswürfeln.
»Ein Triumph der Wissenschaft«, sagte Randall, als er die zweite Ratte auf den Block legte. »In diesem Labor ist uns die erste In-vitro-Züchtung von Knochenkulturen gelungen. Wir können isoliertes Knochengewebe drei volle Tage lang

am Leben erhalten. Das schwierigste daran ist, die Knochen herauszupräparieren und in das Bad zu legen, bevor die Zellen absterben. Aber das kriegen wir jetzt schon ganz gut hin.«

»Was ist eigentlich Ihr Gebiet?«

»Kalziumstoffwechsel, besonders in seiner Beziehung zum Parathyroid-Hormon und zum Thyrocalicitonin. Ich möchte dahinterkommen, auf welche Weise diese Hormone dem Knochengewebe Kalzium entziehen.«

Parathyroid war ein noch wenig erforschtes Sekret, das von vier kleinen Epithelkörperchen der Schilddrüse, den sogenannten Nebenschilddrüsen, abgesondert wurde. So ziemlich das einzige, was man darüber wußte, war, daß es den Kalziumgehalt des Blutes steuerte und daß diese Regulierung viel genauer erfolgte als etwa die des Blutzuckers oder der freien Fettsäure. Vom Kalziumgehalt des Blutes hing die normale Funktion der Nerven und Muskeln ab, und man nahm an, daß das Kalzium je nach Bedarf in den Knochen abgelagert und ihnen entnommen werde. Enthielt das Blut zuviel Kalzium, so wurde es in den Knochen gespeichert; war der Gehalt zu niedrig, wurde es ihnen entzogen. Wie das funktionierte, wußte man nicht genau.

»Ich habe mal ein interessantes Experiment gemacht«, fuhr Randall fort. »Ich legte bei einem Hund eine Arterienumleitung an, leitete sein Blut hindurch, entfernte mit Hilfe von Chemikalien das gesamte Kalzium und führte es ihm wieder zu. Das machte ich mehrere Stunden lang und entzog ihm riesige Mengen Kalzium. Trotzdem blieb der Kalziumgehalt des Blutes normal. Es wurde erstaunlich schnell den Knochen entzogen und dem Blut zugeführt.«

Das Hackmesser traf krachend den Block. Die Ratte zappelte einen Moment. Als sie sich nicht mehr rührte, trug Randall sie zu dem zweiten Mädchen.

»Diese ganze Frage, auf welche Weise das Kalzium gespeichert und dem Blut zugeführt wird, interessiert mich«, sagte Randall. »Denn obwohl das Knochengewebe kristallisch und hart und von starrer Struktur ist, kann es offenbar in Sekundenbruchteilen aufgebaut oder aufgelöst werden. Ich möchte wissen, wie.«

Er griff in den Käfig und nahm eine weitere Ratte mit einem dunkelroten Fleck auf dem Schwanz heraus.

»Ich beschloß also, eine In-vitro-Kultur anzulegen, um den Knochenstoffwechsel zu studieren. Alle hielten das für unmöglich. Er gehe zu langsam vor sich und sei unmöglich zu messen, meinten sie. Doch ich hab's geschafft.« Er seufzte. »Wenn die Ratten mal die Weltherrschaft übernehmen sollten, werden sie mich als Kriegsverbrecher vor Gericht stellen.«

Er legte die Ratte auf den Block.

»Ich bin dauernd auf der Suche nach einem Mädchen, das mir diese Arbeit abnimmt. Bis jetzt hab ich keins gefunden.« Er deutete mit dem Kopf auf die drei am Tisch. »Die hab ich nur unter der Bedingung gekriegt, daß sie die Tiere nicht töten müssen.«

»Wie lange arbeiten Sie schon an der Sache?«

»Sieben Jahre. Mit einem halben Tag pro Woche habe ich angefangen. Dann wurde der ganze Dienstag draus und bald der Dienstag und der Donnerstag. Und schließlich kamen auch noch die Wochenenden dazu. Meine Praxis hab ich so weit wie möglich eingeschränkt. Es ist wie eine Sucht.«

»Sie machen diese Arbeit gern?«

»Leidenschaftlich. Es ist ein Spiel, ein wundervolles Spiel. Ein Ratespiel, von dem niemand die Lösung kennt. Aber wenn man nicht aufpaßt, kann es zur Besessenheit werden.«

Das Hackmesser sauste auf die dritte Ratte nieder.

»So«, sagte Randall. »Die Hälfte hätten wir.« Er kratzte sich

nachdenklich am Bauch. »Aber jetzt genug von mir. Weshalb wollten Sie mich sprechen?«
»Wegen Karen.«
»Ja, natürlich. Sie wollten wissen, ob sie einen Unfall hatte. Nicht, daß ich wüßte.«
»Warum sind dann im Sommer diese Schädelaufnahmen bei ihr gemacht worden?«
»Ach, darum geht's.« Er streichelte die vierte Ratte beruhigend und legte sie auf den Block. »Das war typisch Karen.«
»Wie meinen Sie das?«
»Sie kam schrecklich aufgeregt in meine Praxis, weil sie sich einbildete, zu erblinden. Na ja, Sie wissen ja, wie das bei sechzehnjährigen Mädchen so ist: ihre Sehkraft hätte in letzter Zeit so nachgelassen und sie könnte nicht mehr richtig Tennis spielen. Ich müsse sie untersuchen. Also hab ich ihr etwas Blut abgezapft und es untersuchen lassen. Das macht immer großen Eindruck. Dann hab ich ihr den Blutdruck gemessen und verschiedene Fragen gestellt und so getan, als ob ich das Ganze sehr ernst nehme.«
»Und warum haben Sie die Schädelaufnahmen machen lassen?«
»Das gehörte zur Behandlung.«
»Ich verstehe nicht ganz –«
»Es war eine rein psychosomatische Sache«, sagte er. »So wie bei neunzig Prozent aller Frauen, die zu mir kommen. Irgendwas klappt nicht – zum Beispiel, man verliert ein Tennisspiel – und bums! kriegt man irgendwelche körperlichen Beschwerden. Man geht zum Arzt, doch der kann nichts finden. Aber damit gibt man sich nicht zufrieden. Man geht zu einem anderen Arzt und dann zu noch einem, bis man einen findet, der einem die Hand tätschelt und sagt: ›Ja, Sie sind schwer krank.‹«

»Sie haben diese Untersuchungen also alle nur gemacht, damit irgendwas geschieht?«
»Nicht nur«, sagte er. »Ich bin sehr vorsichtig, und wenn jemand über etwas so Ernstes wie Sehstörungen klagt, dann muß man der Sache schließlich nachgehen. Ich habe den Augenhintergrund geprüft. Normal. Ich habe das Gesichtsfeld bestimmt. Normal. Doch sie blieb dabei, daß sie zeitweise nicht richtig sehen könnte. Also hab ich ihr Blut abgenommen und Schilddrüsenfunktion und Hormonspiegel prüfen lassen. Normal. Und die Schädelaufnahmen haben auch nichts ergeben. Haben Sie sie gesehen?«
»Ja«, sagte ich. Ich zündete mir eine Zigarette an, während er die nächste Ratte köpfte. »Ich versteh aber noch immer nicht, warum –«
»Na, überlegen Sie doch mal – Sehstörungen, Kopfschmerzen, leichte Gewichtszunahme, Lethargie. Sie war zwar noch sehr jung, aber die Möglichkeit, daß es ein Hypophysentumor ist, war ja trotzdem nicht völlig auszuschließen. Ich habe die Tests gemacht, um festzustellen, ob sie eine Hypophysenstörung hat. Und auf den Schädelaufnahmen hätte man ja, wenn die Sache so weit fortgeschritten gewesen wäre, auch etwas sehen müssen. Doch es war alles ohne Befund. Sie hat sich das Ganze bloß eingebildet.«
»Sind Sie ganz sicher?«
»Ja.«
»Bei den Laboruntersuchungen könnte doch ein Fehler passiert sein.«
»Stimmt. Ich wollte ja zur Sicherheit auch noch einen zweiten Test machen.«
»Und warum haben Sie keinen gemacht?«
»Weil sie nicht mehr gekommen ist«, sagte Randall. »Sie wissen doch, wie das in solchen Fällen ist. Bei ihrem ersten Besuch macht sie ein Riesentheater, weil sie glaubt, sie wird

blind. Ich sage, sie soll in einer Woche wiederkommen, und die Sprechstundenhilfe macht einen Termin mit ihr aus. Nach einer Woche ist alles vorbei, und sie hat's längst vergessen. Während ich auf sie warte, spielt sie Tennis. Das Ganze war bloß Einbildung.«

»Was war mit ihrer Menstruation, als sie Sie besuchte?«

»Sie sagte, ihre Perioden seien normal«, sagte er. »Wenn sie bei ihrem Tod im vierten Monat schwanger war, muß die Empfängnis kurz vor ihrem Besuch stattgefunden haben.«

»Und sie hat sich nie mehr bei Ihnen blicken lassen?«

»Nein. Aber das hat mich nicht weiter gewundert. Offen gesagt, sie war ein ziemlich konfuses Ding.«

Er tötete die letzte Ratte. Die Mädchen waren jetzt alle emsig an der Arbeit. Randall sammelte die Kadaver ein, tat sie in den Wachstuchbeutel und warf ihn in einen Abfalleimer. »So«, sagte er, »das wär's.« Er schrubbte sich gründlich die Hände.

»Also, dann vielen Dank für Ihre Auskunft«, sagte ich.

»Keine Ursache.« Er trocknete sich die Hände mit einem Papierhandtuch ab. Dann wandte er sich zu mir um. »Vielleicht sollte ich zur Polizei gehen und eine Art Erklärung abgeben«, sagte er. »Weil ich doch ihr Onkel bin und so.«

Ich wartete.

»J. D. wird nie mehr ein Wort mit mir reden, wenn er von unserem Gespräch erfährt. Bitte denken Sie daran; mir wär's am liebsten, Sie erzählten es nicht weiter.«

»Okay«, sagte ich.

»Ich weiß nicht, was Sie vorhaben«, sagte er, »und ich will's auch gar nicht wissen. Aber Sie haben immer einen sehr besonnenen und vernünftigen Eindruck auf mich gemacht, und deshalb nehme ich an, es ist Ihnen bewußt, worauf Sie sich da einlassen.«

Ich schwieg.

»Mein Bruder ist im Moment alles andere als besonnen und

vernünftig. Er ist völlig übergeschnappt; es ist nichts aus ihm rauszukriegen. Sie waren doch bei der Obduktion dabei, nicht?«
Ich nickte.
»Was ist denn dabei festgestellt worden?«
»Die makroskopische Untersuchung hat nichts ergeben.«
»Und die mikroskopische?«
»Das weiß ich noch nicht.«
»Was für einen Eindruck hatten Sie denn auf Grund der Obduktion?«
Ich zögerte einen Moment; dann beschloß ich, ebenso aufrichtig zu sein wie er.
»Daß sie nicht schwanger war«, sagte ich.
»Hmmm«, sagte er. »Hmmm.«
Er kratzte sich wieder am Bauch. Dann streckte er die Hand aus.
»Ist ja hochinteressant«, sagte er.
Ich drückte seine Hand.

8

Als ich heimkam, stand am Straßenrand ein großes Polizeiauto mit eingeschaltetem Blinklicht. Am Kühler lehnte Captain Peterson und starrte mich mit verkniffenem Gesicht an, als ich in die Zufahrt einbog.
Ich stieg aus und warf einen Blick auf die Nachbarhäuser. Die Leute hatten das Blinklicht gesehen und schauten aus den Fenstern.
»Ich hoffe, Sie stehen noch nicht allzu lange da«, sagte ich.
»Nein«, sagte Peterson leise lächelnd. »Ich bin eben erst gekommen. Ihre Frau hat mir gesagt, daß Sie noch nicht zurück sind, und da hab ich hier draußen gewartet.«

In dem zuckenden roten Lichtschein sah ich sein ausdrucksloses, blasiertes Gesicht. Mir war klar, daß er es eingeschaltet hatte, um mich zu ärgern.
»Gibt's irgendwas?«
Er trat von einem Bein aufs andere. »Leider ja, Dr. Berry. Jemand hat sich über Sie beschwert.«
»So?«
»Ja.«
»Wer denn?«
»Dr. Randall.«
Ich tat überrascht. »Wieso?«
»Angeblich haben Sie seine Angehörigen belästigt. Seinen Sohn und seine Frau. Und die Schulkolleginnen seiner Tochter.«
»Belästigt? Und was haben Sie ihm gesagt?«
»Daß ich der Sache nachgehen werde.«
»Deshalb sind Sie also hier.«
Er nickte lächelnd.
Das Blinklicht ging mir auf die Nerven. Ein Stück weiter standen ein paar Kinder auf der Straße und starrten uns schweigend an.
Ich sagte: »Habe ich gegen irgendein Gesetz verstoßen?«
»Möglicherweise.«
»Falls ich gegen ein Gesetz verstoßen habe«, sagte ich, »dann kann mich Dr. Randall ja verklagen. Und er kann mich auch verklagen, falls er der Meinung ist, ich hätte ihm irgendwelchen Schaden zugefügt. Das ist ihm doch sicher klar.« Ich erwiderte sein Lächeln. »Und Ihnen doch wohl auch.«
»Vielleicht wär's am besten, wir fahren in mein Büro und unterhalten uns darüber.«
Ich schüttelte den Kopf. »Keine Zeit.«
»Ich könnte Sie zur Einvernahme vorläufig festnehmen.«

»Sicher«, sagte ich. »Ich fürchte nur, das wäre nicht sehr klug. Ich habe meine Rechte als Staatsbürger in keiner Weise übertreten. Ich habe mich niemandem aufgedrängt und niemanden bedroht und niemanden gezwungen, mir etwas zu sagen, was er mir nicht sagen wollte.«
»Sie haben unbefugt fremdes Eigentum betreten. Das Grundstück der Randalls.«
»Das lag nicht in meiner Absicht. Ich habe mich verfahren und wollte irgendwen nach dem Weg fragen. Schließlich kam ich zu einem großen Gebäude – so groß, daß ich überhaupt nicht auf die Idee kam, es könnte ein privates Wohnhaus sein. Ich hielt es für eine Art Anstalt.«
»Für eine Anstalt?«
»Ja. Für ein Waisenhaus oder ein Altersheim oder so was Ähnliches. Ich fuhr hin, um nach dem Weg zu fragen. Stellen Sie sich meine Überraschung vor, als ich dahinterkam, daß ich rein zufällig –«
»Zufällig?«
»Können Sie mir das Gegenteil beweisen?«
Peterson grinste mühsam. »Nicht schlecht«, sagte er. »Sie scheinen ja ziemlich clever zu sein.«
»Nicht so schlimm«, sagte ich. »Aber wie wär's, wenn Sie jetzt diesen blöden Blinker ausschalten und aufhören würden, die ganze Gegend verrückt zu machen? Sonst werde ich mich nämlich wegen Belästigung durch die Polizei beschweren. Und zwar beim Polizeichef, beim Staatsanwalt und beim Bürgermeister.«
Er beugte sich widerwillig durchs Fenster und drehte an einem Knopf. Das Licht ging aus.
»Vielleicht«, sagte er, »wird Ihnen das alles noch mal sehr leid tun.«
»Kann sein«, sagte ich. »Vielleicht aber auch jemand anders.«
Er kratzte sich den Handrücken; so wie in seinem Büro.

»Manchmal frage ich mich«, sagte er, »ob Sie ein anständiger Mensch sind oder ein kompletter Idiot.«
»Vielleicht beides.«
Er nickte langsam. »Vielleicht beides.« Er öffnete die Tür und zwängte sich hinters Lenkrad.
Ich ging ins Haus. Als ich die Tür zumachte, hörte ich ihn wegfahren.

9

Eine Cocktailparty war das letzte, worauf ich Lust hatte, doch Judith ließ sich nicht davon abbringen. Während der Fahrt nach Cambridge sagte sie: »Was war eigentlich los?«
»Was?«
»Na, mit der Polizei?«
»Randall hat sich beschwert. Ich hätte ihn und seine Familie belästigt.«
»Und?«
»Ich fürchte, er hat nicht ganz unrecht.«
Ich erzählte ihr, was ich alles erfahren hatte. Als ich fertig war, sagte sie: »Hört sich ja reichlich merkwürdig an.«
»Dabei hab ich wahrscheinlich kaum die Oberfläche angekratzt.«
»Glaubst du, daß Mrs. Randall gelogen hat? Daß das mit dem Dreihundertdollarscheck nicht stimmt?«
»Schon möglich«, sagte ich.
Ihre Frage machte mich nachdenklich. Erst jetzt wurde mir bewußt, daß ich noch gar keine Zeit gehabt hatte, alles, was ich herausgefunden hatte, zu sortieren und zusammenzusetzen. Ich wußte, daß eine Menge Widersprüchliches und Unklares darunter war, und ich hatte in das Ganze überhaupt noch keine Ordnung hineingebracht.

»Wie geht's Betty?«
»Gar nicht gut. In der Zeitung war heute ein Artikel ...«
»Tatsächlich? Hab ich gar nicht gesehen.«
»Nur ein kleiner Artikel. Arzt wegen Abtreibung verhaftet. Kaum Details, aber seinen Namen haben sie genannt. Betty hat eine Menge anonyme Anrufe gekriegt.«
»Gemeine?«
»Das kann man wohl sagen. Sie war sehr tapfer und hat sich bemüht, so zu tun, als ob's nicht so schlimm wäre. Ob das gut ist, weiß ich nicht. Ich, fürchte, sie wird's nicht durchhalten.«
»Gehst du morgen wieder zu ihr?«
»Ja.«
Ich parkte vor einem ruhigen Wohnblock, nicht weit vom Cambridge-City-Krankenhaus. Es war ein hübsches Viertel mit alten Fachwerkhäusern, Ahornbäumen an der Straße und Ziegelpflaster auf den Gehsteigen; die typische Cambridge-Atmosphäre. Ich hatte gerade angehalten, als Hammond mit seinem Motorrad auftauchte.
Norton Francis Hammond ist ein Hoffnungsschimmer am Horizont der Medizin. Ihm ist das nicht bewußt, und das ist gut so; wüßte er es, wäre er unerträglich. Hammond ist aus San Francisco und sieht aus wie einem kalifornischen Fremdenverkehrsplakat entsprungen – groß, blond, braun; das, was man einen gutaussehenden Mann nennt. Er ist ein hervorragender Arzt, und im Memorial, wo er sein zweites Assistentenjahr absolviert, hält man so viel von ihm, daß man Dinge wie sein Haar, das ihm fast bis auf die Schultern reicht, und seinen großen gelockten Schnurrbart übersieht. Er pfeift einfach darauf, was die andern Ärzte von ihm denken. Und weil er von seinem Fach was versteht, ist er unangreifbar. Die andern Ärzte finden ihn unmöglich, können ihm aber nichts anhaben.

Hammond geht also unbehelligt seinen Weg. Da er Assistent ist, muß er Studenten und Praktikanten anlernen, wodurch er großen Einfluß auf sie hat. Und darin liegt die Hoffnung für die Medizin von morgen.
Man sollte meinen, daß die jungen Ärzte dem Fortschritt gegenüber aufgeschlossen sind, doch in der Medizin setzen sich Neuerungen schwer durch, denn die Jungen werden von alten Ärzten ausgebildet, und allzuoft sind die Studenten ein Abklatsch ihrer Lehrer. Außerdem besteht ein tiefer Zwiespalt zwischen den Generationen, besonders heutzutage. Die Jungen sind besser ausgebildet als die alte Garde; sie haben größere wissenschaftliche Kenntnisse, sie stellen tiefergehende Fragen, fordern umfassendere Antworten. Und sie versuchen, die Alten aus ihren Positionen zu verdrängen. Deshalb war Norton Hammond ein so bemerkenswerter junger Mann. Er trieb die Revolution voran, ohne zu rebellieren.
Hammond parkte sein Motorrad, sperrte es ab, streichelte es zärtlich und klopfte sich seine Hose ab. Dann sah er uns.
»Hallo, Kinder.«
»Hallo, Norton. Wie geht's?«
»Prima«, sagte er grinsend. »Man darf sich nur nicht unterkriegen lassen.« Er klopfte mir auf die Schulter. »Was macht denn dein Privatkrieg? Ich hab davon gehört.«
»Scheint sich ja ziemlich schnell rumzusprechen.«
»Schon irgendwelche Schrammen geholt?«
»Ein paar«, sagte ich.
»Na, da hast du ja bis jetzt Glück gehabt. A. L. hat sich anscheinend noch nicht richtig warmgeboxt.«
»A. L.?« fragte Judith.
»Arschloch. So nennen ihn die Jungens im dritten Stock.«
»Randall?«
»Klar, wen sonst.« Er lächelte Judith an. »Das Mädchen

schaltet ja erstaunlich schnell.« Er wandte sich wieder zu mir. »Angeblich schleicht A. L. im dritten Stock herum wie ein angeschossener Tiger. Er kann's nicht fassen, daß es jemand gewagt hat, ihn anzugreifen.«

»Das kann ich mir denken«, sagte ich.

»Er soll entsetzlich sauer sein«, sagte Hammond. »Er hat sogar Sam Carlson zusammengestaucht. Kennst du Sam? Er ist einer von A. L.s Assistenten und pfuscht in den niederen Regionen der Chirurgie herum. Sam ist A. L.s Liebling – warum, weiß kein Mensch. Manche behaupten, weil er so blöd ist. Und das ist er wirklich – ein unbeschreiblich blöder Hund ... Also, gestern sitzt Sam in der Kantine und ißt ein Sandwich mit Geflügelsalat – wahrscheinlich hatte er die Kellnerin gefragt, was das ist –, und plötzlich kommt Randall rein und sagt: ›Was machen Sie denn hier?‹ Darauf sagt Sam: ›Ich esse ein Sandwich.‹ Und da sagt A. L.: ›Weshalb, verdammt noch mal?‹«

»Und was hat Sam geantwortet?«

Hammond grinste. »Ich hab's aus ganz sicherer Quelle. Sam sagte: ›Ich weiß nicht, Sir.‹ Und dann schob er den Teller weg und stand auf und ging.«

»Mit knurrendem Magen«, sagte ich.

Hammond lachte. »Vermutlich.« Er schüttelte den Kopf. »Aber man kann's A. L. im Grunde nicht übelnehmen. Er sitzt seit mindestens hundert Jahren im Memorial, und nie hatte er irgendwelchen Ärger. Jetzt bricht's plötzlich von allen Seiten über ihn herein. Zuerst der Schlamassel in der Apotheke, und dann die Sache mit seiner Tochter ...«

»Was für ein Schlamassel?« fragte Judith.

»Nanu, das Nachrichtensystem hat wohl nicht richtig funktioniert? Die Ärztefrauen sind doch sonst immer die ersten, die so was wissen. In unserer Apotheke ist der Teufel los!«

»Ist was weggekommen?« fragte ich.

»Wie? Du hast auch noch nicht davon gehört?«
»Nein, was denn?«
»Zwölf Dutzend Morphiumampullen. Und zwar von den stärksten.«
»Wann?«
»Letzte Woche. Den Apotheker hat fast der Schlag getroffen – er war mit einer Schwester beim Essen. Ist in der Mittagszeit passiert.«
»Und sie haben das Zeug bis jetzt nicht gefunden?«
»Nein. Sie haben das ganze Krankenhaus von unten nach oben gekehrt. Keine Spur.«
»Ist so was schon mal vorgekommen?«
»Angeblich vor ein paar Jahren. Aber damals wurde bloß eine Handvoll Ampullen geklaut.«
»Glaubt man, daß es ein Morphiumsüchtiger war?«
Hammond zuckte die Achseln. »Möglich wär's. Aber das kann ich mir kaum vorstellen. So eine Menge? Dazu war doch das Risiko viel zu groß. Kannst du dir vorstellen, daß du in die Memorial-Ambulanz reinschleichst und mit einer Schachtel Morphiumampullen wieder raus?«
»Kaum.«
»Eben.«
»Und zwölf Dutzend sind doch für einen einzigen viel zuviel«, sagte ich.
»Deshalb glaube ich ja auch, daß es nicht jemand für sich selbst geklaut hat, sondern daß das Ganze sorgfältig geplant war und daß das Zeug verscherbelt werden soll.«
»Und daß es ein Außenstehender war?«
»Meiner Meinung nach ja. Aber die Verwaltung glaubt, daß es jemand vom Personal war.«
»Gibt's dafür irgendwelche Anhaltspunkte?«
»Nein. Keine.«
Wir gingen die Vortreppe hinauf.

»Ist irgend jemand von den Angestellten süchtig?« fragte ich. Er zuckte die Achseln. »Angeblich war eine von den Schwestern auf der Herzstation süchtig, aber sie hat vor einem Jahr eine Entziehungskur gemacht. Trotzdem haben sie sie sich vorgeknöpft. Sie mußte sich splitternackt ausziehen, und dann haben sie sie am ganzen Körper nach Einstichen abgesucht, aber keine gefunden.«

»Und was ist mit den –«

»Ärzten?«

Ich nickte. Das Thema »Ärzte und Rauschgift« ist im allgemeinen tabu. Es ist kein Geheimnis, daß eine beachtliche Zahl von Ärzten süchtig ist; ebenso wie es kein Geheimnis ist, daß Ärzte eine hohe Selbstmordrate haben. Doch niemand spricht gern darüber.

»Soviel ich weiß, ist keiner von ihnen süchtig«, sagte Hammond.

»Hat irgendwer gekündigt? Eine Schwester oder eine Sekretärin oder so?«

Er lächelte. »Du scheinst dich brennend dafür zu interessieren, was?«

Ich zuckte die Achseln.

»Warum? Glaubst du, daß das Ganze irgendwas mit dem Mädchen zu tun hat?«

»Ich weiß nicht.«

»Ich kann mir nicht vorstellen, daß da ein Zusammenhang besteht. Aber wenn du willst, kann ich dich ja anrufen, falls ich irgendwas erfahre.«

»Tu das«, sagte ich.

Wir warteten vor der Haustür. Drinnen hörte man Partylärm: das Klirren von Gläsern, Reden, Lachen.

»Viel Glück bei deinem Feldzug«, sagte Hammond. »Ich hoffe, du gewinnst. Jedenfalls drück ich dir beide Daumen.«

»Danke«, sagte ich. »Das kann ich brauchen.«

Die Party wurde von George Morris gegeben, dem ersten Assistenten an der Internen Abteilung des Lincoln. Morris wollte seine Assistententätigkeit beenden und eine Privatpraxis eröffnen, und so war es eine Art Einführungsparty für ihn selbst.

Es fehlte an nichts, und Morris hatte sicher mehr dafür springen lassen, als er sich leisten konnte. Das Ganze erinnerte mich an die aufwendigen Partys, die Fabrikanten veranstalten, um ein neues Produkt oder eine neue Mode zu lancieren. Und um etwas Ähnliches ging es ja auch.

George Morris, der achtundzwanzig war und eine Frau und zwei Kinder hatte, steckte bis zum Hals in Schulden: so wie jeder Arzt in seiner Lage. Und um sich aus dem Berg herauszugraben, brauchte er Patienten. Überweisungen. Konsultationen. Kurz gesagt, er brauchte die Unterstützung der bereits etablierten Ärzte, und deshalb hatte er zweihundert davon in sein Haus eingeladen und bewirtete sie mit den besten Getränken und den besten kalten Platten, die in der Stadt aufzutreiben waren.

Für mich war die Einladung sehr schmeichelhaft, denn als Pathologe konnte ich nicht das mindeste für Morris tun; Pathologen beschäftigen sich mit Leichen, und Leichen kann man nicht überweisen. Morris hatte Judith und mich eingeladen, weil wir befreundet waren.

Ich glaube, wir waren Morris' einzige Freunde bei der Party.

Ich sah mich um: Die Chefärzte der meisten großen Krankenhäuser waren da, und auch die Assistenten und deren Frauen. Die Frauen standen in einer Ecke beisammen und redeten über ihre Kinder; die Ärzte bildeten kleinere Gruppen, getrennt nach Krankenhäusern und Spezialgebieten.

Judith stand neben mir; in ihrem blauen Cocktailkleid sah sie reizend und sehr jung aus. Sie kippte schnell einen Scotch

hinunter und schien mit sich zu ringen, ob sie sich den Frauen anschließen sollte.
»Wenn sie doch bloß auch mal über Politik oder irgendwas reden würden und nicht nur immer über Medizin«, sagte sie.
Ich lächelte; mir fiel Arts Meinung über das politische Desinteresse der Ärzte ein. Art behauptete immer, Ärzte hätten nicht nur keine politischen Ansichten, sondern sie versuchten auch gar nicht, sich welche zu bilden. »Es ist wie bei den Offizieren«, hatte er mal gesagt. »Sie halten politische Ansichten für unvereinbar mit ihrem Beruf.« In gewisser Weise hatte er recht.
Art neigt überhaupt dazu, den Bogen zu weit zu spannen und andere Leute zu ärgern und zu schockieren. Das ist ein typischer Zug von ihm. Ich glaube, es reizt ihn, auf der dünnen Linie zu balancieren, die die Wahrheit von der Unwahrheit, die Sachlichkeit von der Unsachlichkeit trennt. Dauernd wirft er irgendwelche Bemerkungen hin und lauert darauf, wie die anderen sie aufnehmen und darauf reagieren. Besonders gern tut er das, wenn er betrunken ist.
Von allen Ärzten, die ich kenne, ist Art der einzige, der manchmal betrunken ist. Die andern können phantastische Mengen Alkohol vertilgen, ohne daß man es ihnen anmerkt; sie werden für eine Weile redselig und dann schläfrig. Art wird richtig betrunken und in betrunkenem Zustand besonders angriffslustig.
Mir war nie recht klar, warum das bei ihm so ist. Eine Weile dachte ich, es sei eine Überempfindlichkeit gegen Alkohol, doch dann kam ich zu dem Schluß, daß es eine Neigung ist, sich gehenzulassen, während andere alles dransetzen, sich zu beherrschen. Vielleicht braucht er das; vielleicht kann er nicht dagegen an; vielleicht ist es eine Art Ventil für ihn, durch das er Dampf abläßt.
Kann sein, daß es damit zusammenhängt, daß er seinen

Beruf haßt. Das tun viele Ärzte, aus den verschiedensten Gründen: Jones, weil er auf Forschungsarbeiten festgenagelt ist und dadurch nicht soviel Geld verdient, wie er möchte; Andrews, weil die Urologie ihn um seine Frau und ein glückliches Familienleben gebracht hat; Telser, weil er als Dermatologe dauernd mit Patienten zu tun hat, die er nicht für krank, sondern für neurotisch hält. Doch bei Art ist das anders. Art haßt den Arztberuf an sich. Es ist fast, als ob er Mediziner geworden ist, um sich selbst unglücklich und wütend und traurig zu machen.
Manchmal, in ganz dunklen Momenten, glaube ich, daß er Abtreibungen nur deshalb macht, um seine Kollegen herauszufordern und zu ärgern. Wahrscheinlich ist das ungerecht, aber so ganz sicher bin ich mir nie.
Wenn er nüchtern ist, spricht er sehr vernünftig über das Thema Abtreibung und bringt intelligente Argumente vor. In betrunkenem Zustand ist er unsachlich und überheblich und gibt Phrasen von sich.
Vielleicht trinkt er deshalb, weil er in betrunkenem Zustand seinem Haß auf die Medizin freien Lauf lassen kann und weil dieser Zustand ihn zugleich entschuldigt. Natürlich ist er, wenn er betrunken war, schon oft mit anderen Ärzten schrecklich aneinandergeraten; einmal sagte er Janis, daß er seiner Frau ein Kind weggemacht habe, und Janis, der nichts davon wußte, blickte drein, als hätte er einen Tritt in den Bauch gekriegt. Janis ist katholisch, seine Frau nicht. Art brachte dadurch eine völlig harmonische Dinnerparty auf der Stelle zum Platzen.
Ich war bei der Party dabei, und ich hatte danach eine ziemliche Auseinandersetzung mit Art. Ein paar Tage später entschuldigte er sich bei mir, und ich sagte ihm, er solle sich bei Janis entschuldigen, was er dann auch tat. Merkwürdigerweise wurden Janis und Art später gute Freunde, und

Janis ließ sich in Sachen Abtreibung bekehren. Auf welche Weise Art ihn überzeugte, weiß ich nicht; aber jedenfalls gelang es ihm.

Ich kenne Art so gut wie kaum ein anderer, und für sehr bedeutungsvoll halte ich den Umstand, daß er Chinese ist. Ich glaube, seine Herkunft und seine äußere Erscheinung haben ihn stark geprägt. Es gibt in Amerika eine Menge chinesische und japanische Ärzte, und es gibt eine Menge Witze über sie – halbherzige Witze über ihre Energie und Tüchtigkeit und ihren Drang nach oben. Es ist genau die gleiche Art von Witzen, wie man sie über die Juden macht. Art, der halb Chinese, halb Amerikaner ist, hat sich von dieser Tradition freigemacht und auch von seiner konservativen Erziehung. Er ist genau den entgegengesetzten Weg gegangen und wurde ein Radikaler und Linker. Ein Beweis dafür ist seine Aufgeschlossenheit gegenüber allen Neuerungen. Er hat von allen Bostoner Gynäkologen die am modernsten eingerichtete Praxis. Wenn irgendwas Neues herauskommt, kauft er es sofort. Auch über die Vorliebe der Asiaten für neumodischen Kram gibt es eine Menge Witze, doch bei Art hat das andere Gründe. Art kämpft gegen Tradition und Routine und herkömmliche Methoden.

Wenn man seine Ideen und Theorien zum erstenmal hört, ist man sehr beeindruckt. Erst später wird einem klar, daß er geradezu zwanghaft gegen sämtliche Traditionen anrennt und immer und überall etwas auszusetzen sucht.

Deshalb finde ich es ganz natürlich, daß er damit anfing, Abtreibungen zu machen, obwohl ich mir über seine Motive nicht ganz sicher bin. Doch meiner Meinung nach sind die Gründe, warum ein Mensch etwas tut, nicht so wichtig wie der objektive Wert dessen, was er tut. Ein Mensch kann aus den richtigen Gründen das Falsche tun. In diesem Fall

scheitert er. Oder er kann aus den falschen Gründen das Richtige tun. In diesem Fall ist er ein Held.
Unter all den Leuten bei der Party gab es einen, der mir vielleicht helfen konnte: Fritz Werner. Doch obwohl ich mich überall nach ihm umsah, konnte ich ihn nicht entdecken.
Statt dessen stieß ich auf Blake. Blake ist Chefpathologe im General; das Auffälligste an ihm ist sein riesengroßer, runder, kahler Kopf. Sein Gesicht ist klein und kindlich, und mit seinem winzigen Kinn und seinen weit auseinanderliegenden Augen sieht Blake so aus, wie man sich den Menschen der Zukunft vorstellt. Er hat einen kalten, manchmal aufreizenden Intellekt und eine Leidenschaft für Spiele.
Blake ist dauernd auf der Jagd nach medizinisch-philosophischen Argumenten. Es macht ihm einen Heidenspaß, einem Chirurgen logisch zu beweisen, daß er kein Recht hat zu operieren, oder einem Internisten, daß er ethisch verpflichtet ist, so viele Patienten wie möglich umzubringen. Blake spielt mit Worten und Ideen so wie Kinder mit einem Football. Mit Art versteht er sich sehr gut. Letztes Jahr hatten die beiden eine vierstündige Diskussion über die Frage, ob ein Gynäkologe für sämtliche Kinder, die er zur Welt gebracht hat, von ihrer Geburt bis zu ihrem Tod moralisch verantwortlich ist.
Während ich zwischen den Gästen herumging, schnappte ich Bruchstücke von Witzen und Gesprächen auf, wie sie für eine Ärzteparty typisch sind.
»Haben Sie von diesem französischen Biochemiker gehört, dessen Frau Zwillinge bekam? Er hat das eine Kind taufen lassen und das andere nicht, um ihre Entwicklung zu vergleichen.«
»Früher oder später kriegen sie alle Bakteriämie …«

»Na ja, was kann man denn von einem Hopkins-Schüler schon anderes erwarten?«
»Und da hat er gesagt: ›Das Rauchen hab ich aufgegeben, aber das Trinken? Kommt überhaupt nicht in Frage.‹«
»... bei einem Fünfundsiebzigjährigen. Wir haben eine Probeexzision gemacht und ihn wieder heimgeschickt. Wo's so langsam wächst ...«
»... kein Leberschaden festzustellen, obwohl ihm die Leber buchstäblich bis zu den Knien hing ...«
»Sie wollte heimgehen, wenn wir sie nicht operieren, und da haben wir natürlich ...«
»Das Mädchen hat ihn völlig zugrunde gerichtet ...«
»Tatsächlich? Harry? Mit dieser kleinen Schwester von Station sieben? Mit dieser blonden?«
»Nicht zu fassen! So viele Artikel, wie der publiziert, kann doch kein Mensch lesen ...«
»Metastasen im *Herzen?*«
»Kennen Sie den schon: In einem Zuchthaus, mitten in einer Wüste, sitzen ein alter Lebenslänglicher und ein junger Häftling, der eben erst eingeliefert wurde. Der Junge redet dauernd von Ausbrechen, und nach ein paar Monaten bricht er tatsächlich aus. Nach einer Woche fangen ihn die Wärter ein und bringen ihn zurück. Er ist völlig fertig, halb verhungert und verdurstet, und er erzählt dem Alten, wie schrecklich es war: nichts als Sand, keine Oase, kein Zeichen menschlichen Lebens. Der Alte hört sich das eine Weile an, dann sagt er: ›Ja, ja. Ich weiß. Ich hab vor zwanzig Jahren selbst mal versucht auszubrechen.‹ – ›Was?‹, sagt der Junge. ›Warum haben Sie mir das nicht gesagt? Sie wußten doch die ganzen Monate, daß ich ausbrechen wollte? Warum haben Sie mir nicht gesagt, daß es unmöglich ist?‹ Da zuckt der Alte die Achseln und sagt: ›Wer redet schon gern über Mißerfolge?‹«

Gegen acht, als ich allmählich genug von dem Ganzen hatte, kam endlich Fritz Werner. Ich steuerte auf ihn zu, doch unterwegs fing mich Charlie Frank ab.
Charlie stand leicht vornübergebeugt, mit verkniffenem, schmerzlich verzerrtem Gesicht und großen traurigen Augen, als hätte er eben einen Schlag in den Bauch gekriegt. Es wirkte ziemlich dramatisch, doch Charlie sah immer so aus, als ahne er schreckliches Unheil, als trage er eine furchtbare Last auf den Schultern, die ihn zu Boden drückte. Ich hatte ihn noch nie lächeln sehen.
Mit gepreßter Stimme, fast flüsternd, sagte er: »Wie geht's ihm?«
»Wem?«
»Art Lee.«
»Ganz gut.« Ich hatte keine Lust, mit Charlie Frank über Lee zu sprechen.
»Ist er tatsächlich verhaftet worden?«
»Ja.«
»Oh, mein Gott«, stöhnte er.
»Sie werden ihn sicher bald freilassen«, sagte ich.
»Glauben Sie wirklich?«
»Ganz bestimmt.«
»Oh, mein Gott.« Er biß sich in die Unterlippe. »Kann ich irgendwas für ihn tun?«
»Ich glaube kaum.«
Er hielt mich die ganze Zeit am Arm fest. Ich schaute zu Fritz Werner hinüber und hoffte, er würde es merken und mich loslassen. Es nützte nichts.
»Sagen Sie, John …«
»Was denn?«
»Ich hab gehört, Sie sollen sich in der Sache stark engagieren?«
»Na klar, ich bin doch mit Art Lee befreundet.«

»Es geht mich zwar nichts an«, sagte er und beugte sich noch weiter zu mir vor, »aber wissen Sie, was in den Krankenhäusern geredet wird? Man sagt, Sie interessieren sich so dafür, weil Sie selber mit drinstecken.«
»Quatsch.«
»John, Sie könnten sich eine Menge Feinde machen.«
Ich dachte an Charlie Franks Freunde. Er war Kinderarzt und hatte eine sehr gut gehende Praxis; er machte sich um seine kleinen Patienten mehr Sorgen als ihre Mütter und war deshalb sehr beliebt.
»Wie kommen Sie darauf?«
»Ich hab so ein Gefühl«, sagte er und sah mich traurig an.
»Und was soll ich Ihrer Meinung nach tun?«
»Halten Sie sich raus, John. Es ist gefährlich, sich in so was einzumischen. Sehr gefährlich. Und schließlich – wozu gibt's denn ein Gericht?«
»Danke für den Rat.«
Er drückte meinen Arm. »Glauben Sie mir, ich mein's gut mit Ihnen, John.«
»Okay, Charlie, ich weiß.«
»Es ist wirklich gefährlich, John.«
»Ich werd dran denken.«
»Diese Leute werden vor nichts zurückschrecken«, sagte er.
»Was für Leute?«
Plötzlich ließ er meinen Arm los. »Meinetwegen tun Sie, was Sie für richtig halten«, sagte er achselzuckend und wandte sich ab.

Fritz Werner stand wie immer an der Bar. Er war groß und schrecklich mager, beinahe abgezehrt. Er hatte große, dunkle Augen mit einem schwermütigen Ausdruck, der durch sein kurzgestutztes Haar noch mehr betont wurde. Mit seinem stelzenden Gang und seiner Gewohnheit, den dünnen Hals vorzurecken, wenn er mit jemanden sprach, erinnerte er an einen Vogel. Er hatte eine starke Ausstrahlung; vielleicht lag es daran, daß er Österreicher war, oder an seiner Künstlernatur. Sein Hobby war Malen und Zeichnen, und in seiner Praxis sah es immer unordentlich aus wie in einem Atelier. Sein Geld verdiente er sich als Psychiater, indem er sich geduldig die Probleme verdrossener Matronen anhörte, die zu dem Schluß gekommen waren, daß in ihrem Kopf irgendwas nicht stimmte.

Er drückte lächelnd meine Hand. »Hoffentlich klebt kein Gift dran.«

»Allmählich kommt's mir selbst schon so vor.«

Er blickte um sich. »Wie viele haben dich bereits gewarnt?«

»Nur einer. Charlie Frank.«

»Der ist immer für einen da, wenn man einen schlechten Rat braucht«, sagte Fritz.

»Und was hältst du von der Sache?«

»Deine Frau sieht heute bezaubernd aus«, sagte er.

»Ich werd's ihr sagen.«

»Wirklich bezaubernd. Wie geht's deiner Familie?«

»Danke, gut. Fritz –«

»Und wie steht's mit der Arbeit?«

»Hör doch mal, Fritz. Ich brauche deine Hilfe.«

Er lachte leise. »Hilfe ist gut. Du brauchst einen Lebensretter.«

»Fritz –«

»Du hast mit einer Menge Leute geredet«, sagte er. »Was hältst du von Bubbles?«

»Bubbles?«

»Ja.«

Ich sah ihn verständnislos an. Ich kannte niemanden, der Bubbles hieß. »Wen meinst du?«

»Na, ihre Zimmerkollegin.«

»Die im Smith College?«
»Aber nein. Die vom letzten Sommer, auf dem Beacon Hill. Sie hatten sich doch zu dritt ein Apartment gemietet – Karen und Bubbles und ein drittes Mädchen – eine Krankenschwester oder Laborantin oder irgend so was.«
»Wie heißt denn diese Bubbles wirklich? Was macht sie?«
Jemand trat neben uns an die Bar, um sich einen Drink zu holen. Fritz starrte nachdenklich vor sich hin und sagte: »Scheint ein ziemlich komplizierter Fall zu sein. Am besten, du schickst ihn mal zu mir. Zufällig hab ich morgen um halb drei noch eine Stunde frei.«
»Mach ich«, sagte ich.
»Gut. War nett, dich wieder mal zu sehen, John«, sagte er und gab mir die Hand.

Judith unterhielt sich mit Norton Hammond; Norton lehnte an der Wand. Fritz hat recht, dachte ich, als ich auf die beiden zuging: Sie sah wirklich sehr hübsch aus. Dann merkte ich, daß Hammond eine Zigarette rauchte. Das war reichlich ungewöhnlich, denn Hammond rauchte sonst nicht.
Er hatte kein Glas in der Hand, und er rauchte langsam und mit tiefen Zügen.
»Sieh dich bloß vor, Mensch«, sagte ich.
Er lachte. »Das ist heute abend mein Protest gegen die Gesellschaft.«
»Ich hab ihm schon gesagt, jemand könnte es riechen«, sagte Judith.
»Kein Mensch kann hier was riechen«, sagte Hammond. Vermutlich stimmte das; der Raum war voll von dichtem blauen Rauch.
»Du solltest dich trotzdem vorsehen.«
»Überleg doch mal«, sagte er und machte einen tiefen Zug.

»Kein Bronchialkarzinom, kein Haferzellenkarzinom, keine chronische Bronchitis und kein Emphysem, keine arteriosklerotische Herzkrankheit, keine Zirrhose, kein Wernicke-Korsakoff. Eine wunderbare Sache.«

»Aber verboten.«

Er zupfte lächelnd an seinem Schnurrbart. »Ich dachte, dein Gebiet ist Abtreibung und nicht Marihuana, oder?«

»Ich kann nicht mehrere Kreuzzüge führen.« Als ich sah, wie er einen Mundvoll Rauch einsog und klare Luft ausatmete, kam mir ein Gedanke. »Norton, du wohnst doch auf dem Hill, nicht?«

»Ja.«

»Kennst du ein Mädchen, das Bubbles heißt?«

Er lachte. »Klar, wer kennt die nicht? Bubbles und Superhead. Die beiden stecken dauernd zusammen.«

»Superhead?«

»Ja. Das ist zur Zeit ihr Freund. Ein Musiker und Komponist. Komponiert Sachen, die so klingen, als ob zehn Hunde heulen. Die beiden wohnen zusammen.«

»Hat sie nicht mal mit Karen Randall zusammen gewohnt?«

»Kann sein. Keine Ahnung. Wieso?«

»Wie heißt diese Bubbles wirklich?«

Er zuckte die Achseln. »Alle nennen sie bloß Bubbles. Aber den Namen von dem Burschen weiß ich: Samuel Archer.«

»Wo wohnt er?«

»Irgendwo hinterm State House. In einem Keller. Phantastische Bude«, sagte er kopfschüttelnd. »Ganz auf Gebärmutter hergerichtet.«

»Gebärmutter?«

»Das mußt du selber sehen, sonst glaubst du's nicht«, sagte Norton und seufzte tief und genießerisch.

10

Judith schien während der Rückfahrt merkwürdig gespannt. Sie hatte die Hände um die Knie geschlungen und preßte sie so fest zusammen, daß die Knöchel ganz weiß waren.
»Was hast du denn?« fragte ich.
»Nichts«, sagte sie. »Ich bin nur müde.«
»Haben dich die Weiber so fertiggemacht?«
Sie lächelte leise. »Du entwickelst dich zu einer Berühmtheit. Mrs. Wheathead war so außer sich, daß sie heute nachmittag beim Bridge dauernd verloren haben soll.«
»Was haben sie sonst noch geredet?«
»Sie haben mich alle gefragt, warum du das tust – warum du dich so für Art einsetzt. Sie finden es prima und fabelhaft und wundervoll, daß jemand so zu seinem Freund hält. Sie können bloß nicht begreifen, warum.«
»Ich hoffe, du hast ihnen gesagt, weil ich ein feiner Kerl bin.«
»Das ist mir leider nicht eingefallen.« Sie lächelte im Halbdunkel, doch ihre Stimme klang traurig, und ihr Gesicht sah müde aus. Ich wußte, es war nicht leicht für sie, sich die ganze Zeit um Betty zu kümmern. Doch irgendwer mußte es ja tun.
Als wir heimkamen, ging Judith gleich hinein, um nach den Kindern zu sehen und Betty anzurufen. Ich fuhr Sally nach Hause, unseren Babysitter – ein kleines, schnippisches Ding. Wenn ich sie sonst nach Hause fuhr, unterhielten wir uns immer über nebensächliche, unverfängliche Dinge: wie es ihr in der Schule ging, auf welches College sie gehen wollte und so weiter. Doch heute war mir nicht danach zumute; ich fühlte mich alt und kontaktlos, wie jemand, der nach langer Zeit im Ausland in sein Land zurückkommt. Alles hatte sich verändert, auch die Kinder, die Jugend. Sie

waren nicht, wie wir gewesen waren. Sie hatten andere Ziele und andere Probleme. Zumindest hatten sie andere Drogen. Die Probleme waren vielleicht die gleichen. Wenigstens schien es so.
Nach einer Weile kam ich zu dem Schluß, daß ich bei der Party zuviel getrunken hatte und daß es besser war, wenn ich den Mund hielt, und so ließ ich Sally von ihrer Fahrprüfung erzählen und war ruhig.
Während sie erzählte, fühlte ich mich erleichtert, und zugleich kam ich mir feige vor. Doch dann redete ich mir ein, daß das Unsinn sei, daß ich keinerlei Grund hatte, mich für unseren Babysitter zu interessieren, keinerlei Grund, mich zu bemühen, sie besser zu verstehen, und daß sie mein Interesse womöglich noch falsch auslegen würde. Es war viel ungefährlicher, über ihre Fahrprüfung zu reden; das war fester, solider, tragfähiger Boden.
Dann fiel mir plötzlich – warum, weiß ich nicht – Alan Zenner ein. Und etwas, das Art mal gesagt hatte: »Wenn du wissen willst, wie diese Welt ist, dann schalte im Fernsehen eine Diskussion ein und stell den Ton ab.« Ein paar Tage später tat ich's. Es war grotesk: Die Münder, die sich bewegten, die Mienen und die Gesten mit den Händen – alles ohne einen Ton, völlig lautlos. Man hatte keine Ahnung, was sie sagten.

Ich fand die Adresse im Telefonbuch: Samuel F. Archer, 1334 Langdon Street. Als ich die Nummer wählte, meldete sich eine Tonbandstimme: »Dieser Anschluß ist leider zur Zeit außer Betrieb. Sollten Sie nähere Auskunft wünschen, bleiben Sie bitte am Apparat.«
Ich wartete. Es klickte ein paarmal rhythmisch; dann meldete sich das Amt. »Auskunft. Welche Nummer haben Sie gewählt?«

»Sieben-vier-zwei-eins-vier-vier-sieben.«
»Der Anschluß ist abgeschaltet.«
»Wissen Sie, warum?«
»Leider nein, Sir.«
Möglicherweise war Samuel F. Archer umgezogen; vielleicht aber auch nicht. Ich fuhr gleich hin. Es war ein schäbiges Haus am Osthang des Beacon Hill. Im Flur roch es nach Kohl und Babynahrung. Ich ging eine knarrende Holztreppe zum Keller hinunter. Unten brannte eine grüne Lampe, deren Schein auf eine schwarzgestrichene Tür fiel.
Ich klopfte.
Hinter der Tür heulte und schrie und stöhnte jemand. Die Tür ging auf, und ein junger Mann mit einem Vollbart und langem, strähnigem schwarzen Haar stand vor mir. Er trug Blue jeans, Sandalen und ein dunkelrotes Hemd mit weißen Tupfen. Er sah mich ausdruckslos an; weder überrascht noch interessiert. »Ja?«
»Dr. Berry«, sagte ich. »Sind Sie Samuel Archer?«
»Nein.«
»Ist Mr. Archer da?«
»Ich fürchte, er hat im Moment keine Zeit.«
»Ich hätte ihn gern gesprochen.«
»Sind Sie ein Freund von ihm?«
Er starrte mich mißtrauisch an. Ich hörte ein Scharren, ein Poltern, ein langgezogenes Pfeifen.
»Ich brauche seine Hilfe«, sagte ich.
Sein Blick wurde etwas freundlicher. »Können Sie nicht später noch mal vorbeischauen?«
»Es ist sehr dringend.«
»Sind Sie Arzt?«
»Ja.«
»Haben Sie einen Wagen?«
»Ja.«

»Was für einen?«
»Einen 65er Chevrolet.«
»Welche Nummer?«
»Zwei-eins-eins-fünf-sechzehn.«
Er nickte. »Okay. Entschuldigen Sie, aber Sie wissen ja, wie das heutzutage ist. Man kann niemandem trauen. Kommen Sie rein.« Er trat einen Schritt zurück. Nach der Autonummer hatte er mich gefragt, weil die meisten Beamten des Bostoner Rauschgiftdezernats Chevrolets fahren, deren Zulassungsnummern mit 412 oder 414 beginnen.
»Sagen Sie bitte nichts«, fuhr er fort. »Lassen Sie mich erst mit ihm reden. Er komponiert, und er hat eine ziemlich große Dosis genommen. Schon vor sieben Stunden. Er wird bald zu sich kommen.«
Wir traten in einen Raum, der aussah wie ein Wohnzimmer. Mehrere Couchs standen darin und ein paar billige Lampen. Die Wände waren weiß und mit seltsamen, ineinanderfließenden Mustern in fluoreszierenden Farben bemalt. Eine Ultraviolettlampe verstärkte den Effekt.
»Toll«, sagte ich in der Hoffnung, daß dies das passende Wort war.
»Yeah, Mann.«
Wir traten in den nächsten Raum. Er war halbdunkel. Ein kleiner, blasser Junge mit einem riesigen blonden Lockenkopf hockte, umgeben von elektronischen Geräten, auf dem Boden. An der gegenüberliegenden Wand standen zwei Lautsprecher. Ein Tonbandgerät lief. Der blasse Junge drehte an den Knöpfen der Geräte und erzeugte die Töne. Er blickte nicht auf, als wir eintraten.
»Warten Sie hier«, sagte der bärtige Junge. »Ich sag's ihm.«
Ich blieb neben der Tür stehen. Der bärtige Junge ging zu ihm und sagte leise: »Sam. Sam.«

Sam blickte zu ihm auf. »Hallo«, sagte er.
»Sam, Besuch für dich.«
Sam schien überrascht. »Für mich?« Er hatte mich noch immer nicht bemerkt.
»Ja. Ein sehr netter Mann. Wirklich, ein sehr netter Mann. Verstehst du? Er ist sehr freundlich.«
»Schön«, sagte Sam.
»Er braucht deine Hilfe. Willst du ihm helfen?«
»Klar«, sagte Sam.
Der Bärtige winkte mir. Ich trat zu ihnen und sagte: »Was hat er genommen?«
»LSD«, sagte er. »Vor sieben Stunden. Er müßte jetzt bald auftauchen. Gehen Sie sachte mit ihm um, ja?«
»Okay«, sagte ich.
Ich hockte mich vor Sam hin. Sam sah mich mit leerem Blick an.
»Ich kenn Sie nicht«, sagte er nach einer Weile.
»Ich bin John Berry.«
Sam rührte sich nicht. »Mann, sind Sie alt«, sagte er.
»Finden Sie?« sagte ich.
»Yeah, Mann. He, Marvin«, sagte er und sah zu seinem Freund auf, »hast du gesehen, wie alt der Bursche ist?«
»Ja«, sagte Marvin.
»Mann, sooo alt.«
»Sam«, sagte ich, »ich bin Ihr Freund.«
Ich streckte ihm meine Hand hin; ganz langsam, um ihn nicht zu erschrecken. Er drückte sie nicht; er nahm sie an den Fingern und hob sie etwas hoch. Er drehte sie langsam und blickte auf die Innenfläche und dann auf den Rücken. Dann bog er die Finger leicht um.
»He, Mann«, sagte er. »Sie sind Arzt.«
»Ja«, sagte ich.
»Sie haben Arzthände. Das spür ich.«

»Ja.«
»He, Mann – schöne Hände.«
Er schwieg eine Weile und betrachtete meine Hand, drückte und streichelte sie, betastete die Haare auf dem Rücken, die Nägel, die Fingerspitzen.
»Wie sie strahlen«, sagte er. »Solche Hände möcht ich auch haben.«
»Haben Sie doch«, sagte ich.
Er ließ meine Hände los und blickte auf seine. »Nein. Die sind ganz anders«, sagte er schließlich.
»Ist das schlimm?«
Er sah mich verstört an. »Was wollen Sie?«
»Sie bitten, mir zu helfen.«
»Yeah. Okay.«
»Ich hätte gern eine Auskunft.«
Marvin trat einen Schritt vor, und mir wurde klar, daß das ein Fehler gewesen war. Sam wurde unruhig; ich schob Marvin weg.
»Schon gut, Sam. Alles okay.«
»Sie sind ein Bulle«, sagte Sam.
»Ach wo, Sam. Ich bin kein Bulle.«
»Doch. Sie lügen.«
»Er kriegt manchmal Anfälle von Verfolgungswahn«, sagte Marvin. »Und Angstzustände.«
»Sie sind ein Bulle, ein lausiger Bulle.«
»Nein, Sam. Ich bin kein Bulle. Wenn Sie mir nicht helfen wollen, dann gehe ich.«
»Ein Bulle sind Sie, ein Polyp, ein Schnüffler.«
»Nein, Sam. Wirklich nicht.«
Langsam beruhigte er sich wieder und sackte zusammen.
Ich holte tief Luft. »Sam, Sie haben doch eine Freundin. Bubbles.«
»Ja.«

»Und die ist mit einem Mädchen namens Karen befreundet.«
Er starrte vor sich hin. Es dauerte lange, bis er antwortete. »Ja. Karen.«
»Bubbles hat im letzten Sommer mit Karen zusammen gewohnt.«
»Ja.«
Sein Atem ging plötzlich schneller, und er riß die Augen auf.
Ich legte meine Hand auf seine Schulter. »Ruhig, Sam. Ganz ruhig. Ist irgendwas?«
»Karen«, sagte er, auf die gegenüberliegende Wand starrend. »Sie war … schrecklich.«
»Sam –«
»Sie war das letzte. Das allerletzte.«
»Sam, wo ist Bubbles?«
»Weg. Angela besuchen. Angela …«
»Angela Harding«, sagte Marvin. »Sie und Karen und Bubbles haben sich letzten Sommer zusammen eine Bude gemietet.«
Im selben Moment sprang Sam auf und brüllte aus voller Lunge: »Bulle! Bulle!« Er stürzte sich auf mich und versuchte mir einen Schwinger zu versetzen, und als er nicht traf, einen Fußtritt. Ich packte seinen Fuß, und er stürzte der Länge nach hin, wobei er an eins der elektronischen Geräte stieß. Ein lautes, schrilles Heulen erfüllte das Zimmer.
»Ich hol das Thorazin«, sagte Marvin. (Thorazin ist ein Tranquilizer, der die Wirkung des LSD aufhebt und gegeben wird, um »schlechte Reisen« zu beenden.)
»Nein, kein Thorazin«, sagte ich. »Helfen Sie mir lieber.« Ich packte Sam und drückte ihn nieder.
»Bulle! Bulle! Bulle!« schrie er über das Geheul hinweg und

zappelte und strampelte. Marvin starrte mich hilflos an. Sams Kopf zuckte auf und nieder und bumste auf den Boden.
Er schob seinen Fuß drunter, damit Sam sich nicht am Kopf verletzte. Sam schlug um sich und versuchte sich loszureißen. Plötzlich ließ ich ihn los. Er richtete sich halb auf und sah seine Hände an und dann mich.
»He, Mann. Was ist los?«
»Nichts. Gar nichts«, sagte ich.
Ich nickte Marvin zu, und er ging zu dem Gerät und schaltete es aus. Das Geheul brach ab. Es war still im Zimmer.
Sam setzte sich auf und starrte mich an.
»Mann«, sagte er und strich über meine Wange, »sind Sie schön.«
Und dann küßte er mich.

Judith lag schon im Bett, als ich heimkam.
»Na, was war?«
Ich begann mich auszuziehen. »Ich hab einen Kuß gekriegt.«
»Von Sally?«
»Nein. Von Sam Archer.«
»Dem Komponisten?«
Ich nickte.
»Wieso?«
»Das ist eine lange Geschichte.«
»Ich bin noch gar nicht müde«, sagte sie.
Ich erzählte ihr das Ganze; dann stieg ich ins Bett und küßte sie.
»Komisch«, sagte ich, »ich bin noch nie von einem Mann geküßt worden.«
Sie streichelte meinen Hals. »Und wie war's?«
»Nicht besonders.«
»Nein?« sagte sie. »Ich mag's.« Sie zog mich zu sich nieder.

»Ich wette, du bist von vielen Männern geküßt worden.«
»Manche können's gut, manche nicht.«
»Und zu welchen gehöre ich?«
»Zu denen, die's gut können.«
»Danke für das Kompliment.«
Sie leckte mit der Zunge meine Nasenspitze. »Das war kein Kompliment«, sagte sie, »sondern eine Aufforderung.«

Mittwoch, 12. Oktober

1

Einmal im Monat hat Gott Erbarmen mit der Wiege der Freiheit und läßt in Boston die Sonne scheinen. Heute war dieser Tag: kühl, hell und klar; die Luft herbstlich frisch. Ich wachte mit dem Gefühl auf, daß sich allerlei tun würde. Ich frühstückte ausgiebig und aß genießerisch zwei Eier. Dann ging ich in mein Arbeitszimmer, um mich auf den Tag vorzubereiten. Als erstes machte ich eine Liste von allen, mit denen ich gesprochen hatte, und überlegte, wer davon verdächtig war.

Die Hauptverdächtige bei jeder Abtreibung ist die Frau selbst, weil so viele Eigenabtreibungen vorkommen. Doch die Obduktion hatte gezeigt, daß der Eingriff unter Narkose vorgenommen worden war; deshalb konnte sie es nicht selbst gemacht haben.

Ihr Bruder wußte, wie man eine Abtreibung vornahm, doch er hatte in jener Nacht Dienst gehabt. Das ließ sich nachprüfen, und vielleicht würde es ganz gut sein, das zu tun, doch vorläufig hatte ich keinen Grund, ihm nicht zu glauben. Peter Randall und J. D. kamen theoretisch beide in Frage. Doch irgendwie konnte ich mir von beiden nicht vorstellen, daß sie es getan hatten.

Blieb also Art übrig oder einer von Karens Beacon-Hill-Freunden oder irgendwer, mit dem ich noch nicht gesprochen hatte, von dem ich vielleicht gar nichts wußte.

Ich starrte eine Weile auf die Liste; dann rief ich das City-

Krankenhaus an und ließ mich mit dem Mallory Building verbinden. Alice war nicht da, und so sprach ich mit einer anderen Sekretärin.

»Haben Sie schon den Obduktionsbefund von Karen Randall?«

»Wie ist die Krankennummer?«

»Das weiß ich nicht.«

»Es wäre aber wesentlich einfacher, wenn Sie sie mir sagen könnten«, sagte sie unfreundlich.

»Sehen Sie doch bitte mal nach«, sagte ich.

Ich wußte, daß die Sekretärin einen Karteikasten vor sich stehen hatte, der alphabetisch und nach Nummern geordnet die Befunde aller Obduktionen enthielt, die in den letzten vier Wochen gemacht worden waren. Es war wirklich nicht schwierig für sie, ihn herauszusuchen.

Nach einer langen Pause sagte sie: »Hier ist er. Vaginalblutung infolge Perforation des Uterus nach versuchter Dilation und Curettage bei dreimonatiger Schwangerschaft. Sekundäre Diagnose: Anaphylaktischer Schock.«

»So?« sagte ich stirnrunzelnd. »Sind Sie ganz sicher?«

»Ich hab vorgelesen, was hier steht«, sagte sie.

»Vielen Dank.«

Verblüfft legte ich auf. Judith stellte mir eine Tasse Kaffee auf den Schreibtisch und sagte: »Was ist denn?«

»Im Obduktionsbefund steht, daß Karen Randall schwanger war.«

»Was?«

Ich nickte.

»Du warst doch überzeugt, daß sie's nicht war.«

»Eben.«

Natürlich war es möglich, daß ich mich irrte. Vielleicht hatte es sich bei der mikroskopischen Untersuchung herausgestellt. Aber irgendwie schien mir das unwahrscheinlich.

Ich rief Murphy in seinem Labor an und fragte ihn, was der Hormontest ergeben hatte, doch er war noch nicht fertig – erst gegen Mittag. Ich sagte, ich würde noch mal anrufen. Dann suchte ich mir aus dem Telefonbuch die Adresse von Angela Harding heraus. Sie wohnte in der Chestnut Street, einer sehr guten Gegend.
Ich fuhr zu ihr.

Die Chestnut Street ist eine Seitenstraße der Charles Street, unterhalb des Beacon Hill. Es ist ein ruhiges Viertel mit Wohnhäusern, Antiquitätenläden, netten Restaurants und kleinen Lebensmittelgeschäften; viele junge Akademiker wohnen dort – Ärzte und Anwälte und Bankiers, die eine gute Adresse brauchen, es sich aber nicht leisten können, hinaus nach Newton oder Wellesley zu ziehen, und auch alte Ärzte und Anwälte und Bankiers, Leute über fünfzig und sechzig, deren Kinder erwachsen und verheiratet sind und die deshalb wieder in die Stadt zurückgezogen sind.
Natürlich wohnen dort auch ein paar Studenten, doch meistens zu dritt oder zu viert in einem kleinen Apartment, weil sie sich nur so die Mieten leisten können. Die älteren Leute mögen die Studenten; sie bringen ein bißchen Farbe und Leben in die Gegend. Das heißt, sie mögen die Studenten, wenn sie sauber aussehen und sich ordentlich benehmen.
In Angela Hardings Haus gab es keinen Lift; ich ging die Treppe zum ersten Stock hinauf und klopfte an ihre Tür. Ein schlankes, dunkelhaariges Mädchen öffnete. Sie trug einen Minirock und einen Sweater und eine große, altmodische blaue Brille. Auf die eine Wange hatte sie eine Blume gemalt.
»Angela Harding?«

»Nein«, sagte sie. »Da kommen Sie zu spät. Die ist schon weg. Aber vielleicht kommt sie bald wieder.«
»Mein Name ist Dr. Berry«, sagte ich. »Ich bin Pathologe.«
»Oh.«
Sie biß sich in die Unterlippe und starrte mich mißtrauisch an.
»Sind Sie Bubbles?«
»Ja«, sagte sie. »Woher wissen Sie das?« Dann schnippste sie mit den Fingern. »Ach so. Sie sind der, der gestern abend bei Superhead war.«
»Ja.«
Sie trat zurück. »Kommen Sie rein.«
In der Wohnung waren fast überhaupt keine Möbel; die Wohnzimmereinrichtung bestand aus einer Couch und ein paar Kissen auf dem Boden, und durch eine offene Tür sah ich ein ungemachtes Bett.
»Ich hätte gern ein paar Auskünfte über Karen Randall«, sagte ich.
»Bitte«, sagte sie und sah mich fragend an.
»Hat sie letzten Sommer hier bei Ihnen gewohnt?«
»Ja.«
»Wann haben Sie sie zum letztenmal gesehen?«
»Ich hab sie seit Monaten nicht gesehen. Und Angela auch nicht«, sagte sie.
»Hat Angela Ihnen das gesagt?«
»Ja, natürlich.«
»Wann hat sie Ihnen das gesagt?«
»Gestern abend. Wir haben gestern abend über Karen gesprochen. Wir haben erst gestern von der Sache gehört.«
»Wer hat's Ihnen erzählt?«
Sie zuckte die Achseln. »Mein Gott, so was hört man doch.«
»Was?«
»Na, daß sie bei einer Abtreibung draufgegangen ist.«

»Wissen Sie, wer die Abtreibung gemacht hat?«
»Sie haben irgendeinen Arzt verhaftet«, sagte sie. »Das wissen Sie doch sicher.«
»Ja«, sagte ich.
»Wahrscheinlich war er's«, sagte sie achselzuckend. Sie strich ihr langes schwarzes Haar aus dem Gesicht. Sie war sehr blaß. »Obwohl ich das Ganze nicht recht glauben kann.«
»Wieso?«
»Na, Karen war doch nicht bescheuert. Ich kann mir nicht vorstellen, daß sie sich noch mal darauf eingelassen hätte. Sie hatte das doch schon ein paarmal durchgemacht – erst im letzten Sommer ...«
»Da hat sie sich auch eine Abtreibung machen lassen?«
»Klar. Und danach hatte sie schreckliche Depressionen. Sie hat ein paar Trips gemacht, und die sind alle schiefgegangen. Sie hat fürchterliche Zustände gekriegt, und sie wußte, daß das mit der Abtreibung zusammenhing, doch sie hat immer wieder LSD genommen. Es war grauenhaft. Einmal hat sie sich eingebildet, sie sei ein Messer. Sie kratzte an den Wänden rum und schrie die ganze Zeit, sie wäre voll Blut, und die ganzen Wände wären voll Blut und die Fenster wären schwarze tote Babys. Entsetzlich.«
»Und was haben Sie getan?«
»Versucht, sie zu beruhigen.« Sie zuckte die Achseln. »Was hätten wir sonst tun sollen?«
Sie nahm eine Tasse und eine kleine Drahtschlinge vom Tisch und pustete in die Drahtschlinge. Lauter kleine Seifenblasen lösten sich davon und schwebten herab. Sie blickte ihnen nach. Eine nach der anderen fiel auf den Boden und zerplatzte.
»Wer hat die Abtreibung im Sommer gemacht?« fragte ich. Bubbles lachte. »Woher soll ich das wissen?«

»Was war damals?«
»Mein Gott, irgendein Kerl hatte sie angebumst. Sie hat gesagt, sie läßt sich's wegmachen, und als sie eines Tages heimkam, war's erledigt.«
»Keine Komplikationen?«
»Nein.« Sie pustete wieder eine Reihe Seifenblasen aus der Schlinge und blickte ihnen nach. »Nicht, daß ich wüßte. Entschuldigen Sie mich einen Moment.«
Sie ging in die Küche, schenkte sich ein Glas Wasser ein und schluckte eine Kapsel.
»Was ist das?« fragte ich.
»Eine Bombe.«
»Eine Bombe?«
»Noch nie gehört?« Sie fuchtelte ungeduldig mit der Hand. »Lifts. Jets. Bennies.«
»Amphetamin?«
»Methedrin.«
»Nehmen Sie das oft?«
»Typisch Arzt.« Sie strich wieder ihr Haar zurück. »Dauernd die Fragen.«
»Wo haben Sie das Zeug her?«
Ich hatte die Kapsel gesehen. Sie enthielt mindestens fünf Milligramm. Im allgemeinen gab es auf dem schwarzen Markt nur Kapseln mit einem Milligramm.
»Am besten, Sie vergessen's. Okay?« sagte sie.
»Warum haben Sie's dann vor mir genommen?« fragte ich.
Sie lachte. »Vielleicht aus Angabe.«
»Hat Karen auch Putschmittel genommen?«
»Es gibt nichts, was Karen nicht genommen hat.« Sie seufzte. »Sie hat sich das Zeug gespritzt.«
Anscheinend machte ich ein ziemlich dummes Gesicht, denn sie bohrte ihren Finger in die Ellbogenbeuge, als würde sie sich eine intravenöse Spritze geben.

»Ich kenn sonst keinen Menschen, der sich's spritzt«, sagte Bubbles. »Aber Karen war so überdreht.«
»Womit hat sie ihre Trips gemacht?« fragte ich.
»Mit LSD. Und einmal mit DMT.«
»Wie hat sie sich danach gefühlt?«
»Furchtbar. Völlig down.«
»Und was war nach dieser Sache im Sommer?«
»Den restlichen Sommer über hat sie sich mit keinem Kerl mehr eingelassen. Als ob sie Angst hatte.«
»Wissen Sie das genau?«
»Ja«, sagte sie. »Ganz genau.«
Ich blickte mich um. »Wo ist Angela?«
»Weggegangen.«
»Wohin? Ich hätte sie gern gesprochen.«
Bubbles zuckte die Achseln. »Keine Ahnung.«
»Ich hab gehört, sie ist Schwester«, sagte ich. Bubbles nickte. Im selben Moment ging die Tür auf, und ein großes schlankes Mädchen stürzte ins Zimmer. »Ich kann den Bastard nirgends finden. Er hat sich versteckt, der gemeine –«
Sie sah mich und brach ab.
Bubbles deutete auf mich. »Der Opa will dich sprechen.«
Angela Harding setzte sich auf die Couch und zündete sich eine Zigarette an. Sie trug ein sehr kurzes schwarzes Kleid, schwarze Netzstrümpfe und schwarze Lackstiefel. Sie hatte langes dunkles Haar und ein hartes, klassisch schönes Gesicht, das wie gemeißelt aussah, das Gesicht eines Mannequins. Ich konnte sie mir schlecht als Krankenschwester vorstellen.
»Sind Sie der, der sich für Karen interessiert?«
Ich nickte.
»Setzen Sie sich«, sagte sie. »Was wollen Sie wissen?«
Bubbles sagte: »Ang, ich hab ihm nichts –«
»Hol mir doch bitte ein Coke, Bubbles, ja?« sagte Angela.

Bubbles nickte und ging in die Küche. »Möchten Sie auch eins?«
»Nein, danke.«
Sie zuckte die Achseln. »Wie Sie wollen.« Sie zog an der Zigarette und drückte sie aus. Ihre Bewegungen waren ein wenig hastig, doch ihr Gesicht war ruhig und verriet nichts. »Ich wollte vor Bubbles nicht über Karen sprechen«, sagte sie leise. »Das Ganze hat sie ziemlich mitgenommen.«
»Die Sache mit Karen?«
»Ja. Sie war gut mit ihr befreundet.«
»Und Sie?«
»Nicht so gut.«
»Warum?«
»Anfangs hab ich sie ganz gern gemocht. Ich fand sie sehr nett; ein bißchen überspannt vielleicht, aber sehr nett. Wir haben uns gut verstanden, und so haben wir drei uns zusammen eine Bude genommen. Später schleppte Bubbles Superhead an, und ich steckte die ganze Zeit mit Karen zusammen. Das war aber leider nicht ganz einfach.«
»Warum?«
»Weil sie so verschroben war. Weil sie sich so verrückt aufgeführt hat.«
Bubbles kam mit der Flasche Coke. »Wie kannst du so was sagen?«
»Vor dir nicht. Vor dir hat sie sich zusammengenommen.«
»Du bist doch bloß wütend auf sie wegen –«
»Ja, ja, schon gut.« Angela warf den Kopf zurück und schlug ihre langen Beine übereinander. »Sie meint die Sache mit Jimmy. Jimmy war Assistent bei uns auf der Gynäkologischen Station.«
»Sie haben auch dort Dienst gemacht?«
»Ja«, sagte sie. »Jimmy und ich sind miteinander gegangen,

und es war alles in Butter zwischen uns. Bis Karen sich an ihn ranmachte.«

Angela wich meinem Blick aus und zündete sich eine Zigarette an. Mir war nicht ganz klar, ob sie mit mir oder mit Bubbles sprach.

»Ich hätte das nie von ihr gedacht«, sagte Angela. »Wo wir doch so eng befreundet waren. Ich meine, es gibt doch gewisse Regeln ...«

»Mein Gott, sie hat ihn eben gern gemocht«, sagte Bubbles.

»Ja – so schnell mal zwischendurch. Für drei Tage.«

Angela stand auf und ging im Zimmer auf und ab. Ihr Kleid reichte knapp bis zur Mitte der Schenkel. Sie war ein umwerfend hübsches Mädchen, viel hübscher als Karen.

»Du weißt ganz genau, daß das nicht stimmt«, sagte Bubbles. »Du weißt, daß Jimmy ...«

»Gar nichts weiß ich«, sagte Angela. »Alles, was ich weiß, ist, daß Jimmy jetzt in Chicago bald mit seiner Assistentenzeit fertig ist und daß ich nicht bei ihm bin. Wenn ich bei ihm wäre, vielleicht –«

»Vielleicht«, sagte Bubbles.

»Was wäre dann vielleicht?« fragte ich.

»Ach, nichts«, sagte Angela.

Ich sagte: »Wann haben Sie Karen zum letztenmal gesehen?«

»Ich weiß nicht mehr genau. Irgendwann im August, glaube ich. Bevor sie aufs College ging.«

»Am letzten Sonntag haben Sie sie nicht gesehen?«

»Nein«, sagte sie, weiter auf und ab gehend. »Nein.«

»Merkwürdig. Alan Zenner hat sie letzten Sonntag gesehen.«

»Wer?«

»Alan Zenner. Ein Freund von ihr. Sie hat ihm gesagt, daß sie Sie besuchen wollte.«

Angela und Bubbles sahen sich verstohlen an. Bubbles sagte: »Dieser gemeine –«
»Sie war nicht hier?«
»Nein«, sagte Angela gereizt. »Wir haben sie nicht gesehen.«
»Aber er war ganz sicher –«
»Wahrscheinlich hat sie sich's anders überlegt. Ist doch leicht möglich. Karen hat dauernd ihre Entschlüsse geändert, von einer Minute zur anderen. Ich sag Ihnen doch, sie war nicht ganz zurechnungsfähig.«
»Ang, jetzt hör mal ...« sagte Bubbles.
»Hol mir doch bitte noch ein Coke, ja?« fuhr Angela sie an. Bubbles stand gehorsam auf und ging in die Küche.
»Bubbles ist ein nettes Mädchen«, sagte Angela, »aber ein bißchen naiv. Sie sieht die Welt durch eine rosarote Brille. Deshalb hat die Sache mit Karen sie so fertiggemacht.«
Ich sagte nichts, und sie ging noch ein paarmal auf und ab und blieb dann plötzlich vor mir stehen. »Haben Sie sonst noch irgendwelche Fragen?« sagte sie in eisigem Ton.
Ich schüttelte den Kopf. »Ich wollte nur wissen, ob Sie Karen gesehen haben.«
»Nein. Das hab ich Ihnen doch schon gesagt.«
Ich stand auf. »Also, dann vielen Dank.«
Angela nickte, und ich ging zur Tür. Als Angela sie hinter mir zumachte, hörte ich Bubbles fragen: »Ist er weg?«
Und Angela sagte: »Halt's Maul.«

2

Kurz vor zwölf rief ich Bradfords Kanzlei an, und die Sekretärin sagte mir, daß George Wilson, einer von seinen Teilhabern, Lees Fall übernommen habe. Sie verband mich mit ihm. Er wirkte am Telefon sehr konziliant und selbstsicher, und wir vereinbarten, uns um fünf zu einem Drink zu treffen, doch nicht im Trafalgar Club, sondern bei Crusher Thompson's, einem Lokal im Zentrum.

Danach aß ich in einem Drive-in zu Mittag und las die Morgenzeitungen. Die Meldung über Arts Verhaftung war inzwischen auf die Titelseite vorgedrungen; sämtliche Zeitungen brachten sie mit großen Schlagzeilen, und in allen war ein Foto von Art. Er hatte dunkle, sadistische Ringe unter den Augen, sein Mund war verkniffen und sein Haar zerzaust. Er sah aus wie ein gemeiner Halunke.

In den Artikeln stand nicht viel; im wesentlichen nur, daß er verhaftet worden war. Mehr war auch gar nicht nötig; das Bild sagte genug, und ein unvorteilhaftes Bild stellt keinen unzulässigen Eingriff in ein schwebendes Verfahren dar.

Nach dem Essen rauchte ich eine Zigarette und zog Bilanz. Viel hatte ich nicht herausgekriegt. Was ich über Karen erfahren hatte, war zu widersprüchlich und ungenau. Ich hatte keine klare Vorstellung von ihr, und ebensowenig klar war, was sie getan hatte und was passiert war, als sie übers Wochenende nach Boston kam, um sich eine Abtreibung machen zu lassen.

Um eins rief ich noch mal Murphys Labor an. Murphy meldete sich selbst.

»Ich bin's, Murphy. Was gibt's Neues?«

»Über Karen Randall?«

»Na klar. Was sonst?«

»Weston vom City hat eben angerufen«, sagte er. »Er wollte wissen, ob du mir eine Blutprobe gebracht hast.«

»Und was hast du gesagt?«

»Ja.«

»Und er?«

»Er wollte das Ergebnis wissen. Ich hab's ihm gesagt.«

»Und wie ist das Ergebnis?«

»Sämtliche Hormon- und Sekretspiegel sind normal. Sie war nicht schwanger. Völlig ausgeschlossen.«
»Okay«, sagte ich. »Vielen Dank.«
Ein kleines Stück brachte mich das weiter. Nicht viel, aber immerhin.
»John, du wolltest mir doch erklären, worum es geht.«
»Kann ich noch nicht«, sagte ich.
»Du hast's mir versprochen.«
»Ich weiß«, sagte ich. »Aber ich kann's dir noch nicht sagen.«
»Daß du einem alten Freund so was antust«, sagte Murphy. »Sarah wird mich erschlagen.« Sarah war seine Frau. Sie hungerte nach Klatsch.
»Tut mir leid, aber es geht wirklich nicht.«
»Wenn sie sich scheiden läßt«, sagte er, »verklag ich dich auf Schadenersatz.«

3

Um drei war ich im City-Krankenhaus. Der erste, auf den ich im Mallory Building stieß, war Weston. Er sah müde aus und begrüßte mich mit einem schiefen Lächeln.
»Wie ist der mikroskopische Befund?« fragte ich.
»Negativ«, sagte er. »Keine Schwangerschaft.«
»Tatsächlich?«
»Ja.« Er warf einen Blick in die Mappe mit dem Obduktionsprotokoll. »Kein Zweifel.«
»Als ich heute vormittag anrief, sagte man mir, der Befund lautet auf Schwangerschaft im dritten Monat.«
»Mit wem haben Sie gesprochen?« fragte Weston vorsichtig.
»Mit einer Sekretärin.«
»Da muß irgendein Irrtum passiert sein.«
»Anscheinend«, sagte ich.

Er gab mir die Mappe. »Möchten Sie sich die Schnitte ansehen?«
»Ja, gern.«
Wir gingen ins Lesezimmer, einen langen, in einzelne Nischen abgeteilten Raum, in dem die Pathologen ihre Mikroskope und Schnitte aufbewahrten und ihre Obduktionsbefunde schrieben.
Vor einer der Nischen blieben wir stehen.
»Da«, sagte Weston und deutete auf eine Schachtel mit Präparaten. »Ich bin gespannt, was Sie davon halten.«
Er ging hinaus, und ich setzte mich vor das Mikroskop, schaltete das Licht ein und machte mich an die Arbeit. In der Schachtel waren dreißig Schnitte von den wichtigsten Organen. Sechs stammten von verschiedenen Teilen des Uterus; die nahm ich mir zuerst vor. Auf den ersten Blick war mir klar, daß das Mädchen nicht schwanger gewesen war. Zur Sicherheit sah ich mir aber noch ein paar andere Schnitte an. Sie zeigten keine wesentlichen Unterschiede.
Ich überlegte. Das Mädchen war nicht schwanger gewesen, hatte sich aber eingebildet, es zu sein, weil ihre Perioden ausgeblieben waren. Aber aus welchem Grund waren ihre Perioden ausgeblieben? Ich versuchte eine Differentialdiagnose zu stellen.
Bei einem Mädchen dieses Alters mußte man als erstes seelische Ursachen in Betracht ziehen. Die mit dem Schulbeginn und der Umstellung auf eine neue Umgebung verbundene Aufregung und Belastung konnte vorübergehend die Menstruation hemmen – doch nicht drei Monate lang. Und außerdem erklärte das nicht die anderen Symptome: Gewichtszunahme, Veränderungen der Körperbehaarung und so weiter.
Die nächste Möglichkeit waren hormonale Störungen. Auch

das erschien äußerst unwahrscheinlich, ließ sich aber leicht feststellen.
Ich legte den Nebennierenschnitt unters Mikroskop. Alles normal. Als nächstes sah ich mir die Eierstockschnitte an. Hier waren die Veränderungen auffallend. Die Follikel waren klein, unreif, geschrumpft. Ovarialtumor war auszuschließen.
Zum Schluß schob ich den Schilddrüsenschnitt unters Objektiv. Bereits bei schwächster Einstellung war die Atrophie der Drüse zu erkennen. Die Follikel waren geschrumpft, die Basalzellen verkümmert. Eindeutig Hypothyreose, also Unterfunktion der Schilddrüse.
Die Schilddrüse, die Nebennieren und die Eierstöcke waren also krankhaft verändert. Die Diagnose war klar, aber was war die Ursache? Ich schlug die Mappe auf und las den Bericht durch. Weston hatte ihn geschrieben; der Stil war klar und knapp. Im mikroskopischen Befund wies er darauf hin, daß die Gebärmutterschleimhaut dünn und abartig aussah; das Aussehen der anderen Drüsen bezeichnete er als »normal«, fügte jedoch hinzu: »Eventuell krankhafte Veränderungen im Anfangsstadium.«
Ich klappte die Mappe zu und ging zu ihm.

Sein Büro war groß, voller Bücherregale und sehr gemütlich. Er saß hinter einem alten, wuchtigen Schreibtisch, eine Pfeife im Mund, und wirkte sehr professoral und ehrwürdig.
»Na, was ist?« fragte er.
Ich zögerte. Einen Moment lang hatte ich mich gefragt, ob er zu denen übergelaufen war, die Art was anhängen wollten. Doch das war lächerlich; Weston ließ sich nicht kaufen, nicht in seinem Alter, bei seinem Ruf. Außerdem stand er der Familie Randall nicht besonders nahe. Er hatte keinen Grund, einen falschen Bericht zu verfassen.

»Wenn ich ganz offen sein darf«, sagte ich, »ich habe mich ein wenig über Ihren mikroskopischen Befund gewundert.«

Er zog an seiner Pfeife. »So?«

»Ja. Ich habe mir die Schnitte angesehen, und sie kommen mir ziemlich atrophisch vor. Vielleicht sollten Sie –«

Er lachte leise. »Ich weiß, was Sie sagen wollen. Daß ich sie mir noch mal ansehen sollte«, sagte er lächelnd. »Ich habe sie mir ein zweites Mal angesehen. Mir ist klar, daß von dem Befund viel abhängt, und deshalb war ich sehr genau. Als ich die Schnitte das erste Mal untersuchte, hatte ich den gleichen Eindruck wie Sie – möglicherweise Unterfunktion der Hirnanhangdrüse (Panhypopituitarismus) mit Schädigung aller drei Zielorgane: Schilddrüse, Nebennieren und Eierstöcke. Und deshalb habe ich mir noch einmal die Organe makroskopisch angeschaut. Aber wie Sie ja selbst gesehen haben – an den Organen war nichts besonders Abnormales.«

»Vielleicht war es erst im Anfangsstadium«, sagte ich.

»Könnte natürlich sein«, sagte er. »Am besten wäre es, man würde sich das Gehirn ansehen, um festzustellen, ob ein Neoplasma oder ein Infarkt vorliegt. Aber das ist leider nicht möglich. Die Leiche wurde heute morgen eingeäschert.«

Er blickte lächelnd zu mir auf. »Setzen Sie sich doch, John. Es macht mich ganz nervös, wenn Sie so dastehen.« Als ich mich gesetzt hatte, sagte er: »Ich hab mir also die Organe angesehen und dann noch mal die Schnitte. Da ich mir jetzt nicht mehr so sicher war, hab ich mir ein paar alte Schnitte von Panhypopituitarismus rausgesucht und mit den Randall-Schnitten verglichen. Meine Zweifel, ob es sich nicht vielleicht doch um eine Hypophysenstörung handelt, wurden immer stärker. Ich wollte irgendeine Bestätigung. Aus diesem Grund habe ich Jim Murphy angerufen.«

»Ach, deshalb?«

»Ja.« Seine Pfeife war ausgegangen. Er zündete sie wieder an. »Ich vermutete, daß Sie die Blutprobe entnommen hatten, um Oestradioltests machen zu lassen, und daß Sie Murphy damit beauftragt hatten. Ich wollte wissen, ob Sie ihn gebeten hatten, auch andere Hormonspiegel zu bestimmen.«

»Warum haben Sie nicht einfach mich angerufen?«

»Habe ich ja, aber bei Ihnen im Labor wußte niemand, wo Sie sind.«

Ich nickte. Alles, was er sagte, klang völlig einleuchtend. Langsam löste sich meine Spannung.

»Übrigens«, sagte Weston, »– ich habe gehört, daß vor einiger Zeit bei Karen Randall Schädelaufnahmen gemacht worden sind. Wissen Sie, was dabei herausgekommen ist?«

»Nichts«, sagte ich. »Sie waren o. B.«

Er seufzte. »Also hilft uns das auch nicht weiter.«

»Vielleicht doch«, sagte ich.

»Wieso?«

»Ich habe mich erkundigt, warum sie gemacht worden sind. Weil sie über Sehstörungen klagte.«

Weston zuckte die Achseln. »Wissen Sie, was in den meisten Fällen die Ursache von Sehstörungen ist?«

»Nein.«

»Zuwenig Schlaf«, sagte er und klemmte die Pfeife zwischen die Zähne. »Was würden Sie in meiner Lage tun? Auf Grund von Beschwerden, deren Ursache röntgenologisch nicht festzustellen war, eine Diagnose stellen?«

»Und die Schnitte?« fragte ich.

»Die erlauben auch keine eindeutige Diagnose.« Er schüttelte langsam den Kopf. »Die Sache ist schon kompliziert genug, John. Ich denke nicht daran, sie durch eine Diagnose, die ich nicht hundertprozentig vertreten kann, noch mehr zu komplizieren. Möglicherweise müßte ich vor Gericht dafür einstehen. Ich habe keine Lust, meinen Kopf dafür hinzuhalten. Wenn der Staatsanwalt oder der Verteidiger das Material durch einen Pathologen begutachten lassen möchte und wenn der bereit ist, seinen Kopf hinzuhalten – bitte. Das Material steht jederzeit zur Verfügung. Aber ich werde mich hüten. Eine Lehre zumindest habe ich aus meinen Erfahrungen mit der Justiz gezogen.«

»Was für eine?«

»Nie eine Stellung zu beziehen, wenn man nicht sicher ist, daß man sie gegen jeden Angriff verteidigen kann«, sagte er lächelnd. »Das klingt vielleicht wie ein Ratschlag für einen General, aber ein Prozeß ist ja eine Art Krieg.«

4

Ich mußte mit Sanderson sprechen. Ich hatte ihm versprochen, ihn zu informieren, und außerdem brauchte ich dringend seinen Rat. Als ich durch die Halle des Lincoln ging, traf ich Harry Fallon.

Harry trug einen Regenmantel, und seinen Hut hatte er tief in die Stirn gezogen. Er ist Internist und hat eine große Vorstadtpraxis in Newton; früher war er mal Schauspieler. Als ich ihn begrüßte, schob er seinen Hut ein Stück zurück. Seine Augen waren blutunterlaufen, sein Gesicht blaß.

»Ich bin schrecklich erkältet«, krächzte er.

»Zu wem willst du denn?«

»Zu Dr. Gordon.« Er holte ein Papiertaschentuch hervor und schneuzte laut hinein. »Wegen meiner Erkältung.«

Ich lachte. »Du sprichst ja, als ob du ein Paket Watte im Hals hättest.«

Er nieste. »Ich weiß wirklich nicht, was daran so komisch ist.«

Er hatte natürlich recht. Alle praktizierenden Ärzte haben Angst davor, krank zu werden. Schon kleine Erkältungen sind schlecht für ihr Image, und ernste Erkrankungen werden vor den Patienten streng geheimgehalten. Als der alte Henley in seinen letzten Jahren eine chronische Nierenentzündung bekam, setzte er alles daran, seine Patienten nichts davon merken zu lassen. Er besuchte seinen Arzt mitten in der Nacht und schlich zu ihm wie ein Dieb.

»Kommt mir gar nicht so schlimm vor«, sagte ich.

»Ha! Meinst du? Hör dir das an.« Er schnaubte wieder mit einem langgezogenen prustenden Geräusch durch die Nase, das wie das Tuten eines Nebelhorns klang. »Und das geht jetzt schon zwei Tage so. Zwei entsetzliche Tage. Meine Patienten sehen mich schon ganz komisch an.«

»Was nimmst du denn dagegen?«

»Heißen Grog«, sagte er. »Das ist das beste gegen Viren. Aber anscheinend hat sich alles gegen mich verschworen. Als ob das noch nicht genügt, hab ich heute auch noch einen Strafzettel gekriegt. Wegen falschem Parken.«

Ich lachte, doch irgendwo in einem Winkel meines Hirns quälte mich etwas; das dunkle Gefühl, daß ich etwas übersehen oder vergessen hatte – ein Gefühl, das mich ganz nervös machte.

Ich fand Sanderson in der Bibliothek. Das ist ein rechteckiger Raum, in dem ein paar Reihen Klappstühle und ein Projektor und eine Leinwand stehen. Hier werden die pathologischen Befunde überprüft und diskutiert, und diese Besprechungen sind so häufig, daß man fast nie an die in der Bibliothek untergebrachten Bücher rankann.

Auf den Regalen standen Karteikästen, die die Befunde sämtlicher Obduktionen enthielten, die seit 1923 im Lincoln gemacht worden sind. Vorher hatte man sich nicht besonders darum gekümmert, wie viele Leute an dieser und jener Krankheit starben, doch die rasche Entwicklung auf dem Gebiet der Medizin brachte es mit sich, daß man sich immer mehr dafür interessierte. Ein Beweis dafür war die Zahl der Obduktionen; die Befunde des Jahres 1923 füllten einen kleinen Kasten; die des Jahres 1965 nahmen ein halbes Regal ein. Siebzig Prozent aller im Krankenhaus gestorbenen Patienten wurden jetzt obduziert, und man dachte bereits daran, von den Befunden Mikrofilme anzufertigen, um sie besser archivieren zu können.

In einer Ecke des Raums standen ein elektrischer Kaffeetopf, eine Dose Zucker und ein Stapel Pappbecher, und an der Wand darüber hing ein Schild mit der Aufschrift: »Ein Becher 5 Cent. Bezahlung Ehrensache.« Sanderson bastelte an dem Topf herum; anscheinend funktionierte er wieder einmal nicht. Generationen von Ärzten hatten sich bereits damit herumgeärgert; es hieß, daß niemand seine Assistenzzeit im Lincoln beenden dürfe, bevor er diese Tücken nicht gemeistert habe.

»An dem verdammten Ding werd ich mir noch mal einen tödlichen Schlag holen«, murmelte Sanderson. Es knisterte leise, als er den Stecker in die Dose tat. »Sahne und Zukker?«

»Bitte«, sagte ich.

Sanderson füllte zwei Becher, den Topf mit ausgestreckten Armen von sich weghaltend. Jeder wußte, daß Sanderson alles Technische haßte. Mit dem menschlichen Körper und seinen Funktionen stand er in bestem, fast instinktivem Einvernehmen, doch alles Mechanische, Metallische, Elektrische war ihm ein Greuel. Er lebte in ständiger Angst, sein Auto, sein Fernseher oder seine Stereoanlage könnten kaputtgehen, und betrachtete sie alle als potentielle Verräter und Deserteure.

Sanderson war ein großer, kräftig gebauter Mann; früher einmal war er in der Rudermannschaft von Harvard gewesen. Seine Unterarme und Handgelenke waren so dick wie bei anderen die Waden. Sein Gesicht war meist ernst und nachdenklich; man hätte ihn für einen Richter halten können oder für einen ausgezeichneten Pokerspieler.

»Hat Weston seine Meinung geändert?« fragte er.

»Nein.«

»Das klingt ja ziemlich verzweifelt.«

»Das bin ich auch.«

Sanderson schüttelte den Kopf. »Niemand würde Weston dazu bringen, einen falschen Befund zu schreiben. Wenn er sagt, daß er sich nicht sicher war, dann stimmt das auch.«

»Könnten Sie sich die Schnitte nicht mal ansehen?«

»Sie wissen doch ganz genau, daß das unmöglich ist«, sagte Sanderson.

Er hatte recht. Wenn er im Mallory auftauchte und darum bat, die Schnitte untersuchen zu dürfen, würde Weston das als persönliche Beleidigung auffassen. So etwas tat man nicht.

Ich sagte: »Und wenn er Sie darum bitten würde ...«

»Warum sollte er das?«

»Ich weiß nicht.«

»Weston hat seine Diagnose gestellt und seinen Namen druntergesetzt. Damit ist die Sache erledigt. Aber vielleicht kommt sie während des Prozesses zur Sprache.«

Ich war ziemlich deprimiert. In den letzten Tagen war mir immer klarer geworden, daß es gar nicht zu einem Prozeß kommen durfte. Ein Prozeß, selbst wenn er mit einem Freispruch endete, würde Arts Ruf und Ansehen und seine Praxis schwer schädigen.

»Sie glauben also, daß bei Karen Randall eine Unterfunktion der Hypophyse vorlag?« fragte Sanderson.

»Ja.«
»Und was war Ihrer Meinung nach die Ursache?«
»Vermutlich eine Geschwulst.«
»Des Hypophysenvorderlappens?«
»Wahrscheinlich.«
»In welchem Stadium?«
»Sehr lange kann sie's noch nicht gehabt haben«, sagte ich. »Eine Durchleuchtung vor ein paar Monaten hat nichts ergeben. Doch sie hat über Sehstörungen geklagt.«
»Vielleicht war's ein Pseudotumor?«
Pseudotumor cerebri ist eine Sache, die vor allem bei Frauen und kleinen Kindern vorkommt. Die Patienten bekommen sämtliche Symptome eines Tumors, haben aber in Wirklichkeit gar keinen. Bei Frauen tritt die Störung manchmal auf, wenn sie Antibabypillen nehmen. Doch soviel ich wußte, hatte Karen keine genommen. Ich sagte das Sanderson.
»Ein Jammer, daß wir keine Gehirnschnitte haben«, sagte er.
Ich nickte.
»Andererseits«, sagte Sanderson, »steht fest, daß eine Ausschabung vorgenommen worden ist.«
»Sicher«, sagte ich. »Aber das ist in meinen Augen nur ein weiterer Beweis dafür, daß Art es nicht gewesen ist. Er hätte nie eine Ausschabung vorgenommen, ohne zuerst einen Kaninchentest zu machen, und der wäre negativ gewesen.«
»Das ist bestenfalls ein Indiz.«
»Natürlich«, sagte ich, »aber ein sehr handfestes.«
»Es gibt noch eine andere Möglichkeit«, sagte Sanderson. »Vielleicht hat derjenige, der die Ausschabung gemacht hat, Karens Behauptung, sie wäre schwanger, nicht bezweifelt.«
Ich runzelte die Stirn. »Ausgeschlossen. Art hat das Mädchen überhaupt nicht gekannt; er hatte sie noch nie zuvor gesehen. Er hätte nie –«

»Ich meine ja gar nicht Art«, sagte Sanderson. Er starrte auf seine Füße.
»Wieso – wen sonst?«
»Ach, das ist nur so eine dunkle Vermutung von mir ...«
Ich wartete.
»Es ist schon soviel Dreck aufgewühlt worden. Ich weiß wirklich nicht, ob ich das sagen soll ...«
Ich schwieg.
»Ich hatte keine Ahnung davon«, sagte er zögernd. »Ich dachte immer, ich wüßte in dieser Hinsicht ganz gut Bescheid, aber ich hab erst heute davon erfahren. Sie können sich ja denken, daß die gesamte Ärzteschaft völlig aus dem Häuschen ist. J. D. Randalls Tochter stirbt an einer Abtreibung – das ist für die anderen Ärzte natürlich ein gefundenes Fressen, und vor allem für die Ärztefrauen.« Er seufzte. »Die Frau von einem Kollegen hat's meiner Frau erzählt. Ob's stimmt, weiß ich nicht.«
Ich drängte Sanderson nicht. Sollte er sich ruhig Zeit lassen. Ich zündete mir eine Zigarette an und wartete.
»Verdammt noch mal«, sagte er, »wahrscheinlich ist es nur dummer Tratsch. Ich kann mir nicht denken, daß ich nie was davon gehört hätte.«
»Wovon?« fragte ich nun doch.
»Daß Peter Randall Abtreibungen macht. Ganz im geheimen und nur in besonderen Fällen.«
»Mein Gott«, sagte ich und setzte mich auf einen Stuhl.
»Ich kann's fast nicht glauben«, sagte Sanderson.
Ich zog an meiner Zigarette und überlegte. Ob J. D. davon wußte? Dachte er, Peter hätte es getan, und versuchte er, ihn zu decken? Hatte er deshalb von einer »Familienangelegenheit« gesprochen? Aber wenn es so war – wie war Art dann in das Ganze hineingeraten?
Aber hätte denn Peter so ohne weiteres bei dem Mädchen

eine Ausschabung gemacht? Es hatte doch genug Anhaltspunkte dafür gegeben, daß ihr etwas anderes fehlte. Ein so guter Arzt wie er hätte doch auf die Idee kommen müssen, daß sie einen Hypophysentumor hatte. Wenn das Mädchen ihm erzählt hätte, daß sie schwanger sei, wären ihm doch sicher ihre Sehstörungen eingefallen, und er hätte verschiedene Untersuchungen und Tests gemacht.

»Peter war's nicht«, sagte ich.

»Vielleicht hat sie ihn unter Druck gesetzt. Sie hatte doch nur übers Wochenende Zeit, und so hat er's schnell gemacht.«

»Nein. Er hätte sich von ihr nicht unter Druck setzen lassen.«

»Schließlich war sie doch seine Nichte.«

»Er hat mir selbst erzählt, wie hysterisch sie war«, sagte ich.

»Kann man mit hundertprozentiger Sicherheit ausschließen, daß er's war?«

»Nein«, gab ich zu.

»Angenommen, er war's. Und angenommen, Mrs. Randall wußte von der Abtreibung. Oder das Mädchen hat ihr, bevor sie starb, gesagt, daß Peter sie gemacht hat. Was hätte Mrs. Randall tun sollen? Ihren Schwager denunzieren?«

Ich verstand, was er meinte. Eins der vielen Rätsel dieses Falles wäre damit immerhin gelöst gewesen – warum Mrs. Randall die Polizei verständigt hatte. Doch ich konnte es nicht glauben, und ich sagte das Sanderson.

»Sie wollen es nicht glauben, weil Sie Peter mögen.«

»Kann sein.«

»Sie können es sich nicht leisten, ihn oder irgend jemand anders auszuklammern. Wissen Sie, wo Peter Sonntag nacht war?«

»Nein.«
»Ich auch nicht«, sagte Sanderson. »Man sollte versuchen, das herauszukriegen.«
»Ich glaube nicht, daß das von Bedeutung ist«, sagte ich. »Peter hätte so was nie getan. Und wenn, dann hätte er sie nicht so zugerichtet. Keinem richtigen Arzt wäre so ein Schnitzer passiert.«
»Sind Sie da so sicher?«
»Schauen Sie, wenn man Peter zutraut, daß er es gemacht hat – ohne gründliche Untersuchung, ohne Tests –, dann muß man es auch Art zutrauen.«
»Eben«, sagte Sanderson leise. »Der Gedanke ist mir auch schon gekommen.«

5

Ich war ziemlich wütend, als ich Sanderson verließ – warum, war mir nicht ganz klar. Vielleicht hatte er recht; vielleicht war es unvernünftig und unlogisch von mir, nach festen Punkten zu suchen, nach Dingen und Leuten, auf die man sich stützen konnte.
Doch da war noch etwas anderes. Wenn es zu einem Prozeß kam, bestand die Möglichkeit, daß Sanderson und ich hineingezogen wurden und daß das Spiel, das wir mit dem Gewebekomitee getrieben hatten, aufgedeckt wurde. Sowohl für Sanderson wie für mich stand eine Menge auf dem Spiel, ebensoviel wie für Art. Wir hatten nicht darüber gesprochen, doch ich war mir dessen genau bewußt, und Sanderson bestimmt auch. Und das warf ein ganz anderes Licht auf die Sache.
Sicher, wir konnten versuchen, Peter Randall zu überführen. Doch wir würden uns über unser Motiv nicht genau im

klaren sein. Wir konnten uns einreden, daß wir es taten, weil wir glaubten, daß Peter Randall es gewesen sei. Oder weil wir einen Unschuldigen retten wollten.
Doch wir würden uns immer wieder fragen, ob wir es nicht taten, um uns selbst zu schützen.
Bevor ich etwas unternahm, mußte ich mehr wissen. Vorausgesetzt, Sanderson hatte recht, so erhob sich die Frage, ob Mrs. Randall wußte, daß Peter die Abtreibung gemacht hatte, oder ob sie es nur vermutete. Und wenn Mrs. Randall es nur vermutete und Peter vor der Verhaftung bewahren wollte, warum hatte sie dann Art beschuldigt? Was wußte sie von Art?
Art Lee war ein umsichtiger und vorsichtiger Mann. Er hatte relativ wenig Patientinnen; nur wenige Ärzte wußten, daß er Abtreibungen machte, und er machte sie nur in sorgfältig ausgewählten Fällen.
Wieso hatte Mrs. Randall davon gewußt?
Es gab jemanden, der mir diese Frage vielleicht beantworten konnte: Fritz Werner.
Fritz Werner wohnte in der Beacon Street. Im Parterre seines Hauses befanden sich die Praxis – ein Vorzimmer und ein großer, gemütlicher Raum mit einem Schreibtisch, einem Lehnstuhl und einer Couch – und die Bibliothek; im ersten und zweiten Stock lag seine Wohnung. Ich ging in den ersten Stock hinauf und trat ins Wohnzimmer, das den vertrauten Anblick bot: der große Schreibtisch am Fenster, voller Bleistifte, Pinsel, Skizzenhefte, Farbtuben; Zeichnungen von Picasso und Miró an den Wänden; ein Foto von T. S. Eliot, der mit düsterer Miene in die Kamera starrte; ein Bild von Marianne Moore mit Widmung.
Werner saß in einem wuchtigen Polstersessel. Er trug Blue jeans und einen riesigen, viel zu weiten Sweater. Im Mund hatte er eine dicke Zigarre und auf den Ohren Stereo-

kopfhörer. Tränen rollten über seine mageren, blassen Wangen.
Als er mich sah, wischte er sich die Augen und nahm die Kopfhörer ab.
»Ah, John. Kennst du Albinoni?«
»Nein«, sagte ich.
»Dann hast du das Adagio noch nie gehört?«
»Ich fürchte, nein.«
»Es macht mich immer traurig«, sagte er und tupfte mit dem Taschentuch die Augen ab. »Entsetzlich traurig. Diese Süße … Setz dich doch.«
Ich setzte mich. Er schaltete den Plattenspieler aus und nahm die Platte herunter. Er staubte sie sorgfältig ab und steckte sie in die Hülle.
»Schön, daß du vorbeischaust. Was gibt's Neues?«
»Allerlei.«
»Warst du bei Bubbles?«
»Ja.«
»Wie findest du sie?«
»Verwirrend.«
»Wie meinst du das?«
Ich lächelte. »Hör auf, mich zu analysieren, Fritz. Ich bezahle Arztrechnungen grundsätzlich nicht.«
»Nein?«
»Erzähl mir von Karen Randall«, sagte ich.
»Wirklich eine scheußliche Geschichte.«
»Jetzt redest du wie Charlie Frank.«
»Charlie ist nicht so dumm, wie du denkst«, sagte er. »Übrigens, habe ich dir schon erzählt, daß ich einen neuen Freund habe?«
»Nein«, sagte ich.
»Ein wundervoller Mensch, höchst amüsant. Wir müssen mal über ihn reden.«

»Wir wollten über Karen Randall reden«, sagte ich.
»Ach ja.« Er holte tief Luft. »Du willst also wissen, wie sie war«, sagte er. »Sie war kein nettes Mädchen. Sie war ein gemeines, verlogenes, widerliches Ding mit einer schweren Neurose. Hart an der Grenze zur Psychose, wenn du's genau wissen willst.«
Er ging ins Schlafzimmer und zog seinen Sweater aus. Ich ging ihm nach und sah ihm zu, wie er ein frisches Hemd anzog und sich eine Krawatte umband.
»Ihre Probleme«, sagte er, »waren sexueller Art. Das alte Lied: Unterdrückung durch die Eltern in der Kindheit. Ihr Vater ist alles andere als gut angepaßt. Typisch, daß er diese Frau geheiratet hat. Kennst du sie?«
»Die jetzige Mrs. Randall?«
»Ja. Ein gräßliches Weib«, sagte er erschaudernd, während er sich vor dem Spiegel die Krawatte band.
»Hast du Karen gekannt?« fragte ich.
»Leider ja. Und ihre Eltern kenne ich auch. Moment mal, wo hab ich sie eigentlich kennengelernt? Ach ja, auf dieser herrlichen, wundervollen Party bei der Baroneß de –«
»Bitte, Fritz«, sagte ich.
Er seufzte. »Dieses Mädchen, diese Karen Randall«, sagte er, »war ein Spiegelbild der Neurosen ihrer Eltern. Sie setzte die Träume ihrer Eltern in die Tat um.«
»Was für Träume?«
»Na, die Formen zu zerbrechen – sexuell frei zu sein, sich nicht um die Meinung der Leute zu kümmern, mit ›unmöglichen‹ Leuten zu verkehren. Mit Sportlern, Schwarzen und so. ›Verkehren‹ im gesellschaftlichen und sexuellen Sinn.«
»War sie mal bei dir in Behandlung?«
»Nein – Gott sei Dank nicht. Ich sollte sie mal behandeln, aber ich hab abgelehnt. Ich hatte damals drei andere junge Mädchen, und die haben mir genügt.«

»Wer hat dich darum gebeten?«
»Peter natürlich. Er ist der einzige einigermaßen Normale in der Familie.«
»Was weißt du von Karens Abtreibungen?«
»Abtreibungen?«
»Komm, tu doch nicht so, Fritz.«
Er ging zum Schrank, nahm ein Sportjackett heraus, zog es an und zupfte an den Aufschlägen. »Daß das so schwer begreiflich zu machen ist«, sagte er kopfschüttelnd. »Es ist immer wieder das gleiche – der gleiche Vorgang, das gleiche Syndrom, die gleichen Symptome; ebenso häufig und ebenso leicht diagnostizierbar wie ein Herzinfarkt. Ein Kind, das sich auflehnt, peilt den schwachen Punkt seines Vaters oder seiner Mutter an – mit unfehlbarer, unheimlicher Genauigkeit – und hackt darauf herum. So lange, bis es bestraft wird, und die Strafe soll von der gleichen Art sein wie der schwache Punkt. Es muß alles zusammenpassen: Wenn jemand auf französisch eine Frage stellt, dann will er eine Antwort auf französisch.«
»Das verstehe ich nicht.«
»Karen ging es darum, bestraft zu werden. Sie wollte bestraft werden, und die Strafe sollte, wie ihre Auflehnung, sexueller Art sein. Sie wollte den Geburtsschmerz erleiden und auf diese Weise symbolisch mit ihrer Familie, ihrer Gesellschaft, ihrer Moral brechen ... sie wollte leiden, und deshalb wurde sie schwanger.«
»Wie oft ist sie schwanger gewesen?«
»Zweimal, soviel ich weiß. Das hab ich aber nur von anderen Patientinnen gehört. Eine Menge Frauen fühlten sich durch Karen bedroht. Sie rüttelte an ihrem Wertsystem, das System, nach dem sie Gut und Böse geordnet haben. Sie forderte sie heraus, gab ihnen zu verstehen, daß sie alt und sexuell reizlos und furchtsam und dumm sind. Eine ältere

Frau erträgt so eine Bedrohung nicht; sie jagt ihr Angst ein. Sie muß sich dagegen verteidigen, muß sich wehren, und so bildet sie sich eine Meinung, hinter der sie sich verschanzen kann – sie verdammt die Karens dieser Welt.«
»Du hast also eine Menge Klatsch gehört.«
»Ich habe eine Menge Angst gesehen.«
Er zog an seiner Zigarre. Blauer Rauch schwebte durch die Sonnenstrahlen, die ins Zimmer fielen. Er setzte sich aufs Bett und zog seine Schuhe an.
»Offen gesagt«, fuhr er fort, »allmählich bekam ich auch eine ziemliche Wut auf sie. Sie hat's übertrieben, sie ist zu weit gegangen.«
»Vielleicht konnte sie nicht anders.«
»Vielleicht«, sagte er, »hätte sie eine ordentliche Tracht Prügel gebraucht.«
»Das sagst du als Seelenarzt?«
Er grinste. »Das sage ich aus begründeter menschlicher Empörung. Wenn du wüßtest, wie viele Frauen sich auf entsetzliche Affären eingelassen haben – und alles bloß wegen Karen ...«
»Diese Frauen interessieren mich nicht«, sagte ich. »Sondern Karen.«
»Sie ist tot«, sagte Fritz.
»Du scheinst ja fast froh darüber zu sein.«
»Quatsch. Wie kannst du so was sagen?«
»Fritz«, sagte ich, »wie viele Abtreibungen hat sich Karen außer der am letzten Wochenende machen lassen?«
»Zwei.«
»Eine im letzten Sommer«, sagte ich. »Im Juli. Und vorher noch eine?«
»Ja.«
»Wer hat sie gemacht?«
»Keine Ahnung«, sagte er, an seiner Zigarre ziehend.

»Es muß jemand gewesen sein, der was davon verstanden hat«, sagte ich, »denn Bubbles hat mir erzählt, daß sie nur einen Nachmittag lang weg war. Es muß ein sehr guter Arzt gewesen sein, sehr geschickt und erfahren.«

»Anzunehmen. Sie hatte ja genug Geld.«

Ich sah ihn an, wie er da auf dem Bett saß und, seine Zigarre paffend, die Schuhe zuschnürte. Ich war mir sicher, er wußte es.

»War es Peter Randall, Fritz?«

»Warum fragst du, wenn du's weißt?«

»Ich weiß es nicht. Ich vermute es nur.«

»Du kannst einen ganz schön fertigmachen, mein Lieber. Also schön: es war Peter.«

»Wußte J. D. davon?«

»Um Himmels willen! Nein!«

»Und Mrs. Randall?«

»Hmmm.« Er zuckte die Achseln. »Möglich wär's. Aber ich bezweifle es.«

»Wußte J. D., daß Peter Abtreibungen macht?«

»Klar. Das weiß doch jeder. Peter ist einer der größten Abtreiber von Boston.«

»Aber J. D. hat nie von der Abtreibung bei Karen erfahren?«

»Nein.«

»In welcher Beziehung steht Mrs. Randall zu Art Lee?«

»Du bist heute aber sehr scharfsinnig«, sagte Fritz.

Ich wartete. Fritz zog zweimal an seiner Zigarre, hüllte sein Gesicht in einen Rauchschleier und starrte zur Decke auf.

»Ach so«, sagte ich. »Wann?«

»Vergangenes Jahr. Gegen Weihnachten, glaube ich.«

»J. D. ist nicht dahintergekommen?«

»Du weißt doch sicher«, sagte Fritz, »daß J. D. vergangenes

Jahr im November und Dezember in Indien war, im Auftrag des State Department. Irgendwas mit Entwicklungshilfe oder so.«
»Und wer war der Vater?«
»Darüber gibt's verschiedene Meinungen. Aber niemand weiß es genau – vielleicht nicht mal Mrs. Randall.«
Wieder hatte ich das Gefühl, daß er log.
»Fritz! Willst du mir nun helfen oder nicht?«
»Du bist unwahrscheinlich gerissen, Mensch.« Er stand auf, ging zum Spiegel und knöpfte sein Jackett zu. Dann fuhr er mit den Händen über die Brust. Das war eine Gewohnheit von ihm; er betastete dauernd seinen Körper, als wollte er sich vergewissern, daß er noch da sei.
»Ich habe mir oft gedacht«, sagte er, »die jetzige Mrs. Randall könnte ganz gut Karens Mutter sein. In dieser Hinsicht waren sie sich ungeheuer ähnlich. Mrs. Randall ist mindestens so mannstoll wie Karen.«
Ich zündete mir eine Zigarette an. »Warum hat J. D. sie geheiratet?«
Fritz zuckte die Achseln und steckte ein Taschentuch ein. Er zerrte die Hemdmanschetten aus den Jackenärmeln. »Was weiß ich? Diese Heirat war damals eine ziemliche Sensation. Sie ist zwar aus guter Familie und wurde in einem Schweizer Internat erzogen. Aber für einen Mann von über sechzig, der noch dazu ein vielbeschäftigter Chirurg ist, war sie nicht das Richtige. Sie fing bald an, sich in ihrem muffigen Haus zu langweilen. In Internaten lernt man ja, sich unter allen Umständen zu langweilen.«
Er drehte sich um und blickte über die Schulter noch einmal in den Spiegel. »Und so hat sie sich eben Vergnügungen gesucht«, sagte er.
»Wie lange ging das so?«
»Über ein Jahr.«

»Hat sie dafür gesorgt, daß Karen das Kind weggemacht wurde?«
»Möglich wär's, aber ich glaube kaum. Ich glaube eher, daß das Signe getan hat.«
»Signe?«
»Ja. J. D.s Geliebte.«
Ich holte tief Luft. Sollte das ein Witz sein?
»J. D. hatte eine Geliebte?«
»Ja, eine Finnin. Sie hat im Memorial gearbeitet, im kardiologischen Labor. Eine ziemliche Sexbombe, soviel ich weiß.«
»Hast du sie mal kennengelernt?«
»Leider nein.«
»Woher weißt du das dann?«
Er lächelte geheimnisvoll.
»Karen hat diese Signe gemocht?«
»Ja. Sie waren gute Freundinnen. Altersmäßig waren sie ja nicht allzuweit auseinander.«
Fritz schwieg einen Moment; dann fuhr er fort: »Du mußt wissen, Karen hat an ihrer Mutter, der ersten Mrs. Randall, sehr gehangen. Als sie vor zwei Jahren an Krebs starb – Mastdarm, glaub ich –, war das ein schwerer Schlag für Karen. Mit ihrem Vater hat sie sich nie besonders vertragen, aber mit ihrer Mutter verstand sie sich wie mit einer älteren Schwester. Vieles, was sie danach ... anstellte, ist sicher auf schlechten Einfluß zurückzuführen.«
»Du meinst, Signe hat sie schlecht beeinflußt?«
»Nein. Signe soll ein recht anständiges Mädchen gewesen sein.«
»Was meinst du dann?«
»Einer der Gründe, warum Karen ihren Vater haßte, war, daß sie von seinen Seitensprüngen wußte. Er hatte schon immer irgendwelche Freundinnen gehabt. Meistens junge Mädchen. Die erste war Mrs. Jewett, und dann diese Affäre mit –«

»Nicht so wichtig«, sagte ich. Allmählich begriff ich. »Er hat also auch schon seine erste Frau betrogen?«
Fritz nickte.
»Und Karen wußte davon?«
»Sie war ein ziemlich helles Kind.«
»Eins verstehe ich nicht«, sagte ich. »Wenn Randall die Abwechslung so liebte, warum hat er dann wieder geheiratet?«
»Na, das ist doch klar. Du brauchst dir die jetzige Mrs. Randall bloß anzusehen, dann weißt du's. Sie ist für ihn ein Dekorationsstück, eine Verzierung an seinem Leben. So ähnlich wie eine exotische Zimmerpflanze. Übrigens wirklich kein schlechter Vergleich, wenn man bedenkt, wieviel sie trinkt. Bloß kein Wasser.«
»Trotzdem unbegreiflich«, sagte ich.
Er lächelte leise. »Findest du? Wie ist denn das mit dieser Krankenschwester, mit der du zweimal in der Woche mittags zusammen ißt?«
»Sandra? Das ist doch nur Freundschaft. Sie ist ein sehr nettes Mädchen.« Ich fand, er war erstaunlich gut informiert.
»Weiter nichts?«
»Natürlich nicht«, sagte ich ein wenig verlegen.
»Ihr trefft euch jeden Donnerstag und Freitag ganz zufällig in der Kantine?«
»Ja. Unsere Dienstpläne –«
»Was, glaubst du, empfindet dieses Mädchen für dich?«
»Hör mal, ich weiß wirklich nicht, worauf du hinauswillst. Sie ist zehn Jahre jünger als ich.«
»Fühlst du dich nicht geschmeichelt?«
»Wie meinst du das?« sagte ich, obwohl ich das ganz genau wußte.
»Erfüllt dich das Zusammensein mit ihr nicht mit Befriedigung?«

Sandra war Schwester in der Internen Abteilung im achten Stock. Sie war sehr hübsch und hatte sehr große Augen und eine sehr schmale Taille und einen Gang ...
»Wir haben nichts miteinander«, sagte ich.
»Und trotzdem trefft ihr euch jede Woche zweimal.«
»Nichts weiter als eine nette Abwechslung. Kannst du dir nicht denken, wie gut einem so was bei all der Arbeit tut? Und was hat das überhaupt mit Karen zu tun?«
»Sehr viel, finde ich. Hast du dich nie gefragt, warum sie ihre Mutter so geliebt und ihren Vater so gehaßt hat? Hast du dich nie gefragt, warum sie sich nach dem Tod ihrer Mutter so verhalten hat? Woher bei ihr diese Sucht nach Sex und Drogen und Selbsterniedrigung kam? Warum sie sogar so weit ging, sich mit der Geliebten ihres Vaters anzufreunden?«
Ich sagte nichts und lehnte mich zurück.
»Das Mädchen reagierte doch nur – teils defensiv, teils offensiv – auf das, was ihre Eltern taten. Sie konnte gar nicht anders. Sie brauchte einen gewissen Halt.«
»Schöner Halt«, sagte ich.
»Stimmt«, sagte Fritz. »Widerlich, scheußlich, pervers. Aber vielleicht hat sie keinen anderen gefunden.«
»Ich würde gern mit dieser Signe sprechen«, sagte ich.
»Das geht leider nicht. Signe ist vor sechs Monaten nach Helsinki zurückgegangen.«
»Und Karen?«
»Karen ist völlig abgerutscht«, sagte er. »Sie hatte keinen Menschen mehr, keine Freunde, keine Stütze.«
»Und Bubbles und Angela Harding?«
Fritz starrte mich an. »Wieso? Was meinst du?«
»Hätten die ihr nicht helfen können?«
»Kann ein Ertrinkender einen Ertrinkenden retten?«
Er brachte mich zur Haustür hinunter.

6

In den fünfziger Jahren war Crusher Thompson mal Catcher gewesen. Er hatte einen flachen, spatelförmigen Kopf, den er seinen Gegnern, sobald sie auf dem Boden lagen, gegen die Brust preßte, bis ihnen die Luft ausging. Ein paar Jahre lang hatte das Publikum das komisch gefunden, und er hatte sich damit genug Geld verdient, um eine Kneipe kaufen zu können, in der hauptsächlich junge Akademiker verkehrten. Es war eine gutgeführte Kneipe; Thompson war trotz seines Kopfs kein Trottel. Einiges deutete darauf hin, daß er einen kleinen Spleen hatte – an der Tür lag als Fußabstreifer eine Ringkampfmatte, und an den Wänden hingen Fotos von ihm in Catcherpose – doch alles in allem war die Kneipe ganz gemütlich.

Es war nur ein Gast da, ein untersetzter, gutgekleideter Schwarzer, der am hinteren Ende der Theke über einem Martini hockte. Ich setzte mich und bestellte einen Scotch. Thompson stand selbst hinter der Theke, mit hochgerollten Ärmeln, so daß man seine kräftigen, haarigen Unterarme sah.

»Kennen Sie einen George Wilson?« fragte ich.

»Klar«, sagte Thompson grinsend.

»Sagen Sie mir bitte, wenn er kommt, ja?«

Thompson deutete mit dem Kopf auf den Mann. »Das ist er.«

Der Schwarze blickte auf und lächelte mich an, halb belustigt, halb verlegen.

Ich ging zu ihm und gab ihm die Hand.

»Entschuldigen Sie«, sagte ich. »Ich bin John Berry.«

»Schon gut«, sagte er, »woher sollten Sie mich auch kennen?«

Er war noch ziemlich jung, vielleicht Ende zwanzig. Von seinem rechten Ohr lief eine blasse Narbe seinen Hals hinunter und verschwand unter dem Hemdkragen. Er sah mich ruhig und gelassen an, rückte seine gestreifte Krawatte zurecht und sagte: »Wollen wir uns nicht in eine Nische setzen?«

»Okay.«

Als wir zu der Nische gingen, drehte Wilson sich um und sagte: »Noch zweimal dasselbe, Crusher.«

Der Mann hinter der Theke zwinkerte.

Ich sagte: »Sind Sie schon lange bei Bradford?«

»Etwas über ein Jahr«, sagte er. »Es war das Übliche. Sie haben mir ein schönes Zimmer mit Aussicht auf das Empfangspult gegeben, damit mich die Leute beim Kommen und Gehen sehen.«

Ich wußte, was er meinte, doch trotzdem stieg eine leise Erbitterung in mir hoch. Unter meinen Freunden waren ein paar junge Anwälte, und keiner davon hatte die ersten Jahre nach dem Eintritt in eine Firma ein eigenes Zimmer gekriegt. Objektiv betrachtet, konnte dieser junge Mann zufrieden sein, doch das brauchte ich ihm nicht zu sagen, denn wir wußten beide, warum er Glück gehabt hatte – er war eine Art Mißgeburt, ein Produkt, dessen Nutzen die Gesellschaft plötzlich erkannt hatte, ein gebildeter Schwarzer. Ihm standen jetzt alle Türen offen, und seine Zukunft war gesichert. Aber er blieb trotzdem eine Mißgeburt.

»Was ist Ihr Ressort?«

»Hauptsächlich Steuer- und Erbschaftssachen. Und ein paar Zivilprozesse habe ich auch schon geführt. Bei uns fallen nicht sehr viele Strafsachen an. Als ich anfing, habe ich gesagt, daß ich mich vor allem dafür interessieren würde, aber ich hätte nie gedacht, daß sie mir diese Sache anvertrauen würden.«

»Und?«

»Ich möchte nur, daß Sie Bescheid wissen.«

»Sie meinen, sie haben Ihnen einen aussichtslosen Fall aufgehalst?«
»Kann sein.« Er lächelte. »Zumindest denken sie das.«
»Und was denken Sie?«
»Daß man das vorher nicht sagen kann. Daß die Entscheidung erst im Gerichtssaal fällt.«
»Sind Sie sich schon im klaren, wie Sie die Sache angehen wollen?«
»Ich bin dabei, einen Schlachtplan auszuarbeiten«, sagte er. »Das gibt eine Menge Arbeit, denn er muß wirklich gut werden. Die Geschworenen werden's gar nicht gern sehen, daß ein Nigger einen chinesischen Abtreiber verteidigt.«
Ich trank meinen Scotch aus. Thompson brachte zwei neue Gläser und stellte sie auf den Tisch.
»Andererseits«, sagte Wilson, »ist das für mich die Chance.«
»Wenn Sie gewinnen.«
»Das«, sagte er gelassen, »habe ich vor.«
Mir wurde plötzlich klar, daß Bradfords Entscheidung – ganz gleich, aus welchem Grund er Wilson den Fall übertragen hatte – sehr klug gewesen war. Denn dieser Junge mußte alles daransetzen zu gewinnen.
»Haben Sie mit Art gesprochen?«
»Ja, heute morgen.«
»Und was für einen Eindruck hatten Sie?«
»Daß er unschuldig ist. Ich bin fest davon überzeugt.«
»Wieso?«
»So etwas spürt man doch«, sagte Wilson.

Ich erzählte Wilson, was ich in den letzten Tagen herausgekriegt hatte. Er hörte mir schweigend zu und machte sich hin und wieder Notizen.
Als ich fertig war, sagte er: »Sie haben mir eine Menge Arbeit erspart.«

»Inwiefern?«
»Nach allem, was Sie mir gesagt haben, wird es nicht schwer sein, Dr. Lee freizubekommen.«
»Sie meinen, weil das Mädchen nicht schwanger war?«
Er schüttelte den Kopf. »In mehreren früheren Fällen wurde entschieden, daß Schwangerschaft keine unbedingte Voraussetzung ist. Es ist auch nicht wesentlich, ob der Fetus bereits vor der Abtreibung tot war.«
»Mit anderen Worten – daß Karen Randall nicht schwanger war, ist ohne Bedeutung.«
»Ja.«
»Aber beweist denn nicht der Umstand, daß kein Schwangerschaftstest vorgenommen worden ist, daß der Eingriff von einem Laien gemacht wurde? Ohne genaue vorherige Untersuchung hätte Art nie eine Abtreibung gemacht.«
»Soll ich das als Argument vorbringen? Daß Dr. Lee viel zuviel von Abtreibungen versteht, um so einen Fehler zu begehen?«
»Nein, natürlich nicht«, sagte ich gereizt.
»Schauen Sie«, sagte Wilson, »man kann eine Verteidigung nicht auf dem Charakter des Angeklagten aufbauen. Das ist völlig aussichtslos.« Er blätterte in seinem Notizbuch. »Ich glaube, ich muß Ihnen mal kurz die rechtliche Lage erläutern. Es gibt bei uns ein altes Gesetz, wonach eine künstliche Schwangerschaftsunterbrechung unter allen Umständen strafbar ist. Stirbt die Patientin nicht, so beträgt die Strafe höchstens sieben Jahre; stirbt sie, zwischen fünf und zwanzig Jahren. Später wurde das Gesetz durch verschiedene oberstgerichtliche Entscheidungen ergänzt. So wurde entschieden, daß eine Abtreibung, die vorgenommen werden muß, um das Leben der Mutter zu retten, nicht strafbar ist. Das trifft aber in diesem Fall nicht zu.«
»Nein.«

»Laut einer anderen Entscheidung ist ein vorsätzlicher, mit Hilfe eines Instruments vorgenommener Eingriff ein Verbrechen – auch dann, wenn nicht erwiesen ist, daß er einen Abortus oder den Tod der Patientin zur Folge hatte. Das könnte sich als sehr wichtig erweisen. Falls der Staatsanwalt zu beweisen versuchen sollte – und ich bin sicher, daß er das tun wird –, daß Dr. Lee seit Jahren ständig Abtreibungen gemacht hat, wird er das Argument vorbringen, das Fehlen eines direkten Beweises genüge nicht, Lee zu entlasten.«

»Könnte er damit Erfolg haben?«

»Nein. Aber versuchen kann er's, und das würde uns ungeheuer schaden.«

»Weiter.«

»Es gibt noch zwei andere wichtige Entscheidungen, die zeigen, daß die Gesetze sich vor allem gegen den Abtreiber richten und viel weniger gegen die beteiligte Frau. Im einen Fall wurde entschieden, daß die Einwilligung der Patientin unerheblich sei und die Abtreibung nicht rechtfertige. Das gleiche Gericht entschied, daß der Tod der Frau lediglich ein erschwerender Umstand sei. Das bedeutet, daß die Nachforschungen, die Sie über Karen Randall angestellt haben, juristisch gesehen völlig sinnlos waren.«

»Aber Sie meinten doch –«

»– daß Lee schon so gut wie frei ist? Das ist er auch.«

»Wieso?«

»Es gibt zwei Möglichkeiten. Die erste besteht darin, die Familie Randall mit dem, was Sie herausgekriegt haben, vor dem Prozeß zu konfrontieren: Mit der Tatsache, daß Peter Randall, der behandelnde Arzt des Mädchens, Abtreibungen macht. Mit der Tatsache, daß er bei dem Mädchen früher zwei Abtreibungen gemacht hat. Mit der Tatsache, daß Mrs. Randall sich von Dr. Lee eine Abtreibung hat machen lassen, daß sie deshalb möglicherweise gegen ihn eingenommen war und aus diesem Grund fälschlich behauptet hat, Karen hätte ihn beschuldigt. Abgesehen davon, daß Karen eine äußerst labile junge Dame war, deren Worte, noch dazu in diesem Zustand, wenig glaubwürdig waren. Wenn wir die Familie damit konfrontieren, kann man sie vielleicht dazu bringen, die Beschuldigungen noch vor dem Prozeß zurückzuziehen.«

Ich holte tief Luft. Der Kerl schien vor nichts zurückzuschrecken. »Und die zweite Möglichkeit?«

»Die bestünde, falls es zum Prozeß kommt. Die Anklage basiert hauptsächlich auf Mrs. Randalls Aussage. Wir müssen Mrs. Randall so fertigmachen, daß ihr die Geschworenen kein Wort mehr glauben. Und dann müssen wir Karens Persönlichkeit sezieren. Wir müssen darlegen, daß sie drogen- und medikamentensüchtig war, daß sie mannstoll war und eine pathologische Lügnerin. Wir müssen die Geschworenen davon überzeugen, daß alles, was Karen gesagt hat, ob zu ihrer Stiefmutter oder anderen Leuten, völlig unglaubwürdig war. Außerdem können wir darauf hinweisen, daß Peter Randall zwei Abtreibungen bei ihr gemacht hat und daß er deshalb höchstwahrscheinlich auch die dritte gemacht hat.«

»Ich bin aber überzeugt, daß Peter Randall es nicht war«, sagte ich.

»Kann sein«, sagte Wilson. »Aber das ist unwesentlich.«

»Wieso?«

»Weil nicht Peter Randall unter Anklage steht, sondern Dr. Lee. Und weil wir alles tun müssen, um ihn rauszuhauen.«

Ich sah ihn an. »Ihnen möchte ich nicht im Finstern begegnen.«

»Gefallen Ihnen meine Methoden nicht?« Er lächelte leise.

»Offen gesagt, nein.«

»Mir auch nicht«, sagte Wilson. »Doch die Gesetze sind nun

mal so, daß sie uns dazu zwingen. Die Gesetze richten sich in vielen Fällen, in denen es um Arzt und Patient geht, gegen den Arzt. Die Strafprozeßordnung gestattet dem Staatsanwalt und dem Verteidiger die Anwendung bestimmter Methoden und Taktiken, die leider auf einen Rufmord an den in den Fall verwickelten Personen hinauslaufen. Der Staatsanwalt wird alles daransetzen, Dr. Lee in Mißkredit zu bringen. Ich, der Verteidiger, werde mich bemühen, das gleiche mit der Toten, Mrs. Randall und Peter Randall zu tun. Dem Staatsanwalt kommt zugute, daß Bostoner Geschworene gegenüber jemandem, der wegen Abtreibung angeklagt ist, von vornherein voreingenommen sind. Unser Vorteil ist, daß Bostoner Geschworene begierig darauf sind, zu sehen, wie eine alte Familie in den Dreck gezogen wird.«

»Widerlich.«

Er nickte. »Da haben Sie recht.«

»Gibt es denn keine andere Möglichkeit?«

»Doch«, sagte er. »Sicher. Herauszufinden, wer den Eingriff wirklich gemacht hat.«

»Wann wird der Prozeß stattfinden?«

»Für nächste Woche ist eine Vorverhandlung angesetzt.«

»Und der Prozeß selbst?«

»Vielleicht zwei Wochen danach. Das Gericht hat den Fall vorgezogen. Warum weiß ich nicht, aber ich kann's mir denken.«

»Weil Randall darauf drängt?«

Wilson nickte. Er schwieg einen Moment und starrte mich an. Dann sagte er: »Warum sind Sie eigentlich so darauf aus, die Randalls zu schonen?«

»Bin ich doch gar nicht.«

»Es kommt mir fast so vor.«

»Ich bin sicher, Art würde das nicht wollen.«

»Art«, sagte er, »will nur eins: aus dem Gefängnis raus. Und ich garantiere Ihnen, ich werde ihn rausholen.«

»Auf so gemeine Weise?«
»Herrgott, das ist nun mal ein gemeines Spiel. Was dachten Sie – ein Kasperletheater?« Er trank sein Glas aus und sagte: »Was würden Sie denn an meiner Stelle tun, Berry?«
»Warten«, sagte ich.
»Worauf?«
»Auf den, der's wirklich getan hat.«
»Und wenn er nicht auftaucht?«
Ich schüttelte den Kopf. »Ich weiß nicht«, sagte ich.
»Dann denken Sie mal drüber nach«, sagte er und ging.

7

Ich war wütend auf Wilson, doch er hatte mich ziemlich nachdenklich gemacht. Ich fuhr heim, schenkte mir einen Wodka ein, setzte mich und überlegte. Ich ließ mir alles, was ich erfahren hatte, durch den Kopf gehen, und mir wurde klar, daß es eine Menge wichtige Fragen gab, die ich nicht geklärt hatte. Zum Beispiel, was Karen am Samstag abend gemacht hatte, als sie mit Peters Wagen wegfuhr. Was sie Mrs. Randall am nächsten Tag gesagt hatte. Ob sie Peter den Wagen zurückgegeben hatte. Er war inzwischen gestohlen worden. Wann hatte Peter ihn wiederbekommen?
Ich trank den Wodka und spürte, wie ich langsam ruhiger wurde. Ich war zu hastig gewesen; ich hatte zu oft die Beherrschung verloren; ich hatte mehr auf die Leute reagiert als auf das, was sie mir sagten.
Ich nahm mir vor, von jetzt an sorgfältiger und vorsichtiger zu sein.
Das Telefon klingelte. Es war Judith. Sie war drüben bei den Lees.
»Was ist los?«

Mit fester Stimme sagte sie: »Könntest du nicht herkommen. Draußen ist eine Art Demonstration.«
»Was?«
»Ein Haufen Leute«, sagte Judith, »draußen auf dem Rasen.«
»Ich bin gleich da«, sagte ich und legte auf. Ich schnappte meinen Mantel und wollte hinaus zum Wagen laufen, doch dann blieb ich stehen.
Ich lief zurück, rief die Lokalredaktion des Globe an und berichtete von der Demonstration vor dem Haus der Lees – stockend und atemlos, als sei ich ganz außer mir.
Dann stieg ich in den Wagen und fuhr hin.
Als ich ankam, schwelte das Holzkreuz auf dem Rasen noch. Ein Polizeiauto stand da, und eine große Menschenmenge hatte sich angesammelt, hauptsächlich Leute aus der Nachbarschaft. Es war noch früh am Abend und der Himmel tiefblau, und von dem Kreuz stieg weiß der Rauch auf.
Ich drängte mich zwischen den Leuten durch. Sämtliche Fenster, die ich sehen konnte, waren eingeschlagen. Im Haus weinte jemand. An der Tür hielt mich ein Polizist auf.
»Wer sind Sie?«
»Dr. Berry. Meine Frau und meine Kinder sind drinnen.«
Er trat beiseite, und ich ging hinein.
Sie waren alle im Wohnzimmer. Betty Lee weinte; Judith versuchte die Kinder zu beruhigen. Überall lagen Glassplitter. Zwei der Kinder hatten tiefe Schnittwunden, die aber nicht gefährlich zu sein schienen. Ein Polizist verhörte Betty, brachte aber nichts aus ihr heraus. Sie sagte nur: »Wir haben Sie um Schutz gebeten. Wir haben Sie angefleht, aber Sie sind nicht gekommen ...«
Ich half Judith, die Kinder zu verbinden.
Plötzlich drehte sich der Polizist zu mir um. »Wer sind Sie?«
»Ich bin Arzt.«

»Ach so«, sagte er. »Höchste Zeit.« Dann wandte er sich wieder zu Betty.
»Vor zwanzig Minuten hat's angefangen«, sagte Judith. Sie war ganz blaß. »Den ganzen Tag über kamen Drohanrufe und haufenweise Briefe. Und dann passierte es: Vier Autos fuhren vor, und eine Horde Jungens stieg aus. Sie stellten das Kreuz auf, schütteten Benzin drüber und zündeten es an. Es müssen ungefähr zwanzig gewesen sein. Sie standen draußen auf dem Rasen und sangen und johlten. Und als wir aus dem Fenster schauten, fingen sie an, Steine zu schmeißen. Es war entsetzlich.«
»Wie haben die Jungens ausgesehen? Waren sie gut angezogen? Was für Wagen hatten sie?«
Sie schüttelte den Kopf. »Das war das allerschlimmste. Es waren junge, nett aussehende Burschen. Ganz normale Teenager. Du hättest ihre Gesichter sehen sollen.«
Als wir die Kinder verbunden hatten, brachten wir sie ins Nebenzimmer.
»Ich würde gern mal die Briefe sehen«, sagte ich und ging zum Tisch, auf dem sie lagen. Sie waren sorgfältig aufgeschnitten und ordentlich aufeinandergestapelt. Die meisten waren mit der Hand geschrieben, ein paar mit Maschine. Sie waren alle kurz, einige bestanden nur aus einem Satz, alle waren haßerfüllt wie ein Fluch, und keiner trug eine Unterschrift.
Auch der letzte Brief war mit der Hand geschrieben, in einer sauberen femininen Schrift.

»Zu meinem großen Bedauern habe ich von Ihrem Mißgeschick erfahren. Ich kann mir vorstellen, daß das für Sie und Ihre Familie schwere Tage sind. Ich möchte Ihnen nur sagen, daß ich Ihnen für das, was Sie letztes Jahr für mich getan haben, sehr dankbar bin. Sie sind der

beste Arzt und der wundervollste Mensch, den ich je gekannt habe, und mein Mann und ich werden Ihnen ewig dankbar sein. Ich werde jeden Abend für Sie beten.
Mrs. Allison Bank«

Diesen Brief steckte ich ein. Es war besser, ihn nicht so herumliegen zu lassen.
Hinter mir hörte ich Stimmen.
»Hm, hm, hm. Unfaßbar.«
Ich drehte mich um. Es war Peterson.
»Unglaublich.« Er sah sich um. »Schöne Bescherung, was?«
»Das kann man wohl sagen.«
»Hm, hm.« Er ging im Zimmer herum. »Sieht ja schrecklich aus.«
Ein anderer Mann stürzte herein. Er trug einen Regenmantel und hatte einen Notizblock in der Hand.
»Wer sind Sie?« sagte Peterson.
»Curtis. Vom Globe, Sir.«
»Wer hat Sie denn geholt, Mensch?«
Peterson starrte mich an. »Nicht nett von Ihnen«, sagte er. »Gar nicht nett.«
»Wieso? Das ist eine seriöse Zeitung. Der Junge wird die Wahrheit schreiben. Dagegen können Sie doch nichts haben.«
»Hören Sie«, sagte Peterson. »Dies ist eine Zweieinhalbmillionenstadt, und wir haben nicht genug Leute. Wir können nicht jedesmal, wenn ein Verrückter sich beschwert oder wenn ein Irrer jemanden bedroht, Ermittlungen anstellen. Wenn wir das machen würden, könnten wir nichts anderes mehr tun, zum Beispiel den Verkehr regeln.«
»Die Familie eines Angeklagten«, sagte ich – ich merkte, daß der Reporter mich aufmerksam ansah, »– die Familie eines Angeklagten wird telefonisch und durch Briefe be-

droht. Seine Frau und seine kleinen Kinder. Die Frau hat Angst und bittet Sie um Schutz. Sie kümmern sich nicht darum.«
»Das ist nicht wahr. Sie wissen ganz genau, daß das nicht stimmt.«
»Dann passiert etwas. Man zündet vor ihrem Haus ein Kreuz an und schmeißt ihr die Fenster ein. Die Frau ruft die Polizei. Es dauert fünfzehn Minuten, bis Ihre Leute hier sind. Wie weit ist das nächste Revier?«
»Das tut nichts zur Sache.«
Der Reporter schrieb.
»Sie werden ziemlichen Ärger kriegen«, sagte ich. »Eine Menge Bürger dieser Stadt sind gegen Abtreibung, aber noch mehr sind gegen die mutwillige Zerstörung von Privateigentum durch jugendliche Kriminelle –«
»Das waren keine Kriminellen.«
Ich wandte mich zu dem Reporter. »Captain Peterson äußert die Ansicht, daß die Burschen, die das Kreuz anzündeten und sämtliche Fenster des Hauses einwarfen, keine Kriminellen waren.«
»So hab ich das nicht gemeint«, sagte Peterson rasch.
»Genau das hat er gesagt«, sagte ich zu dem Reporter. »Es wird Sie sicher interessieren, daß zwei Kinder durch herumfliegende Glassplitter schwer verletzt wurden. Zwei Kinder im Alter von drei und fünf Jahren schwer verletzt.«
»Soviel ich gehört habe, sind es keine schweren –«
»Ich glaube«, sagte ich, »ich bin im Moment hier der einzige Arzt. Oder hat die Polizei einen Arzt mitgebracht, als sie der Frau endlich zu Hilfe kam?«
Er schwieg.
»Hat die Polizei einen Arzt mitgebracht?« fragte der Reporter.
»Nein.«

»Hat sie einen Arzt verständigt?«
»Nein.«
Der Reporter schrieb eifrig.
»Das zahle ich Ihnen heim, Berry«, sagte Peterson. »Verlassen Sie sich drauf.«
»Vorsicht. Sie vergessen den Reporter.«
Seine Augen funkelten. Er drehte sich um und ging zur Tür.
»Noch eine Frage«, sagte ich. »Was gedenkt die Polizei zu unternehmen, damit so was nicht noch mal passiert?«
Er blieb stehen. »Darüber ist noch nicht entschieden.«
»Sie sollten dem Reporter erklären, wie sehr Sie das Ganze bedauern und daß Sie das Haus von jetzt an Tag und Nacht bewachen lassen werden«, sagte ich. »Meinen Sie nicht, daß das in Ihrem eigenen Interesse wäre?«
Er preßte die Lippen zusammen, doch ich war überzeugt, daß er dafür sorgen würde. Das war alles, was ich wollte – Schutz für Betty und ein bißchen Druck auf die Polizei.

8

Judith brachte die Kinder nach Hause, und ich blieb bei Betty und half ihr, die Fenster mit Brettern zu vernageln. Wir brauchten dazu fast eine Stunde.
Bettys Kinder hatten sich beruhigt, wollten aber nicht schlafen. Dauernd kamen sie die Treppe herunter und jammerten, daß ihre Verletzungen weh täten oder daß sie Durst hätten. Vor allem Henry beklagte sich über Schmerzen im Fuß, und so nahm ich den Verband ab, um nachzusehen, ob ich nicht einen Splitter übersehen hatte. Tatsächlich fand ich einen in der Wunde.
Während ich mit dem kleinen Fuß in der Hand dasaß und

die Wunde noch einmal reinigte, überkam mich plötzlich eine tiefe Müdigkeit. Überall roch es nach Rauch. Es war kalt, und durch die kaputten Fenster zog es; es würde Tage dauern, bis das Haus wieder in Ordnung gebracht war.
Alles war so sinnlos.
Als ich mit Henrys Fuß fertig war, nahm ich mir noch einmal die Briefe vor, und sie deprimierten mich noch mehr. Ich fragte mich, wie Menschen so etwas tun konnten; was sie sich dabei wohl gedacht hatten. Wahrscheinlich dachten sie überhaupt nicht. Sie reagierten einfach, so wie ich reagiert hatte, so wie alle reagiert hatten.
Plötzlich wünschte ich, das Ganze wäre vorbei. Ich wünschte, es würden keine Briefe mehr kommen, die Fenster wären repariert, die Wunden verheilt, das Leben wieder normal. Mein Verlangen war so stark, daß ich George Wilson anrief.
»Ich habe mir gedacht, daß Sie anrufen werden«, sagte er.
»Wie wär's mit einer kleinen Spazierfahrt?« fragte ich.
»Wohin?«
»Zu den Randalls.«
»Was haben Sie vor?«
»Die Hunde zurückzupfeifen«, sagte ich.
»Holen Sie mich in zwanzig Minuten ab«, sagte er.
Während wir zum Haus der Randalls fuhren, sagte Wilson: »Was hat Sie dazu gebracht, Ihre Meinung zu ändern?«
»Verschiedenes.«
»Die Kinder?«
»Verschiedenes«, wiederholte ich.
Wir schwiegen eine Weile, dann sagte er: »Sie sind also einverstanden damit, daß wir Mrs. Randall und Peter das Messer auf die Brust setzen?«
Ich nickte.
»Ich dachte, Sie sind mit ihm befreundet.«

»Ich mag nicht mehr. Ich bin müde.«
»Ich dachte, bei euch Ärzten gibt's keine Müdigkeit.«
»Ach, hören Sie doch auf.«
Es war schon spät, fast neun. Der Himmel war schwarz.
»Daß wir uns über eins im klaren sind«, sagte er. »Sie lassen mich reden, ja?«
»Okay«, sagte ich.
»Es hat keinen Sinn, wenn wir beide reden. Das sehen Sie doch ein, oder?«
»Ich werde Ihnen die Schau schon nicht stehlen«, sagte ich.
Er lächelte. »Sie mögen mich nicht, was?«
»Nein. Nicht besonders.«
»Aber Sie brauchen mich.«
»So ist es«, sagte ich.
Ich wußte nicht mehr genau, wo das Haus war, und so ging ich mit der Geschwindigkeit herunter, als wir in die Gegend kamen. Endlich sah ich es, doch als ich in die Zufahrt einbiegen wollte, zuckte ich zusammen. Auf dem kiesbedeckten Wendeplatz vor dem Haus standen zwei Wagen: J. D. Randalls silberner Porsche und ein grauer Mercedes. Ich hielt an, schaltete die Scheinwerfer aus und stieß zurück.
»Was ist denn los?« fragte Wilson.
»Ich weiß nicht«, sagte ich.
»Gehen wir nun rein oder nicht?«
»Nein«, sagte ich. Ich stieß auf die Straße zurück und parkte auf der anderen Seite neben einem Gebüsch. Von dort aus konnte ich die Zufahrt überblicken und beide Wagen sehen.
»Warum nicht?«
»Weil dort ein Mercedes steht.«
»Und?«
»Peter Randall fährt einen Mercedes.«
»Um so besser«, sagte Wilson. »Dann können wir sie uns gleich beide zusammen vorknöpfen.«

Ich schüttelte den Kopf. »Peter Randall hat mir erzählt, sein Wagen sei gestohlen worden.«
»Wann?«
»Gestern.«
Ich überlegte. Irgendwas stimmte nicht, doch ich wußte nicht, was. Dann durchzuckte mich ein Gedanke – der graue Mercedes, der in der Garage gestanden hat, als ich mit Mrs. Randall sprach.
Ich machte die Tür auf. »Kommen Sie.«
»Wo wollen Sie denn hin?«
»Ich möchte mir den Wagen ansehen«, sagte ich.
Die Nacht war kühl und feucht. Während wir die Zufahrt hinaufgingen, holte ich meine kleine Taschenlampe hervor; ein Andenken an meine Praktikantenzeit. Ich war froh, daß ich sie bei mir hatte.
»Sind Sie sich darüber im klaren«, flüsterte Wilson, »daß das unbefugtes Betreten von Privateigentum ist?«
»Ja«, sagte ich.
Wir verließen den knirschenden Kies und gingen durch das weiche Gras den Hügel zum Haus hinauf. Im Parterre brannte Licht, doch die Jalousien waren geschlossen, und wir konnten nicht hineinschauen.
Als wir zu den Wagen kamen, traten wir wieder auf den Kies. Ich ging zum Mercedes und knipste die Taschenlampe an. Der Wagen war leer; es lag nichts auf dem Rücksitz.
Ich beugte mich vor.
Der Fahrersitz war voll Blut.
Wilson riß die Augen auf.
Ich wollte eben etwas sagen, da ging die Haustür auf, und wir hörten Stimmen. Wir liefen über den Rasen und versteckten uns hinter einem Busch.
J. D. Randall trat aus dem Haus und hinter ihm Peter. Die beiden stritten leise miteinander; Peter sagte: »Das ist doch

lächerlich«, und J. D.: »Man kann nicht vorsichtig genug sein«; mehr konnte ich nicht verstehen. Sie kamen die Vortreppe herunter und gingen zu den Wagen. Peter stieg in den Mercedes und ließ den Motor an. J. D. sagte: »Fahr mir nach«, und Peter nickte. Dann stieg J. D. in den silbernen Porsche und fuhr die Zufahrt hinunter.

An der Straße bogen sie nach rechts ab und fuhren in südlicher Richtung davon.

»Schnell«, sagte ich.

Wir rannten die Zufahrt hinunter und über die Straße zu meinem Wagen. Die beiden anderen Autos waren schon weit weg; wir hörten kaum noch ihr Motorengeräusch, sahen aber ihre Lichter die Küstenstraße entlanggleiten.

Ich startete und fuhr ihnen nach.

Wilson griff in die Tasche und nahm etwas heraus.

»Was haben Sie da?«

Er hielt es mir hin; ein kleines silbernes Ding.

»Eine Minox.«

»Haben Sie immer eine Kamera bei sich?«

»Immer«, sagte er.

Ich hielt genügend Abstand, damit die beiden nichts merkten. Peter fuhr dicht hinter J. D.

Nach fünf Minuten bogen die zwei Wagen auf den Zubringer zur Südwest-Autobahn ein. Ich setzte mich hinter sie.

»Ich verstehe das nicht«, sagte Wilson. »Zuerst nehmen Sie den Burschen in Schutz, und dann verfolgen Sie ihn wie ein Bluthund.«

»Ich möchte nur wissen, was sie vorhaben«, sagte ich. »Weiter nichts.«

Nach einer halben Stunde, bei Marshfield, wurde die Straße schmaler; die drei Fahrbahnen verengten sich auf zwei. Es herrschte kein starker Verkehr, und so konnte ich noch weiter zurückbleiben.

»Vielleicht irren Sie sich«, sagte Wilson. »Vielleicht steckt gar nichts dahinter –«
»Nein«, sagte ich. Mir war inzwischen verschiedenes klargeworden. »Peter hat Karen seinen Wagen fürs Wochenende geliehen. Das weiß ich von William, ihrem Bruder. Karen hat ihn benutzt. Der Fahrersitz ist voll Blut. Sie haben ihn in Randalls Garage gestellt, und Peter ist zur Polizei gegangen und hat gesagt, er sei gestohlen worden. Und jetzt ...«
»Jetzt bringen sie ihn weg«, sagte Wilson.
»Anscheinend.«
»Mensch«, sagte Wilson, »falls das stimmt ...«
Die Wagen fuhren weiter südwärts, vorbei an Plymouth, aufs Cape zu. Die Luft hier war frisch und salzig. Die Straße wurde immer leerer, und die beiden drehten auf. Sie fuhren jetzt fast hundertdreißig. Nach Hyannis gingen plötzlich ihre Bremslichter an, und sie bogen nach rechts auf einen Feldweg ab, der zur Küste führte.
Wir folgten ihnen. Der Weg schlängelte sich zwischen struppigen Kiefern durch. Ich schaltete die Scheinwerfer ab. Ein kalter Wind wehte vom Meer herauf.
»Ziemlich öde Gegend«, sagte Wilson.
Ich nickte.
Bald hörten wir das Rauschen der Brandung. Ich fuhr den Wagen zwischen die Bäume und hielt an. Wir stiegen aus und gingen weiter, bis wir die beiden Wagen sehen konnten. Ich kannte die Stelle. Wir waren auf der Ostseite des Cape; dort vorn war ein ziemlich steiler, sandiger, etwa dreißig Meter tiefer Abhang. An seinem Rand, über dem Meer, standen die beiden Wagen. Randall und Peter waren ausgestiegen und sprachen miteinander. Dann stieg Peter in den Mercedes und fuhr ihn so weit vor, daß die Vorderräder nur noch ein paar Zentimeter vom Rand entfernt waren. Er stieg wieder aus und ging zurück.

J. D. hatte inzwischen den Kofferraum des Porsche geöffnet und einen Benzinkanister herausgenommen. Zusammen schütteten die beiden das Benzin in Peters Wagen.
Ich hörte neben mir ein leises Klicken. Wilson drückte die kleine Kamera ans Auge und knipste.
»Ist es dazu nicht zu dunkel?« fragte ich.
»Tri-X«, sagte er und drückte auf den Auslöser. »Für ein gutes Labor kein Problem. Und ich habe ein gutes Labor.«
Ich schaute wieder zu den beiden Wagen hinüber. J. D. legte den Kanister in seinen Kofferraum. Er stieg ein, ließ den Motor an und wendete, so daß sein Wagen mit dem Kühler zur Straße stand.
Dann rief er Peter etwas zu, stieg aus und ging zu ihm. Ein Streichholz flackerte auf, und plötzlich schossen im Innern des Mercedes Flammen hoch.
Die zwei Männer stürzten zum Heck und stemmten sich dagegen. Langsam setzte sich der Wagen in Bewegung, kippte über den Rand und rutschte den sandigen Abhang hinunter. Die beiden traten zurück und blickten ihm nach. Unten explodierte er anscheinend, denn es gab einen lauten Krach, und ein roter Blitz zuckte auf.
Sie rannten zum Porsche, stiegen ein und fuhren los.
»Kommen Sie«, sagte Wilson, als sie an uns vorbei waren, und lief zum Rand des Abhangs. Unten am Wasser lag der brennende, zerbeulte Mercedes.
Wilson machte noch ein paar Aufnahmen; dann steckte er die Kamera ein und sah mich an.
»Menschenskind«, sagte er, »haben wir ein Schwein.«

9

Auf der Rückfahrt bog ich bei Cohasset von der Autobahn ab.
»He«, sagte Wilson. »Wo wollen Sie denn hin?«
»Zu Randall.«
»Jetzt?«
»Ja.«
»Sind Sie wahnsinnig? Das ist doch nicht Ihr Ernst?«
»Doch«, sagte ich. »Ich habe mir vorgenommen, Art Lee rauszuholen. Daran hat sich nichts geändert.«
Wilson starrte mich fassungslos an. »Nachdem wir das gesehen haben?« Er klopfte auf die kleine Kamera in seiner Tasche. »Jetzt können wir vor Gericht gehen.«
»Ich habe Ihnen doch gesagt, ich will nicht, daß die Sache vor Gericht kommt.«
»Aber warum denn nicht? Mit diesen Beweisen sind wir nicht zu schlagen. Ich hab den Freispruch buchstäblich hier in meiner Tasche.«
Ich schüttelte den Kopf.
»Hören Sie«, sagte Wilson. »Einen Zeugen kann man fertigmachen. Man kann seine Glaubwürdigkeit erschüttern, man kann ihn so lächerlich machen, daß ihn kein Mensch mehr ernst nimmt. Aber gegen ein Foto kann niemand an. Ein Foto ist durch nichts zu erschüttern. Sie haben die Schlinge um den Hals. Wir brauchen sie bloß zuzuziehen.«
»Nein«, sagte ich.
Er seufzte. »Wenn sie das nicht getan hätten, hätte ich bluffen müssen. Ich hätte versuchen müssen, sie einzuschüchtern, ihnen Angst einzujagen, sie zu der Überzeugung zu bringen, wir hätten irgendwelche Beweise, die wir in Wirklichkeit gar nicht gehabt hätten. Aber jetzt ist alles anders. Wir haben den Beweis. Wir haben alles, was wir brauchen.«

»Wenn Sie nicht wollen, dann rede eben ich mit ihnen.«
»Berry«, sagte Wilson, »wenn Sie das tun, vermasseln Sie alles.«
»Ich werd schon mit ihnen fertig.«
»Berry, Sie verpatzen alles. Gerade weil ihnen bewußt ist, daß sie eben etwas sehr Belastendes getan haben, werden sie sich auf die Hinterbeine stellen.«
»Wir brauchen ihnen ja nur sagen, was wir wissen.«
»Und wenn es doch zum Prozeß kommt? Was dann? Dann haben wir unser Pulver verschossen.«
»Keine Angst. Es kommt nicht zum Prozeß.«
Wilson kratzte sich an seiner Narbe. »Ich verstehe Sie nicht«, sagte er. »Wollen Sie denn nicht gewinnen?«
»Doch«, sagte ich, »aber ohne Kampf.«
»Es wird aber zum Kampf kommen. Verlassen Sie sich drauf.« Ich fuhr die Zufahrt zu Randalls Haus hinauf.
»Sagen Sie das nicht mir«, sagte ich, »sondern den Randalls.«
»Sie machen einen großen Fehler«, sagte er.
»Das muß sich erst herausstellen«, sagte ich.
Wir gingen die Vortreppe hinauf, und ich klingelte.

Zögernd führte uns der Butler ins Wohnzimmer. Es hatte etwa die Größe einer mittleren Basketballhalle; ein riesiger Raum mit einem gewaltigen Kamin. Um das knisternde Feuer saßen Mrs. Randall in einem Hausanzug und Peter und J. D., beide große Brandygläser in der Hand.
Der Butler blieb in der Tür stehen, richtete sich hoch auf und sagte: »Dr. Berry und Mr. Wilson, Sir. Sie sagen, sie würden erwartet.«
J. D. sah uns stirnrunzelnd an. Peter lehnte sich zurück und erlaubte sich ein leises Lächeln. Mrs. Randall schien unseren Auftritt äußerst amüsant zu finden.

J. D. sagte: »Was wollen Sie?«
Ich überließ Wilson das Wort. Er machte eine kleine Verbeugung und sagte: »Ich glaube, Dr. Berry kennen Sie ja, Dr. Randall. Ich bin George Wilson, Dr. Lees Verteidiger.«
»Freut mich«, sagte J. D. Er schaute auf seine Uhr. »Es ist nur schon fast Mitternacht, und wir wollten gerade schlafen gehen. Im übrigen wüßte ich nicht, was ich mit Ihnen zu reden hätte. Wenn Sie also bitte –«
»Verzeihen Sie, Sir«, sagte Wilson, »aber wir haben eine weite Fahrt gemacht, um mit Ihnen zu sprechen. Genauer gesagt, wir kommen vom Cape.«
J. D. zwinkerte; dann wurde sein Gesicht starr. Peter hustete ein leises Lachen nieder. Mrs. Randall sagte: »Was haben Sie denn auf dem Cape gemacht?«
»Wir haben uns ein Feuerwerk angesehen«, sagte Wilson.
»Ein Feuerwerk?«
»Ja«, sagte Wilson. Er wandte sich zu J. D.: »Wenn wir bitte einen Brandy haben könnten?«
Diesmal konnte Peter sich nicht beherrschen und lachte laut. J. D. starrte ihn vorwurfsvoll an; dann klingelte er dem Butler und sagte ihm, er solle noch zwei Brandy bringen. Als er hinausging, rief er ihm nach: »Zwei kleine, Herbert. Die Herren bleiben nicht lange.«
»Würdest du uns bitte allein lassen, meine Liebe?« sagte er zu seiner Frau.
Sie nickte und verließ das Zimmer.
»Setzen Sie sich, meine Herren.«
»Wir stehen lieber«, sagte Wilson. Der Butler brachte zwei kleine Kristallgläser. Wilson hob sein Glas. »Auf Ihr Wohl, meine Herren.«
»Danke«, sagte J. D. kühl. »Also, was wollen Sie?«
»Eine kleine juristische Angelegenheit«, sagte Wilson. »Sie sollten sich vielleicht noch mal überlegen, ob es nicht besser

wäre, die Beschuldigungen gegen Dr. Lee zurückzunehmen.«

»Überlegen?«

»Ja. Genau.«

»Da gibt's nichts zu überlegen«, sagte J. D.

Wilson nippte an seinem Brandy. »Wirklich nicht?«

»Nein«, sagte J. D.

»Vielleicht«, sagte Wilson, »hat Ihre Frau sich geirrt, als sie behauptete, Karen Randall hätte ihr gesagt, daß Dr. Lee die Abtreibung gemacht hat. Und vielleicht hat sich auch Peter Randall geirrt, als er der Polizei meldete, sein Wagen sei gestohlen worden. Oder hat er gar keine Anzeige erstattet?«

»Weder meine Frau noch mein Bruder haben sich geirrt«, sagte J. D. Peter hustete wieder und zündete sich eine Zigarre an.

»Ist irgendwas, Peter?« fragte J. D.

»Nein, wieso?«

Er zog an der Zigarre und trank einen Schluck Brandy.

»Sie vergeuden Ihre Zeit, meine Herren«, sagte J. D. »Es hat sich niemand geirrt, und es gibt nichts zu überlegen.«

»Dann kommt die Sache vor Gericht«, sagte Wilson leise.

J. D. nickte. »Natürlich.«

»Und man wird Sie fragen, was Sie heute abend gemacht haben.«

»Warum nicht. Wir haben den ganzen Abend Schach gespielt.« Er deutete auf ein Schachbrett in der Ecke. »Mrs. Randall wird das bezeugen.«

»Wer hat gewonnen?« fragte Wilson.

»Ich natürlich«, sagte Peter lachend. »Er ist ein miserabler Schachspieler.«

»Ich weiß wirklich nicht, was daran so komisch ist, Peter.«

»Du bist ein schlechter Verlierer«, sagte Peter.

J. D. starrte ihn wütend an.

Peter hörte plötzlich zu lachen auf. Er verschränkte die Arme über dem Bauch und sagte nichts mehr.
J. D. Randall kostete das Schweigen einen Moment aus; dann sagte er: »Sonst noch was, meine Herren?«

»Sie Idiot«, sagte ich zu Wilson. »Jetzt stehen wir schön da.«
»Ich habe mein Bestes getan.«
»Sie haben ihn herausgefordert. Sie haben ihn gezwungen, vor Gericht zu gehen. Sie hätten ihnen Angst einjagen müssen. Sie hätten ihnen sagen müssen, was Sie mir in der Kneipe gesagt haben. Sie hätten Ihnen von den Fotos erzählen müssen …«
»Das wäre zwecklos gewesen«, sagte Wilson.
»Bestimmt nicht.«
»Doch. Sie sind fest entschlossen, die Sache vor Gericht zu bringen. Sie –«
»Ja«, sagte ich. »Weil Sie sich so blöd benommen haben. Unmöglich haben Sie sich aufgeführt. Diese Arroganz – diese lächerlichen Drohungen, dieses Theater mit dem Brandy –«
»Ich wollte ihnen eine Brücke bauen«, sagte er achselzuckend.
»Ich weiß ganz genau, was Sie wollten, Wilson. Sie haben sie dazu gezwungen, vor Gericht zu gehen, weil Sie auf diesen Prozeß aus sind. Sie wollen eine Arena, in der Sie Ihre Künste zeigen können, eine Gelegenheit, sich zu produzieren, sich einen Namen zu machen, zu beweisen, was für ein toller Hecht Sie sind. Es ist Ihnen doch wohl klar, daß Art Lee, wenn es zu einem Prozeß kommt, nur verlieren kann – ganz gleich, wie er ausgeht. Er wird seinen Ruf verlieren, seine Patienten, vielleicht sogar seine Lizenz. Und auch die Randalls können nur verlieren, wenn es zum Prozeß kommt. Sie werden sie mit Dreck beschmeißen, kaputtma-

chen, ruinieren. Am Ende wird nur einer glänzend dastehen. Sie – Wilson. Nur Sie können durch einen Prozeß etwas gewinnen.«
»Das ist Ihre Ansicht«, sagte er. Allmählich wurde er wütend.
»Das ist eine Tatsache.«
»Sie haben doch gesehen, wie unzugänglich J. D. war.«
»Sie hätten ihn in die Enge treiben können.«
»Nein«, sagte Wilson. »Aber vor Gericht werde ich ihn in die Enge treiben.« Er lehnte sich zurück und starrte einen Moment vor sich hin. »Ehrlich gesagt, ich begreife Sie nicht, Berry. Sie sind doch Wissenschaftler. Man sollte meinen, Beweise gingen Ihnen über alles. Heute abend hat Ihnen Peter Randall den eindeutigen Beweis geliefert, daß er schuldig ist. Genügt Ihnen das noch nicht?«
»Hat er auf Sie einen schuldbewußten Eindruck gemacht?«
»Mein Gott, er ist eben ein guter Schauspieler.«
»Ja oder nein?«
»Ja«, sagte Wilson.
»Sie sind also überzeugt, daß er's gewesen ist?«
»Ja«, sagte Wilson. »Und ich werde auch die Geschworenen davon überzeugen.«
»Und wenn es nicht stimmt und es gelingt Ihnen trotzdem, die Geschworenen zu überzeugen?«
»Dann hätte er eben Pech. Genauso wie Art Lee Pech hätte, wenn die Geschworenen Mrs. Randall glauben.«
»Sie machen sich doch selbst was vor.«
»Ich?« Er schüttelte den Kopf. »Nein, Sie tun das, mein Lieber. Sie spielen den edlen Arzt. Sie wollen nicht, daß die Fahne Ihrer Zunft beschmutzt wird. Sie wollen nicht glauben, daß einer der Ihren ein Schwein ist. Am liebsten wäre es Ihnen, wenn irgendein ehemaliger Sanitäter oder eine Krankenschwester vor Gericht käme. Oder eine nette, kleine alte Hebamme.«

»Ich möchte, daß der vor Gericht kommt, der's getan hat«, sagte ich. »Niemand sonst.«
»Sie wissen doch, wer's getan hat«, sagte Wilson. »Das wissen Sie doch ganz genau.«

Ich setzte Wilson ab; dann fuhr ich heim und schenkte mir einen ordentlichen Wodka ein. Im Haus war es still.
Ich trank den Wodka und dachte nach. Wilson hatte recht: alles deutete auf Peter Randall hin. In seinem Wagen war Blut gewesen, und er hatte den Wagen vernichtet. Ihm wäre jetzt nichts mehr zu beweisen gewesen – wenn wir nicht gesehen hätten, wie er den Wagen verbrannte.
Und wenn Wilson recht hatte, dann fügte sich auch alles andere zusammen. Angela und Bubbles hatten die Wahrheit gesagt: Karen war nicht bei ihnen gewesen – sie war am Sonntag abend zu Peter gefahren. Und Peter hatte sie bei dem Eingriff verletzt; auf der Heimfahrt fing Karen zu bluten an. Sie sagte es Mrs. Randall, und die brachte sie mit ihrem Wagen ins Krankenhaus. Sie hatte nicht gewußt, daß das Krankenhaus nicht die Polizei verständigen würde, und um den Skandal von ihrer Familie abzuwenden, hatte sie die Sache dem einzigen anderen Arzt, von dem sie wußte, daß er Abtreibungen machte, in die Schuhe geschoben: Art Lee. Alles war klar.
Nur eins nicht: Peter Randall war seit Jahren Karens Arzt gewesen. Er hatte gewußt, wie hysterisch sie war. Also hätte er ganz bestimmt einen Schwangerschaftstest gemacht, um so mehr, als er von ihren Sehstörungen gewußt hatte, und Sehstörungen deuten auf einen Hypophysentumor, der manchmal Schwangerschaftssymptome auslöst.
Andererseits hatte er sie offenbar zu Art Lee geschickt. Warum? Wenn er für eine Abtreibung gewesen war, dann hätte er sie doch von vornherein selbst gemacht.

Außerdem hatte er ihr doch schon zwei Abtreibungen gemacht, und alles war glattgegangen. Warum hätte er beim drittenmal einen so schweren und unverzeihlichen Fehler machen sollen?
Nein, dachte ich, nichts ist klar.
Und dann fiel mir ein, was Peterson gesagt hatte: »Ihr Ärzte haltet zusammen wie Pech und Schwefel.« Peterson und Wilson hatten recht. Ich wollte glauben, daß Peter unschuldig war. Teils, weil er Arzt war; teils, weil ich ihn mochte. Trotz aller Beweise wollte ich glauben, daß er unschuldig war.
Seufzend trank ich mein Glas aus. Was ich heute abend gesehen hatte, war klar und eindeutig. Und es ließ nur einen Schluß zu – daß Peter Randall den Eingriff gemacht hatte.

Donnerstag, 13. Oktober

1

Ich erwachte mit einem scheußlichen Gefühl; wie ein Tier in einem Käfig kam ich mir vor, wie ein Tier in einer Falle. Was da geschah, war schrecklich, doch ich konnte nichts dagegen tun. Das schlimmste war, ich war Wilson gegenüber machtlos. Art Lees Unschuld zu beweisen, war schwer genug, doch zu beweisen, daß auch Peter Randall unschuldig war, unmöglich.

Judith sah mich an und sagte: »Grantig?«

Ich knurrte und ging unter die Dusche.

Sie fragte: »Irgendwas Neues?«

Ich nickte. »Wilson will die Sache Peter Randall anhängen.«

Sie lachte. »Dem guten alten Peter?«

»Dem guten alten Peter«, sagte ich.

»Hat er Beweise?«

»Ja.«

»Na, dann ist ja alles in Butter«, sagte sie.

»Nein«, sagte ich, »das ist es nicht.«

Ich stellte die Dusche ab und griff nach dem Handtuch. »Ich kann nicht glauben, daß Peter es gewesen ist«, sagte ich.

»Weil du ein guter Kerl bist.«

Ich schüttelte den Kopf. »Die Sache einem anderen Unschuldigen in die Schuhe zu schieben, ist doch keine Lösung.«

»Geschieht ihnen ganz recht«, sagte Judith.

»Wem?«

»Den Randalls.«
»Wie kannst du so gemein sein?«
»Du hast leicht reden. Du warst nicht drei Tage bei Betty.«
»Sicher, es ist bestimmt schwer für dich –«
»Für mich?« sagte sie. »Ich rede von Betty. Hast du den gestrigen Abend vergessen?«
»Nein«, sagte ich. Gestern abend, dachte ich, hatte ich das Ganze verkorkst – durch meinen Entschluß, Wilson anzurufen.
»Betty hat Entsetzliches durchgemacht«, sagte Judith. »Und schuld daran sind nur die Randalls. Sollen sie ruhig eine Weile in ihrem eigenen Saft schmoren. Damit sie sehen, wie das ist.«
»Aber Judith – wenn's Peter nicht gewesen ist –«
»Peter ist sehr amüsant«, sagte sie. »Aber das heißt doch nicht, daß er's nicht gewesen sein kann.«
»Aber auch nicht, daß er's war.«
»Allmählich pfeif ich drauf, wer's war. Ich möchte nur eins: daß Art endlich freigelassen wird.«
Beim Rasieren starrte ich mir ins Gesicht. Ein ziemlich durchschnittliches Gesicht; ein bißchen zu dicke Backen und zu kleine Augen und zu dünnes Haar – alles in allem aber nichts Außergewöhnliches. Merkwürdig, daß ausgerechnet ich in so was hineingeraten war, daß ich seit drei Tagen im Zentrum des Ganzen stand, im Zentrum einer Katastrophe, in die ein halbes Dutzend Menschen verwickelt war.
Während ich mich anzog, kamen mir Zweifel, ob ich wirklich im Zentrum stand. Es war ein beunruhigender Gedanke. Vielleicht war ich nur im Kreis drumherumgelaufen und überhaupt nicht auf das Wesentliche gestoßen?
Mußte ich mich nicht bemühen, Peter zu retten? Mußte ich mich für ihn nicht genauso einsetzen wie für Art? Sie waren beide Menschen, beide Ärzte, beide sympathisch, beide

irgendwie Außenseiter, und bei beiden stand die Existenz auf dem Spiel. Wenn man es genau betrachtete, war einer soviel wert wie der andere. Peter war humorvoll, Art sarkastisch. Peter war dick, Art dünn. Aber im Grunde war da kein Unterschied.

Ich zog meine Jacke an und versuchte das Ganze zu vergessen. Ich war nicht der Richter, der dieses Knäuel würde entwirren müssen; Gott sei Dank.

Das Telefon klingelte. Ich ging nicht ran. Gleich drauf rief Judith: »Für dich.«

Ich nahm den Hörer. »Hallo?«

Eine vertraute, dröhnende Stimme sagte: »John, hier Peter Randall. Ich wollte Sie bitten, heute mittag zu mir zu kommen. Wir könnten zusammen essen.«

»Weshalb?« sagte ich.

»Ich möchte Ihnen das Alibi zeigen, das ich nicht habe.«

»Was soll das heißen?«

»Um halb eins?« fragte er.

»Also schön. Bis dann«, sagte ich.

2

Peter Randall wohnte westlich von Newton in einem modernen Haus. Es war klein, aber sehr geschmackvoll eingerichtet: Breuer-Sessel, eine Jacobsen-Couch, ein Rachmann-Tisch. Er öffnete mir mit einem Glas in der Hand.

»Ah, John. Kommen Sie rein.« Er führte mich ins Wohnzimmer. »Was möchten Sie trinken?«

»Danke, nichts.«

»Würde Ihnen aber guttun«, sagte er. »Scotch?«

»Meinetwegen. Mit Eis, bitte.«

»Setzen Sie sich«, sagte er und ging in die Küche. Ich hörte,

wie er Eiswürfel in ein Glas tat. »Was haben Sie heute vormittag gemacht?«
»Nichts«, sagte ich. »Nachgedacht.«
»Worüber?«
»Über alles.«
»Wenn Sie nicht wollen, brauchen Sie's mir nicht zu sagen.«
Er stellte mir den Scotch hin.
»Wissen Sie, daß Wilson Fotos gemacht hat?«
»Ich hab's mir fast gedacht. Der Junge ist sehr ehrgeizig.«
»Ja«, sagte ich.
»Ich sitze also in der Tinte?«
»Scheint so«, sagte ich.
Er starrte mich einen Moment an; dann fragte er: »Was halten Sie von dem Ganzen?«
»Ich weiß nicht mehr, was ich davon halten soll.«
»Wissen Sie eigentlich, daß ich Abtreibungen mache?«
»Ja«, sagte ich.
»Daß ich bei Karen welche gemacht habe?«
»Ja. Zwei, nicht?«
Er lehnte sich zurück. »Drei«, sagte er, »um genau zu sein.«
»Dann haben Sie –«
»Nein, nein«, sagte er. »Die letzte war im Juni.«
»Und die erste?«
»Als sie fünfzehn war.« Er seufzte. »Offen gesagt, ich hab mich vielleicht nicht ganz richtig verhalten. Ich hab mich Karens ein bißchen zu sehr angenommen, und das war wohl ein Fehler. Aber ihr Vater hat sich nicht um sie gekümmert, und ich mochte sie sehr gern. Sie war ein reizendes Mädchen. Etwas wirr und konfus, aber sehr nett. Deshalb habe ich ihr das erste Kind weggemacht. Warum auch nicht. Ich tu's ja bei anderen Patientinnen hin und wieder auch. Schokkiert Sie das?«
»Nein.«

»Schön. Das Dumme war nur, daß Karen immer wieder schwanger wurde. In drei Jahren dreimal; bei einem Mädchen dieses Alters war das nicht normal. Es war pathologisch. Deshalb habe ich beschlossen, ihr das vierte Kind nicht wegzumachen. Ich war dafür, daß sie es zur Welt bringt.«

»Warum?«

»Weil sie offenbar unbewußt unbedingt ein Kind wollte. Oder vielleicht weniger das Kind selbst als die Schande und den Verdruß. Ich habe also die vierte Abtreibung abgelehnt.«

»Sind Sie ganz sicher, daß sie wirklich schwanger war?«

»Nein«, sagte er. »Und Sie wissen ja, warum ich meine Zweifel hatte. Bei solchen Sehstörungen muß man immer an Hypophysentumor denken. Ich wollte verschiedene Tests machen, doch Karen hat sich geweigert. Sie wollte nichts als eine Abtreibung, und als ich ablehnte, die zu machen, wurde sie ziemlich wütend.«

»Daraufhin haben Sie sie zu Dr. Lee geschickt?«

»Ja«, sagte er.

»Und er hat sie gemacht?«

Er schüttelte den Kopf. »Ohne Tests? Bestimmt nicht. Dazu ist Art doch ein viel zu guter Arzt. Außerdem war sie im vierten Monat; zumindest nach ihren Angaben. Er hat's bestimmt schon deshalb abgelehnt.«

»Und Sie auch«, sagte ich.

»Ja doch. Glauben Sie mir nicht?«

»Ich würde Ihnen gern glauben.«

»Sie sind nicht ganz überzeugt?«

Ich zuckte die Achseln. »Sie haben Ihren Wagen verbrannt. Auf dem Sitz war Blut.«

»Ja«, sagte er. »Von Karen.«

»Wie ist es draufgekommen?«

»Ich habe Karen den Wagen übers Wochenende geliehen.

Ich hatte ja keine Ahnung, daß sie vorhatte, sich die Abtreibung machen zu lassen.«
»Soll das heißen, sie ist mit dem Wagen zu dem Abtreiber gefahren, hat sich den Eingriff machen lassen, fing auf der Heimfahrt zu bluten an und ist dann in den gelben Porsche umgestiegen?«
»Nicht ganz«, sagte Peter. »Aber das kann Ihnen jemand anders besser erklären.« Er drehte sich um und rief: »Liebling, komm doch bitte mal.«
Er lächelte mich an. »Darf ich Ihnen mein Alibi vorstellen?«
Mrs. Randall trat ins Zimmer und setzte sich neben ihn in einen Sessel.
»Ist Ihnen jetzt klar, in was für einer Klemme ich bin?« sagte Peter.
»Sie waren Sonntag abend zusammen?«
Er nickte.
»Den ganzen Abend?«
Er schenkte sich noch einen Scotch ein. »Ja.«
»Was haben Sie gemacht?«
»Darüber«, sagte er, »möchte ich lieber nicht unter Eid aussagen.«
»Mit der Frau Ihres Bruders?« fragte ich.
Er zwinkerte Mrs. Randall zu. »Bist du die Frau meines Bruders?«
»Angeblich«, sagte sie. »Aber mir kommt's nicht so vor.«
»Sie sehen, ich weihe Sie in die intimsten Familienangelegenheiten ein«, sagte Peter. »Entsetzt?«
»Nein«, sagte ich. »Entzückt.«
»Eine schöne Klemme, was?« sagte Peter. »Sie kann sich nicht von meinem Bruder scheiden lassen und mich heiraten. Das ist völlig unmöglich. Wir haben das eingesehen und uns damit abgefunden.«
»Das Ganze dürfte ziemlich schwierig für Sie sein«, sagte ich.

»Nicht einmal.« Er stellte sein Glas auf den Tisch und setzte sich wieder. »Joshua ist sehr beschäftigt. Er arbeitet oft bis spät in die Nacht hinein. Und Evelyn ist in so vielen Klubs und Komitees, daß sie genug Gründe hat, abends wegzugehen.«

»Früher oder später wird er dahinterkommen.«

»Er weiß es«, sagte Peter.

Ich muß ihn ziemlich erstaunt angesehen haben, denn er sagte rasch: »Nicht bewußt, natürlich. Aber unbewußt ist er sich klar darüber, daß er eine junge Frau hat, die er vernachlässigt und die ... die sich woanders sucht, was sie braucht.«

Ich sah Mrs. Randall an. »Würden Sie beschwören, daß Peter am Sonntag abend mit Ihnen zusammen war?«

»Wenn's sein müßte«, sagte sie.

»Wilson wird Sie dazu zwingen. Er will einen Prozeß.«

»Ich weiß«, sagte sie.

»Warum haben Sie Art Lee beschuldigt?«

Sie wandte sich ab und sah Peter an.

Peter sagte: »Weil sie mich decken wollte.«

»Art ist der einzige andere Arzt, von dem Sie wußten, daß er Abtreibungen macht?«

»Ja«, sagte sie.

»Hat er bei Ihnen auch eine gemacht?«

»Ja. Vergangenes Jahr im Dezember.«

»War Ihnen nicht klar, was Sie Art damit antun?«

Sie zögerte einen Augenblick; dann sagte sie: »Ich war völlig durcheinander. Ich hatte Angst. Nein, es war mir nicht klar.«

»Sie haben Art in eine scheußliche Lage gebracht«, sagte ich. »Sie müssen ihm wieder heraushelfen.«

»Wie?«

»Indem Sie Ihre Beschuldigungen zurücknehmen.«

»So einfach ist das nicht«, sagte Peter.

»Wieso?«

»Das haben Sie doch gestern abend gesehen. J. D. ist entschlossen, die Sache auszufechten. Er ist ein typischer Chirurg. Für ihn gibt's nur Gut und Böse. Nur Schwarz und Weiß, Tag und Nacht. Kein Grau. Kein Zwielicht.«

Evelyn stand auf. »Das Essen ist in fünf Minuten fertig«, sagte sie. »Möchten Sie noch einen Drink?«

»Bitte«, sagte ich und sah Peter an. »Ich glaube, jetzt würde mir einer guttun.«

Als Evelyn hinausgegangen war, sagte Peter: »Wahrscheinlich halten Sie mich für einen gemeinen Lump. Aber da tun Sie mir unrecht. Es sind eine Menge Fehler gemacht worden, auf allen Seiten. Mir wär's am liebsten –«

»– es würde sich alles in Wohlgefallen auflösen.«

»So ungefähr. Leider ist mein Bruder völlig unbeeinflußbar. Als Evelyn Dr. Lee beschuldigte, hat er das unbesehen für bare Münze genommen. Er hat sich daran geklammert wie an einen Rettungsring. Er wird sich nicht davon abbringen lassen.«

Ich schwieg.

»Aber das Wesentlichste ist – ob Sie mir glauben oder nicht –, ich habe den Eingriff nicht gemacht. Und Sie sind überzeugt, daß ihn Dr. Lee nicht gemacht hat. Wer dann?«

»Keine Ahnung«, sagte ich.

»Glauben Sie, daß Sie's rauskriegen werden?«

»Heißt das, ich soll Ihnen helfen?«

»Ja«, sagte er.

Beim Essen fragte ich Evelyn: »Was hat Karen im Auto wirklich gesagt?«

»Sie sagte: ›Dieses Schwein.‹ Immer und immer wieder. Weiter nichts.«

»Hatten Sie irgendeine Vermutung, wen sie damit gemeint hat?«
»Nein«, sagte sie. »Keine.«
»Hat sie sonst noch irgendwas gesagt?«
»Ja«, sagte sie. »Sie hat dauernd von einer Nadel geredet. Daß sie die Nadel nicht will, daß sie sie raushaben will, daß man die Nadel wegtun soll. Was sie damit gemeint hat, weiß ich nicht.«
»Was haben Sie damals gedacht?«
»Nichts«, sagte sie. »Überhaupt nichts. Nur, daß sie stirbt und daß sie schnellstens ins Krankenhaus muß. Ich hatte Angst, Peter könnte es getan haben, obwohl ich mir ziemlich sicher war, daß er's nicht getan hatte. Ich hatte Angst, daß Joshua dahinterkommen würde. Ich hatte nichts als Angst.«
»Auch um Karen?«
»Ja«, sagte sie. »Auch um Karen.«

3

Das Essen war ausgezeichnet. Als wir fertig waren, starrte ich die beiden an und wünschte, ich wäre nicht gekommen und sie hätten mir nicht erzählt, was zwischen ihnen war. Ich wünschte, ich wüßte nichts davon und ich müßte nicht darüber nachdenken.
Danach trank ich mit Peter Kaffee. In der Küche hörte ich Evelyn mit dem Geschirr klappern. Es war schwer vorstellbar, daß sie Geschirr spülte, doch in Peters Haus war sie völlig anders; fast sympathisch.
»Ich glaube«, sagte Peter, »es war falsch, Sie heute hierherzubitten.«
»Ich auch«, sagte ich.
Er seufzte und strich die Krawatte auf seinem Bauch glatt.

»Ich bin noch nie in so einer Situation gewesen. In so einer schrecklichen Klemme.«
Ich dachte bei mir, daß er sich selbst in diese Klemme hineinmanövriert hatte, mit offenen Augen. Doch es war merkwürdig; irgendwie konnte ich es ihm nicht übelnehmen.
»Das Furchtbarste ist«, sagte er, »daß mich dauernd die Frage quält, was ich hätte anders machen sollen. Ich zerbreche mir ständig den Kopf darüber. Aber ich komme einfach nicht dahinter, womit das Ganze angefangen hat, was mein entscheidender Fehler war. Vielleicht, daß ich mich mit Ev eingelassen habe. Aber das würde ich wieder tun. Oder daß ich mich um Karen so gekümmert habe. Aber auch das würde ich wieder tun. Einzeln, für sich betrachtet, war nichts falsch. Doch alles zusammen ...«
Ich sagte: »Sie müssen J. D. dazu bringen, die Beschuldigungen zurückzunehmen.«
Er schüttelte den Kopf. »Ich habe mich mit meinem Bruder nie besonders verstanden«, sagte er. »Wir sind zu verschieden, in jeder Beziehung, sogar körperlich. Wir denken verschieden, wir handeln verschieden. Als kleiner Junge hatte ich insgeheim den Verdacht, daß er gar nicht mein Bruder ist, daß meine Eltern ihn adoptiert hatten oder so was. Wahrscheinlich dachte er das gleiche von mir.«
Er trank seinen Kaffee aus und legte sein Kinn auf die Brust.
»Ev hat sich bemüht, J. D. dazu zu bringen, die Beschuldigungen zurückzunehmen«, sagte er. »Aber er läßt nicht mit sich reden, und außerdem weiß sie nicht –«
»Was sie ihm als Argument sagen soll?«
»Ja.«
»Unverzeihlich, daß sie Lee das angetan hat.«
»Ja«, sagte er. »Aber das läßt sich nicht mehr ändern.«
Er brachte mich zur Tür, und ich trat hinaus ins graue, fahle Sonnenlicht. Als ich zu meinem Wagen ging, sagte er:

»Ich könnte verstehen, wenn Sie alles hinschmeißen würden.«
Ich drehte mich um. »Sie wissen ganz genau, daß ich nicht daran denke, aufzugeben.«
»Ich war mir nicht ganz sicher«, sagte er. »Aber ich habe es gehofft.«

Ich stieg in meinen Wagen und fragte mich, was ich jetzt tun sollte. Ich hatte keine Ahnung, keinerlei Anhaltspunkt, nichts. Vielleicht sollte ich noch mal mit Zenner sprechen oder mit Ginnie oder mit Angela und Bubbles; möglicherweise fiel ihnen doch noch irgendwas ein. Aber wahrscheinlich hatte das nicht viel Sinn.
Ich griff in die Tasche nach den Schlüsseln und stieß auf irgendwas. Ich nahm es heraus: ein Foto von einem Schwarzen in einem glänzenden Anzug. Roman Jones.
Ich hatte ihn völlig vergessen. Lange starrte ich das Bild an, versuchte in seinem Gesicht zu lesen, ihn einzuschätzen. Es war unmöglich; die Pose war eingeübt, gekünstelt lässig, das Grinsen leer, eine Pose fürs Publikum, die mir nicht das mindeste sagte.
Ich bin nicht sehr wortgewandt, und es überrascht mich immer wieder, wie gut Johnny, mein Sohn, in dieser Hinsicht ist. Wenn er allein ist, spielt er mit Worten; er denkt sich Reime aus und erzählt sich selber Geschichten. Er hat sehr scharfe Ohren, und wenn er irgendwas aufschnappt, gibt er keine Ruhe, bis ich's ihm genau erklärt habe. Einmal fragte er mich, was Apokalypse ist, und er sprach das Wort völlig richtig aus, aber ganz vorsichtig, als sei es zerbrechlich.
Es erstaunte mich deshalb nicht besonders, als er daheim plötzlich auftauchte und fragte: »Daddy, was ist eine Abtreibung?«
»Wieso?«

»Einer von den Polizisten hat gesagt, Onkel Art macht Abtreibungen. Ist das was Schlimmes?«
»Manchmal«, sagte ich.
Er lehnte sich an mein Knie und stützte sein Kinn drauf. Er hat große braune Augen; Judiths Augen.
»Aber was ist es denn, Daddy?«
»Das ist nicht so einfach zu sagen«, sagte ich, um Zeit zu gewinnen.
»Ist es eine Art Operation?«
»Ja«, sagte ich. »So was Ähnliches.« Ich setzte ihn auf mein Knie. Er war schon ziemlich schwer und groß. Judith meinte, es wäre höchste Zeit, daß wir uns noch ein Kind zulegten.
»Es hat mit Babys zu tun«, sagte ich.
»Mit Gynäkologie?«
»Ja, mit Gynäkologie.«
»Bedeutet es, daß das Baby aus der Mami herausgenommen wird?«
»Ja, so ungefähr. Weißt du, manchmal ist ein Baby nicht richtig gesund. Manchmal gibt es Babys, die nicht sprechen können –«
»Babys können doch nie gleich sprechen. Das können sie doch immer erst später.«
»Ja«, sagte ich. »Aber manchmal hat ein Baby keine Arme und Beine. Und dann nimmt es der Arzt früher heraus.«
»Wenn es noch ganz klein ist?«
»Ja, wenn es noch ganz klein ist.«
»Bin ich auch früher rausgenommen worden?«
»Nein«, sagte ich und drückte ihn an mich.
»Warum haben manche Babys keine Arme und Beine?«
»Das ist eine Art Panne«, sagte ich. »Manchmal macht die Natur eben einen Fehler.«
Er schaute seine Hand an, streckte sie aus und machte sie auf und zu.

»Ein Arm ist was Feines«, sagte er. Er überlegte einen Moment, dann sah er mich an. »Wo kommt denn das Baby hin, wenn es aus der Mami rausgenommen wird?«
»Weg.« Ich hatte keine Lust zu weiteren Erklärungen.
»Hm«, sagte er und kletterte von meinem Knie herunter.
»Macht Onkel Art wirklich Abtreibungen?«
»Nein«, sagte ich. Ich mußte das sagen, denn sonst hätte ich einen empörten Anruf von seiner Kindergärtnerin gekriegt.
»Da bin ich aber froh«, sagte er und lief hinaus.

Judith sagte: »Du ißt ja gar nicht.«
Ich schob meinen Teller weg. »Ich hab keinen besonderen Hunger.« Judith wandte sich zu Johnny und sagte: »Komm, iß auf.«
Er umklammerte mit seiner kleinen Faust die Gabel. »Ich hab keinen Hunger«, sagte er und sah mich an.
»Aber ja, natürlich hast du Hunger«, sagte ich.
»Nein«, sagte er, »gar keinen.«
Debby legte Messer und Gabel hin. »Ich hab auch keinen Hunger«, erklärte sie. »Es schmeckt scheußlich.«
»Mir schmeckt's sehr gut«, sagte ich und aß pflichtschuldigst einen Bissen. Die Kinder sahen mich mißtrauisch an, besonders Debby.
»Du willst ja bloß, daß wir essen, Daddy.«
»Mir schmeckt's«, sagte ich.
»Du tust doch bloß so.«
»Unsinn.«
»Warum machst du dann so ein ernstes Gesicht?« fragte Debby.
Zum Glück beschloß Johnny im selben Moment, weiterzuessen. Er klopfte sich auf den Bauch. »Gut«, sagte er.
»Wirklich?« fragte Debby.
»Ja«, sagte Johnny, »prima.«

Debby stocherte herum, dann nahm sie zögernd ein wenig auf die Gabel. Als sie sie zum Mund führte, fiel es herunter auf ihr Kleid. Wütend legte sie die Gabel wieder hin. »Scheußlich«, sagte sie. »Ich mag nichts mehr.« Sie starrte düster auf den Tisch, während Johnny weiteraß und schließlich stolz seinen Teller hochhob. »Fertig«, sagte er strahlend.

Es dauerte eine halbe Stunde, bis Judith die Kinder zu Bett gebracht hatte. Ich blieb in der Küche sitzen. »Kaffee?« fragte sie, als sie zurückkam.

»Ja«, sagte ich. »Gern.«

»Tut mir leid mit den Kindern«, sagte sie. »Aber die letzten Tage waren ziemlich aufreibend für sie.«

»Für uns alle«, sagte ich.

Sie schenkte mir den Kaffee ein und setzte sich zu mir.

»Ich muß dauernd an diese Briefe denken, die Betty gekriegt hat«, sagte sie.

»Wieso?«

»Ich verstehe nicht, daß Menschen so gemein sein können. So dumm, so fanatisch, so engstirnig –«

»Wir leben in einer Demokratie«, sagte ich. »Diese Menschen sind das Volk. Und das Volk regiert in unserem Land.«

»Machst du dich über mich lustig?«

»Nein«, sagte ich, »ich verstehe dich sehr gut.«

»Es macht mir angst«, sagte Judith. Sie schob mir die Zuckerdose zu und sagte: »Am liebsten würde ich von Boston weggehen. Und nie mehr wiederkommen.«

»Die Menschen sind überall so«, sagte ich. »Damit mußt du dich abfinden.«

Ich saß zwei Stunden in meinem Arbeitszimmer, blätterte in alten Broschüren und Zeitschriften und dachte nach – über

Karen Randall und Superhead und Alan Zenner und Bubbles und Angela und Weston, doch es kam nichts dabei heraus.

Judith kam herein und sagte: »Es ist neun.«

Ich stand auf und zog meine Jacke an.

»Gehst du noch weg?«

»Ja.«

»Wohin?«

Ich grinste. »In eine Bar«, sagte ich. »In der Stadt.«

»Wozu denn das?«

Ich zuckte die Achseln. »Das wüßte ich auch gern.«

Das Electric Grape war in einer Seitenstraße der Washington Street; ein schäbiger alter Ziegelbau mit großen Fenstern. Die Fenster waren mit Plakaten überklebt, so daß man nicht hineinschauen konnte. Auf den Plakaten stand: *»Jeden Abend ›Die Zephyrs‹. Go-Go-Girls.«* Drinnen hörte man dumpfe Rock-'n'-Roll-Rhythmen.

Es war kurz nach zehn. Donnerstagabend, ein ruhiger Abend. Ein paar Matrosen, einige Häuser weiter ein paar Huren, das Gewicht auf ein Bein verlagert, die Hüfte vorgereckt. Eine fuhr langsam mit einem kleinen Sportwagen vorbei und zwinkerte mir mit ihren langen schwarzen Wimpern zu. Ich ging hinein.

Es war heiß, die Luft zum Schneiden, der Krach ohrenbetäubend. Ich blieb einen Moment stehen, um meine Augen an die Dunkelheit zu gewöhnen. An der einen Wand waren Nischen mit kahlen Holztischen, an der anderen eine Theke und neben dem Bandpodium eine winzige Tanzfläche, auf der zwei Matrosen mit zwei dicken, schmuddeligen Mädchen tanzten.

Auf dem Podium standen die Zephyrs, fünf Mann – drei Gitarristen, ein Schlagzeuger und ein Sänger, der das Mikrofon streichelte und seine Beine um das Stativ geschlungen hatte. Obwohl sie so einen Heidenlärm machten, waren ihre Gesichter merkwürdig leer, als ob sie auf irgendwas warteten und sich inzwischen mit Spielen die Zeit vertrieben.

Auf der anderen Seite des Podiums standen zwei Go-Go-Girls. Sie trugen Miniröcke mit Fransen. Die eine hatte Pausbacken, die andere ein hübsches Gesicht und einen reizlosen Körper. Ihre Haut war in dem Scheinwerferlicht kalkweiß.

Ich ging zur Theke und bestellte Scotch pur mit Eis. Ich wußte, so würde ich Scotch mit Wasser kriegen, und den wollte ich.

Ich zahlte und drehte mich zur Band um. Der eine Gitarrist war Roman, ein drahtiger, muskulöser Mann von Ende Zwanzig mit lockigem schwarzen Haar, das in dem rosa Licht fett glänzte. Er starrte beim Spielen auf seine Finger.

»Nicht schlecht, die Burschen«, sagte ich zum Barkeeper.

Er zuckte die Achseln. »Mögen Sie diese Musik?«

»Klar. Sie nicht?«

»Ich scheiß drauf«, sagte er.

»Was für Musik mögen Sie denn?«

»Opern«, sagte er und ging zu einem anderen Gast.

Ich stand mit meinem Glas da. Als die Zephyrs mit der Nummer fertig waren, klatschten die beiden Matrosen auf der Tanzfläche. Sonst klatschte niemand. Der Sänger beugte sich zum Mikrofon vor und sagte mit atemloser, heiserer Stimme, als applaudierten begeistert Tausende von Menschen: »Danke, vielen Dank.«

Dann sagte er: »Als nächstes bringen wir eine alte Chuck-Berry-Nummer.«

Schon nach ein paar Takten merkte ich, daß es *Long Tall Sally* war, ein alter Little-Richard-Schlager, keine Chuck-Berry-Nummer. Ich kannte ihn aus der Zeit vor meiner

Heirat, als ich öfter mit Mädchen in solche Lokale gegangen war, aus der Zeit, als man Schwarze noch amüsant gefunden hatte, als sie noch keine Menschen gewesen waren, sondern nur Leute, die Musik zum Tanzen machten. Aus der Zeit, als weiße Jungens noch ins Apollo in Harlem gehen konnten.

Nach dieser Nummer schalteten die Zephyrs einen Plattenspieler ein, stiegen von Podium herunter und schlenderten zur Theke. Ich ging Roman ein paar Schritte entgegen und legte meine Hand auf seinen Arm.

»Darf ich Sie zu einem Drink einladen?«

Er sah mich erstaunt an. »Warum?«

»Ich bin ein Little-Richard-Fan.«

Er musterte mich von oben bis unten. »Das glauben Sie doch selber nicht.«

»Doch, wirklich.«

»Schön, einen Wodka«, sagte er und setzte sich neben mich. Ich bestellte einen Wodka, und er kippte ihn hinunter.

»Wollen Sie tatsächlich über Little Richard reden?« fragte er. »Dann setzen wir uns am besten dort rüber. Lassen Sie noch einen springen?«

»Okay«, sagte ich.

Er ließ sich nachschenken, stand auf und ging zu einem Tisch auf der anderen Seite des Lokals. Ich folgte ihm. Sein silberner Anzug schimmerte im Halbdunkel. Wir setzten uns, und er starrte auf das Glas und sagte: »Wo haben Sie Ihre Silberbrosche?«

»Was?«

Er sah mich mit gequälter Miene an. »Ihre Marke, Mann. Ihre Anstecknadel.«

Ich machte anscheinend ein ziemlich dummes Gesicht.

»Mein Gott«, sagte er, »für einen Polyp haben Sie aber eine ziemlich lange Leitung.«

»Ich bin doch kein Polyp«, sagte ich.
Er nahm sein Glas und stand auf.
»Moment«, sagte ich, holte meine Brieftasche hervor und nahm meinen Arztausweis heraus. »Da.« Er beugte sich vor und warf einen Blick drauf.
»Nein, so was«, sagte er spöttisch. Doch er setzte sich wieder.
»Ich bin wirklich Arzt.«
»Okay«, sagte er. »Sie sind Arzt. Sie riechen zwar wie ein Polyp, aber Sie sind Arzt. Daß Sie sich aber über eins im klaren sind: Sehen Sie die Jungens dort drüben?« Er deutete auf seine Kollegen. »Falls irgendwas sein sollte, werden sie bezeugen, daß Sie mir einen Arztausweis gezeigt haben und keine Marke. Sie wissen, was Ihnen dann blüht, falls Sie ein Polyp sind, ja?«
»Ich wollte mich doch bloß ein bißchen mit Ihnen unterhalten.« Er trank einen Schluck. Dann lächelte er leise und sagte kopfschüttelnd: »Unwahrscheinlich, wie schnell sich das rumspricht.«
Er sah mich an. »Wer hat's Ihnen gesagt?«
»Ich hab's eben erfahren.«
»Von wem?«
Ich zuckte die Achseln. »Ist das so wichtig?«
»Für wen wollen Sie's?«
»Für mich.«
Er lachte. »Für Sie? Das können Sie Ihrer Großmutter erzählen.«
»Schön, dann nicht«, sagte ich und stand auf. »Anscheinend bin ich an der falschen Adresse.«
»Nun rennen Sie doch nicht gleich weg, Mensch.«
Ich wandte mich um. Er hatte sein Glas in die Hand genommen und drehte es zwischen den Fingern. »Setzen Sie sich.«
Ich setzte mich wieder. Er starrte auf das Glas. »Der Stoff

ist gut«, sagte er. »Unvermischt, erste Qualität. Der Preis entsprechend.«
»Okay«, sagte ich.
Er kratzte sich hastig und nervös an den Armen und Händen.
»Wie viele Kuverts?«
»Zehn. Fünfzehn. Soviel Sie haben.«
»Ich hab soviel Sie wollen.«
»Dann fünfzehn«, sagte ich. »Aber ich möchte den Stoff erst sehen.«
»Gut. Meinetwegen. Sie können ihn erst sehen.«
Er kratzte sich am Arm; dann lächelte er: »Aber zuerst möchte ich wissen, wer's Ihnen gesagt hat.«
Ich zögerte. »Angela Harding«, sagte ich.
Er riß erstaunt die Augen auf, und ich fragte mich, ob ich etwas Falsches gesagt hatte. Dann rutschte er nervös auf seinem Stuhl herum und fragte: »Ist sie eine Freundin von Ihnen?«
»So ungefähr.«
»Wann haben Sie sie zum letztenmal gesehen?«
»Gestern«, sagte ich.
Er nickte langsam. »Dort ist die Tür«, sagte er. »Ich geb Ihnen dreißig Sekunden. Wenn Sie dann nicht draußen sind, mach ich aus Ihnen Hackfleisch. Verstanden? Dreißig Sekunden.«
Ich sagte: »Also schön, es war nicht Angela. Es war eine Freundin von ihr.«
»Wer?«
»Karen Randall.«
»Nie gehört.«
»Nein? Angeblich sollen Sie sie gut gekannt haben.«
Er schüttelte den Kopf. »Wie kommen Sie darauf?«
»Man hat es mir erzählt.«

»Dann hat man Ihnen was Falsches erzählt.«
Ich griff in die Tasche und holte sein Bild hervor. »Dieses Foto war in ihrem Zimmer im College.«
Bevor ich mich's versah, hatte er es mir aus der Hand gerissen und in kleine Stücke zerfetzt.
»Was für ein Foto?« sagte er. »Keine Ahnung, was Sie meinen. Ich hab das Mädchen nie gesehen.«
Ich lehnte mich zurück.
Er starrte mich böse an. »Verschwinden Sie«, sagte er.
»Ich bin hierhergekommen, um was zu kaufen«, sagte ich. »Ich gehe, sobald ich's hab.«
Er kratzte sich wieder am Arm. Ich sah ihn an, und mir wurde klar, daß aus ihm nichts mehr herauszuholen war.
»Okay«, sagte ich und stand auf. Meine Brille ließ ich auf dem Tisch liegen. »Wissen Sie übrigens, wo ich etwas Thiopental kriegen kann?«
Er zuckte leicht zusammen; dann sagte er: »Was?«
»Thiopental.«
»Keine Ahnung. Nie gehört. Verduften Sie endlich«, sagte er. »Sonst passiert was.«
Ich ging hinaus. Es war kalt, und es hatte wieder zu regnen angefangen. Ich schaute zur Washington Street hinunter und zu den hellen Reklamelichtern der andern Rock-'n'-Roll-Schuppen und wartete dreißig Sekunden. Dann ging ich zurück.
Meine Brille lag noch auf dem Tisch. Ich nahm sie, drehte mich um und ließ meinen Blick durch das Lokal schweifen. Roman stand in einer Ecke und telefonierte.
Das war alles, was ich wissen wollte.

4

An der nächsten Ecke war ein Selbstbedienungslokal. Durchs Fenster sah ich ein paar junge Mädchen, die kichernd belegte Brote aßen, und zwei oder drei Wermutbrüder in zerfetzten Mänteln, die ihnen fast bis zu den Schuhen reichten. Auf der einen Seite standen drei Matrosen, die sich vor Lachen bogen und sich gegenseitig auf die Schulter hauten. An der hinteren Wand war ein Telefon.

Ich rief das Memorial an und verlangt Dr. Hammond. Die Telefonistin sagte mir, daß er Nachtdienst in der Notaufnahme hätte, und stellte durch.

»Norton, hier John Berry.«

»Was gibt's?«

»Ich wollte dich um einen Gefallen bitten, Norton«, sagte ich. »Könntest du mal in eurem Archiv was nachsehen?«

»Meinetwegen«, sagte er. »Zum Glück ist heute nacht nicht viel los. Ein oder zwei leichte Verletzungen und ein paar Besoffene, die sich geprügelt haben. Weiter nichts. Was brauchst du?«

»Würdest du bitte notieren«, sagte ich. »Roman Jones, Schwarzer, ungefähr vierundzwanzig oder fünfundzwanzig. Ich möchte wissen, ob er mal bei euch gelegen hat oder ambulant behandelt worden ist. Die genauen Daten bitte.«

»Okay«, sagte Hammond. »Roman Jones. Ich schau gleich mal nach.«

»Danke«, sagte ich.

»Rufst du noch mal an?«

»Nein. Ich schau später bei dir vorbei.«

Wie sich bald herausstellen sollte, war das eine ziemliche Untertreibung.

Als ich auflegte, merkte ich, daß ich Hunger hatte, und so holte ich mir ein Paar Würstchen und eine Tasse Kaffee. Hamburger aß ich in solchen Lokalen grundsätzlich nicht. Erstens weil sie oft Pferdefleisch oder Kaninchenfleisch oder irgendwelche Eingeweide mit durch die Fleischmaschine drehen, und zweitens weil sie im allgemeinen von Krankheitserregern wimmeln, zum Beispiel von Trichinen. Man kann nicht vorsichtig genug sein.

Ich habe einen Freund, der Bakteriologe ist. Er leitet ein Krankenhauslabor und legt von den Erregern, mit denen sich die Patienten angesteckt haben, Kulturen an. Nach allem, was der Junge gesehen hat, geht er in kein Restaurant mehr essen, und auch zu Hause ißt er kein Steak, das nicht völlig durchgebraten ist. Er hat richtig Angst. Ich war einmal mit ihm essen – es war schrecklich: der Schweiß stand ihm auf der Stirn.

Jedenfalls sind Würstchen noch das ungefährlichste, und so holte ich mir welche und stellte mich damit und mit der Tasse Kaffee an die Theke. Während ich aß, schaute ich durchs Fenster auf die Leute draußen.

Roman fiel mir ein. Was er gesagt hatte, gefiel mir gar nicht. Es gab keinen Zweifel, er handelte mit Stoff, vermutlich mit ziemlich starkem Stoff. Marihuana war zu leicht zu kriegen. Lysergsäure wird tonnenweise in Italien produziert, und jeder Chemiestudent kann daraus LSD machen, wenn er ein paar Reagenzgläser und Glaskolben aus seinem Labor klaut. Psilocybin und DMT sind noch leichter herzustellen.

Wahrscheinlich handelte Roman mit Rauschgift – mit Morphium und Heroin. Das komplizierte das Ganze natürlich – vor allem, wenn man bedachte, wie er reagiert hatte, als ich Angela Harding und Karen Randall erwähnte. Ich war mir nicht sicher, was für ein Zusammenhang da bestand, doch

irgendwie hatte ich das Gefühl, daß ich bald dahinterkommen würde.
Ich aß meine Würstchen auf und trank einen Schluck Kaffee.
Als ich wieder aus dem Fenster schaute, sah ich draußen Roman vorbeilaufen. Er bemerkte mich nicht. Er blickte geradeaus, mit düsterem, verkniffenem Gesicht.
Ich trank schnell den Kaffee aus und folgte ihm.

5

Ich ließ ihm einen halben Block Vorsprung. Er schob und drängte sich zwischen den Leuten durch bis zur Stuart Street, wo er nach links abbog. Ich folgte ihm um die Ecke. Dieser Teil der Stuart Street war ziemlich leer. Ich ging etwas langsamer und zündete mir eine Zigarette an. Wenn er sich umblickte, würde er mich bestimmt erkennen.
Er ging einen Block weit und bog dann wieder nach links ab, in die gleiche Richtung, aus der er gekommen war. Er ging rasch, mit fahrigen Bewegungen, wie jemand, der Angst hat.
Wir waren jetzt in der Harvey Street. Ich blieb vor einem der chinesischen Restaurants stehen und tat, als ob ich die Speisekarte im Fenster las. Roman blickte sich nicht um. An der nächsten Ecke bog er nach rechts.
Ich ging ihm nach.
Südlich des Common-Parks ändert sich der Charakter der Stadt plötzlich. Am Rand des Parks, in der Tremont Street, gibt es elegante Geschäfte und Lokale; einen Block weiter wird's allmählich immer schäbiger: dort gibt's Kneipen und Huren und Striplokale. Dann kommen ein paar chinesische Restaurants und danach Großhandelsgeschäfte und Lagerhäuser, hauptsächlich für Kleidung.

Dort waren wir jetzt.
Die Läden waren finster. Stoffballen standen in den Schaufenstern. Die Häuser hatten große Wellblechtore und Rampen, an denen die Lastwagen entladen und beladen wurden. Ein paar kleine Kurzwarengeschäfte. Ein Kostümverleih – in der Auslage Netzstrümpfe, eine alte Uniform, Perücken. In einem Keller eine Billardhalle, durch deren Fenster man das leise Klicken der Kugeln hörte.
Die Straßen waren feucht und finster. Kein Mensch war zu sehen. Roman ging rasch einen Block weiter; dann blieb er stehen.
Ich trat in einen Hauseingang und wartete. Er sah sich einen Moment um, ging weiter und bog wieder um die nächste Ecke. Immer wieder drehte er sich um. Einmal fuhr ein Auto vorbei; die Reifen zischten auf dem nassen Pflaster. Roman trat rasch in eine dunkle Nische und kam erst wieder hervor, als das Auto verschwunden war.
Kein Zweifel, er war nervös.
Ich folgte ihm etwa fünfzehn Minuten. Ein paarmal blieb er stehen und blickte auf etwas in seiner Hand. Ich konnte nicht erkennen, was es war; vielleicht eine Uhr.
Schließlich ging er in nördlicher Richtung – durch Seitenstraßen um den Common-Park und das State House herum. Erst da wurde mir klar, daß er zum Beacon Hill ging.
Weitere zehn Minuten verstrichen, und meine Aufmerksamkeit muß nachgelassen haben, denn ich verlor ihn. Er bog in eine Seitenstraße ein, und als ich gleich darauf an die Ecke kam, war er verschwunden; die Straße war leer. Ich blieb stehen und horchte, doch es waren keine Schritte zu hören. Rasch lief ich weiter.
Da geschah es.
Etwas Schweres und Feuchtes und Kaltes sauste auf meinen Kopf nieder, und ich spürte einen stechenden Schmerz über

meiner Stirn und dann einen Schlag in den Bauch. Ich stürzte zu Boden, und alles begann sich um mich zu drehen. Ich hörte einen Schrei und hastige Schritte, und dann wurde es still.

6

Alles war merkwürdig verzerrt, wie in einem Traum. Die Häuser waren schwarz und unheimlich hoch und drohten jeden Moment einzustürzen. Ich fror, meine Kleider waren naß, Regen spritzte mir ins Gesicht. Ich hob den Kopf und sah: alles war rot.

Ich stützte mich auf den Ellbogen. Blut tropfte auf meinen Regenmantel. Benommen starrte ich aufs rote Pflaster. Überall war Blut. Mein Blut?

Mein Magen krampfte sich zusammen, und ich übergab mich. Mir war schwindlig, und einen Moment wurde alles um mich grün.

Mühsam richtete ich mich auf die Knie auf.

In der Ferne hörte ich eine Sirene. Langsam kam das Heulen näher. Zitternd stand ich auf und lehnte mich an ein Auto. Ich hatte keine Ahnung, wo ich war. Ich starrte auf das Blut auf dem Gehsteig und fragte mich, was ich tun sollte.

Die Sirene kam näher.

Ich schleppte mich um die Ecke; dann blieb ich stehen und rang nach Luft. Die Sirene war jetzt ganz nahe; in der Straße hinter mir blitzte blaues Licht auf.

Ich taumelte weiter; wie weit, weiß ich nicht. Ich hatte keine Ahnung, wo ich war.

Endlich sah ich am Straßenrand ein Taxi; sein Motor lief.

Ich sagte: »Bringen Sie mich zum nächsten Krankenhaus.«

Der Fahrer sah mich an und schüttelte den Kopf.

Ich wollte einsteigen.
Er riß mir die Tür aus der Hand, knallte sie zu und fuhr los.
In der Ferne hörte ich wieder die Sirene.
Wieder wurde mir schwindlig. Ich hockte mich auf den Boden und übergab mich. Irgendwo im Gesicht blutete ich. Kleine rote Tropfen fielen auf das Erbrochene.
Es regnete noch immer, und ich fror schrecklich. Ich stand auf und versuchte, mich zu orientieren; ich war irgendwo südlich der Washington Street. Auf einem Straßenschild stand Curley Place, doch das sagte mir nichts. Ich ging weiter, taumelnd, immer wieder anhaltend.
Ich hoffte, daß ich nicht in die falsche Richtung ging. Ich wußte, ich verlor Blut, doch ich wußte nicht, wieviel. Alle paar Schritte mußte ich stehenbleiben und mich an ein Auto lehnen und Luft holen.
Das Schwindelgefühl wurde immer schlimmer.
Ich stolperte und fiel hin. Meine Knie schlugen aufs Pflaster; ein scharfer Schmerz durchzuckte mich. Einen Augenblick wurde mein Kopf klar, und es gelang mir, wieder aufzustehen. Meine nassen Schuhe quietschten. Meine Kleider waren naß.
Ich konzentrierte mich auf das Quietschen meiner Schuhe und zwang mich weiterzugehen, einen Schritt nach dem anderen. Drei Häuserblocks weiter sah ich ein Licht. Ich mußte es schaffen.
Schritt für Schritt taumelte ich auf das Licht zu.
Ich lehnte mich an ein blaues Auto, einen Moment nur, um Luft zu holen.

»So, wir sind da.« Jemand packte mich. Ich saß in einem Auto; jemand zog mich heraus. Mein Arm wurde um eine Schulter gelegt, und ich ging. Vor mir sah ich helle Lichter.

Ein Schild: NOTAUFNAHME, blau beleuchtet. Neben der Tür eine Schwester.

»Schön langsam. Immer mit der Ruhe.«

Mein Kopf baumelte hin und her. Ich wollte etwas sagen, doch mein Mund war zu trocken. Ich fror und hatte schrecklichen Durst. Ich sah den Mann an, der mich stützte; es war ein alter Mann mit einem grauen Bart und einer Glatze. Meine Knie waren wie aus Gummi, und ich zitterte am ganzen Körper.

»So, gleich haben wir's geschafft.«

Die Schwester trat in den Lichtschein vor der Tür; dann lief sie hinein. Zwei Praktikanten kamen heraus, packten mich an den Armen und hoben mich hoch. Meine Schuhe scharrten durch die Pfützen. Mein Kopf fiel nach vorn, und ich spürte den Regen auf meinem Nacken. Der Mann mit der Glatze lief voraus und öffnete die Tür.

Drinnen war es warm. Sie legten mich auf einen gepolsterten Tisch und begannen mich auszuziehen, doch meine Kleider waren naß und blutdurchtränkt; sie klebten an meinem Körper, und schließlich mußten sie sie mit einer Schere herunterschneiden. Es war alles sehr schwierig, und es schien Stunden zu dauern. Ich hielt die Augen geschlossen, denn das grelle Licht tat mir weh.

Jemand machte sich an meinem Kopf zu schaffen und tupfte meine Stirn ab. Sie war kalt und gefühllos. Inzwischen hatten sie mich völlig ausgezogen. Sie trockneten mich mit einem steifen Handtuch ab, wickelten mich in eine Decke und legten mich auf einen anderen gepolsterten Tisch.

Ich wurde durch einen Gang gerollt. Ich schlug die Augen auf und sah, daß sich der glatzköpfige Mann mit besorgter Miene über mich beugte.

»Wo haben Sie ihn gefunden?« fragte der eine Praktikant.

»Auf einem Auto. Er lag auf einem Auto. Ich dachte zuerst,

er sei betrunken. Dann hab ich gesehen, daß er gut angezogen und voll Blut ist. Und so hab ich ihn hierhergebracht.«
»Haben Sie eine Vermutung, was passiert ist?« fragte der Praktikant.
»Meiner Meinung nach ist er verprügelt worden«, sagte der Mann.
»Er hat keine Brieftasche bei sich«, sagte der Praktikant. »Was kriegen Sie für die Fahrt?«
»Nichts«, sagte der Kahlköpfige.
»Er wird sie Ihnen bestimmt bezahlen wollen.«
»Schon gut«, sagte der Mann. Anscheinend war es ein Taxifahrer. »Ich muß jetzt gehen.«
»Hinterlassen Sie in der Anmeldung Ihren Namen«, sagte der Praktikant.
Doch der Mann war schon weg.
Sie rollten mich in einen blaugekachelten Raum. Die Operationslampe über meinem Kopf ging an. Gesichter starrten auf mich nieder. Gummihandschuhe wurden übergestreift, Gazemasken aufgesetzt.
»Wir müssen zuerst die Blutung stoppen«, sagte der Praktikant.
»Dann machen wir ein paar Röntgenaufnahmen.« Er sah mich an.
»Hören Sie mich?«
Ich nickte und machte den Mund auf, brachte aber kein Wort hervor.
»Nicht sprechen«, sagte er. »Möglicherweise haben Sie einen Kieferbruch. Ich nähe erst mal die Wunde an Ihrer Stirn; dann sehen wir weiter.«
Die Schwester wusch mein Gesicht, zuerst mit warmer Seife. Als sie den Schwamm wegnahm, war er voll Blut.
»Jetzt mit Alkohol«, sagte sie. »Brennt vielleicht etwas.«
Die Praktikanten sahen sich die Wunde an. »Notieren Sie:

Sechs Zentimeter lange Oberflächenwunde an der rechten Schläfe«, sagte der eine.
Ich spürte den Alkohol kaum. Er war kalt und brannte ein wenig, weiter nichts.
Der Praktikant steckte die gekrümmte Nadel in einen Nadelhalter. Die Schwester trat zurück, und er beugte sich über meinen Kopf. Es tat nicht weh; ich spürte nur einen leichten stechenden Schmerz an der Stirn. Der Praktikant, der mich nähte, sagte: »Verdammt tief an dieser Stelle. Fast wie von einem Skalpell.«
»Vielleicht von einem Messer?«
»Kann sein, sieht aber eigentlich nicht so aus.«
Die Schwester befestigte eine Venenklemme an meinem Arm und zapfte Blut ab. »Am besten, Sie geben ihm gleich Tetanusserum und Penicillin«, sagte der Praktikant, während er weiternähte. »Zwinkern Sie einmal für ja, zweimal für nein. Sind Sie gegen Penicillin allergisch?«
Ich zwinkerte zweimal.
»Sind Sie ganz sicher?«
Ich zwinkerte einmal.
»Okay«, sagte er und nähte weiter. Die Schwester gab mir zwei Injektionen. Der andere Praktikant untersuchte schweigend meinen Körper.
Anscheinend wurde ich wieder ohnmächtig. Als ich die Augen aufmachte, sah ich über meinem Kopf einen riesigen Röntgenapparat. »Nicht bewegen«, sagte jemand in gereiztem Ton.
Ich verlor wieder das Bewußtsein.
Als ich zu mir kam, lag ich in einem anderen Raum mit grüngestrichenen Wänden. Die Ärzte hielten die tropfnassen Röntgenbilder gegen das Licht und sprachen darüber. Dann ging der eine weg, und der andere kam zu mir.
»Scheint nichts Ernstliches zu sein«, sagte er. »Ein paar

Zähne sind vielleicht locker, aber gebrochen ist offenbar nichts.«
Ich war jetzt klar genug im Kopf, um zu fragen: »Hat sich der Röntgenologe die Aufnahmen angeschaut?«
Er sah mich erstaunt an; offenbar dachte er das gleiche wie ich: daß Schädelaufnahmen schwer zu lesen sind, daß man dazu viel Erfahrung braucht; doch ihm war anscheinend rätselhaft, woher ich das wußte.
»Nein, der Röntgenologe ist im Moment nicht da.«
»Wo ist er?«
»In der Kantine, eine Tasse Kaffee trinken.«
»Holen Sie ihn«, sagte ich. Mein Mund war trocken und steif; mein Kiefer tat weh. Ich betastete meine Wange und spürte eine große Schwellung, die stark schmerzte. Kein Wunder, daß sie einen Bruch vermutet hatten.
»Wie ist mein Hämatokrit?« sagte ich.
»Wie bitte?«
Anscheinend hatte er mich nicht verstanden; meine Zunge war dick, und ich sprach undeutlich.
»Wie mein Hämatokrit ist!«
Die beiden sahen sich an; dann sagte der eine: »Vierzig, Sir.«
»Ich hab Durst. Geben Sie mir ein Glas Wasser.«
Der eine ging hinaus, um ein Glas zu holen. Der andere sah mich mit einem merkwürdigen Blick an, als hätte er eben erst entdeckt, daß ich ein Mensch war. »Sind Sie Arzt, Sir?«
»Wieso?« sagte ich. »Ist das irgendwie von Bedeutung?«
Er schien verwirrt. Er holte sein Notizbuch hervor und sagte: »Waren Sie schon mal hier in Behandlung, Sir?«
»Nein«, sagte ich. »Und ich habe auch jetzt nicht die Absicht, hierzubleiben.«
»Sir, Sie haben eine ziemlich schwere Verletzung, und –«
»Unsinn«, sagte ich. »Holen Sie einen Spiegel.«
»Einen Spiegel?«

Ich seufzte »Ich möchte sehen, wie Sie die Wunde genäht haben«, sagte ich.
»Sir, falls Sie Arzt sind –«
»Holen Sie einen Spiegel.«
Mit erstaunlicher Geschwindigkeit brachte man mir einen Spiegel und ein Glas Wasser. Ich trank zuerst das Wasser; es schmeckte herrlich.
»Sie sollten so was nicht auf die leichte Schulter nehmen, Sir.«
»Bei einem Hämatokrit von vierzig kann's nicht so schlimm sein«, sagte ich. Ich nahm den Spiegel und sah mir die Wunde an meiner Schläfe an. Langsam wurde ich wütend auf die beiden Praktikanten, und das ließ mich den Schmerz und die Übelkeit vergessen. Die Wunde war sauber und leicht geschwungen; sie lief von der Augenbraue hinunter zum Ohr. Sie hatten sie mit etwa zwanzig Stichen genäht.
»Wann bin ich hergebracht worden?« fragte ich.
»Vor etwa einer Stunde, Sir.«
»Hören Sie auf, mich Sir zu nennen«, sagte ich. »Machen Sie lieber noch einen Hämatokrit. Ich möchte wissen, ob ich innere Blutungen habe.«
»Sie haben nur fünfundsiebzig Puls, Sir, und Ihre Hautfarbe –«
»Los, machen Sie schon«, sagte ich.
Sie stachen mir noch einmal in die Vene, und der Assistent zapfte etwa fünf Kubik ab. »Mein Gott«, sagte ich, »es ist doch bloß für einen Hämatokrit.«
Er sah mich verlegen an und ging rasch hinaus. In der Notaufnahme nimmt man's nicht so genau. Für einen Hämatokrit hätte der Bruchteil eines Kubikzentimeters genügt; ein Tropfen aus dem Finger.
»Mein Name ist George Berry«, sagte ich zu dem anderen Praktikanten. »Ich bin Pathologe im Lincoln.«

»Jawohl, Sir.«
»Das brauchen Sie nicht aufzuschreiben.«
»Jawohl, Sir.« Er legte sein Notizbuch weg.
»Ich möchte nicht, daß irgend jemand etwas von der Sache erfährt. Sie werden also kein Krankenblatt anlegen. Verstanden?«
»Aber, Sir, wenn Sie überfallen und beraubt worden sind –«
»Unsinn«, sagte ich. »Ich bin gestolpert und hingefallen. Ein völlig harmloser Unfall.«
»Sir, Ihre Verletzung läßt aber darauf schließen –«
»Ihre Diagnose interessiert mich nicht. Ende der Diskussion.«
»Sir –«
»Keine Widerrede«, sagte ich.
Ich sah ihn an. Auf seinem weißen Mantel waren Blutspritzer; wahrscheinlich von mir.
»Sie tragen ja gar kein Namensschild«, sagte ich.
Er schwieg.
»Sollten Sie aber. Wir Patienten möchten gern wissen, mit wem wir's zu tun haben.«
Er holte tief Luft; dann sagte er: »Sir, ich bin im achten Semester ...«
»Hör mal, mein Junge«, unterbrach ich ihn. »Ich hab keine Lust, hier noch länger rumzuliegen. Hol Dr. Hammond.«
»Wen, Sir?«
»Dr. Hammond. Den diensthabenden Assistenten.«
»Jawohl, Sir.«
Als er zur Tür ging, kam ich zu dem Schluß, daß ich zu grob zu ihm gewesen war. Er war ja schließlich noch ein Student, und er schien ein ganz netter Junge zu sein.
»Noch eine Frage«, sagte ich. »Haben Sie die Wunde genäht?« Er schwieg einen Moment und starrte auf den Boden. »Ja, Sir.«

»Gar nicht so schlecht«, sagte ich.
Er grinste. »Danke, Sir.«
»Sie sollen mich nicht dauernd Sir nennen. Haben Sie die Wunde untersucht, bevor Sie sie genäht haben?«
»Ja, S... Ja.«
»Was für einen Eindruck hatten Sie?«
»Es war ein erstaunlich sauberer Schnitt. Wie von einem Rasiermesser.«
Ich lächelte. »Oder von einem Skalpell?«
»Wieso? Wie kommen Sie darauf?«
»Ich glaube, das wird eine interessante Nacht für Sie werden«, sagte ich. »Holen Sie Hammond.«

Als er hinausgegangen war, lenkte mich nichts mehr von meinen Schmerzen ab. Am meisten tat mein Bauch weh; es war, als hätte ich eine Billardkugel verschluckt. Ich legte mich auf die Seite, und der Schmerz ließ etwas nach. Nach einer Weile erschienen Hammond und der Praktikant.
Hammond sagte: »Mensch, du machst ja schöne Sachen.«
»Hallo, Norton«, sagte ich.
»Ich hatte keine Ahnung, daß du eingeliefert worden bist«, sagte Norton, »sonst –«
»Nicht so schlimm. Deine Jungens haben mich prima verarztet.«
»Was ist denn passiert?«
»Ein kleiner Unfall.«
Er beugte sich über mich und sah sich die Wunde an. »Du hast Glück gehabt«, sagte er. »Der Schnitt ist nicht sehr tief. Geblutet hast du wie eine Sau. Aber dein Hämatokrit ist normal.«
»Ich hab eben eine gute Milz«, sagte ich.
»Anscheinend. Wie fühlst du dich?«
»Beschissen.«

»Kopfschmerzen?«
»Ein bißchen.«
»Schläfrig? Übelkeit?«
»Komm, hör auf, Norton –«
»Leg dich zurück«, sagte er. Er holte seine Taschenlampe hervor und leuchtete mir in die Pupillen; dann sah er sich mit einem Ophthalmoskop den Augenhintergrund an. Schließlich prüfte er an beiden Armen und Beinen die Reflexe.
»Siehst du?« sagte ich. »Nichts.«
»Ein Hämatom könntest du trotzdem haben.«
»Unsinn.«
»Du solltest noch zur Beobachtung hierbleiben«, sagte er.
»Kommt nicht in Frage.« Ich setzte mich stöhnend auf. Mein Bauch tat weh. »Ich steh jetzt auf. Komm, hilf mir.«
»Ich fürchte, deine Kleider –«
»Sind zerschnitten worden. Ich weiß. Kannst du mir einen weißen Anzug geben?«
»Wozu?«
»Ich möchte dabeisein, wenn die andern eingeliefert werden.«
»Welche andern?«
»Das wirst du schon sehen.«
Der Praktikant fragte mich nach meiner Größe, und ich sagte sie ihm. Er wollte hinausgehen, doch Hammond hielt ihn am Arm fest.
»Moment.« Er wandte sich zu mir. »Du kriegst einen, aber nur unter einer Bedingung: daß du bis morgen früh hierbleibst«, sagte er ruhig.
»Ich möchte aber nicht, daß ein Krankenblatt angelegt wird.«
»Okay. Meinetwegen kannst du hier in der Notaufnahme bleiben.«

Ich runzelte die Stirn. »Schön«, sagte ich, »ich bleibe.«
Der Praktikant ging den weißen Anzug holen. Hammond sah mich kopfschüttelnd an.
»Wer hat dich so zugerichtet?«
»Das weiß ich selbst nicht genau. Aber bald werde ich's wissen.«
Der Praktikant brachte den weißen Anzug, und ich schlüpfte hinein. Es war ein merkwürdiges Gefühl; ich hatte seit Jahren keinen getragen. Früher war ich stolz darauf gewesen. Jetzt kam er mir steif und unbequem vor.
Sie brachten mir meine Schuhe; sie waren naß und voll Blut. Ich wischte sie ab und zog sie an. Ich war müde und erschöpft, doch ich durfte mich nicht unterkriegen lassen. Ich war ganz sicher, daß sich noch heute nacht alles klären würde.
Man brachte mir eine Tasse Kaffee und ein belegtes Brot. Es schmeckte wie Zeitungspapier, doch ich würgte es hinunter, weil ich das Gefühl hatte, ich müßte irgendwas zu mir nehmen. Hammond setzte sich neben mich.
»Übrigens«, sagte er, »ich hab wegen diesem Roman Jones nachgesehen.«
»Und?«
»Er war einmal bei uns. Auf der Urologischen. Anscheinend hatte er eine Nierenkolik. Sie haben eine Urinanalyse gemacht.«
»Und wie war das Ergebnis?«
»Es war Blut drin. Rote Blutkörperchen mit Kernen.«
Ich konnte mir denken, was mit ihm los gewesen war. Es passierte oft, daß Leute im Krankenhaus erscheinen und über starke Unterleibsschmerzen und Harnstauung klagen – Symptome, die darauf schließen lassen, daß ein Nierenstein im Harnleiter eingeklemmt ist. Da eine solche Kolik äußerst schmerzhaft ist, gibt man ihnen meistens sofort Morphium

und untersucht, um eine genaue Diagnose stellen zu können, den Urin auf Blut. Nierensteine verursachen im allgemeinen eine leichte Blutung im Urinaltrakt.
Morphiumsüchtige simulieren häufig Nierenkoliken, weil sie wissen, daß sie auf diese Weise leicht zu einer Morphiumspritze kommen können. Zum Teil sind sie darin sehr geschickt; sie kennen die Symptome und imitieren sie äußerst überzeugend. Wenn man sie auffordert, eine Urinprobe abzugeben, gehen sie auf die Toilette, urinieren in die Flasche, stechen sich in den Finger und tun einen kleinen Tropfen Blut hinein.
Manche sind dazu jedoch zu zimperlich und nehmen statt ihrem eigenen Blut tierisches Blut, zum Beispiel von einem Huhn. Die Sache hat nur einen Haken: die roten Blutkörperchen eines Huhns haben Kerne, menschliche haben keine. Deshalb lassen rote Blutkörperchen mit Kernen ziemlich sicher darauf schließen, daß der Patient die Nierenkolik simuliert, und das tun im allgemeinen nur Rauschgiftsüchtige.
»Hat man ihn nach Einstichen abgesucht?«
»Nein. Als der Arzt ihn untersuchen wollte, ist er weggerannt. Er hat sich nie wieder blicken lassen.«
»Interessant. Dann ist er vermutlich rauschgiftsüchtig.«
»Ja. Vermutlich.«
Nachdem ich das Brot gegessen hatte, fühlte ich mich etwas besser. Ich stand mühsam auf und rief Judith an und sagte ihr, daß ich im Memorial sei; es wäre alles in Ordnung, und sie solle sich keine Sorgen machen.
Von meiner Verletzung sagte ich ihr nichts, um sie nicht unnötig aufzuregen.
Als ich mit Hammond den Korridor hinunterging, mußte ich mich zusammennehmen, um vor Schmerzen nicht zu stöhnen. Er fragte in einem fort, wie ich mich fühlte, und

ich versicherte ihm immer wieder, daß ich okay sei. In Wirklichkeit fühlte ich mich miserabel. Mir war schlecht von dem Brot und dem Kaffee, und meine Kopfschmerzen waren, seit ich aufgestanden war, schlimmer geworden. Am schlimmsten aber war die Müdigkeit. Ich war entsetzlich schwach.

Wir gingen zum Eingang der Notaufnahmestation, einem überdachten Vorbau, unter dem die Kranken aus den Ambulanzwagen ausgeladen wurden, und traten ins Freie. Die Nacht war trüb, und es regnete noch immer, doch die kühle Luft tat mir gut.

»Du bist blaß«, sagte Hammond.

»Ich bin in Ordnung«, sagte ich.

»Wir haben dich überhaupt nicht auf innere Blutungen untersucht.«

»Mir fehlt nichts«, sagte ich. »Hör endlich auf.«

Wir warteten. Hin und wieder fuhr ein Auto vorbei, und die Reifen zischten auf dem nassen Pflaster; sonst herrschte tiefe Stille.

»Worauf warten wir eigentlich?« fragte Hammond nach einer Weile.

»Ich weiß nicht genau. Aber ich glaube, man wird bald einen Schwarzen und ein Mädchen bringen.«

»Roman Jones? Hat er dich so zugerichtet?«

»Vermutlich.«

In Wirklichkeit war ich mir ziemlich sicher, daß er es gewesen war. Ich konnte mich an nichts genau erinnern, auch nicht an das, was vor dem Überfall gewesen war.

Ich hatte zwar keine richtige retrograde Amnesie, die häufig nach Gehirnerschütterungen auftritt und etwa fünfzehn Minuten vor den Zeitpunkt zurückreicht, doch ich war ziemlich durcheinander.

Es muß Roman gewesen sein, dachte ich. Es war die

einzige logische Erklärung. Er war in Richtung Beacon Hill gegangen. Und auch dafür gab es nur eine logische Erklärung.

Es blieb nichts übrig, als zu warten.

»Wie fühlst du dich?« fragte Hammond.

»Fang nicht schon wieder damit an«, sagte ich. »Ich sag dir doch, ich bin in Ordnung.«

»Du siehst aus, als ob du ziemlich fertig wärst.«

»Das bin ich auch. Die ganze Woche schon.« Ich schaute auf meine Uhr. Fast zwei Stunden waren vergangen, seit ich zusammengeschlagen worden war. Das war eine Menge Zeit. Mehr als genug.

Allmählich fragte ich mich, ob etwas schiefgegangen war. Im selben Moment bog mit kreischenden Reifen und heulender Sirene und blitzendem Blaulicht ein Polizeiauto um die Ecke. Gleich dahinter kam ein Ambulanzwagen und dann ein drittes Auto. Während der Ambulanzwagen in die Einfahrt zurückstieß, sprangen zwei Männer in grauen Anzügen aus dem dritten Auto: Reporter. Man sah es an ihren aufgeregten Gesichtern. Der eine hatte eine Kamera in der Hand.

»Keine Fotos«, sagte ich.

Die hintere Tür des Ambulanzwagens wurde aufgemacht und eine Tragbahre herausgehoben. Ein Mann lag darauf. Das erste, was ich sah, waren seine Kleider – am Oberkörper und an den Armen zerfetzt und aufgeschlitzt, als sei er in irgendeine gräßliche Maschine geraten. Dann sah ich im kalten Neonlicht das Gesicht: Roman Jones. Sein Schädel war an der rechten Seite eingebeult wie ein kaputter Fußball, und seine Lippen waren schwärzlichblau.

Der Reporter riß die Kamera hoch; Blitzlicht flammte auf. Hammond beugte sich über ihn. Mit einer einzigen flinken Bewegung umklammerte er mit der linken Hand sein Handgelenk, legte das Ohr auf seine Brust und drückte die rechte Hand auf seine Halsschlagader. Dann richtete er sich auf und begann seine Brust zu massieren, indem er die eine Hand flach drauflegte und mit dem Ballen der andern fest und rhythmisch draufdrückte.

»Verständigt den Anästhesisten«, sagte er, »und holt den diensthabenden Chirurgen. Ich brauche Araminlösung – eins zu tausend ... Sauerstoffüberdruckbeatmung.«

Wir trugen ihn hinein und den Korridor hinunter zu einem der kleinen Behandlungsräume. Hammond setzte die ganze Zeit die Herzmassage fort. Als wir in den Raum traten, wartete der Chirurg bereits.

»Herzstillstand?«

»Ja«, sagte Hammond. »Keine Atmung, kein Puls.«

Der Chirurg holte eine Packung Gummihandschuhe. Er riß sie auf, nahm die Handschuhe heraus und streifte sie über, ohne Roman Jones aus den Augen zu lassen.

»Wir müssen ihn aufmachen«, sagte er und streckte seine Finger in den Handschuhen.

Hammond nickte und massierte weiter. Es schien nicht viel zu nützen: Romans Lippen und seine Zunge wurden immer schwärzer.

Seine Haut, vor allem im Gesicht und an den Ohren, war fleckig und dunkel.

Die Schwester stülpte ihm eine Sauerstoffmaske über.

»Wieviel?« fragte sie.

»Sieben Liter«, sagte der Chirurg. Er ließ sich ein Skalpell reichen. Man riß Romans bereits zerfetzte Kleider über der Brust auf. Der Chirurg trat vor; das Skalpell fest in der rechten Hand, den Zeigefinger auf der Klinge.

»Okay«, sagte er und machte einen tiefen Einschnitt schräg über die linke Brust. Blut quoll hervor, doch er kümmerte sich nicht darum. Er legte die weißlich glänzenden Rippen frei, machte zwischen ihnen einen zweiten Einschnitt und legte Retraktoren an. Die Retraktoren wurden gespreizt, und mit einem krachenden Geräusch zerbrachen die Rippen.

Durch den klaffenden Einschnitt sah man die Lunge, zusammengesunken und runzlig, und das Herz, groß und bläulich. Es schlug nicht und lag da wie ein schlaffer Sack.

Der Chirurg griff in die Brust und begann das Herz zu massieren, mit glatten, gleichmäßigen Bewegungen; zuerst krümmte er den kleinen Finger und dann nacheinander alle anderen Finger seiner Hand bis zum Zeigefinger und drückte so das Blut aus dem Herz, im gleichen Rhythmus leise keuchend.

Jemand hatte Roman die Manschette eines Blutdruckmessers um den Arm gelegt, und Hammond pumpte sie auf. Er starrte einen Moment auf die Nadel; dann sagte er: »Nichts.«

»Er fibrilliert«, sagte der Chirurg. »Kein Epinephrin. Warten wir noch.«

Er massierte, weiter; eine Minute, zwei Minuten. Romans Haut verfärbte sich immer dunkler.

»Er wird schwächer. Geben Sie mir fünf Kubik eins zu tausend.«

Die Schwester reichte ihm die Spritze. Er injizierte direkt ins Herz. Dann massierte er weiter.

Mehrere Minuten vergingen. Ich blickte auf das zusammengedrückte Herz und auf die rhythmisch vom Respirator aufgeblähten Lungen. Doch der Patient verfiel immer mehr. Schließlich richtete der Chirurg sich auf.

»Aus«, sagte er. Er nahm die Hand von der Brust und zog den Handschuh aus. Er untersuchte die Verletzungen auf der Brust und an den Armen und die Wunde am Kopf.

»Wahrscheinlich primärer Atemstillstand«, sagte er. »Er

muß einen ziemlichen Schlag auf den Kopf gekriegt haben.«
Er wandte sich zu Hammond: »Stellen Sie den Totenschein aus?«
Hammond nickte.
Im selben Moment stürzte eine Schwester herein. »Dr. Hammond«, sagte sie. »Dr. Jorgensen braucht Sie. Ein Mädchen mit einem hämorrhagischen Schock ...«
Der erste, den ich draußen auf dem Gang sah, war Peterson. Er stand in einem Zivilanzug da und starrte düster vor sich hin.
Als er mich erblickte, fuhr er herum und hielt mich am Ärmel fest.
»He, Berry –«
»Später«, sagte ich.
Ich trat mit Hammond und der Schwester in den andern Behandlungsraum. Ein Mädchen lag da, flach auf dem Rücken, sehr blaß. Ihre Handgelenke waren verbunden. Sie war nur halb bei Bewußtsein; ihr Kopf rollte hin und her, und sie stöhnte leise.
Jorgensen, der Assistent, stand neben ihr.
»Selbstmordversuch«, sagte er zu Hammond. »Aufgeschnittene Pulsadern. Wir haben die Blutung gestoppt und machen jetzt eine Transfusion.«
Er suchte am Bein nach einer Vene.
»Es kommt noch mehr Blut von der Bank«, sagte er und stach die Nadel hinein. »Sie braucht mindestens zwei Einheiten. Das Hämatokrit ist in Ordnung, aber das sagt ja nichts.«
»Warum am Bein?« fragte Hammond und deutete auf die Nadel.
»Weil wir die Handgelenke verbinden mußten. Ich möchte deshalb nicht viel an den Armen herummachen.«
Ich trat an den Tisch. Das Mädchen war Angela Harding.

Sie sah jetzt nicht mehr so hübsch aus; ihr Gesicht war kalkweiß und um den Mund herum grau.
»Was meinen Sie?« sagte Hammond zu Jorgensen.
»Ich glaube, wir werden sie durchbringen«, sagte er. »Das heißt, wenn's keine Komplikationen gibt.«
Hammond sah sich die bandagierten Handgelenke an.
»Haben Sie da genäht?«
»Ja.«
Er betrachtete die Hände. Die Finger waren voller dunkelbrauner Flecken. Er wandte sich zu mir um. »Ist das das Mädchen, von dem du mir erzählt hast?«
»Ja«, sagte ich, »Angela Harding.«
»Starke Raucherin«, sagte Hammond.
»Sieh dir's mal genauer an.«
Hammond nahm die eine Hand und roch an den Fingern.
»Das stammt nicht von Tabak«, sagte er.
Ich schüttelte den Kopf.
»Ist sie vielleicht Krankenschwester?«
Ich nickte.
Die Flecken stammten von Jodtinktur, einer gelblichbraunen Flüssigkeit, mit der man bei Patienten die Haut vor einem chirurgischen Eingriff oder vor Einführung einer Infusionsnadel desinfiziert.
»Versteh ich nicht«, sagte Hammond.
Ich hob ihre Hände hoch. Die Daumenballen und die Handrücken waren voller winziger, oberflächlicher Schnittwunden.
»Was glaubst du, was das ist?«
»Probeschnitte?« Patienten, die einen Selbstmordversuch durch Öffnen der Pulsadern verüben, haben häufig kleine Schnittwunden an den Händen, weil sie zuvor die Schärfe der Klinge erproben oder feststellen wollen, wie weh es tut.
»Nein«, sagte ich.

»Was dann?«
»Hast du schon mal jemanden gesehen, der mit einem Messer angegriffen wurde?«
Hammond schüttelte den Kopf. Verständlich, daß er so was noch nie gesehen hatte, doch für mich als Pathologen war es nichts Neues: Kleine Schnitte an den Händen deuten auf eine Messerstecherei hin; sie stammen daher, daß der Angegriffene die Hände hochhebt, um das Messer abzuwehren.
»Du meinst, sie wurde mit einem Messer angegriffen?«
»Ja.«
»Von wem?«
»Das sag ich dir später.«
Ich ging zu Roman Jones zurück. Er lag noch immer in demselben Raum, und neben ihm standen Peterson und ein anderer Mann und untersuchten seine Augen.
»Sie müssen anscheinend Ihre Nase überall reinstecken, Berry«, sagte Peterson.
»Genau wie Sie.«
»Das ist mein Job«, sagte Peterson.
Er deutete mit dem Kopf auf den anderen Mann.
»Damit Sie sich nicht wieder so aufregen, hab ich diesmal einen Arzt mitgebracht. Einen Polizeiarzt. Das ist nämlich ein Fall für den Gerichtsmediziner.«
»Ich weiß.«
»Der Bursche heißt Roman Jones. Wir konnten ihn anhand der Papiere in seiner Brieftasche identifizieren.«
»Wo haben Sie ihn gefunden?«
»Auf der Straße. In einer netten, ruhigen Straße am Beacon Hill. Mit eingeschlagenem Schädel. Er muß auf den Kopf gefallen sein. Im ersten Stock des Hauses, vor dem er lag, war ein Fenster zerbrochen. Die Wohnung gehört einem Mädchen namens Angela Harding. Sie ist auch hier.«
»Ich weiß.«

»Gibt's eigentlich irgendwas, was Sie nicht wissen?«
Ich gab ihm keine Antwort. Meine Kopfschmerzen waren schlimmer geworden – ein schrecklicher pochender Schmerz –, und ich war furchtbar müde. Am liebsten hätte ich mich auf der Stelle hingelegt und lange, lange geschlafen.
Ich beugte mich über Roman Jones. Sein Oberkörper und seine Oberarme waren voller tiefer Schnittwunden. An den Beinen hatte er keine Verletzungen. Charakteristisch, dachte ich.
Der Arzt richtete sich auf und sah Peterson an. »Schwer zu sagen, was die Todesursache war, nachdem sie ihn so zugerichtet haben«, sagte er und deutete auf die klaffende Brustwunde. »Aber vermutlich Schädelbruch. Sie sagten, er ist aus einem Fenster gestürzt?«
»Vermutlich«, sagte Peterson und sah mich an.
»Ich muß die Formulare ausfüllen«, sagte der Arzt. »Geben Sie mir bitte die Brieftasche?«
Peterson gab ihm Roman Jones' Brieftasche. Der Arzt setzte sich an einen kleinen Tisch an der Wand und begann zu schreiben. Ich sah mir Roman Jones' Kopf an. Als ich die Delle in seinem Schädel betastete, sagte Peterson: »Was soll das?«
»Ich untersuche ihn.«
»Wer hat Ihnen das erlaubt?«
Ich seufzte. »Wen muß ich um Erlaubnis fragen?«
Er starrte mich mit großen Augen an.
Ich sagte: »Ich ersuche Sie um die Erlaubnis, eine äußerliche Untersuchung der Leiche vorzunehmen.« Dabei blickte ich zu dem Arzt hinüber. Er schrieb irgendwelche Daten aus den Papieren in der Brieftasche ab, doch ich war sicher, daß er zuhörte.
»Es wird eine Obduktion stattfinden«, sagte Peterson.
»Ich ersuche um Ihre Erlaubnis«, sagte ich.

»Kommt nicht in Frage.«
Da drehte sich der Arzt um und sagte: »Herrgott noch mal, Jack, haben Sie sich doch nicht so.«
Peterson sah ihn an, dann mich und dann wieder ihn. Schließlich sagte er: »Okay, Berry. Untersuchen Sie ihn. Aber verpfuschen Sie nichts.«
Ich sah mir die Schädelverletzung an. Es war eine Einbuchtung etwa in der Größe einer Männerfaust, doch sie stammte von keiner Faust. Sie mußte von einem mit beträchtlicher Kraft geführten Schlag mit einem Stock oder einem Rohr herrühren. Als ich genauer hinschaute, sah ich, daß an der blutigen Kopfhaut kleine braune Holzteilchen klebten. Ich rührte sie nicht an.
»Sie meinen, diese Schädelverletzung stammt von einem Sturz?«
»Ja«, sagte Peterson. »Warum?«
»Nur so.«
»Warum?«
»Und die Verletzungen am Körper?«
»Die hat er sich wahrscheinlich in der Wohnung zugezogen. Vermutlich hat er mit diesem Mädchen, mit dieser Angela Harding, gekämpft. In der Wohnung lag ein blutiges Küchenmesser. Sie muß damit auf ihn losgegangen sein. Jedenfalls ist er aus dem Fenster gestürzt, oder sie hat ihn rausgestoßen. Und beim Aufschlagen auf den Gehsteig hat er sich den Schädel eingeschlagen.«
Er brach ab und sah mich an.
»Weiter«, sagte ich.
»Das ist alles«, sagte er.
Ich nickte, ging hinaus und holte eine Spritze. Ich beugte mich über Jones und jagte ihm die Nadel in die Halsschlagader. Ich hatte keine Lust, lange nach der Armvene herumzustochern.

»Was machen Sie da?«
»Ich nehme Blut ab«, sagte ich, zog den Kolben zurück und zapfte ein paar Milliliter bläuliches Blut ab.
»Wozu?«
»Ich möchte feststellen, ob er vergiftet war«, sagte ich, um mir weitschweifende Erklärungen zu ersparen.
»Vergiftet?«
»Ja.«
»Wie kommen Sie auf die Idee, daß er vergiftet war?«
»Nur eine Vermutung«, sagte ich.
Ich steckte die Spritze in die Tasche und ging zur Tür. Peterson starrte mir nach; dann sagte er: »Einen Moment.«
Ich blieb stehen.
»Ich hätte ein paar Fragen an Sie.«
»Bitte.«
»Unserer Ansicht nach«, sagte er, »haben die beiden miteinander gekämpft. Jones ist dabei aus dem Fenster gestürzt, und das Mädchen hat einen Selbstmordversuch gemacht.«
»Das haben Sie schon gesagt.«
»Die Sache hat nur einen Haken«, sagte Peterson. »Jones ist ein Riesenkerl, mindestens einsneunzig. Halten Sie's für möglich, daß ein kleines Mädchen wie Angela Harding ihn rausgestoßen hat?«
»Vielleicht ist er von selbst rausgefallen.«
»Vielleicht hat ihr jemand geholfen.«
»Kann auch sein.«
Er blickte auf das Pflaster unter meinem Ohr. »Was haben Sie denn da?«
»Ich bin heute abend gestürzt. Die Straße war glatt.«
»Also eine Schürfwunde?«
»Nein. Ich hab beim Hinfallen eine von Ihren blöden Parkuhren gestreift.«
»Eine Rißwunde?«

»Nein. Eine Schnittwunde.«
»So wie die von Roman Jones?«
»Ich hab sie nicht verglichen.«
»Kannten Sie Roman Jones?«
»Ja.«
»So? Seit wann?«
»Seit heute abend. Seit ungefähr drei Stunden.«
»Interessant«, sagte Peterson.
»Finden Sie?« sagte ich.
»Ich könnte Sie zur Einvernahme vorläufig festnehmen.«
»Sicher«, sagte ich. »Bloß – mit welcher Begründung?«
Er zuckte die Achseln. »Zum Beispiel dringender Verdacht auf Beihilfe.«
»Dann würde ich Ihnen eine Klage anhängen, daß Ihnen Hören und Sehen vergeht. Schon morgen früh hätten Sie eine Schadenersatzklage auf zwei Millionen Dollar am Hals.«
»Nur wegen einer Einvernahme?«
»Wegen Rufschädigung«, sagte ich. »Sie wissen doch, für einen Arzt ist ein guter Ruf sein ein und alles. Der geringste Schatten, der darauf fällt, bringt ihm schweren Schaden – finanziellen Schaden, der sich vor Gericht leicht nachweisen läßt.«
»Art Lee scheint nicht die Absicht zu haben, mich zu verklagen.«
Ich lächelte. »Sind Sie da so sicher?«
Peterson schwieg einen Moment. Dann sagte er: »Wieviel wiegen Sie, Doktor?«
»Hundertfünfundachtzig Pfund«, sagte ich. »Das gleiche wie vor acht Jahren.«
»Vor acht Jahren?«
»Ja«, sagte ich, »als ich Polizist war.«

Ich hatte ein Gefühl, als ob mein Kopf in einem Schraubstock steckte. Als ich den Korridor hinunterging, wurde mir plötzlich schlecht. Ich lief zur Toilette und erbrach das Brot, das ich gegessen hatte, und den Kaffee. Danach bekam ich einen Schwächeanfall; kalter Schweiß brach mir aus. Als ich mich wieder etwas besser fühlte, ging ich zu Hammond.

»Wie geht's dir?« fragte er. »Du siehst aus, als ob dir todübel wäre.«

»Ich fühle mich ausgezeichnet«, sagte ich.

Ich nahm die Spritze mit Jones' Blut aus der Tasche und legte sie auf den Tisch. Dann nahm ich eine andere Spritze aus dem Sterilisationsapparat und ging zur Tür.

»Kannst du mir eine Maus besorgen?« sagte ich.

»Eine Maus?«

»Ja.«

Er runzelte die Stirn. »Cochran hat ein paar Ratten in seinem Labor. Vielleicht ist es offen.«

»Ich brauche eine Maus.«

»Wir können ja mal nachsehen.«

Wir gingen hinaus. Auf dem Gang hielt eine Schwester Hammond an und sagte ihm, daß Angela Hardings Eltern angerufen hätten. Hammond bat sie, ihn zu holen, wenn sie kämen oder wenn das Mädchen aufwachte.

Wir gingen hinunter in den Keller und durch ein Labyrinth von Gängen. Wie die meisten großen, an eine Universität angeschlossenen Krankenhäuser hatte das Memorial verschiedene Forschungslabors, und für die Experimente wurden eine Menge Tiere benötigt. Hinter den Türen, an denen wir vorbeikamen, hörten wir Hundegebell und das leise Flattern von Vögeln. Vor einer Tür, an der KLEINTIERE stand, blieben wir stehen, Hammond öffnete sie.

Der Raum war voller Käfige mit Ratten und Mäusen. Ein merkwürdiger, scharfer Gestank herrschte darin. Jeder junge Arzt kennt diesen Gestank, und jeder Arzt muß ihn kennen, denn er ist von diagnostischer Bedeutung. Der Atem von schwer leberkranken Patienten hat einen eigenartigen Geruch, den sogenannten *fetor hepaticus;* er riecht ganz ähnlich wie ein Raum voller Mäuse.

Wir fanden eine Maus, und Hammond packte sie am Schwanz und nahm sie aus dem Käfig. Die Maus zappelte und versuchte ihn in die Hand zu beißen, doch es gelang ihr nicht. Hammond legte sie auf einen Tisch und hielt sie an einer Hautfalte hinter dem Kopf fest.

»Und jetzt?«

Ich nahm die Spritze, injizierte ihr ein wenig von dem Blut, das ich Roman Jones abgenommen hatte, und Hammond setzte sie in einen Glaskasten.

Die Maus hockte einen Moment da; dann begann sie im Kreis in dem Glaskasten herumzurennen.

»Und?« sagte Hammond.

»Noch nie vom Mäusetest gehört?« fragte ich.

»Nein.«

»Na ja, du bist ja kein Pathologe. Es ist ein sehr alter Test. Früher war er der einzige an einem lebenden Tier anwendbare Drogentest.«

»Was für Drogen?«

»Morphium«, sagte ich.

Die Maus rannte noch immer im Kreis herum. Allmählich wurde sie langsamer, ihre Muskeln verkrampften sich, und sie streckte den Schwanz steil nach oben.

»Positiv«, sagte ich.

»Morphium?«

Ich nickte.

Heutzutage gab es bessere Tests, zum Beispiel mit Nalorphin, doch bei einem Toten kam nur der Mäusetest in Frage.

»Er war süchtig?« fragte Hammond.
»Ja.«
»Und das Mädchen?«
»Das werden wir gleich wissen.«
Sie war bei Bewußtsein, als wir in das Zimmer traten; müde und benommen nach der Transfusion von drei Einheiten Blut, doch bestimmt nicht müder als ich.
Mich erfüllte eine tiefe, überwältigende Erschöpfung, ein ungeheures Verlangen zu schlafen.
Die Schwester, die in dem Zimmer war, sagte: »Ihr Blutdruck ist hundert zu fünfundsechzig.«
Ich kämpfte meine Müdigkeit nieder und trat zu ihr und tätschelte ihre Hand. »Wie fühlen Sie sich, Angela?«
»Scheußlich«, sagte sie mit matter Stimme.
»Sie werden bald wieder auf den Beinen sein.«
»Es ist schiefgegangen«, sagte sie dumpf.
»Was meinen Sie?«
Eine Träne lief über ihre Wange. »Ich hab's versucht, und es ist schiefgegangen.«
»Wir möchten Sie was fragen«, sagte ich.
Sie drehte den Kopf weg. »Lassen Sie mich.«
»Es ist sehr wichtig, Angela.«
»Ihr verdammten Ärzte«, sagte sie. »Warum könnt ihr mich nicht in Ruhe lassen? Deshalb hab ich's getan. Um Ruhe zu haben.«
»Die Polizei hat Sie gefunden.«
Sie lachte leise. »Ärzte und Polizisten.«
»Angela, wir brauchen Ihre Hilfe.«
»Nein.« Sie hob ihre verbundenen Arme hoch und sah sie an. »Nein.«
»Schön, wie Sie wollen.« Ich wandte mich zu Hammond um.
»Hol bitte etwas Nalorphin.«

Ich war sicher, daß das Mädchen mich verstanden hatte, doch sie ließ sich nichts anmerken.
»Wieviel?« fragte Hammond.
»Zehn Milligramm«, sagte ich. »Eine ordentliche Dosis.«
Angela erschauderte leicht, sagte aber nichts.
»Sind Sie einverstanden, Angela?«
Sie blickte zu mir auf und sah mich wütend an, doch in ihren Augen war noch etwas anderes – eine leise Hoffnung. Sie wußte also, was ich vorhatte.
»Was haben Sie gesagt?« fragte sie.
»Ob Sie damit einverstanden sind, daß wir Ihnen zehn Milligramm Nalorphin geben?«
»Meinetwegen«, sagte sie. »Warum nicht?«
Nalorphin war ein Morphium-Antagonist. Wenn dieses Mädchen morphiumsüchtig war, dann würde es sie bei genügend hoher Dosierung mit brutaler Schnelligkeit zu sich bringen.
Eine Schwester, die mich nicht kannte, kam herein. Sie zwinkerte erstaunt, als sie mich sah, faßte sich aber schnell. »Doktor, Mrs. Harding ist da. Die Polizei hat sie verständigt.«
»Danke«, sagte ich. »Ich werde mit ihr reden.«
Ich ging hinaus. Eine Frau und ein Mann mit ängstlichen Gesichtern standen auf dem Korridor. Der Mann war groß, und man sah, daß er sich hastig angezogen hatte – er trug zwei verschiedene Socken. Die Frau war recht hübsch. Als ich sie ansah, hatte ich das merkwürdige Gefühl, sie schon einmal gesehen zu haben, obwohl ich wußte, daß das nicht stimmte. Doch ihr Gesicht war mir auf fast unheimliche Weise vertraut.
»Ich bin Dr. Berry«, sagte ich.
»Tom Harding.« Der Mann drückte meine Hand, als wollte er sie auswringen. »Meine Frau.«
Ich sah die beiden an. Es waren sympathische Leute, so um

die fünfzig. Mr. Harding räusperte sich und sagte: »Die – äh – Schwester hat uns gesagt, was los ist. Mit Angela.«
»Sie wird bald wieder in Ordnung sein«, sagte ich.
»Können wir sie sehen?« fragte Mrs. Harding.
»Im Moment nicht. Wir machen gerade ein paar Tests.«
»Es ist doch nicht –«
»Nein, nein«, sagte ich. »Reine Routinetests.«
Tom Harding nickte. »Ich hab meiner Frau gesagt, sie braucht sich keine Sorgen zu machen. Sie tun ja bestimmt alles für sie … Wo sie doch Krankenschwester ist.«
»Natürlich«, sagte ich.
»Ist es wirklich nichts Schlimmes?« fragte Mrs. Harding.
»Wirklich nicht«, sagte ich. »Sie können ganz beruhigt sein.«
Mrs. Harding wandte sich zu ihrem Mann: »Ruf doch Leland an und sag ihm, daß er nicht zu kommen braucht.«
»Er wird schon unterwegs sein.«
»Versuch's doch mal«, sagte Mrs. Harding.
»Am Empfangspult ist ein Telefon«, sagte ich.
Mr. Harding ging den Korridor hinunter. »Ruft er Ihren Hausarzt an?« fragte ich Mrs. Harding.
»Nein«, sagte sie, »meinen Bruder. Er ist Arzt. Er hat Angela immer sehr gern gehabt, schon als kleines Mädchen, und –«
»Leland Weston?« sagte ich. Jetzt wußte ich, woher ich ihr Gesicht kannte.
»Ja«, sagte sie. »Kennen Sie ihn?«
»Wir sind alte Freunde.«
Bevor sie antworten konnte, erschien Hammond, in der Hand die Nalorphin-Ampulle und eine Spritze. Er sagte: »Meinst du wirklich, wir sollen –«
»Das ist Mrs. Harding«, sagte ich rasch. »Dr. Hammond, der diensthabende Assistent.«
Mrs. Harding nickte ihm zu. Ihr Blick wurde mißtrauisch.

»Ihre Tochter wird bald wieder in Ordnung sein«, sagte Hammond.
»Hoffentlich«, sagte sie in seltsam kühlem Ton.
Wir entschuldigten uns und gingen zurück zu Angela.

»Ich hoffe nur, du weißt, was du tust«, sagte Hammond, als wir den Korridor hinuntergingen.
»Keine Sorge.« Ich blieb an einem Wasserbrunnen stehen und füllte einen Becher mit Wasser. Ich trank es in einem Zug, dann füllte ich den Becher noch einmal. Mein Kopf tat jetzt schrecklich weh, und ich konnte mich vor Müdigkeit kaum noch auf den Beinen halten. Am liebsten hätte ich mich hingelegt, alles vergessen, geschlafen ...
Doch ich sagte nichts. Ich wußte, was Hammond tun würde, wenn er dahinterkam.
»Ich weiß genau, was ich tue«, sagte ich. »Keine Angst.«
»Keine Angst – du bist gut. Wenn irgendwas passiert, muß ich es ausbaden.« Er schwieg einen Moment. »Zehn Milligramm von dem Zeug können sie umbringen. Fang lieber mit einer kleinen Dosis an, mit zwei Milligramm. Wenn sich nach zwanzig Minuten keine Wirkung zeigt, geh auf fünf rauf und so weiter.«
»Schon gut«, sagte ich.
Wir traten in Angelas Zimmer. Sie lag auf der Seite und kehrte uns den Rücken zu. Ich ließ mir von Hammond die Nalorphin-Ampulle geben und legte sie zusammen mit der Spritze auf den Tisch neben ihrem Bett, so daß sie sehen konnte, was auf der Ampulle stand.
Dann ging ich wieder um das Bett herum und stellte mich hinter sie. Ich griff über sie hinweg, nahm die Ampulle und die Spritze und füllte die Spritze rasch mit Wasser aus dem Becher.
»Würden Sie sich bitte umdrehen, Angela?«

Sie legte sich auf den Rücken und streckte den Arm aus. Hammond stand da und starrte mich fassungslos an. Ich streifte ihr die Venenklemme über den Arm, zog sie zu und strich über die Vene in ihrer Ellenbeuge, bis sie prall war. Dann stach ich hinein und drückte die Spritze aus. Sie schaute mir schweigend zu.
»So, das wär's«, sagte ich.
Sie sah mich an, dann Hammond und dann wieder mich.
»Wieviel haben Sie mir gegeben?«
»Genug.«
»Zehn? Zehn Milligramm?«
Sie sah mich erschrocken an. Ich klopfte ihr beruhigend auf den Arm. »Kein Grund zur Aufregung.«
»Doch nicht zwanzig?«
»Aber nein«, sagte ich. »Bloß zwei. Zwei Milligramm.«
»Zwei!«
»Es wird Sie nicht umbringen«, sagte ich leise.
Sie seufzte und drehte den Kopf weg.
»Enttäuscht?« sagte ich.
»Warum machen Sie das?« fragte sie. »Was wollen Sie?«
»Das wissen Sie ganz genau, Angela.«
»Aber zwei Milligramm sind doch –«
»Gerade genug, um Abstinenzerscheinungen hervorzurufen. Schweißausbrüche und Krämpfe und Schmerzen. Sie wissen schon –«
»Mein Gott.«
»Es wird Sie nicht umbringen«, sagte ich noch einmal.
»Ihr gemeinen Hunde. Ich wollte nicht hierher, ich will nicht –«
»Aber jetzt sind Sie hier, Angela. Und Sie haben Nalorphin in den Adern. Nicht viel, aber genug.«
Sie brach in Schweiß aus. »Geben Sie mir was dagegen«, sagte sie.

»Morphium ?«
»Irgendwas. Bitte. Ich will nicht.«
»Reden Sie«, sagte ich. »Was war mit Karen?«
»Geben Sie mir zuerst was.«
»Nein.«
Hammond sah mich entsetzt an und trat einen Schritt vor. Ich stieß ihn zurück.
»Reden Sie, Angela.«
»Ich weiß nichts.«
»Dann warten wir, bis es wirkt. Bis Sie vor Schmerzen schreien. Dann werden Sie reden.«
Ihr Kissen war schweißdurchtränkt. »Ich weiß nichts, ich weiß nichts.«
»Reden Sie.«
»Ich habe keine Ahnung, was Sie –«
Sie begann zu zittern, zuerst ganz leicht, dann immer stärker, bis es sie am ganzen Körper schüttelte.
»Es fängt an, Angela.«
Sie biß die Zähne zusammen.
»Es wird immer schlimmer, Angela.«
»Nein … nein … nein …«
Ich holte eine Ampulle Morphium hervor und stellte sie neben sie auf den Tisch.
»Reden Sie.«
Es schüttelte sie so stark, daß das Bett wackelte. Sie hätte mir leid getan, wenn ich nicht gewußt hätte, daß es nur eine eingebildete Reaktion war, daß ich ihr gar kein Nalorphin injiziert hatte.
»Angela.«
»Also schön«, keuchte sie. »Ich hab's getan. Ich mußte es tun.«
»Warum?«
»Wegen der Polizei. Die Polizei war im Krankenhaus.«

»Sie haben das Morphium in der Chirurgie gestohlen?«
»Ja … nicht viel … immer bloß ein bißchen …«
»Seit wann?«
»Seit drei Jahren … oder vier …«
»Und was war letzte Woche?«
»Roman ist in die Apotheke eingebrochen … Roman Jones.«
»Und?«
»Die Polizei hat alle verhört und überprüft.«
»Und da konnten Sie nichts mehr stehlen?«
»Ja …«
»Was haben Sie gemacht?«
»Ich wollte was von Roman kaufen.«
»Und?«
»Ich hatte nicht soviel Geld, wie er wollte.«
»Wer hat Ihnen gesagt, daß Sie die Abtreibung machen sollen?«
»Roman.«
»Damit Sie das Geld kriegen?«
»Ja.«
»Wieviel wollte er?«
Ich wußte die Antwort im voraus. Sie sagte: »Dreihundert Dollar.«
»Und Sie haben die Abtreibung gemacht?«
»Ja … ja … ja …«
»Und wer hat sie anästhesiert?«
»Roman. Mit Thiopental.«
»Und dann?«
»Sie war völlig in Ordnung, als sie ging … Wir haben's auf meinem Bett gemacht … Auf meinem Bett … Es ging alles gut …«
»Aber später ist sie gestorben.«
»Ja … O Gott, geben Sie mir was … bitte …«
»Moment«, sagte ich.

Ich füllte eine Spritze mit Wasser, drückte den Kolben hinein, bis es in einem dünnen Strahl herausspritzte, und injizierte es ihr in die Vene. Sie beruhigte sich sofort. Ihr Atem wurde langsamer und gleichmäßiger.
»Angela«, sagte ich. »Sie haben die Abtreibung gemacht?«
»Ja.«
»Und Karen ist daran gestorben?«
»Ja«, flüsterte sie.
»Okay.« Ich klopfte ihr auf den Arm. »Jetzt ist's gleich vorbei.«

Wir gingen den Korridor hinunter. Mr. Harding wartete ein Stück weiter vorn mit seiner Frau. Er rauchte eine Zigarette und ging nervös auf und ab.
»Wie geht's ihr, Doktor?«
»Gut«, sagte ich. »Sie wird sich schnell erholen.«
»Gott sei Dank«, sagte er erleichtert.
»Ja«, sagte ich.
Norton Hammond warf mir einen verstohlenen Blick zu, dem ich auswich. Ich fühlte mich miserabel; mein Kopf tat schrecklich weh, und hin und wieder verschwamm alles vor meinen Augen.
Doch irgendwer mußte es ihnen ja sagen. Ich sagte: »Mr. Harding, ich fürchte, Ihre Tochter ist in eine dumme Sache verwickelt, für die sich die Polizei interessiert.«
Er sah mich verblüfft und ungläubig an. Dann löste sich plötzlich die Starrheit seines Gesichts, als würde ihm schlagartig alles klar, als hätte er es längst geahnt. »Rauschgift«, sagte er leise.
»Ja«, sagte ich.
»Wir haben nichts davon gewußt«, sagte er rasch. »Mein Gott, wenn wir das –«
»Aber wir haben es vermutet«, sagte Mrs. Harding. »Wir

sind mit Angela nie richtig fertiggeworden. Sie war schon immer sehr eigensinnig. Sehr selbstsicher und selbstbewußt – schon als Kind ...«

Hammond wischte sich mit dem Ärmel den Schweiß vom Gesicht. »So«, sagte er, »das hätten wir hinter uns.«
»Ja.«
Obwohl er neben mir ging, schien er ganz weit weg und seine Stimme ganz leise. Alles um mich war weit weg und klein und verschwommen. Ich blieb einen Moment stehen und versuchte mich zusammenzureißen.
»Was hast du denn?«
»Nichts. Ich bin nur furchtbar müde.«
Er nickte. »Na, jetzt ist ja alles vorbei«, sagte er. »Du hast's geschafft – empfindest du keine Befriedigung?«
»Du?«
Wir gingen ins Besprechungszimmer, einen kleinen Raum mit zwei Stühlen und einem Tisch. An den Wänden hingen Karten mit Anweisungen für akute Notfälle: hämorrhagischen Schock, Lungenödem, Verbrennungen, Herzinfarkt, Quetschwunden. Wir setzten uns, und ich zündete mir eine Zigarette an.
Wir schwiegen, und Hammond starrte auf die Karten. Schließlich sagte er: »Möchtest du einen Drink?«
Ich nickte. Ich hatte ein ekelhaftes, flaues Gefühl im Magen, als müßte ich gleich wieder kotzen. Ein Drink würde mir guttun, würde dieses widerliche Gefühl vertreiben. Oder mir würde davon noch schlechter werden.
Er öffnete einen Wandschrank und nahm eine Flasche heraus. »Wodka«, sagte er. »Geruchlos. Für akute Notfälle.« Er schraubte die Flasche auf und trank einen Schluck; dann gab er sie mir.
Während ich trank, sagte er kopfschüttelnd: »Dieser Pla-

ceboeffekt … Sie kriegte Abstinenzerscheinungen, obwohl du ihr bloß Wasser gespritzt hast.«

»Ist doch klar, warum«, sagte ich.

»Ja«, sagte er. »Weil sie dir geglaubt hat.«

»Genau«, sagte ich. »Weil sie mir geglaubt hat.«

Ich blickte auf eine Karte, auf der die Symptome einer Bauchhöhlenschwangerschaft verzeichnet waren. Ich kam bis zu der Stelle, wo von Menstruationsstörungen und krampfartigen Schmerzen im rechten unteren Quadranten die Rede war; dann verschwammen die Worte vor meinen Augen.

»John?«

Hammonds Stimme kam aus weiter Ferne. Es dauerte endlos lange, bis sie bei mir war, und endlos lange, bis ich imstande war, »Ja« zu sagen. Es klang dumpf, wie in einem Grab.

»Wie fühlst du dich?«

»Gut.« Es hallte in meinem Kopf wider: gut, gut, gut …

»Du siehst furchtbar schlecht aus.«

»Mir fehlt nichts …« Nichts, nichts, nichts …

»John, bist du wütend?«

»Ich bin nicht wütend«, sagte ich und machte die Augen zu. Die Lider waren zu schwer, ich konnte sie nicht mehr offenhalten. »Ich bin froh.«

»Froh?«

»Was?«

»Du bist froh?«

»Nein«, sagte ich. Was redete er für Unsinn? Seine Stimme war hoch und quakig, wie bei einem Baby, eine plappernde Kinderstimme. »Nein«, sage ich. »Ich bin nicht wütend.«

»John –«

»Sag nicht dauernd John zu mir.«

»So heißt du doch«, sagte er. Langsam, mit traumhaft langsamen Bewegungen stand er auf; ich sah es wie durch einen Schleier. Er griff in die Tasche und holte seine Taschenlampe hervor und leuchtete mir ins Gesicht. Ich drehte den Kopf weg; das Licht war grell und tat meinen Augen weh. Besonders meinem rechten Auge.

»Sieh mich an.«

Seine Stimme war laut und schroff. Eine Feldwebelstimme. Zornig und gereizt.

»Hau ab«, sagte ich.

Ich spürte seine Finger an meinem Kopf und das grelle Licht in meinen Augen.

»Laß mich, Norton.«

»Halt still, John.«

»Laß mich.« Ich schloß die Augen. Ich war müde. Todmüde. Ich wollte nichts als schlafen, tausend Jahre schlafen. Schlafen mußte herrlich sein, wie ein Meer, das einen leise rauschend wiegte, das alles wegspülte.

»Ich bin okay, Norton. Ich bin bloß müde.«

»Halt still, John.«

Halt still, John.

Halt still, John.

Halt still, John.

»Herrgott noch mal, Norton –«

»Sei ruhig«, sagte er.

Sei ruhig, sei ruhig.

Er holte seinen kleinen Gummihammer hervor und klopfte damit auf meine Knie. Meine Beine zuckten auf und nieder. Ein widerliches, ekliges Gefühl. Ich wollte schlafen, nichts mehr hören, nichts mehr sehen, nur schlafen.

»Ich bin müde.«

»Das seh ich.«

»Ich nicht. Ich kann nichts sehen.«

Nichts.

Ich kann nichts sehen.

Ich versuchte die Augen aufzumachen. »Kaffee. Ich möchte Kaffee.«
»Nein«, sagte er.
»Gib mir einen Fetus«, sagte ich und wußte nicht, warum. Es war ganz sinnlos. Oder nicht? Oder doch? Alles war so verworren. So kompliziert. Mein rechtes Auge tat weh. Der Schmerz in meinem Kopf war direkt hinter meinem rechten Auge. Als ob ein kleiner Mann mit einem Hammer von hinten auf meinen Augapfel schlug.
»John«, sagte Norton, »versuch mal, von hundert rückwärts zu zählen. Wieviel ist hundert weniger sieben?«
Ich schwieg. Das war gar nicht einfach. Ich sah im Geist ein Blatt Papier vor mir, ein strahlend weißes Blatt Papier, darauf ein Bleistift. Hundert weniger sieben. Vor der Sieben ein Minusstrich.
»Dreiundneunzig.«
»Gut. Weiter.«
Das war noch schwerer. Ich brauchte ein neues Blatt Papier. Ich mußte das alte vom Block abreißen, um weiterrechnen zu können. Und als ich das alte abgerissen hatte, hatte ich vergessen, was draufstand. So schwer. So kompliziert.
»Weiter, John. Dreiundneunzig.«
»Dreiundneunzig weniger sieben.« Ich überlegte. »Fünfundachtzig. Nein. Sechsundachtzig.«
»Weiter.«
»Neunundsiebzig.«
»Ja.«
»Dreiundsiebzig. Nein. Vierundsiebzig. Nein, nein. Moment.«
Ich riß das Blatt ab, ganz langsam. Es war so mühsam, das Blatt abzureißen, so schwierig. Es war so schwer, sich zu konzentrieren.
»Siebenundachtzig.«
»Nein.«

»Fünfundachtzig.«
»John, was für ein Tag ist heute?«
»Tag?«
So eine blöde Frage. Warum stellte Norton dauernd so blöde Fragen? Was für ein Tag?
»Heute«, sagte ich.
»Welches Datum?«
»Datum?«
»Ja, Datum.«
»Mai«, sagte ich. Heute war Mai.
»John, wo bist du?«
»Im Krankenhaus«, sagte ich und blickte auf meinen weißen Anzug. Ich machte die Augen auf, nur ganz wenig, denn sie waren schwer, und mir war schwindlig, und das Licht tat mir weh. Wenn er doch endlich ruhig sein und mich schlafen lassen würde. Ich brauchte den Schlaf. Ich war schrecklich, schrecklich müde.
»In welchem Krankenhaus?«
»Im Krankenhaus.«
»In welchem?«
»Im –« Ich wollte etwas sagen, doch im selben Moment hatte ich's vergessen, und es fiel mir nicht mehr ein. Mein Kopf tat jetzt schrecklich weh; es klopfte hinter meinem rechten Auge, vorn rechts in meinem Kopf, ein schrecklicher pochender Schmerz.
»Heb die linke Hand, John.«
»Was?«
»Heb die linke Hand, John.«
Ich hörte ihn, hörte, was er sagte, doch es war reiner Unsinn. Wie konnte er bloß solchen Unsinn reden?
»Was?«
Das nächste, was ich spürte, war ein Vibrieren rechts an meinem Kopf. Ein komisches brummendes Vibrieren. Ich

machte die Augen auf und sah ein Mädchen. Sie war hübsch, und sie machte irgendwas an meinem Kopf. Braune flaumige Flocken fielen von meinem Kopf. Schwebten hinab. Nortons Gesicht war über mir, und er sagte irgendwas, doch ich verstand ihn nicht. Ich schlief halb, und alles war ganz seltsam. Als die Flocken weg waren, sah ich Schaum. Und dann ein Rasiermesser. Ich sah das Rasiermesser und den Schaum, und plötzlich kotzte ich, und überall war grüner Schleim, und Norton sagte: »Schon gut. Schnell jetzt.«

Und dann brachten sie den Bohrer. Ich konnte ihn kaum sehen, weil ich meine Augen nicht richtig aufbekam, und mir wurde wieder schlecht.

Das letzte, was ich sagte, war: »Ich will kein Loch im Kopf.«

Ich sagte es ganz klar und deutlich.

Glaube ich.

[illegible]

Freitag, Samstag, Sonntag,
14., 15., 16. Oktober

1

Ich fühlte mich, als hätte jemand versucht, meinen Kopf abzuschneiden und als sei ihm das nicht ganz gelungen. Als ich zu mir kam, klingelte ich nach der Schwester und verlangte noch eine Morphiumspritze. Sie setzte ein Lächeln auf, mit dem Schwestern schwierige Patienten anzusehen pflegen, und schüttelte den Kopf. Ich sagte ihr, sie solle sich zum Teufel scheren. Sie ging mit beleidigtem Gesicht hinaus, und ich betastete den Verband um meinen Schädel. Gleich darauf kam Norton Hammond herein.

»Du bist ein miserabler Barbier«, sagte ich und deutete auf meinen Kopf.

»Ich dachte, wir haben's ganz gut gemacht.«

»Wie viele Löcher?«

»Drei. Wir haben eine ziemliche Menge Blut abgezapft. Kannst du dich an irgendwas erinnern?«

»Nein«, sagte ich.

»Du warst schläfrig und hast dich übergeben, und deine eine Pupille war erweitert. Wir haben nicht erst auf den Röntgenologen gewartet; wir haben dir den Schädel gleich aufgebohrt.«

»Hm«, sagte ich. »Wann kann ich hier raus?«

»Vielleicht in drei oder vier Tagen.«

»Das ist doch nicht dein Ernst? In drei oder vier Tagen?«

»Ein Bluterguß im Gehirn ist eine gefährliche Sache«, sagte er.

»Du brauchst völlige Ruhe.«
»Festbinden könnt ihr mich ja nicht.«
Er seufzte. »Es stimmt tatsächlich«, sagte er, »Ärzte sind die lästigsten Patienten.«
»Gib mir noch Morphium«, sagte ich.
»Nein«, sagte er.
»Darvon.«
»Nein.«
»Aspirin.«
»Meinetwegen«, sagte er. »Ein paar Aspirin kannst du haben.«
»Echtes Aspirin? Keine Zuckerpillen?«
»Sieh dich bloß vor, sonst hol ich den Psychiater«, sagte er lachend und ging hinaus.
Ich schlief ein, und dann kam Judith und setzte sich an mein Bett. Sie schimpfte zuerst ziemlich mit mir, doch bald beruhigte sie sich. Ich sagte ihr, daß ich nichts dafür könnte, und sie sagte, ich sei ein verdammter Idiot, und küßte mich.
Dann kam die Polizei, und ich tat, als ob ich schlief, bis sie wieder ging.
Am Abend brachte mir die Schwester ein paar Zeitungen, und ich sah nach, ob irgendwas über Art drinstand, fand aber nichts; nur ein paar reißerisch aufgemachte Artikel über Angela Harding und Roman Jones. Am Abend, während der Besuchszeit, kam Judith noch einmal und sagte mir, daß es Betty und den Kindern gutginge und daß Art am nächsten Tag entlassen würde.

In einem Krankenhaus verliert man jedes Zeitgefühl. Ein Tag geht in den anderen über, und es ist jeden Tag das gleiche: Temperaturmessen, Essen, Visite, wieder Temperaturmessen, wieder Visite. Sanderson besuchte mich, und Fritz, und ein paar andere Leute. Und die Polizei, doch diesmal konnte ich nicht so tun, als ob ich schlief. Ich erzählte ihnen alles, was ich wußte, und sie hörten mir zu und machten Notizen. Am Abend des zweiten Tages fühlte ich mich besser. Ich war kräftiger, mein Kopf war klarer, und ich schlief nicht mehr soviel.

Ich sagte es Hammond, doch er brummte bloß und sagte: »Warten wir ab, wie's morgen aussieht.«

Am Nachmittag besuchte mich Art Lee. In seinem Gesicht war dar alte verkniffene Grinsen, doch er sah müde aus. Und älter.

»Na«, sagte ich, »wie fühlst du dich als freier Mann?«

»Gut«, sagte er.

Er trat ans Fußende des Bettes und sah mich kopfschüttelnd an. »Tut's sehr weh?«

»Jetzt nicht mehr.«

»Tut mir leid, daß das passiert ist«, sagte er.

»Nicht so schlimm. Irgendwie war's ganz interessant.«

Ich schwieg einen Moment. Dann sagte ich: »Ich nehme an, die Polizei hat inzwischen alles aufgeklärt.«

Er nickte. »Roman Jones hat Angela überredet, die Abtreibung zu machen. Als ihm klarwurde, daß du dich für die Sache interessierst und schon eine ganze Menge rausgekriegt hattest, ging er zu ihr; wahrscheinlich, um sie umzubringen. Er merkte, daß er verfolgt wurde, lauerte dir auf und ging mit dem Rasiermesser auf dich los. Daher die Schnittwunde an deiner Schläfe. Dann rannte er zu Angela. Angela wehrte sich mit einem Küchenmesser und hat ihn damit ziemlich zugerichtet. Muß ein schönes Bild gewesen sein, er mit dem Rasiermesser und sie mit dem Küchenmesser. Schließlich hat sie ihm einen Stuhl über den Kopf gehauen und ihn aus dem Fenster gestoßen.«

»Hat sie das gesagt?«

»Ja, offenbar.«

Ich nickte.
Wir sahen uns einen Moment schweigend an.
»Vielen Dank für alles«, sagte er. »Für ... für deine Hilfe ...«
»Schon gut. Bist du so sicher, daß ich dir wirklich geholfen hab?«
Er lächelte. »Du siehst doch – ich bin frei.«
»Das meine ich nicht.«
Er zuckte die Achseln und setzte sich auf den Bettrand. »Daß ich hier erledigt bin, ist ja nicht deine Schuld«, sagte er. »Aber ich hatte sowieso schon die Nase voll von Boston.«
»Wo willst du hingehen?«
»Wahrscheinlich zurück nach Kalifornien. Am liebsten nach Los Angeles. Vielleicht werde ich Filmschauspielerinnen helfen, ihre Babys zur Welt zu bringen.«
»Filmschauspielerinnen kriegen keine Babys. Die kriegen bloß Oscars.«
Er lachte, doch nur einen Moment; dann wurde er ernst und starrte auf den Boden.
Ich sagte: »Warst du schon in deiner Praxis?«
»Bloß um den Laden dichtzumachen. Alles andere überlasse ich den Leuten von der Spedition.«
»Wann willst du denn übersiedeln?«
»Nächste Woche.«
»So bald schon?«
Er zuckte die Achseln. »Ich möchte so schnell wie möglich von hier weg.«
Ich nickte. »Das kann ich mir denken«, sagte ich.

An allem, was danach passierte, war vermutlich meine Wut schuld. Es war bereits genug Dreck aufgewühlt worden, und ich hätte nicht weiter an der Sache rühren sollen. Ich hätte

Schluß machen und das Ganze vergessen sollen. Judith wollte für Art eine Abschiedsparty geben; ich sagte nein, das wäre ihm bestimmt nicht recht. Auch das machte mich wütend.

Am dritten Tag meckerte ich so lange herum, bis Hammond sich schließlich bereit erklärte, mich zu entlassen; wahrscheinlich hatten sich auch die Schwestern über mich beschwert. Nachmittags um drei kam Judith mit meinen Sachen und fuhr mich heim. Unterwegs sagte ich: »Bieg bitte an der nächsten Ecke nach rechts ab.«

»Warum?«

»Ich hab was zu erledigen.«

»John –«

»Komm, mach schon. Ich brauch bestimmt nicht lange.«

Sie runzelte die Stirn, bog aber an der Ecke ab. Ich lotste sie zu der Straße, in der Angela Harding wohnte. Vor dem Haus parkte ein Polizeiauto. Ich stieg aus und ging in den ersten Stock hinauf. Ein Polizist stand vor der Tür.

»Dr. Berry vom Mallory-Labor«, sagte ich in amtlichem Ton. »Sind die Blutproben schon abgenommen worden?«

Er sah mich verständnislos an. »Blutproben?«

»Ja. Von den Möbeln. Das eingetrocknete Blut. Dr. Lazare schickt mich. Er wartet drauf.«

»Keine Ahnung«, sagte der Polizist. »Sehn Sie doch mal nach.« Er machte die Tür auf. »Aber rühren Sie nichts an. Die Heinis vom Erkennungsdienst sind grade da.«

Ich trat in die Wohnung. Sie sah fürchterlich aus; umgestürzte Möbel, Blutspritzer an der Couch und am Tisch. Drei Männer beugten sich über eine Glasplatte; sie schüttelten Puder drauf, pusteten es weg und fotografierten die Fingerabdrücke. Der eine blickte auf und sah mich fragend an.

»Ich komme wegen des Stuhls«, sagte ich.

»Dort drüben«, sagte er und deutete auf einen Stuhl, der in einer Ecke stand. »Aber fassen Sie ihn nicht an.«
Ich ging hin und starrte den Stuhl an. Es war ein billiger hölzerner Küchenstuhl. An dem einen Bein war etwas Blut.
Ich drehte mich zu den drei Männern um. »Haben Sie ihn schon untersucht?«
»Ja. Komische Sache. In dem Zimmer sind Hunderte von Fingerabdrücken. Von Dutzenden von Leuten. Wir werden Wochen brauchen, um sie alle zu identifizieren. Bloß an zwei Gegenständen ist kein einziger Abdruck. An dem Stuhl da und an dem Knopf an der Wohnungstür.«
»Wieso?«
Er zuckte die Achseln. »Jemand muß den Stuhl und den Türknopf abgewischt haben. Sieht jedenfalls ganz so aus. Verdammt merkwürdig. Sonst ist nichts abgewischt worden, nicht mal das Messer, mit dem sie sich die Pulsadern aufschnitt.«
Ich nickte. »War schon jemand wegen der Blutproben hier?«
»Ja.«
»Okay«, sagte ich. »Darf ich mal telefonieren? Ich möchte im Labor Bescheid sagen.«
Er zuckte die Achseln. »Bitte.«
Ich ging zum Telefon, nahm den Hörer ab und wählte die Nummer der Wettervorhersage. Als sich die Tonbandstimme meldete, sagte ich: »Geben Sie mir Dr. Lazare, bitte.«
»– sonnig und kühl, am Spätnachmittag teilweise bewölkt –«
»Fred? Hier Berry. Ich bin hier in der Wohnung.«
»– voraussichtlich vereinzelte Regenschauer –«
»Ja, die Proben sind angeblich abgenommen worden. Hast du sie noch immer nicht gekriegt?«
»– morgen heiter und trocken, sinkende Temperaturen –«
»Aha. Okay. Bis gleich.«

»– Ostwind mit etwa fünfundzwanzig Stundenkilometern –« Ich legte auf und wandte mich zu den drei Männern um.

»Danke«, sagte ich.

»Keine Ursache.«

Sie blickten nicht auf, als ich hinausging, und auch die Polizisten draußen kümmerten sich nicht um mich. Sie hatten das alles schon hundertmal gemacht, und es war für sie eine reine Routinesache.

Postskriptum
Montag, 17. Oktober

Am Montag war ich schlecht gelaunt. Ich saß fast den ganzen Vormittag herum und trank Kaffee und rauchte Zigaretten und hatte einen widerlichen sauren Geschmack im Mund. Immer wieder sagte ich mir, daß es das beste wäre, aufzuhören und es dabei bewenden zu lassen. Ich konnte Art nicht helfen, und ich konnte nichts ungeschehen machen. Ich konnte alles nur noch schlimmer machen.

Außerdem, genau betrachtet, war Weston an dem Ganzen nicht schuld. Ich hätte gern jemandem die Schuld zugeschoben, doch er konnte eigentlich gar nichts dafür. Und er war ein alter Mann.

Es war sinnlos. Ich trank Kaffee und sagte mir immer und immer wieder, daß es sinnlos war.

Trotzdem tat ich's.

Kurz vor Mittag fuhr ich zum Mallory und ging in Westons Büro. Er saß über seinem Mikroskop und untersuchte irgendwelche Schnitte und diktierte die Befunde in ein kleines Tonbandgerät. Als ich eintrat, blickte er auf.

»Hallo, John. Was führt Sie zu mir?«

»Wie geht's?« sagte ich.

»Mir?« Er lachte. »Mir geht's gut. Und Ihnen?« Er deutete auf meinen Kopfverband. »Ich hab davon gehört. Sind Sie wieder in Ordnung?«

»Einigermaßen«, sagte ich.

Ich blickte auf seine Hände. Sie lagen auf seinem Schoß. Er hatte sie vom Tisch genommen, als ich ins Zimmer trat.
Ich sagte: »Tun sie weh?«
»Was?«
»Ihre Hände.«
Er tat, als ob er mich nicht verstand, doch es gelang ihm nicht recht. Ich deutete auf seine Hände, und er legte sie auf den Schreibtisch. Zwei Finger seiner linken Hand waren verbunden.
»Haben Sie sich verletzt?«
»Ja. Blöde Sache. Ich hab meiner Frau in der Küche geholfen und eine Zwiebel gehackt. Dabei hab ich mich geschnitten. Nicht weiter schlimm, aber peinlich. Nach all den Jahren sollte ich eigentlich mit einem Messer umgehen können.«
»Haben Sie sich selbst verbunden?«
»Ja. Es war ja bloß ein kleiner Schnitt.«
Ich setzte mich auf den Sessel vor seinem Schreibtisch, zündete mir eine Zigarette an, zog daran und stieß den Rauch aus, zur Decke hinauf. Sein Gesicht war ruhig und ausdruckslos; er machte es mir schwer. Aber das war wohl sein Recht. Ich hätte mich wahrscheinlich genauso verhalten.
»Haben Sie irgendwas auf dem Herzen?« fragte er.
»Ja«, sagte ich.
Wir starrten einander einen Moment an; dann schob er das Mikroskop beiseite und schaltete das Tonbandgerät ab.
»Worum geht's? Um Karen Randall? Um meine Diagnose? Ich glaube, Sie hatten ja irgendwelche Zweifel, nicht?«
Ich sagte: »Ja, hatte ich.«
»Möchten Sie, daß sich doch noch jemand anders die Schnitte ansieht? Sanderson vielleicht?«
Ich schüttelte den Kopf. »Nicht mehr wichtig. Wenigstens nicht juristisch.«
»Da haben Sie recht«, sagte er.

Wir schwiegen. Die Stille war unerträglich, doch ich wußte nicht, wie ich es ihm sagen sollte.
»Der Stuhl«, sagte ich, »ist abgewischt worden. Wußten Sie das?«
Er sah mich einen Moment stirnrunzelnd an, und ich dachte schon, er wolle sich dumm stellen. Doch dann nickte er.
»Ja«, sagte er. »Sie hat mir gesagt, daß sie ihn abgewischt hat.«
»Den Türknopf auch.«
»Ja. Den Türknopf auch.«
»Wann sind Sie gekommen?«
Er seufzte. »Es war schon ziemlich spät«, sagte er. »Ich hatte lange im Labor gearbeitet, und auf der Heimfahrt hab ich noch bei Angela vorbeigeschaut, um zu sehen, wie's ihr geht. Das hab ich öfter gemacht.«
»War sie bei Ihnen in Behandlung?«
»Sie meinen, ob ich ihr Rauschgift gegeben habe?«
»Ich meine, ob Sie sie behandelt haben.«
»Nein«, sagte er. »Mir war klar, daß das sinnlos gewesen wäre. Ich hab versucht, Sie dazu zu bringen, eine Entziehungskur zu machen, aber …«
Er zuckte die Achseln.
»Und warum haben Sie sie öfter besucht?«
»Einfach, um nach ihr zu sehen, um ihr so gut wie möglich zu helfen, wenn's ihr schlechtging …«
»Und Donnerstag abend?«
»Er war schon da, als ich kam. Ich hörte Schreie und Gepolter, und als ich die Tür aufmachte, sah ich, daß er mit einem Rasiermesser auf sie losging. Sie hatte ein langes Brotmesser in der Hand und wehrte sich. Er wollte sie umbringen, weil sie ihn hätte belasten können. ›Du weißt zuviel, Baby‹, sagte er immer und immer wieder mit leiser Stimme. Was dann passierte, weiß ich nicht genau. Er sagte

irgendwas zu mir, ein paar Worte, und dann stürzte er sich mit dem Rasiermesser auf mich. Er sah schrecklich aus; Angela hatte ihm mit dem Messer die Kleider aufgeschlitzt ...«

»Und da haben Sie sich den Stuhl geschnappt?«

»Nein. Ich bin zurückgewichen, und erst als er mir den Rücken zuwandte und wieder auf Angela losging ... da hab ich mir den Stuhl geschnappt.«

Ich deutete auf seine Finger. »Und Ihre Schnittverletzungen?«

»Keine Ahnung. Ich glaube, die sind von seinem Rasiermesser. Erst als ich heimkam, hab ich gesehen, daß auch in meinem Jackenärmel ein Schnitt war. Aber ich kann mich nicht erinnern.«

»Und dann?«

»Er ist zu Boden gestürzt. Besinnungslos.«

»Und was haben Sie gemacht?«

»Angela sagte, ich solle sofort verschwinden – sie würde schon mit allem fertig werden. Sie wollte nicht, daß ich in das Ganze hineingezogen würde. Und so ...«

»... sind Sie gegangen«, sagte ich.

Er blickte auf seine Hände. »Ja.«

»War Roman schon tot, als Sie gingen?«

»Das weiß ich nicht. Er lag vor dem Fenster. Ich nehme an, sie hat ihn rausgeworfen und dann den Stuhl abgewischt. Aber genau weiß ich's nicht.«

Ich sah ihn an, starrte auf die Falten in seinem Gesicht und auf sein weißes Haar und dachte daran, wie er als Lehrer gewesen war, wie er uns angetrieben und schikaniert und gelobt hatte, wie ich ihn respektiert hatte, wie er mit uns Assistenten jeden Donnerstagnachmittag in eine Kneipe in der Nähe des Krankenhauses gegangen war und dort mit uns getrunken und geplaudert hatte, wie er jedes Jahr an

seinem Geburtstag eine große Torte mitgebracht und allen ein Stück davon angeboten hatte. Alles fiel mir ein, die Witze, all das Gute und all das Schlechte, die Fragen und die Erklärungen, die langen Stunden im Sezierraum.
»Ja«, sagte er mit traurigem Lächeln, »so war's.«
Ich zündete mir eine neue Zigarette an und wölbte dabei die Hände darum und senkte den Kopf, obwohl nicht der leiseste Lufthauch im Zimmer war. Es war schwül und heiß wie in einem Gewächshaus.
Weston stellte die Frage nicht. Ich ersparte es ihm.
»Vielleicht«, sagte ich, »billigt man Ihnen Notwehr zu.«
»Ja«, sagte er leise, »vielleicht.«

Draußen reckten sich die kahlen Zweige der Bäume in den kalten Herbsthimmel. Als ich die Vortreppe hinunterging, fuhr ein Ambulanzwagen vorbei, unterwegs zur Notaufnahme. Einen kurzen Moment sah ich hinter dem Fenster ein Gesicht auf einem Kissen, darübergestülpt eine Sauerstoffmaske, die ein Krankenpfleger festhielt. Ob es ein Mann oder eine Frau war, konnte ich nicht erkennen.
Einige Leute auf dem Gehsteig blieben stehen und blickten dem Ambulanzwagen nach, teils neugierig, teils besorgt und mitleidsvoll. Man merkte, daß sie sich fragten, wer wohl in dem Wagen lag und was für eine Krankheit er hatte und ob er das Krankenhaus wohl je wieder verlassen würde. Sie wußten keine Antwort auf diese Fragen, doch ich konnte aus dem, was ich sah, meine Schlüsse ziehen. Die Lampe auf dem Dach des Wagens blinkte, doch die Sirene heulte nicht, und er fuhr mit geradezu gleichgültiger Langsamkeit. Das bedeutete, daß der Mensch, der darin lag, nicht sehr krank war.
Oder daß er bereits tot war. Das war schwer zu sagen.
Einen Moment befiel mich eine seltsame Neugier, ein fast

unwiderstehlicher Drang, zur Notaufnahme zu gehen und nachzusehen, wer der Patient war und wie es mit ihm stand. Doch ich ließ es bleiben. Ich ging die Straße hinunter, stieg in mein Auto und fuhr nach Hause. Ich versuchte den Ambulanzwagen zu vergessen, denn es gab Millionen Ambulanzwagen und Millionen Menschen, jeden Tag, in jedem Krankenhaus. Schließlich vergaß ich ihn, und das war wohl das beste.